KB118466

마녀
신해철

마왕
신해철

Shin Hae Chul

문학동네

날아라 병아리

육교 위의 네모난 상자 속에서
처음 나와 만난 노란 병아리 얄리는
처음처럼 다시 조그만 상자 속으로 들어가
우리집 앞뜰에 묻혔다.
나는 어린 내 눈에 처음 죽음을 보았던
1974년의 봄을 아직 기억한다.

내가 아주 작을 때
나보다 더 작던 내 친구
내 두 손 위에서 노래를 부르면
작은 방을 가득 채웠지.
품에 안으면 따뜻한 그 느낌
작은 심장이 두근두근 느껴졌었어.

우리 함께한 날은
그리 길게 가지 못했지.
어느 밤 얄리는 많이 아파

힘없이 누워만 있었지.
슬픈 눈으로 날갯짓하더니
새벽 무렵엔 차디차게 식어 있었네.

굿바이 얄리, 이젠 아픔 없는 곳에서
하늘을 날고 있을까.
굿바이 얄리, 너의 조그만 무덤가엔
올해도 꽃은 피는지.

눈물이 마를 무렵
희미하게 알 수 있었지.
나 역시 세상에 머무르는 건
영원할 수 없다는 것을.
설명할 말을 알 순 없었지만
어린 나에게 죽음을 가르쳐주었네.

굿바이 얄리, 이젠 아픔 없는 곳에서
하늘을 날고 있을까.
굿바이 얄리, 너의 조그만 무덤가엔
올해도 꽃은 피는지.

굿바이 얄리, 이젠 아픔 없는 곳에서
하늘을 날고 있을까.

굿바이 얄리, 언젠가 다음 세상에도
내 친구로 태어나줘.

2부 마왕, 세상에 맞서다

3부 안녕, 마왕 추모의 글

1부

나,
신해철

나의

프로필

이름 신해철.

나이 29세 이후 정지. 언급하지 않으며 화제에 올리지 않고 신경도 안 씀.

정신연령 뛰어난 탄력성을 자랑하며 특히 타깃인 여성의 연령에 따라 적절히 변화함. 전자오락 할 때, 만화책 볼 때(『공각기동대』 같은 것 말고 『닥터 슬럼프』) 열 살 이하로 떨어지며 메탈 들을 때 십대, 여자 꼬실 때 이십대, 스트립바 들어갈 때 삼십대 등 등으로 변하며 매니저들에게 매우 권위 있는 목소리로 오늘은 몸이 좀 안 좋아서…… 내일부터 일하지, 라고 말할 때는 육십대 이상으로 변함.

신장 그래 씨발놈들아, 나 작아…… 고등학교 때 신체검사에서 171센티미터가 나온 이후로 고의적으로 한 번도 다시 재어보지 않았다. 나, 쪼그매서 손해본 거라고는 중3 때까지 버스 손잡이가 잡히지 않아서 이리저리 흔들리며 등하교한 것 하나밖에 없다. 근데 웃긴 건 그래서 내가 키에 대해 콤플렉스가 있을 것이라고 철석같이 믿는 사람들인데, 별로 개의치 않는다고 말해도 "그래, 그럼 그렇겠지"라고 하면서 알 수 없는 미소를 짓는다. 심지어 어떤 때는 이 사람들이 왜 이렇게 내가 키에 대해 콤플렉스가 있기를 열망하는 것인지 이해가 안 갈 때가 있다. 굽 높은 신발 신는 거? 너네 키스Kiss 공연 비디오 안 봤니? 걔넨 다리가 짧아서 18센티미터짜리 구두 신는 줄 아니? 그건 말이쥐, 운동화 신고 공연하기 싫기 때문이쥐…… 끈 풀어지면 걸려서 넘어진다구……

외모 중 자신 있는 부분 알고 있는 대답이겠지만…… 거의 모든 부분(휘유우~ 찬바람 분다). 재미있는 사실. 내 팬들 중 단기성 팬들은 내 입술을 좋아한단다(왠지 야하다). 중기성 팬들은 코를 좋아한다. 장기성 팬들은 백이면 백 눈을 가장 좋아한다. 그리고 내 여자친구들은…… 다 좋아한다. 쿠하하. 코에 관한 에피소드. 사실 난 어렸을 때 미륵돼지였다. 볼때기가 늘어져서리 별명이 금복주였고, 코는 볼 사이에 파묻혀 보이지도 않았다. 국민학교 고학년 무렵 우리집이 망해서 중학교 때 사진이 딱 두 장뿐인데(졸업사진 포함) 그나마 그 사진 아니면 코 성형수술한 걸로 오해받게도 생겼다. 실은 중1 무렵 거울을 보고 좌절하여 꽃미남은 바라

중학교 졸업식. 옆에 서 있는 놈은 이후 내 공짜 고문 변호인이 될 진한수다.

지도 않으니 코라도 좀 어떻게 솟게 해주시오 하고 성당에서 기도 했는데(아시겠지만 이러한 것은 진정한 종교 행위가 아니다), 일 년 뒤 학교에서 주먹코, 혹은 성룡으로 불리게 되었다. 그래서 너 무 커졌다 싶어 다시 성당에 가서 15퍼센트만 줄여달라고 기도를 한바, 오늘날의 코가 되었다. 눈에 쌍꺼풀도 만들고 싶었으나 금 도끼 은도끼 이야기에 나오는 과욕은 좆을 부른다, 라는 교훈을 생각해내고 그건 기도를 안 했다. 오늘날, 특히 일본 사람들이 나 를 보며 당연히 코를 성형했다고 생각하는 것을 보면서 한민족으 로 태어나길 잘했다고 생각한다.

외모 중 자신 없는 부분 그게…… 신체의 가운데 위치한…… 그리 고 매우 중요한…… 너무 커도 너무 작아도 놀림받는…… 배꼽이 랄까. 자신 없는 부분을 왜 생각하냐. 글구 너, 그래 너, 지금 '다 리'라고 말한 놈…… 너한텐 판 안 팔아.

몸무게 55~65킬로그램 사이를 늘 왔다갔다한다. 특히 투어 공 연에 들어갈 때면 평소 체중보다 최소 5킬로그램 정도를 불려서 시작한다. 그리고 투어가 끝나면 다시 정상 체중이다. 부서진 무 릎과 잘 빠지는 양쪽 팔의 컨디션에 따라 운동량의 기복이 심하므 로 체중이 한 달 단위로 왔다리갔다리한다. 그러나 대개 챙겨주는 여자친구가 없을 경우 체중이 급속히 상승한다(반대 아니냐고? 그러게 애들은 뭘 몰라……).

학력 영훈유치원-영훈국민학교-중동중학교-보성고등학교. 대학교는 서강대에 발만 담갔다 뺐음(12학기나 다니고도 졸업을 못했으니…… 오래도 담갔다).

가족관계

아버지 신현우. 약사. 별명은 불쾌한씨. 열 남매 중 장남. 사람들이 말하는 카리스마는 모두 아버지로부터 온 것. 취미는 소처럼 일하기. 특기는 온 집안 쓸고 닦기. 특히 이 부분에서 친아버지가 아닐 가능성이 있다. 약국에서 백원짜리 십원짜리 모아 누나랑 나 먹이고 재우고 대학 보내주신 분으로, 항간에 우리 아부지가 재벌이라는 소리가 있으나 내가 불쾌한 건 재벌 백 명 모아 줘도 우리 아부지랑 바꾸지 않을 것이기 때문이다.

어머니 김화순. 주부. 전직 꽃꽂이 강사. 전형적인 한국 여성에서 매우 삐딱선을 탄 여인으로, 특히 아들에게 '인생에서 돈 따위는 허당이란다' 등등의 메시지를 가르치다가 남편에게 박 터진 적이 한두 번이 아니다. 나의 음악적 감수성이나 사고의 탄력성은 모두 이 여인에게서 온 것. 또한 칠 남매 중 한 명으로, 역시 나에게 많은 수의 사촌을 제공했다.

누나 신은주. 주부. 전직 피아노 강사. 아직도 별로 믿기진 않지만 두 아이의 엄마. 애가 애를 낳은 케이스라 하겠다. 우리 엄마가 퍼펙트한 와이프를 지향하여 총력으로 길러낸 작품으로 현 부군의 반응을 볼 때 성공작이라 사료된다. 여자 형제가 있기에 어린 시절부터 많은 도움을 받았다. 친구 같은 누나다. 특히 우리 엄

마와 마찬가지로 어떤 상황에서도 장시간 썰을 풀며 다수를 엔터
테이닝 할 수 있는 유전인자를 보유하고 있다. 양순한 주부의 모
습은 집안의 체면을 고려한 위장이며, 지금껏 숨은 끼를 발휘하지
않고 지내고 있다(애들 다 크고 나면…… 그다음은 알 수 없다).

친척들 아홉 명의 고모 삼촌, 여섯 명의 이모 외삼촌, 생존해 계
신 외할머니와 친할아버지, 오십여 명으로 '추정'되는 사촌들을
보유하고 있다.

교우관계 '돌신 4인방'이라 불린 불일친구들과 윗도리만 입던 시
절부터 함께 자랐으며, 대개들 알고 있는 동창생 연합 밴드 무한
궤도도 있고, 사회에서 만난 친구들도 있다. 슬픈 것은 친한 친구
들조차도 사는 시간대가 너무 달라 생사 확인 정도로 만족해야 한
다는 사실이며, 기쁜 사실은 매우 다양한 종류의 친구들을 가지고
있다는 것이다. 국적, 연령도 모두 다르고 직업도 남대문시장 옷
장수, 조폭, 해결사 사무실 운영자, 교수, 연예인, 택시 운전사, 재
벌 2세, 재벌 1세, 신부, 중, 시인, 호스트바 주인, 의사, 변호사, 록
클럽 삐끼 등 매우 다양하다.

여자관계 복잡……하다, 아니 말할 수 없다. That's none of
your business.

남자관계 없다. 항간에 내가 게이이거나 바이섹슈얼이라는 설이
있는데, 내가 그들을 좋아하거나 최소한 싫어하지 않는 것은 사실

이나 나의 취향은 스트레이트이다.

성적 환상 여자 둘과 나, 그리고 처음 본 후 1분 내의 섹스. 그러나 실제는? 난 매우 평범한 편인 것 같다(근데 왜 여자들이 잘 따르지? 왜 그렇지? 혹시 그 이유 아슈?).

인생 신조 ① 꼴리는 대로 산다, 그러나 막살지는 않는다. ② 되는 놈은 된다. ③ 인생살이 칠팔십 년 졸라 후딱 간다.

해설 조폭 사무실에 걸린 현판으로 오해하는 분들이 간혹 있으나, 사실 조폭 사무실에는 '필사즉생'이라든가 '참을 인'자 등이 멋지게 걸려 있기 마련이다. ①항은 자유롭게 살되 그 안에서 최소한의 원리원칙은 가진다는 뜻이다. 인생의 요소들 중 불변의 가치라 할 만한 것은 1퍼센트도 되지 않는다. 나머지 99퍼센트는 가만히 내버려두면 편견이나 뭐 그 따위 이름들로 채워지기 마련. 그러니 그 부분들은 얼마든지 변할 수도 있고 받아들일 수도 있다고 유연하게 생각하는 거다. 내가 고정시켜놓은 1퍼센트는 다음의 조항들이다. 남에게 폐를 끼치지 않는다. 남에게 신세 지지 않는다. 내 할 일만 생각한다. 남과 나를 비교하지 않는다. 내일은 오늘보다 나은 하루여야 한다. 인생에서 빛나는 한순간의 승부를 위해 굴욕을 견디는 훈련을 한다. 그러나 동료들에게 가해지는 모욕은 참지 않는다. 적을 만들지 않으며 정치 논리에 신경쓰지 않으며 공격받았을 때만 방어한다. 단, 칼을 뽑았을 때는 수단과 방법을 가리지 않고 상대방을 완전히 파괴하고 재기할 찬스도 봉쇄

해야 한다. ②항 '되는 놈은 된다'는 여러 가지로 해석할 수 있겠으나 나에게 있어서는 나 자신에게 변명을 허용하지 않는다는 뜻이다. 어떤 놈은 참고서 살 형편이 안 되어서 대학에 떨어졌다고 하지만, 어떤 놈은 참혹한 가정에서 태어나 스스로 몸을 일으킨다. 모든 요소는 활용하기에 따라서 득도 되고 실도 되는데 인생이란 게임의 즐거움이라고 생각한다. 그니까 내 할 일만 열심히 하면 그다음은 하늘이 내가 세상에 도움이 되고 쓸 구석이 있다고 생각하면 써줄 것이고 아니면…… 좆되는 거지 어쩌겠나. ③ 항은 삼십 년 넘게 살면서 정말 세월 후딱 갔다. 나머지도 후딱 갈 것으로 생각된다는 뜻이다. 후회 없는 삶…… 그것은 누구나 바라는 바다.

종교 현재 연구중이다. 정 나에게 맞는 종교를 못 찾을 경우 스스로 하나 만들 것으로 추측되고 있다(특히 칠선녀에 관심이 많다).

좋아하는 색 일상생활에서는 흑백, 무대 위에서는 붉은색과 특히 보라색을 선호한다. 원색 계통보다 우아한 탁색 계통을 좋아한다.

음식 사람만 빼놓고 다 먹는다. 특히 맛없는 음식을 표나지 않게, 불평하지 않고 먹을 수 있는 훈련이 의도하지 않은 사회생활을 통해 다년간 훈련이 되어 있다. 특히 보신탕은 문화적 차이를 이해하지 못하는 혹은 이해하려 들지 않는 오만한 서양인들과 남들이 뭐란다고 쪽팔려하는 비굴한 동족에게 저항하기 위한 목적으로, 88올림픽 때 보신탕이 금지된 것을 시점으로 먹기 시작하여 오늘에 이르렀으나, 특별히 스스로 찾아 먹지는 않는다. 다년간의 자취 생활로 생명의 위협을 느껴 요리를 시작한 것이 지금은 우리 엄마의 수법을 절반 정도 전수받았다. 환경상, 짧은 시간에 여러 개의 밑반찬을 우다다다 제조하는 데 강하다.

영화 나에게 있어 좋은 영화의 기준은 ①UFO나 외계인이 얼마나 많이 등장하는가 ②레이저 광선이나 로봇 혹은 탱크, 미사일이 얼마나 많이 등장하는가 ③이도 저도 아니라면 예쁜 여자가 몇 명이나 나오는가 그리고 얼마나 벗는가 등등이다. 상을 많이 탄 영화는 가급적 보지 않으나 특수효과상을 받은 영화는 꼭 보며, 남들이 이야기할 때 수준 높은 예술 영화가 나오면 제목을 꼭 암기해두었다가 나중에 절대로 피해 간다. 〈퐁네프의 연인들〉만 하더라도 극장에서 시트 커버를 침으로 물들이며 자알 자고 나왔다.

그림 쉬르레알리슴 계통의 그림은 왠지 만화 같다는 이유로 좋아하며 베스트는 살바도르 달리이다. 우리 엄마가 열라 좋아하는 몽파르나스의 왕자 모딜리아니도 좋아하는데, 여자들 얼굴이 못생겨서 망설일 때도 있다. 그 외 루오도 좋아하는데 실루엣을 두른 강렬한 검은 선이 만화처럼 보이기 때문이다. 그리고 또 미치게 좋아하는 것은 고대벽화류로서 감상 기회가 많지 않아 무더기로 모아 출판된 사진집을 사서 잘 때 키득대면서 본다. "멋지다~"

해가면서.

히어로 ①체 게바라. 식민지가 아닌 백인 이민 국가인 (당시) 남미 유일의 선진국 아르헨티나에서 유복하게 태어나 의사가 된 게바라는 의술보다는 혁명이 보다 많은 민중에게 도움이 될 것으로 생각하고 카스트로와 더불어 쿠바혁명에 투신한다. 드라마틱하게도 처절한 투쟁 끝에 쿠바를 해방시킨 그는 자신을 기다리고 있는 영구적인 최고 권력의 자리를 카스트로에게 넘긴 채 또다른 민중을 구원하기 위해 중남미 전장에 뛰어든다. 오늘날 중남미 게릴라들이 흔히 사용하는 뛰어난 유격전 개념의 달인이었던 그는 그리하여 타국 땅의 전장, 밀림 속에서 신념과 양심을 위해 산화하였다. 그가 나의 영웅인 이유는 안락한 삶을 택할 기회를 스스로 저버렸다는 것이다. 그러한 길을 택하는 사람은 정말 소수다. 그것이 별것 아닌 듯 이야기하는 자들은 하나같이 소인배이거나 천한 자들뿐이다. 게다가 심신이 너덜너덜해졌을 그 투쟁 직후 또다른 민중을 해방시키기 위해 안일을 거부하는 태도는 세파에 휩쓸리는 오늘날의 나약한 우리 모습에 비추어 너무나도 거대해 보인다. 아마 베레모를 쓰고 눈에 힘을 준, 수염으로 덮여 있는 그의 얼굴을 우연히라도 본 사람들이 있을 것이다. 예수의 모습과 오버랩하여 교황청의 광고로도 쓰인 적이 있다. 말인즉슨 예수의 혁명성과 파워를 강조한 것이다. 세상 참 많이 변했다.

②프랜시스 치점. 소설 『천국의 열쇠』에 등장하는 주변머리 없고 고지식한 신부다.

마왕
이야기*

1968년 서울에서 출생하다. 이름 가운데 '해'자를 정하기 위해 할아버지가 유명 작명가와 장기 합숙에 들어가 생후 6개월간 이름 없었음. 병원 퇴원시 호칭은 '신애기'였다.

1969년 돌잔치에서 연필, 종이 등을 제치고 옆집에서 놀러온 영숙이 손목을 잡음. 첫 스캔들.

1970년 아홉 명의 고모 삼촌들 및 누나에 둘러싸여 성장. 별명은 영양 과잉으로 금복주.

1974년 영훈유치원 입학. 유치원 측에서 배정해준 짝을 거부하고 '수미'와 부둥켜안고 떨어지지 않음으로 두번째 스캔들 일으킴. 키우던 병아리 얄리가 사흘 만에 죽음. 실의에 빠져 눈물 콧물 흘리며 앞마당에 무덤 만들어줌. 생애 첫 피아노 레슨을 받음. 어머니가 선생님에게 불려감. "재능이 없으니 그냥 공부를 시키시

---

* 이 약력은 1994년까지 작성되었지만, 고인이 직접 기록한 소중한 자료이기에 수록합니다.

라……"

1975년 영훈국민학교 입학. 중학교 들어가기 전까진 놀아야 한다는 어머니의 엄명에 따라 공부 절대 안 함. 방학숙제 안 함.

1978년 학교 브라스밴드에서 클라리넷 맡음. 학교 측에서 어머니 호출, "재능이 없으니 그냥 공부를 시키시라……"

1981년 중동중학교 입학. 첫 시험성적 전교 1등. 대걸레자루로 급우들을 직접 체벌하는 '담임 대우 반장'으로 전교에 악명 휘날림.

1982년 첫 밴드 '맨입 브라더스' 결성.

1984년 보성고등학교 입학. 록밴드 결성. 방송반 활동으로 전국 고교 방송제에서 개인상 및 단체상 독식.

1985년 돈암동에서 음악다방, 카페형 분식집 디제이로 인기 상승중 친구의 밀고로 어머니에게 적발당함. 첫 담배, 첫 술, 첫 연애(짝사랑이었던 듯)를 경험함.

1986년 짱박아둔 『플레이보이』를 보다가 흥분, 천주교 신부가 되려는 은연중의 꿈을 포기함.

1987년 서강대학교 입학.

1988년 별생각 없이 출전한 대학가요제에서 무한궤도의 〈그대에게〉로 대상 수상.

1989년 무한궤도 첫 앨범 발매. 밴드는 앨범의 히트에도 불구하고 학업을 위해 해산.

1990년 솔로 데뷔 앨범 발매. 〈슬픈 표정 하지 말아요〉 〈안녕〉 등의 노래가 각종 차트를 휩쓸다. MBC 10대 가수상, 골든디스크

국민학교 개교 13주년 행사 때. 앞줄 가운데가 나.

상 등 대한민국에 존재하는 상 다 받음.

　1991년 〈재즈 카페〉〈나에게 쓰는 편지〉 등이 수록된 솔로 2집 앨범 발매. MBC 라디오 〈밤의 디스크쇼〉 진행.

　1992년 첫 라이브 앨범 《Myself Tour》 발매. 넥스트 결성. 〈도시인〉〈인형의 기사〉〈아버지와 나〉가 수록된 콘셉트 앨범 《Home》 발매.

　1994년 〈날아라 병아리〉〈이중인격자〉〈The Ocean〉이 수록된 넥스트 2집 《The Being》 풀 콘셉트 앨범 발매.

신해철에 관한
아주 사소한 것들

신해철의 광팬이 아니라면 전혀 관심이 가지 않을 아주 사소한 것들, 그러나 신해철과 정말 친한 사적인 친구라면 당연히 조만간 알게 될 수밖에 없는, 그러나 알아도 그만 몰라도 그만인 자잘한 이야기들. 당신이 바쁜 사람이라면 이 글은 읽지 않는 것이 좋다.

● 그는 다한증이다. 한겨울에도 손에서 땀이 폭포수처럼 쏟아진다. 무대 위에서 기타를 연주하면 손에서 떨어진 땀이 뜨거운 조명에 말라붙어 허연 소금밭으로 변한다. 당연히 모든 기계는 망가진다. 피아노, 클라리넷, 기타 그 어떤 악기도 능숙하게 연주할 수 없는 가장 큰 이유이다. 날 때부터 이런 것은 아니었고, 세 살 때 녹용을 잘못 먹어서 이렇게 되었다고 한다.

● 그는 불면증이다. 신경정신과에서 장기 치료를 받았으며 보

통 3개월 정도로 끝나는 투약을 2년 가까이 계속 받았다. 신경안 정제와 수면제 없이는 하루에 단 세 시간도 자지 못한다.

● 그는 의학적으로 정신병자로 분류된다. 원인은 '모욕감에 대한 강렬한 반발'로, 정신 감정을 해볼 경우 모든 것이 정상으로 나타나지만 단 하나, 자신이 이유 없는 모욕을 받았다고 생각할 경우 강렬한 적개심을 넘어서 살인 충동에 가까운 공격성을 나타낸다.

● 그는 마징가 제트다. 오른팔, 왼팔이 모두 로켓 펀치 수준으로 빠진다. 5킬로그램 이상의 중량이 나가는 물건을 들 경우 팔이 빠져버린다. 날 때부터 그런 것은 아니었고, 왼팔은 교통사고로 오른팔은 모터보트 사고로 이 모양이 되어버렸는데, 당연히 군대에 갈 수 없는 몸이지만(수류탄 던지려다가 팔이 빠져서 아군 참호에 그게 떨어진다고 생각해보라) 연예인 군대 비리가 사회 이슈이던 시절, 국방부 장관 특별 지시로 강제로 끌려갔다.

● 그는 장애인이다. 양쪽 무릎 연골막이 거의 다 파괴되어 있는데 군대에 있을 때 입은 부상 때문이다. 긴급하게 조치를 취했다면 회복이 되었겠지만, 규칙에 의거하여 진단서를 제출했는데도 사단장에게 욕먹을 것을 두려워한 비굴한 중대장이 끝끝내 병원에 못 가게 하고 무리한 훈련을 강행시켜 평생 짊어질 장애를 만들었다. 언젠가는 국가에 손해배상을 청구할 생각이다. 상태는 다

음과 같다. 무릎에 직접 압력이 가해지는 러닝머신 같은 기구를
사용해 운동할 경우, 다음날 통증으로 걷는 것이 불가능하다. 길
거리에서 운동화를 신고 연속으로 걸을 수 있는 최대 시간은 이십
분에서 삼십 분 정도. 그러므로 할 수 있는 운동은 수영밖에 없다.

아버지와

나

유치원에 들어가기도 전의 일이니까 대략 1972년 정도일 것으로 기억한다. 우리 가족은 서울 도봉구 미아4동 55-66번지에 살고 있었다. 지금의 내가 현재 살고 있는 집 주소, 전화번호도 기억하지 못하는 준치매의 인간인 것을 감안하면, 어린 시절 살던 집에 대한 기억이 번지수뿐 아니라 구조, 마룻장의 재질, 방안에 비치던 채광의 정도, 대문 색깔, 초인종의 위치에까지 이르는 것은 무척이나 신기한 일이다.

누나가 태어났을 당시 분윳값 대기도 벅찼던 우리집 사정은 새벽 여섯시에 출근해 회사 마당 청소로 일과를 시작하던 아버지의 오버액션에 가까운 분전에 힘입어 조금씩 호전의 기미를 보이고 있었고, 본인의 의사와 상관없이 열 남매의 장남으로 태어난 아버지는 수입이 늘어나는 대로 알토란 같은 어린 동생들을 하나둘씩 서울로 불러올려 공부를 시킨다는 계획을 착착 진행하고 있었다.

나는 어린 나이에도 불구하고 아버지의 그런 성실성과 주렁주렁 달린 시동생들의 뒷바라지를 불평 없이 해내는 어머니의 모습에 깊은 감명을 받았다……라는 건 당연히 새빨간 거짓말이고, 그저 아무 생각 없이 해가 뜨면 골목으로 뛰어나가, 윗도리만 입고 동네를 활보하던 코찔찔이들과 흙장난, 술래잡기, 다방구 등의 유희를 진탕 즐기다가 TV만화가 시작되는 오후 여섯시에 집으로 칼같이 퇴근하는 꼬마 한량이었다.

그 시절, 나는 동네 골목에서 거의 황제의 지위를 누리고 있었는데, 그 이유는 다소 웃기다.

노처녀가 되도록 문학소녀 같은 어울리지 않는 감성을 가지고 있던 어머니는 '경상도 사나이'인 아버지의 '박력'에 뼥이 간 나머지, 나긋나긋한 서울 남자들을 버리고 울 아부지에게 투항, 곧 식을 올리고 'No 처녀'가 되었는데, 젠장, 그 '박력'이란 게 '폭력'과 별 차이가 없으며 낭만 따위는 눈을 씻고 찾아봐도 없더라는 것이다. 이왕 엎질러진 물, 돌이킬 수도 없는 노릇이지만, 이 가공할 ×같은 유전자를 당연히 물려받았을 것으로 예상되는 아들놈만큼은 온순한 성격으로 키우고 싶었던 어머니는 '아이를 지나치게 깔끔하게 키우면 성격이 신경질적이 된다'는 이론을 신봉하여, 내가 방 정리를 하든 말든 밖에 나가 진흙탕 속에서 구르고 오든 말든 절대 야단을 치는 법이 없었고, 하루에 옷을 세 번 네 번 갈아입혀야 했음에도 짜증을 내는 법이 없었다.

그리하여 나는 장맛비가 오는 날, 물웅덩이를 마구 철벅거리며 돌아다니다 심지어 그 속으로 슬라이딩까지 할 수 있는 과감성을

아버지와 나. "아주 오래전 내가 올려다본 그의 어깨는 까마득한 산처럼 높았다." 사람들이 말하는 내 카리스마는 모두 아버지로부터 온 것이다.

동네 만방에 떨쳤으며, 모래 장난을 할 때면 흙더미 속에 대가리까지 파묻고 질식할 때까지 발버둥을 쳤고, 복개공사가 되지 않아 흙탕물(사실은 똥물)이 흐르는 개천에서 유유히 수영을 즐길 수 있는 동네 유일의 인간이었다. 1970년대 당시 강북 촌동네 엄마들의 일반적인 특성 — 호전성, 폭력성, 강인함, 막중한 가사노동, 상당한 수의 돌봐야 할 아이들 — 을 이해한다면, 엄마의 동의를 얻지 못한 다른 집 아이들이 당연히 죽음을 무릅쓰기 전에는 나와 같은 행위를 하지 못했으리란 것, 그러므로 동네에서 내가 영웅화되고 왕초화되었으리란 것은 짐작하실 것이다.

그러던 어느 날, 불멸의 명작 〈요괴인간〉과 〈황금박쥐〉가 시작하는 여섯시가 훨씬 넘어서도 내가 귀가하지 않는 불상사가 발생하였다. 나는 동네를 제집인 양 활보하다가 배가 고프면 아무 집이나 문을 차고 들어가 밥과 간식을 요구하고 배가 터지도록 먹고 나면 그 집 안방에서 할머니(물론 전혀 모르는) 무릎을 베고 잠들어버리는 성격이었으므로, 곧 '여기 아무개 집인데 댁의 아들이 지금 안방에서 자고 있다, 우리집 노인네께서 오늘 하루라도 아이를 재워 보내고 싶어하시는데 괜찮겠느냐'는 연락이 올 가능성이 높았지만, 그날따라 뭔가 심상치 않음을 느낀 어머니는 이미 어둑어둑해진 골목길로 나를 찾으러 나섰다. 그리고 곧, 가로등 아래에서 어깨를 축 늘어뜨리고 담벼락에 기댄 채, 뭔가를 중얼거리고 있는 나를 발견하였다.

"우우리 아아부지도…… 그으런 거어…… 사준댔어…… 우씨우, 우리 아아부지도…… 이이잉…… 그으런 거…… 이씨……"

(매우 쪼그만 목소리였다 한다.)

사태의 진상은 이렇다. 여느 때와 다름없이 동네 부하 녀석들을 사열하러 나간 나는 골목의 분위기가 평소와 매우 다름을 직감하였다. 웅성웅성 아이들이 모여 있는 사이로 반짝거리는 그 물체는…… 그것은…… 자동차였다!

물론 진짜 자동차는 아니었지만 장난감이 귀하던 그 시절, 그 물체는 접합부의 이도 제대로 맞지 않는 조악한 내 플라스틱 로봇보다 수백 배는 커 보였고, 함석판이었을지언정 아직 신삥인 관계로 번쩍번쩍 뺑끼칠이 되어 있었으며, 운전석에 앉아 두 발로 페달을 밟으며 핸들을 조작할 수도 있었다. 게다가, 게다가 클랙슨도 달려 있어 골목길에 신경질적인 고음을 토해내며 새로운 왕의 등장을 알리고 있었다.

동네 아이들은 제각기 저 귀한 물건을 오늘 당장은 불가능하더라도 조만간 한 번이라도 얻어타보고자 하였다. 갖은 아부의 웃음을 짓고 있는 놈, 완전히 얼빠진 표정으로 손가락만 빨고 있는 놈, '진상품'을 바치고 저걸 한 번 타봐야 한다는 계산으로 자신의 재산 중 최고의 상품—알록달록한 구슬, 한 등급 위의 뼈구슬(흰색 구슬을 그렇게 불렀다), 상당히 닳은 딱지 무더기, 지네 말린 것 반 토막, 반투명 조약돌, 누나들한테 훔친 종이인형 팬티 등—을 열심히 세고 있는 놈, 하여간 아이들 세계에 본격적으로 등장한 자본주의의 충격에 추태를 부리며 허우적대고들 있었다. 게다가 그 자동차의 주인공은 불행하게도, 대단히 불행하게도 C군이었으니……

　여기서 잠시, 우리는 C군이 누구인지 짚고 넘어가야 한다. 그는 우리 동네에서 제일 부유한 축에 속하는 C변호사(우리 동네에 웬 변호사?) 집 아들로, 미인인 어머니를 닮아 새하얀 피부에 새까만 눈동자, 꼬실꼬실한 곱슬머리를 가진, 강북 촌동네에 어울리지 않는 사랑스런 외모의 소유자였다. 말은 않더라도 아이들은 동네 아줌마들로부터의 부담스런 비교의 시선, C군에게 모아지는 찬탄의 시선을 느껴야만 했다. 심술보에 가까운 불룩한 볼, 단춧구멍에 가까운 눈, 지금과는 달리 볼 사이에 묻혀 납작해 보이던 코, 돼지털에 가까운 머리칼을 가진 나로서는, 놀이친구이기는 했어도 결코 맘속으로부터의 그 무언가를 내줄 수는 없는 그러한 대상이 바로 C였다. 그런데 하필 그 C가 저 자동차의 임자라니! 그 당시 그 동네에 등장한 그 자동차의 충격은 지금 서울 하늘에 잠실 주경기장만한 외계 비행접시가 삼백 대쯤 떴대도 그보다 더했으면 더했지 덜하지는 않았을진대……

　식은땀을 흘리며 난 중얼거렸다. "침착해야 해. 이 배반자 새끼들을 처단하고 나의 영토를 찾아야 한다." (그 순간 가죽을 흉내낸 비닐로 싸인 근사한 핸들과, 그것을 잡고 돌려대는 C의 하얗고 고운 손이 보였다.) 내 머리는 이 미천한 군중을 다시 내 편으로 돌리기 위한 모든 방법과 가능성을 찾기 위해 미친듯이 돌아가고 있었다. (그 순간 다르륵다르륵 소리를 내며 돌아가는 바퀴가 눈에 잡혔다. 저 타이어도 진짜처럼 바람을 넣는 걸까 아니면……)

　더이상 견디기 힘든 충동을 밀쳐내고 나는 아이들 사이를 뚫고 들어갔다. 아이들이 양옆으로 비켜서고 수십 개의 눈동자가 나에게 향하는(오랜만에!) 그 순간, C의 천진한 눈 역시 나를 바라보았고 나는 분노한 손가락을 들어올려 그의 얼굴을 힘차게 가리켰다. 그리고 마치 꿈꾸듯이, 내 입에서 나오는 믿을 수 없는 단어들을 마치 남의 말을 듣는 듯한 기분으로 들었다.

"요용범아~ 나아두 하안 번만 태워주라아잉."

영화 속 정지 화면처럼 그 순간은 상당히 길었다. 그리고 C의 대답.

"싫어."

어머니는 내가 '돈'의 개념에 대해 알게 되는 것을 무척 꺼렸다. 어차피 세상 살다보면 자연히 알게 되는 것이라고는 해도 최대한 그 시기를 늦추고 싶어하셨던 모양으로, 예를 들어 구멍가게 아줌마에게도 특별히 부탁하여 내가 하드나 과자 등을 그냥 집어가게 하고 돈은 나중에 따로 받아가도록 하였다(없는 살림에 꽤나 대범한 결정이었지만, 이상하게도 나는 군것질을 거의 하지 않는 편이었으니 그 결정으로 가계부에 주름이 잡히지는 않았을 것이다).

그러나 당시 노동자들의 거의 한 달 치 월급에 육박하던 그 비싼 장난감 아닌 장난감은 역시 우리집 형편으로는 턱도 없는 무리였을 뿐 아니라, 아이가 조르는 대로 다 들어주면 버릇이 나빠질 수도 있는 일이니 당연히 어머니는 속상한 심정을 감추고 나를 토닥여 잠자리에 들게 했는데, 한 가지 사실이 어머니의 심경을 건드려버렸다. 아이가 돈에 대해 알고 있다는 사실이었다. 뿐만 아니라 나는 우리집 형편이 나에게 그런 물건을 사줄 만큼 넉

넉지 않다는 것, 내가 무작정 졸라대면 어머니가 속상해하리라는 것까지 알고 있었기에, 집으로 냉큼 달려와 울며불며 조르는 대신 기가 죽은 모습으로 골목을 배회하고 있었던 것이다(흉물스런 놈……).

다른 문제도 아닌 '돈' 때문에 아이 기가 죽는 것을 보는 엄마의 심정이 얼마나 가슴 아픈 것인지는 공자도 석가도 예수도 언급한 바가 있거니와(아닌가? 그럼 말구), 아이 아버지의 심정이 어떤지는 다음 사건의 결말을 지켜보자.

늦게 퇴근해 식사하는 아버지에게 그날의 사건을 어머니가 두런두런 보고하는 동안, 아버지 역시 속상한 마음으로 이야기를 듣고 있었다. 아마도 어머니가 다음의 문장을 이야기하지 않았다면, 한푼이라도 절약해야 할 젊은 부부는 그저 씁쓸해하면서 서로 위로하며 잠자리에 들었을 것이다.

"우리 아버지도 그런 거 사준댔어"라는 문장이 어머니의 입에서 튀어나온 순간, 아버지의 얼굴은 비사문천왕 내지는 대마왕, 혹은 야차의 얼굴로 일그러졌던 것이다. 보통 아이란 갖고 싶은 게 있으면 엄마에게 조르게 마련이다. 더구나 무뚝뚝하고 엄하기만 한, 길을 걸을 때도 찬바람이 횡횡 불 것같이 무서운 '우리 아버지'를 내가 호명한다는 것은 일 년에 한 번 있을까 말까 한 일로, 아들이 '초특급 비상 구원 요청'을 던졌음을 의미하는 것이었다. 게다가 울며불며 졸라대기라도 했다면 모를까, 골목길에서 아버지를 찾으며 기가 죽은 채(어차피 엄마의 권력으로는 턱도 없는 일임을 간파하고 있었다)로 있었단 말이다.

뚜껑이 열린 아버지는 그 즉시 밥상을 엎어버리고 콧김을 뿜으며 파자마 바람으로 뛰어나가 C씨의 집을 향해 대시하여 대문을 박차고 난입, "그 자동차가 어데서 난 거요"라고 C씨를 추궁(?)하였다. 아버지는 C씨의 친구가 수출용 장난감 공장을 운영하고 있으며 시제품으로 제작된 물건 중 한 대를 선물로 받았다는 것, 비싼 가격상 당연히 국내에서는 아직 팔고 있지 않다는 것, 그리고 그 공장이 인천에 있다는 것 등을 알아낸 후, "따따블"을 외쳐 택시를 잡아타고 인천으로 직행했다. 공장을 찾아 헤맨 끝에, 야심한 시각에 공장의 철문을 두들겨 역시나 잠들어 있는 사람들을 깨우고, 사정이 이러저러하니 무조건 한 대를 팔라고 사정하고 강짜를 놓은 끝에 상당액의 거금을 주고 '물건'을 인수, 택시 트렁크에 우겨넣고 절반밖에 닫히지 않은 뚜껑을 밧줄로 묶은 후 다시 쏜살같이 서울로 날아왔다.

다음날 아침의 풍경은 아직도 기억에 선명하다. 아마도 인내심이 무너져 꿈속에서 울고 말았던 듯, 눈탱이가 밤탱이가 되어 일어난 흐릿한 내 눈에 의미심장한 미소를 짓고 있는 젊은 엄마와 웃음을 참으려 애쓰며 자기들끼리 뭐가 그리 좋은지 팔꿈치로 쿡쿡 찌르고 소곤대는 고모들, 이게 뭔 일일까 하는 표정으로 상황 판단을 하고 있는 눈 큰 새끼 고양이 같은 누나가 손가락을 빨고 있는 모습이 보였다. 어머니가 미닫이문을 드르륵 여는 순간……

선명한 초록빛 얼굴에 둥그런 눈 같은 두 개의 헤드라이트를 단 C군의 것과 똑같은, 그러나 색깔만 다른 예쁜 자동차가 '안녕' 하고 인사하는 듯한 포즈로 마루 위에 놓여 있었다. 내가 어벙한 표

아버지가 사주신 장난감 자동차를 타고 누나와 찍은 사진. 먼 훗날 알게 될 세상의
무거운 고민의 그림자는 아직 나타나지 않았고, 아버지는 나에게 위대한 왕이었다.

정으로 엉금엉금 다가가 조심스레 핸들을 만지자 참지 못한 고모들이 웃음을 터뜨렸고, 그날만큼은 출근 시간을 좀 늦췄던 듯, 그 장면을 대문께에서 확인한 아버지는 인사도 없이 슬그머니 대문을 닫고 사라졌다.

그날부터 골목에서는 C군과 나의 격렬한 '레이스'가 벌어졌다. 곧 죽자사자 박치기에 의해 헤드라이트가 부서졌고, 훗날 클랙슨까지 부서진 다음에는 입으로 빵빵 하고 외치면서 열라 페달을 밟아댔으며, 그 레이스는 해를 훌쩍 넘겨 다음해, 그 다음해까지도 계속되었다.

집 대문 앞에서 복개천 공사장 앞 구멍가게까지 부모가 지켜주는 '영토' 안에서, 곧 아이들을 분류하고 등급을 매기는 장소인 학교에 가게 될 것이긴 했지만 어쨌든 나는 자유로웠다. 먼 훗날 알게 될 세상의 무거운 고민의 그림자는 아직 나타나지 않았고, 아버지는 나에게 위대한 왕이었다. 내 어깻죽지에는 아직도 조그만 날개의 흔적조차 보이지 않았고, 나는 그런 둥지 안의 안락함이 좋았다.

어머니와

나

내가 〈아버지와 나〉라는 노래를 만든 적이 있어서 아버지의 캐릭터는 상당히 많이들 짐작하고 있는 것 같다. 뭐, 전형적인, 말없고 무뚝뚝하고 고집 센 소위 '한국적'인 아버지 말이다. 그럼 여기서, 덜 한국적인 우리 엄마 얘기를 잠깐 하자.

우리 엄마는 노처녀 될 때까지 간지러운 서울 남자들을 무시하며 박력과 카리스마의 사나이 말런 브랜도나 과묵의 사나이 찰턴 헤스턴을 꿈에도 그리다가 우리 아버지가 비슷한 캐릭터인 줄 알고 완전히 속아서 결혼해 신세를 조지신 분이다. 소녀시절에는 가야금이나 피아노 레슨을 애타게 받고 싶어하는 등 예술적인 면에 무지하게 관심을 기울였으나 나중에 기생 되려고 그러느냐는 외할아버지의 더 무지한 견제(정확하게는 폭력)에 제지당해 분루를 삼켰던 전적이 있으며, 문학가가 되겠다는 야심을 품고 국문과에 진학하였으나, 웬걸 시는커녕 애새끼들 기저귀 갈다가 날 샌 분이

어머니와 나. 어머니는 전형적인 한국 여성에서 매우 삐딱선을 탄 여인으로, 나의
음악적 감수성이나 사고의 탄력성은 모두 이 여인에게서 왔다.

다. 하여, 환갑이 넘은 현재 아트 비스무리한 거랑은 꽃꽂이 강사 자격증 달랑 한 개 제외하고는 여전히 무관하시며, 외손자를 본 이후에는 다시 탁월한 육아 및 가사 전문가로 돌아가 출가한 누나 네 집에서 무급 파출부 생활을 자청하고 있는 물건너간 청춘이다. 그럼에도 불구하고, 나는 우리 엄마가 상당히 안 한국적이라고 생각한다. 특히, 나에 뒤지지 않는 구라로 상당히 명망이 있는 엄마가 일생에 걸쳐 날린 몇몇 멘트들은 여자 공자나 노자 혹은 사이비 예수에 근접하는 매우 수준 높은 것으로서, 당신의 경험과 한국이라는 땅에서의 여자로서의 삶이 절절이 녹아든 후세에 길이 빛날 울트라 슈퍼 판타스틱 구라라 할 만하다.

　내가 어릴 적엔 길거리에 걸인들이 꽤 많았다. 특히 등굣길에 오가는 육교 밑에는 매일같이 걸인들이 나와 있었는데 엄마가 십원짜리를 손에 쥐여주며 저 아저씨 동전 그릇에 놓고 오너라 하면 나는 얼굴이 상기되어 동전을 손에 꼭 쥐고는 종종걸음을 쳐 거지 아저씨의 동전 그릇 안에 십원짜리를 얌전히 떨구고는 "감사합니다" 하고 인사까지 한 후에 엄마 치맛자락으로 돌아오곤 하였다. 인사를 했던 이유는 그 걸인이 남에게 베풀 기회를 주었기 때문이다. 세상살이란 게 온갖 해괴한 일이 다 일어나는 만큼 오죽한 사연이 있으면 저리되었겠느냐고 측은히 여길 줄 알라고 배웠던 것이다. 그런데 길을 걷다보면 정말 황당하게도, 반짝거리는 옷을 입고 아이 손을 잡은 젊은 엄마가 아이에게 저 사람은 공부를 못해서 저렇게 되었으니 너도 저렇게 되면 큰일난다 하고 쫑얼대는 꼴을 보게 된다. 아이에게 그런 초라한 사고를 가르치는 것도 꼴

보기 싫지만 어차피 자기 자식 스케일 작아지는 것은 자기 손해라 치고, 내가 정말 기분 나쁜 것은 그 걸인이 듣는 앞에서 마치 들으라는 듯이 그런 천박한 소리를 늘어놓는 상스러움이다. 또 길에서 불구인 걸인을 보면 돈을 주지만 사지가 멀쩡한 청년 걸인을 보면 호통을 쳐준다는 말을 자랑스럽게 하는 아줌마를 본 적이 있는데, 지극히 제3공화국적인 발상이 아닌가 한다. 선진국 길거리에도 걸인은 있으며 또 그들의 대부분은 사지가 멀쩡한 사람들이다. 그들은 육체보다는 정신적으로 사회에 적응하기 힘든 상태에 있는 경우가 더 많으며, 심지어는 종교적 철학적 이유로 그러한 삶의 방식을 선택한 경우도 소수이긴 하지만 존재한다. 안 도와주면 말 일이지 호통까지 칠 것은 무에 있겠나. 그저 십원짜리 하나 보태줄 셈이라도(하긴 요새 거지는 십원짜리 주면 욕하겠지……) 내가 남을 도왔다는 우쭐함을 느끼지 않고 저 사람이 나에게 도울 기회를 줬으니 그가 부처요 성인이다, 라고 생각하면 그만인 것을 (솔직히 울 엄마는 부처가 아니라 예수라고 그랬다. 근데 분위기상 부처에 더 어울리는 얘긴 것 같다).

내가 중학생 때 집안 살림이 어려워져 끼니 잇기가 곤란하자, 어린 마음에 가세에 씨알만한 도움이라도 되었으면 하는 생각이 간절했다. 특히, 우리집이 꽤나 잘살 때도 몸이 허약했던 엄마는 기름보일러에서 연탄아궁이로 살림이 바뀌자 연탄가스에 가끔 실신도 했는데, 엄마는 당신이 드러누우면 집안 꼴이 더 아수라장이 될까 염려하여 맘대로 앓아눕지도 못했다. 군밤 장사와 신문배

달 같은 아르바이트로 답이 나오질 않자 나는 보리차 장사를 벌여야겠다고 생각하였다. 동대문 이스턴호텔 뒤쪽에는 유령회사처럼 보이는 수상한 사무실들이 잔뜩 있었는데, 그곳엘 가면 보리차 봉지, 수세미, 비누 등을 가방에 꽉꽉 담아주었다. 나는 그 가방을 메고 아파트촌이나 가정집을 돌며 초인종을 누르고는 "고학생인데요, 보리차 좀 팔아주세요~" 하며 돌아다녔는데, 쉽게 말하자면 약간 자율적 형태의 앵벌이라 할 수 있겠다. 처음에는 초인종을 누르고 "누구세요" 하며 현관으로 나오는 주인집 딸내미의 목소리를 듣고는 너무나 쪽팔려 왕따시만한 가방 두 개를 옆구리에 끼고는 헉헉대며 기냥 하이방을 쳐버렸다. 아파트 놀이터에 앉아 얼굴색을 가다듬고 전열을 정비하고 있자니, 앵벌이를 하고 있다는 것보다, 엄마 아부지는 ×빵이 치고 있는데 나는 목소리 한 번 못 내보고 도망친 것이 더 가슴 아팠다. 흔히 한국 부모들은 집안이 망했을 때 자녀들에게 고통 분담을 요구하기보다는 측은하다며 어떻게든 감싸려든다. 그러나 사실 아이들 눈에는 그런 부모가 더 측은해 보이는 법이다. 내가 우리 부모의 감싸는 손길을 피해 몰래 뛰어든 삶의 전쟁터, 그 첫 전투에서 난 총도 못 쏘고 도망친 것이 아닌가. 다시 용기를 내 가방을 들고 가는데 아이디어가 머리를 스쳤다. 흔히 아파트단지에는 노인정이 있게 마련이다. 난 노인정에서 집으로 향하는 할머니 할아버지들이 들어가는 아파트 호수를 체크한 다음 그 집들로 가서 노인들을 집중 공략했다. 노인정을 직접 공략하는 방법도 있지만, 그렇게 되면 이 양반들 쌈짓돈을 뺏게 되는 셈이니 그건 안 된다. 며느리가 있는 집을 공략하고 "애, 웬만하면 하나 사줘라"는 멘트만 나오게 하면 된다. 그럼 못마땅한 표정으로 지갑에서 돈을 꺼내 주는 아줌마의 시선을 뒤로하고 쌩하니 다음번 집으로 가면 된다.

한 달쯤 중뿔나게 뛰어다니자 동대문 사무실에서는 귀여운 녀석으로 찍혔고 중학생치고는 꽤 많은 수입을 얻게 되었다. 물론 부모님이 아시면 넌 네 할 일이나 하면 되지 왜 시키지 않은 짓을 하고 오버냐는 핀잔을 들을 게 두려워 입을 다물고 있었는데, 이쯤 하면 돈도 꽤 되니 야단은 맞지 않겠다 싶어 한편 자랑스런 마음으로 엄마에게 불었던 것이다. 그러자 암 말 없이 자초지종을 들은 엄마가 너 파는 물건을 좀 보자 하였다. 그리고 내가 파는 보리차며 수세미며 하는 것들을 보시더니 엄마 왈, 내가 파는 물건의 질이 가격에 비해 무척 나쁘다는 것이었다. 동대문 사무실 사람들은 좋은 사람들일 수 없으며 고학생들을 시켜 폭리를 취하는 것이라 하였다.

그리하여 그날로 나의 아르바이트는 중단되었고, 엄마는 "마음만은 고맙게 받겠다"는 멘트와 함께 내가 벌어들인 '부당한' 수입을 냉큼 성당에다 내버렸다(나는 속으로 젠장, 엄마만 아니면…… 하고 사춘기의 반항을……). 이 사건은 "똥이나 된장이나 아무거나 가리지 않고 집어먹고 사는 게 아니다"라는 문장으로 막을 내렸는데, 오늘날까지 내 삶에서 중요한 지침 중 하나가 되었다.

이런 일도 있다. 흔히들 사춘기 남자아이들이 엄마와 겪는 트러블 중 대표적인 것으로 '빨간 책' 사건이란 게 있다. 음란잡지를 일컬음인데, 정상적인 사고방식의 훌륭한 사람들은 이런 물품들을 '음란물'이라 하며, 진보적이며 관대한 사고방식의 역시 훌륭한 다른 일파(예를 들어 나 같은) 사람들은 이를 '에로물'이라 한다. 하여간 전형적인 스토리는 청소중이던 엄마가 책상 서랍이나 침대 밑에서 『플레이보이』 등등을 발견하게 되는 것인데, 우리 엄마도 내 책상 서랍 맨아래 칸에서 다량의 '에로물'을 적발한 것이다(나의 기억으로는 다음과 같았을 것이다. 『플레이보이』 두 권―시가 이천원×2, 『인터내셔널』―시가 삼천원, 『클럽』― 오천원, 『펜트하우스』― 삼천원). 집에 돌아오니 내 책상 위에는 엄마의 편지가 한 통 놓여 있었다. 장문의 그 편지는 한편으로는 엄마가 나의 성적 성숙을 기뻐하고 있으며, 한편으로는 건전하지 않은 성적 상상으로 나를 타락시킬 '음란물'을 매우 우려하고 있으니 알아서 그 물건들을 처분하시겠다는 것이었다.

사실 엄마가 나에게 편지를 보내는 것은 아주 드문 일은 아니어서, 직접 얼굴을 대하고 얘기하기 민망할 때나 내가 협조해주었으면 하는 매우 중대한 사안들이 생겼을 경우, 내 책상 위에는 엄마가 쓴 편지들이 놓여 있곤 했다. 심지어 엄마는 국민학생 때 내 일기장 페이지 아래마다 엄마의 느낌이나 생각을 답장 식으로 적어놓곤 하였는데, 이게 꽤 히트를 쳐서 학교에서 각 가정으로 보내는 가정통신문에 엄마의 글들이 인쇄되어 배포되기도 했었고, 출판 제의도 있었다.

그러나 이번 경우는, 다르다. 내 입장에서는 결코 빼앗길 수도 빼앗겨서도 안 되는 슈퍼 울트라 보물들이 아닌가. 범생이의 생

1982년 중학교 1학년 겨울. 두발 자유화가 시행되기 직전. 가세가 기울어 당시 사진이 거의 없다.

활을 유지하고 있는 중삐리에게 있어 무려 2년 넘게 모아온 '에로물'들은 그 무엇과도 바꿀 수 없는 것이다. 나는 수사 과정에서 불법적인 사생활 침해가 있었음을 악랄하게 물고 늘어져 처벌 또한 무효라고 격렬히 항변했다. 그 '에로물'들이 '음란물'임을 인정하더라도 내 책상 서랍을 내 동의 없이 엄마가 열어본 것은 부모로서도 권한 밖의 일임을 계속 공격한 것이다(엄마니까 이런 작전을 시도라도 해보지. 상대가 아부지였으면…… 그랬으면…… 생각도 하기 싫다). 엄마는 수사 과정에서 '무리한' 부분이 있었음을 정중히 시인하고 추후로 다시는 사생활 침해에 해당하는 행위가 가정 내에서 재현되지 않을 것임을 거듭 강조한 후, 처벌에 순순히 협조하는 것이 모자 화합과 장래 가정 평화의 초석이 될 것임을 천명하였다. 여기서 나는, 승부사 기질을 발휘, 일찍이 『손자병법』에서 강조한 사악한 전술을 구사했다. '적반하장.' 나는 지금 우리 반에만 해도 실제 성 경험을 가진 학생이 상당수에 이르며, 그들은 이러한 '에로물'을 우습게 본다는 것, 또한 나는 일정한 나이에 이를 때까지 그러한 경험을 가질 생각이 없으며 나의 사춘기를 온전히 보내는 데 이러한 '에로물'들이 대리 해소 효과를 발휘하여 도움이 될 것이라고 말함으로써, 까고 말해 이 정도 타락으로 쇼부 볼래 아니면 집 나가서 엄한 짓 할까로 협박수를 던진 것이다. 어머니는 두 가지 점에서 나의 의견을 인정했다. 첫째는, 엄마가 소녀시절은 겪었어도 소년시절이란 것에 대해서는 잘 모를 수밖에 없다는 것(흔히 한국 엄마들은 남녀의 차이를 인정하지 않고 자식의 일은 다 알고 있으며, 또 알아야 한다고 생각한다). 둘째, 엄마가 사춘기였던 시절과 내가 사춘기인 시절의 세월 차이를 인정해야 한다는 것이었다.

'에로물'들은 '가급적 처리할 것'이라는 요청 사항과 함께 내 손으로 돌아왔다. 그날 이후로 내 방에 비디오가 백 개가 굴러다니든 말든 이쪽 파트에 대한 이야기들은 '불간섭 사항'으로 분류되어 내게 전권이 위임되었으며, 오늘날까지 서로 이야기해본 적이 없다.

보름 스케줄로 서울에 들어가면 엄마 아부지 얼굴 보기가 한 번도 빠듯한데, 간만에 모자가 썰을 푸는 노중(덩연히 아부지는 옆에서 침묵하고 있다), 엄마는 이런 멘트를 날렸다. "내가 느이 누나네 가서 기성이 기백이(내 조카들) 봐주다가 하도 신통방통해서 누나한테 그랬다. 애, 네가 행여나 얘네들 똥 치우고 기저귀 갈고 길렀다고 해서 애들한테 베풀었다거나 심지어 덕 볼 거라고 절대 생각하면 안 된다. 아이들이 어미한테 베푸는 게 얼만데. 세상 모든 기쁨과 깨달음을 이애들이 우리한테 주는 거다. 기르고 난 후가 아니라, 기르는 도중에 우린 보답을 벌써 백배 천배로 받고 있는 거야."

최근 엄마는 인터넷에 매달려 있다. 통신 회선을 새로 깔고 주위에 이메일을 날리고 있는데, 불행하게도 엄마 또래에는 이메일 사용자가 아무도 없어서 나에게 열라 편지질을 하고 있다. 내 눈치를 보느라고 털어놓진 못하지만 내 생각엔 아무래도 엄마도 판을 안 사고 MP3 음원을 다운받고 있는 눈치다. 배신자~

어릴 적
내 꿈

　어릴 때 나의 꿈은 번데기 장수였다. 이 때문에 주위 가족 및 친족(몇 번이나 얘기하지만 울 아부지 십 남매, 엄마 칠 남매, 나는 그냥 남매, 게다가 고모 삼촌들이랑 같이 살았다), 관공서(래봤자 내가 다니던 국민학교)로부터 갖은 압력을 받았음에도 불구하고 나는 굳건히 소신을 굽히지 않았다. "철아, 철아, 넌 커서 뭐가 될래?" 하고 고모들이 나를 빙 둘러싸고 물어보면, 나는 굼벵이, 늘보, 금복주라는 별명답게 "뻐어어언데에에기 자앙수우우~" 하고 늘어지게 대답했는데, 그러면 고모들은 폭소와 함께 떽떼굴떽떼굴 굴러다녔고(고모들은 당시 틴에이저였음), 엄마가 고함을 질러서 중단시킬 때까지 눈물을 흘리며 웃었다. 심지어는 학교에서도 '나의 꿈'이란 주제로 발표할 때, "저의 장래희망은 뻐언데에기 장수입니다"라고 말했다. 순간 폭소가 쏟아졌고 나는 비웃음 속에 파묻혀 마치 기죽은 찰리 브라운처럼 터벅디벅 내 자리로 돌아가

어린 시절의 나는 그저 아무 생각 없이 해가 뜨면 골목으로 뛰어나가, 윗도리만
입고 동네를 활보하던 코찔찔이들과 흙장난, 술래잡기, 다방구 등의 유희를 진탕
즐기다가 TV만화가 시작되는 오후 여섯시에 집으로 칼같이 퇴근하는 꼬마 한량이
었다.

곤 했다.

일시적으로 왕따가 된 나는 놀이터 그네에 걸터앉아 "뻐어언데에기 자앙수가 어째서어어……" 하고 중얼거리곤 했는데, 어쨌든 1970년대 어렵던 시절, 고단백 영양 공급원인 번데기는 부모들에게도 각광을 받던 시기여서 골목길에 번데기 장수의 "뻐언~" 하는 소리가 들리면 어머니는 어김없이 내 손에 동전을 들려주었다. 위생? 불결하지 않느냐고? 지랄 마라. 변변한 장난감 없이 진흙탕 속을 뛰놀던 강북 어린이의 모습을 상상해보라. 번데기 먹고 배탈 나는 건 '곱게 자란 놈'들이나 하는 짓이지, 나야 뭐……

여기서 번데기 장수의 사업적 비전과 골목길을 지배하는 강렬한 카리스마에 대해 논해보자. 골목길에 "뻐언~" 하는 소리가 울려퍼지면 동네 아이들의 귀는 쫑긋 선다. 번데기 장수의 출현시 항시적으로 자금 지원을 받도록 엄마와 묵계가 되어 있는 나 같은 경우는 눈썹을 휘날리며 "엄마, 엄마아~ 뻔!" 하고 외친 뒤 동전을 받아들고 총알같이 튀어나간다. 나처럼 스테디한 스폰서가 없는 옆집놈의 경우는 절규와 울음을 토해내며 엄마와 상당 시간 실랑이를 벌여야 하고, 놈이 나타났을 때는 우린 이미 신문지로 싼 번데기 한 봉을 입에 홀랑 털어넣고 국물을 쪽쪽 빨고 있는 '상황 종료' 상태다. 골목길에서 번데기 장수의 존재는 그야말로 특급 스타 수준인 거다.

게다가 대부분의 번데기 장수들이 문어발식 사업 확장으로 뽑기 장수와 엿장수를 겸업하는 경우가 많아, 울트라 번데기 장수의 경우는 세 개 기업군을 동시에 운영하는 '총수'인 셈이다. 나의 야심 역시 번데기 장수를 기반으로 하여(소라는 다른 기업이 아니고 번데기 파트에 예속된 서비스 품목의 경향이 강하다) 뽑기 장수로 사업을 확장하고(기업 이미지상 '달고나'라는 호칭이 더 상업성이 있다고 생각했다. 당시 내 나이 일곱 살), 최종적으로는 화려한 퍼커션 사운드를 무기로 골목을 공략하는 엿장수까지 병합하는 게 최종 목표였다.

자, 그럼 해철 어린이의 '이상적 번데기 장수'의 이미지를 재현해보자. 나는 근사한 밀짚모자를 쓰고 한 손엔 메가폰, 한 손엔 묵직한 가위를 들고 다년간의 트레이닝에 의해 쇳소리 섞인 걸쭉한 목소리로 "뻐어언~ 디기디기디기~" 하고 외치며 골목길에 등장한다. '하멜른의 피리 부는 사나이'처럼 메가폰 소리와 가위 소리는 동네 아이들을 순식간에 최면 상태로 몰아넣고, 나는 콧물과 침을 질질 흘리고 있는 윗도리만 입은 꼬마들에게 둘러싸여 그래그래 오냐오냐 하고 인심 좋은 웃음을 흘리며 주먹 사이즈의 신문지 봉투에 번데기를 고봉으로 불룩하게 담아준다. 아이들 중에는 한입에 번데기를 몽땅 털어넣는 하드코어파도 있고(고놈, 장군감이로구나), 한 개씩 집어 심각하게 맛을 음미하며 천천히 즐기는 미식가파도 있으며(고놈, 은행원이 되겠는데?), 행여나 뺏길세라 구석에 짱박혀 열라 침 발라가며 먹고 있는 놈(고놈, 사업하면 잘하겠다), 맨입만 달랑 들고 와서 이리 붙고 저리 붙으며 남의 것 뺏어 먹고 있는 놈 등등 정말 다양한 놈들이 있다(짐작하고 계시겠지만, 마지막 놈은 고놈…… 틀림없이 정치가가 되겠구나, 씨발 이게 답이다). 아이들 중 가장 허름한 옷을 입고 어두운 표정으로

1977년 국민학교 3학년 여름. 수영장에 가기에는 너무나도 게을렀고, 자빠져 자기에는 너무나도 책을 좋아했다.

리어카 뒤쪽에 멍하니 서 있는 녀석…… 놈에겐 남들이 안 볼 때 잽싸게 솥에서 한 숟갈 퍼서 입에 넣어준다. 다른 아이들이 알면 난리가 나고 그날 장사 종치므로, 안 볼 때 번개같이 먹여준다. 그러곤 서로 의미심장한 미소를 교환한다(그냥 한 봉지 주면 안 되냐고? 모르는 소리 하지 마라. 번데기 장수는 가난한 법이다. 그렇게까지 인심을 쓸 순 없는 거다). 번데기로 히트를 날리고 나면 다음주는 종목을 뽑기로 바꿔 다시 등장한다. 뽑기는 번데기와 달리 사행성의 요소가 내재되어 있는 위험하며 달콤한 유혹이다. 마치 〈원초적 본능〉의 샤론 스톤처럼 미끈하고…… 달콤하다. 뽑기는 고단백 식품인 번데기와는 달리 설탕을 녹여 만드는 주전부리류이기 때문에, 클라이언트인 아이들에게는 인기가 있어도 스폰서인 부모들에게는 이미지가 썩 좋진 않다. 그러므로 동네에서 뚝 떨어진 공터에 천막을 설치하고 은밀한 영업을 개시한다. 넓적한 뽑기에 별 모양, 달 모양을 찍어주면 아이들은 테두리 부분을 조심조심 먹어가며 별 모양 달 모양을 만든다. 얄팍하게 구운 설탕 덩어리로 그 짓을 한다는 게 생각만큼 쉬운 건 아니다. 그러므로 매스컴과의 인터뷰에서는 이러한 행위가 아이들의 예술적 창조력과 인내심을 배양하는 거시적 효과가 있음을 강조하며 뽑기에 발암물질이 있다는 흑색 루머를 격렬히 공박한다. 글이 또 샜다.

하여간, 별 모양 달 모양을 만드는 놈들은 지난번에 번데기 먹던 놈들과 같은 놈들이다. 하드코어파는 일격에 뚝뚝 부러뜨려 모양을 만들므로 성공률이 현저히 낮다. 은행원파는 침을 질질 발라가며 집요하게 녹여서 최종 타깃인 별 모양으로 서서히 어프로치

한다. 사업가파는 만들다 부서진 별 조각 달 조각을 모아 새것을 가진 놈과 트레이드하여 재기의 기회를 갖는다. 정치가파는? 물론, 남의 것 뺏어먹을 것이다.

나에겐 종교가
없다

　나의 어릴 때 별명 중 하나는 똥개였다. 아이 별명을 일부러 천하게 부르는 경우가 옛날 분들 가운데 왕왕 있는데, 나도 그런 경우 중 하나였다. 누나의 별명이 '아가'였던 데 비해 극심한 역차별을 받은 경우인데, 동기야 좋든 나쁘든 엄마+아빠+고모 삼촌 9명+가끔 할아버지 등등 여러 수십 명이 "똥개야" 하고 불러대면 아이의 정서가 피폐해진다(그래서 지금 이 꼴이다).

　그다음 별명은 특징도 없고 유치하기만 한 '해팔이'로서 소리 나는 대로 '해파리' 등으로 불리기도 했으며, 불알친구들은 나를 그렇게 부른다. 그리고 한참 세월이 지난 다음 얻은 별명이 교주인데, 콘서트장의 광경을 보고 기자들이 붙인 것이다. 그 안에 포함되어 있는 유머러스함 때문에 많은 사람들이 "어이~ 신교주~" 하고 부르는 경우가 많은데, 내 자신 그렇게 싫어하지도 않지만 뭐 그렇게 좋아한다거나 자랑스러워하는 별명도 아니다. 어차피 진짜 교주도 아닌데다 결정적으로 부채 소녀들도 없고 칠선녀도 없지 않은가(거 왜 있잖은가, 교주 의자 뒤에 서 있다가 부채질도 하고 밤에는…… 밤에는…… 밤에는…… 자장가도 불러주는……). 웬만큼 센스가 있는 분은 당연히 알겠지만 이 교주라는 말 자체가 '사이비 종교 교주'라는 말을 줄인 거나 다름없어서, 이미지가 무소불위, 전횡, 음탕, 탈세, 신도 재산 착복, 여신도 추행, 불법 납치 및 감금 등의 단어를 포함한다. 사람들이 "그래, 그 종교 이름이 뭐요?" 하고 킬킬대며 물어보면, 나 역시 지지 않고 오극교니 지간교니 하고 맞받아친다(오극교: 오입극락교를 일컬음. 설명 불필요. 지간교: 지옥간부교를 일컬음. 군대를 사병으로 가지 않고 장교로 가는 것을 선호하듯이 어차피 지옥 갈 거라면 간부 코스로 가서 유황불에 타는 게 아니라 유황불에 타는 놈 쇠스랑으로 찌르고 못 나오게 괴롭히며 지옥의 행정에 협조하는 지옥 간부를 길러내는 것을 목적으로 한다).

  서론이 오방 길었다. 그래서 이 챕터의 얘기는 뭐냐…… 종교야그다. 결론부터 얘기하자면 난 종교가 없다. 단지 뭐든 종교에 대해 객관적인 입장을 유지하며 어떤 것이 최선의 선택인지 알아보려던 것인데, 생각보다 방황이 길어져 오늘날까지 왔다. 어린 시절부터 십 년이 넘게, 그것도 매우 중요한 사춘기 시절을 성당에서 보냈으므로 정서적으로는 천주교 냄새가 많이 남아 있으며, 기독교, 불교, 이슬람교에 대해 모두 감탄할 점이 있다고 생각하고, 힌두교는 매우 매력적이고 드라마틱한 종교로서 좋아하고, 심지어는 우리나라 기독교계가 벌레 보듯이 하는 여호와의 증인도 매우 존경할 점이 많다고 생각하며, 통일교 역시 대단하다고 생각한다. 현대에 이르러 등장한 혼합 종교의 양식 또한 관심이 있고, 탈종교적인 정신운동(뉴에이지 무브먼트)에도 호감이 가며, 선, 티베트 불교도 꽤나 동경한다. 이쯤 되면 도대체 뭐하는 거니, 라고 묻고 싶은 사람도 있겠지만, 한술 더 떠 외계인 문명창조설이니 유에프오 종교니 하는 것도 배울 점이 많다고 생각한다.

음악적으로도 수많은 카테고리를 기웃거리듯이 종교 면에서도 나는 장시간의 수박 겉핥기와 기웃거림으로 재미있는 여행을 해왔는데, 이제 아직도 결론 나지 않은 이 여행을 잠시 여러분과 함께하고자 한다. 세계 어느 곳에서나 종교에 관한 것은 금기시되는 주제 중 하나다. 쓸데없는 오해나 편견, 말다툼이나 불러일으키기 쉬운 민감한 문제이지만 어떠한 편견이나 결론 내림 없이 편한 마음으로 동참하시기 바란다.

국민학생 때 불현듯 종교를 갖고 싶다는 생각이 들었다. 당시 우리 집안은 경제적으로도 매우 힘들었지만, 특히 아버지가 외지에 나가 집으로 거의 돌아오지 못하는 형편이었기에 집안 전체에 가장 부재의 허전함도 꽤나 컸다. 물론 어머니도 집밖에 나가 돈을 벌면서 악전고투했지만, 유교식으로 말하자면 대리 가장은 어머니가 아니고 나였다(당시 생각엔 그랬다는 거지…… 지금 나는 그런 유교적 관념에서 많이 벗어나긴 했다). 해서 내가 내린 결정이 모두들 성당에 나가는 게 좋겠다, 는 거였다. 누나나 어머니 모두 성당이 주는 차분하고 장엄한 느낌, 흰색 미사포가 주는 경건

국민학생 때 불현듯 종교를 갖고 싶다는 생각이 들었다. 내가 먼저 천주교 영세를
받았고 어머니와 누나가 뒤따랐는데, 지금도 두 사람은 매우 독실한 신자다.

함 등을 좋아했다. 내가 먼저 영세를 받았고 어머니와 누나가 뒤따랐는데, 지금도 두 사람은 매우 독실한 신자다. 고등학교 졸업할 무렵까지 나는 천주교라는 울타리 안에서 안전함을 느꼈고 외로움을 위로받았으며 세상의 선악을 판단하는 잣대를 제공받았고 그래서 행복했다. 성당에 모여 있는 내 또래 아이들은 모두 진지하고 얌전하며 사색적인 아이들이었고(지들이 학교에서 무슨 짓을 하는지는 모르겠으나 성당에 오면 그랬다는 거다), 주일학교 교사들인 대학생 형 누나들은 항상 친절하게 많은 것들을 가르쳐주었다. 나는 사제관 전속 개그맨으로 불리며 크리스마스 파티(말하자면 주일학교 학예회) 등을 휩쓸고 다녔다. 지금 생각해보면 성당은 나에게 제2의 가정이기도 했던 것 같다. 가정형편과 사춘기의 고민으로 너덜너덜해진 마음으로 장위동 고개를 올라가 멀리서 십자가가 보이고 수녀님의 모자가 보일 무렵이면 내 마음은 어느새 위안과 안식으로 가득차곤 했다. 심지어 나는 장래에 신부복을 입기를 은밀히 소망하기도 했는데,『천국의 열쇠』라는 책이 중요한 동기를 제공하기도 했지만 또하나의 사건은 다음과 같다.

여느 때와 똑같은 어느 일요일 날 나는 장년부 미사에 갔더랬는데 분위기가 왠지 평소와 달랐다. 그리고 신부님은 신문이나 매스컴을 통해 전혀 알려지지 않은 뉴스를 전했다. 며칠 전 군인들이 광주에서 수많은 민간인을 학살하였으며, 오늘의 미사는 그들을 위해 집전한다는 것이었다. 신부님은 정치적인 견해는 전혀 언급하지 않았으며 단지 가려져 있는 사실만을 침착한 어조로 이야기하였는데 내 눈에 비친 그 모습은 그야말로 광풍 속에서 양떼를 이끄는 목자 그 자체였다(어울리지 않는 표현들을 많이 쓴 것 같은데 졸라 멋있었단 얘기다. 파티 때마다 신부님을 잔인하게 놀려먹은 게 정말정말 미안했더랬다). 믿음이라는 것을 가지고 있던 중학생 시절은 내 생각에 내 평생 가장 정신적으로 강했던 시기가 아닌가 싶다. 사실 무너질 여유도 상황도 아니었기에 아르바이트 거리를 알아보고 성적을 올리는 것, 특히 두번째 목표에 매우 집중했으며 생활태도 또한 별로 흐트러짐이 없었다.

얘기가 이렇게 계속 갈 수 있었다면 내 인생이 얼마나 행복하였을까……마는, 나는 베드로보다는 예수의 옆구리에 손을 집어넣어보고서야 부활을 믿은 도마에 가깝거나, 심지어는 유다일 가능성이 높았고, 아벨이 되기보다는 카인이 될 가능성이 농후한 놈이었다.

아시다시피 천주교에는 고해성사라는 게 있다. 밀실에 들어가 신부님의 귀에 대고(사제는 신자의 얼굴을 보지 않으며 목소리만을 듣는다. 그리고 설령 범죄행위에 관한 내용일지라도 고해성사 때 들은 내용을 외부로 발설할 수 없다) 이런저런 잘못을 했어요 하고 고백하는 일인데, 그러면 지은 죄에 따라 보속이란 걸 준다. 아이들이 할 수 있는 잘못이란 게 사실 빤하니 벌에 해당하는 보속도 빤하다. 잘못을 반성하고 묵상하며 주기도문을 다섯 번 암송할 것 등등인데, 아이들이 대개 그 고해성사를 끔찍하게 싫어하기에 의무적으로라도 해야 하는 날이 다가오면 밀린 고해성사를 하느라 장사진을 친다. 그러곤 가벼운 보속을 받아서 나온다. 그런데 웬걸, 내 차례가 되면 나는 도무지 고해성사실에서 나오질 않을 뿐만 아니라, 구약 전체 읽기, 주기도문 백 번, 성모송 오십 번, 사도신경 사십 번 등 엄청 헤비한 보속을 받아 나오는 거다. 아이들 왈, "야, 너…… 사람 죽였어?"

나는 신부님이나 수녀님 부제님 등을 붙들고 괴상한 질문을 날리기가 일쑤였는데 그 내용은 다음과 같다.

● 카인이 말하길 사람들이 나를 동생을 죽인 무도한 자라 하여 쳐죽일 터인데 어디로 가라 하시나이까, 라고 했는데요, 아담과 이브가 달랑 두 형제를 낳았는데 다른 사람들은 어디서 솟아나왔나요?

● 사랑의 하느님이라고 하면서 다른 민족을 모조리 쳐죽이고 그 성기를 잘라오라고 명령하는 걸 보니, 완전히 다른 인물인 것 같은데요.

● 타락을 일삼던 소돔과 고모라를 불태워놓고 거기서 탈출한 롯은 자신의 두 딸과 관계하여 자손을 잇는데, 소돔과 고모라에서 성행하던 동성애보다는 근친상간이 더 큰 죄 아닌가요?

● 창세기에 이르기를 하느님은 아들들이 사람의 딸과 관계하여 자손을 낳으니 그들이 내 피니라 하여 후세에 용사로 유명한 자들이었더라고 하는데, 사람의 딸들은 그렇다고 치고 하느님의 아들들이란 누군가요? 만일 그들이 천사라면 천사도 섹스를 한다는 이야기인가요?

● 모세가 아무리 이스라엘 백성에게 이야기해도 그들은 끝없이 의심하고 계속 변절했는데 왜 하느님은 직접 나타나서 한방에 믿

도록 이야기를 안 해줬나요?

● 예수님은 하느님의 아들이라면서 왜 졸라 돌팔매질당하고 군소리 없이 십자가에 매달려 돌아가셨나요? 또 그것이 예정된 일이고 알고 있었다면 어째서 십자가에 매달려서 왜 저를 버리시나이까…… 하고 절규하였나요? 앞뒤가 안 맞는 것 같아요.

● 예수님은 전지전능하면서 왜 나중에 배신할 게 빤한 가롯 유다를 기용하였나요? 유다는 인간이기에 자신이 배신할 걸 몰랐고 예수님은 미리 알고 있었다면 예수님이 잘못한 것 아닌가요?

● 인간은 모두 원죄를 짊어져야 한다던데, 내가 왜 본 적도 없는 아담과 이브가 지은 죄를 덤탱이 써야 하나요?

● 소돔과 고모라 이야기 중에 천사들이 손에서 눈부신 빛을 뿜어 무도한 자들을 징벌하는 이야기가 나오는데, 그거 혹시 레이저 광선 아닌가요?

● 솔로몬은 십계명도 어기고 간통도 하고 그러는데 끝까지 하느님이 예뻐하시긴 하던데요…… 왜 난 주일 미사 한 번 빠졌다고 이렇게 욕을 먹어야 하나요.

이쯤 해두자. 이 정도 질문 공세를 펴면 한없이 상냥하게 최선을 다해 대답을 해주시던 수녀님도 인내심의 한계에 도달해 내 귀나 볼따구니를 붙잡아 제단 앞에 처박아놓고 의심이 가실 때까지 기도하라고 낮은 목소리로 말씀하시게 마련이다. 그러나 결국, 의심이 이겼다. 나는 내가 성당 울타리 밖으로 발을 떼어놓는 순간 겪게 될 모든 일에 대해 예감하고 있었고, 의심과 분노와 슬픔 속에서 먼 길을 가게 되리라는 것도 알고 있었지만, 검증될 수 없는 믿음을 택하는 것보다는 내 발로 에덴동산을 나오는 길을 택했다. 그리고 내 이십대는 마음의 평화 따위는 존재하지 않았으며 세상의 온갖 쾌락이 던지는 그 지나칠 만큼 강렬한, 그래서 고통스럽기까지 한 혼란 속에서 통곡하며 지내게 되었다(문장이 너무 거창해서 내가 무슨 대단한 일이라도 한 것같이 들린다).

해철이의
첫 경험

흔히 공부하기 싫을 때 담임 선생님이나 특히 교생 선생님에게 시간 끌기 작전으로 가장 많이 쓰는 방법이 "선생님, 첫사랑 얘기 해주세요"나 "애인 얘기 해주세요"다. 그런데 이게, 남학생들에게 오면 "첫 경험 얘기 해주세요"로 바뀌거나 잘 통하는 젊은 남자 선생님의 경우에는 노골적으로 "언제 첨 해봤어요?"가 되고 만다. 게다가 남자들의 토론이란 게 문화, 철학, 정치, 사회 그 어디에서 시작하든 꼭 후반에는 여자 이야기로, 더 솔직히 말하자면 섹스 이야기로 새버리기 때문에, 첫 경험 이야기 역시 굳이 술자리가 아니더라도 남자들의 대화에서는 군대 이야기와 거의 비슷하게 단골 레퍼토리를 차지한다.

내 경우에는 올망졸망한 후배들이 남녀를 불문하고 첫 경험에 대해서 물어보면 아예 날을 잡고 얘기를 해주는데, 재미 삼아 웃으라고 얘기해주는 것도 있지만, 특히 미경험자들에게는 절대 나

같은 케이스가 되지 말라고 내 피눈물 나며 뼈아픈 기억을 쪽팔리지만 공개하는 거다. 그냥 흥밋거리로 들어줘도 좋고 자신의 케이스와 비교해가며 고개를 끄덕이며 듣는 사람이 있으면 좋겠다. 특히 버진들…… 귀 씻고 잘 들어.

내 첫 경험은 사실 언제인지 좀 애매하다(이 대목에서 벌써 우~ 하는 야유 소리가 나온다). 왜 그런지는 들어보면 알 거다. 여성과의 성적 '접촉'을 기준으로 하면 열아홉 혹은 스무 살 시절이 되지만 여성과의 성적 '결말'(?)을 기준으로 하자면 그보다 엄청나게 늦은 나이가 되어버린다.

그 '접촉'은 열아홉 무렵이었는데, 나는 곧 시작될 대학생활을 준비한다는 명목으로 머리칼 나고 처음 심야 귀가 및 외박을 허락받아 그 시간들을 고스란히 딴따라 하는 데 바치고 있었다. 프로인 선배 밴드들이 공연할 때는 사운드 스태프로 공연장을 늘 따라다녔는데, 내가 음향에 대한 감각이 좋다고 인정받은 부분도 약간 있긴 했지만, 그 당시 우리나라 PA(음향 확성 장치) 기술자들이 워낙 동네 전파사 수준인데다 록음악을 들어본 적도 없는 사람들이 많았기 때문에 드럼 기타 베이스의 밸런스만이라도 대충 맞춰놓으면 선배들에게 매우매우 귀여움을 받았다(역으로 PA 기술자들에게는 저 새낀 뭔데 와서 참견이냐 하고 미움을 받았다). 그러던 어느 날의 부산 원정 공연, 최악의 공연장에서 악전고투하면서 열심히 사운드를 만들었는데, 그게 기특했던지 스태프들이 모두 잠든 오밤중에 선배들이 여관 밖으로 날 불러내어 재미있는 곳

을 가는데 너도 데려가주마 하는 거였다. 얼떨결에 따라간 곳이
그 이름도 거룩한 홍등가였던 것이다(이 대목에서 대부분 실망의
웃음과 또 한 번의 야유가 나온다. 도대체 왜 나는 첫 경험을 하얏
트호텔에서 팔등신 미녀와 했다고 생각하는 걸까).

　많은 사람들이 아다시피 부산의 홍등가로 가장 유명한 곳은 완
월동이라는 동네다(지금도 그런지는 모르겠다). 하지만 프로페셔
널이라고 해도 신출내기에 불과한 선배들이 그런 데 갈 돈이 있을
리 만무라서, 거기는 "요새 에이즈가 심하대……"라는 변명과 함
께 부산진역 앞의 허벌 싼 곳으로 날 데려간 것이 문제였다(하긴
비싼 델 갔더라도 결론은 마찬가지였을 것 같다). 허름한 여관들
과 알 수 없는 업종의 가게들, 게다가 왠지 모를 쇠락과 체념이 감
도는 거리, 그런 종류의 풍경들을 나는 그저 내가 살던 강북 동네
일원의 찻집들 앞을 지나다니다 힐끗 느낀 적이 있을 뿐, 그런 곳
에 본격적으로 내 발을 들여놓긴 머리칼 나고 처음이었다. 폴라로
이드 카메라로 당시의 내 표정을 찍어놓았다면 공포감, 두근거림
과 함께 그것을 티내지 않기 위한 그야말로 필사적인 노력이 어우
러져 거의 〈포레스트 검프〉의 톰 행크스와 비슷한 얼빠진 표정이
었지 싶다.

　참가 인원(?)은 선배 네 명과 나, 모두 다섯이었는데 나는 엄마
따라 시장 온 아이마냥 기타리스트 K형의 바짓가랑이를 잡고 등
뒤에 숨어 있었고, 선배 중에 가장 까진 L형이 '포주'와 능수능란
한 협상을 개시했다.

　"어, 아줌마, 우리 중에 총각인 애가 있어서 제일 젊고 에쁜 애

로 하나…… 아니 정말 딱 하나면 돼. 나머진 구색만 맞추면 되고. 그러고 모자라면 난 아줌마랑 하면 되잖아……"

충격. 부들부들. 충격. 분개. 내가 왜 분개했게? 말의 내용 때문에? 그게 아니라 나는…… 웃지들 마라. 나이 드신 분에게 선배가 반말을 하는 것을 보고 매우 분개했던 거다. 다른 글에서 썼듯이, 나는 거지에게 적선을 하고도 꾸벅 인사를 하고 오는 애였던 것이다(그래서 음악을 못했나보다). 나중에 안 얘기지만 홍등가에선 흥정을 할 때 그렇게 무조건 반말 까고 얘기하는 게 룰이란다. 게다가 전체적인 분위기가 흔히들 상상하듯 어서 옵셔~ 빨리들 옵셔~ 하는 게 아니라 씨발, 올 테면 오고 할 테면 해라 하는 분위기였던 것도 내가 더더욱 주눅이 드는 데 일조를 했다. 아줌마 왈, "여기는 꽃띠 아가씨는 없어예. 그냥 할 테면 하고 아니면 완월동에나 가이소". 이 장면 이후로 나는 '꽃띠 아가씨'가 무슨 뜻일까 매우 궁금해 혼자 연구를 하고 있었기 때문에 정확히 기억이 나질 않는다. 다만 기억나는 것은 그녀들의 '화대'였다. 이 타이밍에서 한번 물어보자. 그녀들의 몸값이 얼마였게? 대략 1980년대 후반이란 것을 전제하고 사람들이 말을 하기 시작하면 난 그저 고개를 저으며 많아, 아직도 많아, 아니 아니, 그거보다 더 아래였어, 잘 맞혀봐 하고 말할 수밖에 없다. 한 여자 후배는 "오천원!"까지 외친 후 그래도 내가 고개를 젓자 아예 입을 다물어버렸다. 빌어먹을, 삼천원이라니…… 난 왠지 가슴이 아팠고 자존심이 상했다. 내 자존심도 상했지만 그녀들은 더 자존심 상하지 않을까 하는 의문도 들었다. 생각해보자. 성이 비록 학교나 교회에서 떠들어대는 것처럼 마냥 고결하고 예쁜 것은 아닐지라도 한 여자가 가랑이를 벌리고 드러누워 낯선 남자의 땀 냄새를 맡으며 '노동'하는 대가가 삼천원…… 그건 인간 자체에 대한 모욕이라는 생각이 들었다. 당시 우리집 형편으로 내 한 달 용돈이 비록 만원쯤이었긴 하지만 말이다. 꽃띠 아가씨에 대해서 이윽고 매우매우 궁금해졌을 무렵 정신을 차려보니 선배들은 몇 마디의 말을 남기고 벌써 사라진 뒤였고, 내 앞에는 드디어 내 육체의 문을 열어줄 여신님이 슬리퍼를 끌고 다가오고 있었다.

나의 여신님은 빨간색 티셔츠를 입고 있었다(여기서부터는 기억이 정확하다). 가슴팍에 뭐라뭐라 새겨진 영어 글자는 거의 보이지 않게 닳아 있었고, 아마도 긴 바지를 잘라내어 만든 듯 밑단이 너덜너덜해져 술처럼 보이는 흰색 반바지, 프로스펙스 로고 비슷하게 'Pro Sports'라고 새겨진 슬리퍼, 그리고…… 한 손에는 두루마리 휴지 뭉치를 들고 있었다. 선배들이 한동안 떠들어대며 윽박지른 것이 주효했던 듯 아마도 이 장소에서는 퀸에 해당하는 여성으로 보였다. 나이도 대략 이십대 후반으로 보였는데, 아마도 이 동네에서 가장 젊은 여자이지 싶었다. 나중에 생각해본 건데 그녀의 몸값은 선배들이 약간의 웃돈을 얹어준 모양이었고, 그녀는 다른 장소나 옆 가게에서 온 듯싶었다. 그래서 시간이 좀 걸렸고, 나는 계속해서 꽃띠 아가씨가 무슨 뜻일까 생각할 수 있었다. 그녀는 나를 아래위로 흘깃 본 후 아무 말 없이 앞장서서 걷기 시작했다.

그녀는 자그마했다. 아줌마풍의 짧은 파마머리에도 불구하고 얼굴에는 심지어 아직 앳된 부분까지도 남아 있었다. 연탄이 쌓인 좁은 복도 양옆으로 소위 쪽방 사이즈의 방들이 줄줄이 늘어서 있었다. 오래전엔 이곳에도 꽤 많은 사람들이 왕래했음을 알 듯했지만, 방의 크기가 사람 둘이 나란히 눕기도 힘든 정도여서 문과 문이 어깨를 줄줄이 맞대고 있었음에도 다른 사람들의 인기척은 느껴지지 않았다. 누추한 벽지, 천장에 대롱대롱 매달린 촉수 어두운 전구…… 그 외엔 아무것도 없는 빈방에서 그녀는 "벗고 놉시다"라는 말의 내용과 어울리지 않는 한숨을 내뱉는 듯한 썰렁한 경상도 사투리를 뱉으며 먼저 옷을 벗었다. 내가 사투리를 쓰는 여자를 촌스럽다거나 어색하다고 생각하지 않음에도 불구하고 그 상황에서의 사투리는 기분을 매우 기묘하게 만들었다. 아마도 당황스럽다에 가까운 기분이었을 것이다. 백설공주나 신데렐라가 사투리로 이야기한다는 것은 예상치 못한 설정이 아닌가. 그녀의 "벗고 놉시다"에서 '벗고'는 단지 아랫도리만을 의미한다는 걸 깨닫자, 당황은 황당으로 바뀌었다. 그녀는 아랫도리만을 벗은 채 여전히 글씨가 다 닳은 빨간색 티셔츠를 입고 한 손에는 휴지를 쥔 채 바닥에 드러누웠다. 그러고는 재촉하는 눈길로 나를 바라보았는데, 그것이 그녀와 내가 제대로 눈이 마주친 첫 순간이었다.

잠시 여기서 말을 돌려보자. 당신은 흔히 소년들이 여성의 몸에 대해서, 아니 여성에 대해서 어떤 환상을 가지고 있으며 어떤 것을 기대하며 어떤 꿈을 꾼다고 생각하는가. 노골적으로는 어떤 부위에 가장 끌린다고 생각하는가. 세계적인 추세로는 '얼굴'보다 '몸' 쪽으로 쏠리는 추세라고 하며, 서양인의 경우에는 다리, 동양인의 경우 가슴, 특히 일본인의 경우에는 예외적으로 성기 그 자체를 중요시한다고 한다. 아마도 내 경우에는 여성을 섹스와 직접적으로 연결시키지 않으려는 경향 때문인지(그 당시 순진했을 때의 내 경향 말이다) 가슴이었고, 솔직히 말하자면 섹스를 한다는 것보다는 여자의 가슴을 직접 보고 심지어 만져볼 수도 있다는 기대감이 컸던 것이다. 난 그때까지 여자는(엄마랑 누나 제외) 화장실에도 안 가며 된장찌개나 청국장 같은 냄새나는 음식은 먹지도 않을 거라고 생각했다. 중학교 1학년 2학기 때 담임 선생님은 당시 전교에서 유명한 미인이었는데, 나는 그 선생님의 클래스에서 열심히 그녀를 관찰하다가 도저히 저 여자가 화장실에 앉아서 얼굴이 빨개지도록 힘을 주며 손에 휴지를 쥐고 있다는 것은 상상이 아예 되질 않으며, 그런 일은 있지도 않고 또 있어서도 안 된다고, 절대절대 안 된다고 생각했던 것이다. 그러면서도 친구들과 키득거리며 도색잡지를 돌려보거나 어쭙잖은 섹스 얘기를 떠벌리는 것은 싫지 않은 일이었는데, 그것은 귀여운 미키 마우스와 우리집 화단을 뭉개고 있는 실제의 시궁쥐가 완전히 다른 존재인 것과 마찬가지로, 성적 대상으로서의 여성과 그 밖의 여러 여성상들은 내 마음속에선 완전히 개별적인 존재들이었기 때문이다.

본론으로 돌아갈 테니 그만 좀 재촉해라. 이 책을 읽을 정도면 시간도 많은 모양인데…… 그래서 어쨌든 그녀는 윗도리를 입은 채로, 이곳은 아랫도리만 벗고 하는 곳이며 서로 애무도 없으니 빨리 '싸고' 가라고 했다. 내 사고체계에서 여성이 동물로 떨어져버리는 그 순간을 견딜 수 없어 그곳을 도로 박차고 나왔……을 것 같니? 지랄 마라. 황당한 그 순간에도 어쨌든 난 옷을 벗기 시작했다. 그래봐야 아랫도리지만. 그리고 어차피 민망한 이야기를 시작한 김에 이제 야그가 적나라해질 텐데, 그런 직업의 여성들에 대한 어쭙잖은 동정심과 그 무참한 환경에도 불구하고, 그게…… 그것이…… 배신감 들게…… 서 있는 게 아닌가(아, 한탄스럽다. 나도 한 마리 수컷 즘생에 불과하구나). 원래 남성을 위한 전희나 배려가 있든지 없든지 하여간 난 준비가 된 상태였기 때문에 그녀와 눈을 마주치지 않도록 노력하며 그녀의 몸 위로 올라갔다. 도대체 팔을 어디에다 놓아야 하는지, 체중을 실어도 그녀가 화를 내지 않을지, 또 이런 생각을 하며 행하는 이 비참한 행위를 계속해야 하는지, 또 그런 와중에도 남성들이 가진 섹스에 대한 일반적인 공포감—너무 빨리 끝나 망신당하지 않을까, 무사히 마칠 수 있을까—이 난생처음으로 몰려오기 시작했다. 어린 시절부터 가톨릭에서 교육받은 뿌리깊은 죄의식은 육체에 반응하는 어쩔 수 없는 쾌감과 정확히 비례하여 두개골을 눌러왔다. 내 정신이 받은 그 압박은 고문이라고 말해도 좋을 정도였는데, 날카로운 송곳으로 찌르는 유의 느낌이 아니라 물 먹은 가죽조끼를 입고 있는 그런 압박이었다(고문 중에 그런 종류가 있다. 그걸 입고 있으면 아주 조금씩 조끼가 조여들어와 결코 질식사하진 않으면서 형용할 수 없는 고통을 받게 된다). 그녀는 소리를 내지 않기 위해 휴지를 쥔 손으로 입을 막았다. 그 행위는 다시 한번 내 정신에 모진 타격을 가했다. 그녀는 왜 소리를 내지 않을까. 나는 그것이 무너져내리는 자존심과 존엄성을 지키기 위해서라고 생각한다. 윗도리를 벗지 않는 것, 그럼으로써 그 행위를 단순히 배설 차원에서 머무르도록 하는 것도, 또 쾌감의 표현으로 들릴 수 있는 신음 소리를 억제하는 것도 서글픈 방어 행위들의 일환이다. 일반적으로 창녀들은 키스를 하지 않는다고 한다. 그것은 훗날 남편에게 준다는 것이다. 요즘처럼 성매매가 일반화되고 자진해서 자신의 몸을 상품으로 팔아버리는 시대에 얼마나 이런 분위기가 남아 있을진 모르겠지만.

　그냥 나오고 싶었다. 그만해도 되느냐고 묻고 싶었지만 혹시 그런 것도 다른 종류의 모욕이 되지 않을까 하는 조바심에 내 육체와 정신은 이제 통제 불능으로 완전히 엉켜버렸다. 그래, 빨리 끝내버리자. 끝내버리면 되지 않는가. 그 서투른 동작에 정신없이 스피드를 올려버리자 그녀의 연약한 떨림과 입을 막은 손은 더더욱 고통스러워 보였고, 내가 이 상황에서 빠져나가기 위해 몸부림치면 칠수록 그녀는 점점 더 고통스러워 보였다(빙신아 그게 아니잖아, 라고 반박할 필요는 없다. 당시 내 생각이 그랬으니까). 기이하게도 나는 촉수 낮은 백열전구가 되어 천장에서 그 행위를 내려다보는 기분이 들었다. 스물도 안 된 남자애가 창녀 위에 올라타고 나름대로 서툰 몸 지랄을 하는 중이었다. 일본 소설 『불모지대』가 아니더라도 종군위안부에 대한 묘사는 꽤 많다. 마치 화장실처럼 설치된, 돗자리나 거적이 깔린 위안소에서 전쟁의 공포에 둘러싸여 여자를 올라타는 기분이 이런 것일까. 단지 차이는, 그 경우는 성매매가 아니라 납치 및 강간이었던 것뿐이지만.

　나와 선배들과 또 이 여자와의 모든 원만한 해결이 그 피니시라인에 도달하는 거라고(그것도 가급적 빨리) 생각했지만 그게 글쎄 생각대로 되질 않았다. 나는 내 몸 밑에 누워 있는 여자에게 시간을 더 오래 끌게 되면 돈을 더 드리겠다고 영주에게 세금을 바치는 농노처럼 공손하게 이야기했다. 그랬더니 거짓말처럼 행위가 중단됐다. 그녀는 두번째로 나와 눈을 마주쳤는데 이번엔 매우 강렬한 불신, 힐난을 담고 있는 눈길이었다. 그러고는 "그럴라마 지금 주든지 아니면 그만하소" 하는 것이 아닌가. 나는 더 하고 덜 하고의 문제가 아니라 나의 배려가 의심받았다는 것에 슬퍼졌다. 상상해봐라, '하다' 말고 '빼'서 바지 주머니를 뒤적거려 돈을 꺼내주는 장면을. 깬다. 깨고 또 깬다. 깨고깨고깨고깨고…… 또 깬다.

그리하여 내 기억 가운데서 가장 비참한 장면이 드디어 연출된다. 나는 그녀에게 오천원짜리 지폐를 하나 건네주었는데, 그녀는 정말 잽싼 동작으로 그것을 낚아챈 후 다시 드러누웠다. 하여 이제 한 손에는 휴지를 또 한 손에는 오천원짜리 지폐를 쥔 채 윗도리엔 여전히 빨간 티셔츠를 입은 나의 여신은 잠시 더 인내심을 발휘하기로 했다. 상황이 뻘쭘해진 나는 도식적인 행위를 몇 차례 한 후 "그만하는 것이 좋겠다, 미안하다" 하고는 몸을 일으켜버렸다. 그녀가 한 손에 그 오천원짜리를 쥐고 있지만 않았더라도, 나는 아마 조금 더 시간을 두고 나의 첫 경험의 육체적 완성을 위해서 주접을 떨었을지 모른다. 그러나 나의 여신은 이제 관능적인 힌두 신화나 북구 전설의 여신이 아니라 부자와 왕들에게 짓밟힌 성모가 되어 휴지와 오천원짜리를 들고 죄인인 나에게 강간당

하고 있었다. 예수가 재림할 때는 세상에서 가장 성스럽고 순결한 처녀를 통해서가 아니라 창녀의 자궁을 통해서 하리라, 하는 얘기가 있지 않은가.

이 대목에서 그녀의 모습에 웃는 사람은 난 별로 좋아하지 않는다. 어쨌든 비참한 얘기는 여기에서 끝나지 않는데, 주섬주섬 옷을 집어 입는 내 등뒤로 그녀는 오천원짜리를 집어던지고는 쌍욕을 내뱉었다. 나는 당황스럽기도 했지만 그녀의 태도가 이해가 가지 않았으며 다소 지나치다고 생각되어 처음으로 온순하지 않은 어조로 그녀를 노려보며 그 행위에 대한 설명을 요구했다. 그녀와 나는 세번째로 눈을 마주쳤는데, 이번엔 그녀 쪽에서 약간 당황한 듯 말투가 수그러지며, 가끔씩 저질 양아치들이 사정을 일부러 하지 않고 끝이 나지 않았으니 화대를 도로 내놓으라며 행패를 부린다는 것이다. 어쨌든 규정 이외의 가격이고 포주의 눈을 거치지 않은 거래이니 그녀들은 그날 장사 공칠 생각하고 맞대응을 하던가 돈을 도로 토해놓고 개한테 물린 셈 칠 수밖에 없는 것이다.

그 돈을 내가 도로 받을 생각이 없는 것, 행위 과정에서의 껄끄러움이 고의가 아닌 것을 알자 그녀는 처음의 체념과 무성의가 섞인 듯한 태도로 다시 돌아갔다. 그러고는 연탄이 놓인 복도를 따라 현관까지 나를 배웅해주었다. 그러면서 내게 "혹시 처음이었는교?" 하고 툭 던졌는데 내가 대답 없이 발걸음을 빨리하자 등뒤로 피식하고 웃는 악의 없는 소리가 들려왔다. 선배들은 이미 무사히 일을 치른 듯 바깥에서 나를 기다리고 있었고, 총각딱지 떼는 녀석이 가장 시간을 오래 끈데다 여자가 입구에 배웅까지 나오자(그 동네는 그런 거 없단다) 휘파람을 불어댔다. 그러고는 찬송가 가사를 패러디하여 "신해철의 정력, 신비하고 놀라워……" 하는 노래를 부르며 나를 둘러싸고 놀려대는데, 차마 실패했어요 할수는 없었기에 그냥 계면쩍게 머리를 긁으며 얼굴이 빨개져서 어벙벙하게 서 있었다. 순간 안쪽으로 들어가던 그녀와 눈이 마주쳤는데, 그게 네번째이자 마지막이었다. 그녀가 웃고 있었다고 생각한 것은 아마도 나의 착각인지 모른다. 그러나 어쨌든 나의 여신은 프로스포츠 슬리퍼를 끌고 쪽방들 쪽으로 걸어가며 나에게 알수 없는 미소를 남겼다.

이리하여 첫 경험이라 말하기도 뭐한 나의 기억은 일단 끝이 났으나 그 이후의 일은 여전히 순탄치 않았다. 그 일이 있기 얼마 전나는 잠실대교 위에서 워크맨을 끼고 노래 연습을 하다가(지나가는 자동차 소리 때문에 강 쪽을 보며 소리소리지르면 다른 사람들이 모른다. 노래 연습할 공간이 필요한 때였다) 좌절하여 강물로 곧장 뛰어들고 싶은 충동을 느꼈는데, 아래쪽에 낚시꾼이 몇몇 있어 그것도 여의치 않아 보였다. 그 순간 나는 하느님에게 기도를 했다. 어릴 적 성당 수녀님은 하느님에게 갈구하는 게 있을 때 그 대가로 자신이 좋아하는 것을 억제한다던가 하는 성의나 노력을 바치라고 가르쳤다. 나는 그 룰대로 내가 음악을 할 수 있게 해준다면…… 평생 섹스를 안 해도 좋아요…… 하고 말해버렸다. 앞서 이야기했지만 나는 그 섹스에 대한 호기심 때문에 내 꿈인 신부가 될 수 없다고 생각했던 놈이다. 약간 웃기기도 하겠지만 열아홉 살짜리 남자애가 평생 섹스를 포기한다고 말하는 것이 얼마나 살벌한 각오인지는 아는 놈만 알 거다. 그러고는 그 첫 경험 사건이 일어난 것인데, 나는 그날의 쇼크로 섹스가 불가능한 상태가 되었다. 보통 첫 경험 이후 남자들은 공통적으로 여자에 대한 환상이 무너지며 길거리의 여자들이 모두 창녀처럼 보이는 기분을 일시적으로 체험한다. 내 경우는 이 혐오감이 여자도 나 자신도 아닌 알 수 없는 것에 대한 공포로 바뀌어, 육체적으로는 멀쩡하지만 정신적으로는 성적으로 무력한 상태가 되어버렸다.

그 기간은 이 년을 넘어 무려 삼 년 가까이 되었으며, 밴드가 아마추어 상태에서도 어느 정도 인기도 얻고 소문이 나 여자들이 꽤 따르게 된 다음까지도 계속되었다. 상냥한 여자들의 유혹에 죽는 셈 치고 에라 모르겠다 시도를 해보아도 결정적인 순간에 내 몸은 여성의 몸 안으로 들어가기를 거부했다. 그날의 사건 이후로 평생 홍등가에는 출입을 하지 않았기 때문에 기회가 많은 것도 아니었다. 게다가 그 시절은 나에게 섹스가 내 인생에서 중요 순위를 차지할 수 없던, 음악을 배우느라 미쳐 돌아가던 나날이었다.

빨간 티셔츠의 여신은 투명한 피부의 소녀로 바뀌어 몇 년 후 다시 나타났다. 이번의 여신은 대입 재수생이었는데, 그녀의 격려와 리드로 나는 육체적으로 남자가 되었다. 우리는 근 일 년간 아주아주 행복했고 그녀를 만나는 동안 나는 프로 뮤지션이 되어 승승장구의 가도를 달렸다. '늦게 배운 도둑질이 날 새는 줄 모른다' 혹은 '중이 고기 맛을 보면 절 주위의 개가 씨가 마른다'는 말처럼 나는 나보다 경험을 빨리 한 친구들을 추월하여 메가 플레이보이

대열에 진입했으며, 성적으로 상당히 개방적인 사고를 갖게 되었다. 내 경우처럼 비참하고 슬픈 성행위도 있는데 그런 것이나 강간이 아닌 한, 남녀의 성은 자연스럽고 아름답게 꾸며져야 하며 축복받아야 한다고 생각한다.

여전히 나는 정신적인 것이 육체적인 것보다 우위에 있다고 생각하고 이중적인 행동을 계속하다가, 결국 정신은 육체를 통해 표현되어지며 육체는 정신과 더불어 갈 때에 더더욱 빛난다는 것을 깨닫게 되기까지 또 오랜 세월이 걸렸다. 지금은…… 스포츠로서의 인스턴트 섹스, 어른의 취미 생활에 가까운 섹스, 또 사랑하는 남녀의 필수품으로서의 섹스 등 강제적인 행위가 아니라면 어떤 것이든 다 좋다고 생각한다. 심지어는 불륜조차도 주위 사람들에게 피해를 입히지 않고 어른스럽게 결말을 볼 수 있다면 남들이 왈가왈부할 일이 아니라고 생각한다(내 사고방식은 이를 허용하지 않으며, 법적인 남편뿐 아니라 그저 남자친구가 있는 여자에게도 싱글이 되었다는 소리가 들리기 전까지는 접근하지 않아야 한다고 생각한다).

도대체 순결이란 무엇일까. 여성에게만 강요되고 있는 이 골때리는 개념과 우리 사회의 이중 삼중적인 구역질나는 도덕관은 축복받아야 할 어른의 통과의례를 가장 누추한 형식과 구린내 나는 은밀한 상황으로 흔히 몰고 간다. 인구의 몇 퍼센트 정도가 결혼 때까지 순결을 지키는가. 또 그들 중 몇 퍼센트가 순결과 처녀성을 결혼 지참금으로 생각하지 않고 그저 자신의 신념에 따라 고이 간직하는가. 순결 서약을 한다던가 하는 것은 좀 웃기지만 결혼 때까지 순결을 지키겠다고 말하는 사람들을 나, 매우매우 좋아한다. 그러나 혼전의 성행위도 자연스럽다고 생각하는 사람들 혹은 부자연스럽다고 생각하면서도 결국 그럴 수밖에 없는 대부분의 사람들도 '기왕에 할 거라면' 건강하고 밝고 예쁘게 갈 수 있도록 서로 배려하는 것이 좀더 휴머니티에 가깝지 않나 생각한다.

나는 버진인 남녀 동생 아이들에게 나의 첫 경험 이야기를 하면서 결코 나의 경우는 되지 말라고 이야기한다. 그들이 순결을 지켜가든 어른스럽게 성을 누리며 살든, 그건 본인들의 선택이지만 '기왕에 할 거' 첫 경험은 가급적 좋아하는 남녀가 자연스럽게 하는 게 축복받은 거라고 생각한다. 공적인 자리에서는 고릿적에 죽은 도덕률을 떠들어대면서 나라 전체를 러브호텔과 환락업소로 도배질한 기성세대의 추한 이중적 모럴을 우리 세대 이후까지 반복해야 할 이유가 없다.

1987년

6월

드디어 그 돌대가리가 일을 저지르고 말았구나…… 하고 중얼
거렸다. 학교 곳곳은 황급히 나붙은 대자보 앞에서 무거운 표정으
로 글을 응시하는 사람들과 격앙된 표정으로 토론을 벌이는 사람
들, 어디론가 부산하게 발걸음을 옮기는 교직원들로 뒤숭숭했고
뭐라 설명할 수 없는 무거운 분위기가 흐르고 있었다. 내 머릿속
에는 많은 생각들이 엉켜 있었고 내 소견이랄까 뭐랄까 하는 것으
로 정리가 되어 있지는 않았지만, 분명히 예감할 수 있는 것은 이
번 경우만큼은 말로만 끝나지는 않을 것이며 많든 적든 사람들이
움직일 경우 나 역시 행동할 수밖에 없지 않을까 하는 것이었다.
권력자들이 사람의 장막에 둘러싸여 민심을 읽지 못하는 것이 역
사에서 흔한 행태라고는 하지만, 도대체 이 상황에서 호헌이라는
게 뭔 소리냐고…… 돌대가리야, 넌 대가를 치를 거다.

　나는 왜 하필 운 나쁘게 87학번이 되어 대학만 들어가면 딴따

라나 실컷 하리라는 기대와 달리 의식화 교육이나 받고 짱돌이나 던져야 한단 말이냐. 게다가 저 돌대가리는 왜 날 좀 조용히 살게 내버려두질 않는 거냐. 알다시피 내가 다녔던 학교는 출석률 졸라 우수하고 취업률 끝내주는 걸로 버티는 학교다(정말 그런 줄 모르고 들어온 거다). 근데도 1987년에는 거의 전교생이 길거리로 나갔으며 나 역시 과 룸에서 열라 기타를 치고 있다가 선동대의 메가폰 소리가 들리면 아쉽게 악보를 접고 대가리 숫자라도 채워주려고 최루탄이 눈처럼 덮인 캠퍼스로 씹퉁거리며 나가야 했던 거다. 최루탄이 눈처럼 덮였다는 표현이 과장이 아닌 게, 실제로 우리는 데모가를 부르다가 중간에 가끔씩 "창밖을 보라. 흰 눈이 내린다" 하며 크리스마스 캐럴을 부르곤 했는데, 데모대와 전경 양쪽에서 폭소가 나왔었다. 여태껏 살면서 그런 초대형 용량의 뭐라 말할 수 없는 쓴웃음을 들어본 적이 없다.

애당초 난 우익에 대한 반감만큼이나 좌익에 대한 짜증도 많았다. 소위 철학과라는 곳이 짱돌 던지는 데 빠지지 않는 부류가 다니는 과라는 이미지가 강하긴 하지만, 첫 엠티 때부터 제헌의회 '만이' 이 나라에 대한 해결책이라고 주장하는 선배를 보고는 그 짜증이 폭발해버렸다. 그래서 고교 때 정치나 제도를 생각해본 적은 별로 없지만 그 방법'만이' 해결책은 아니라고 생각한다고 말했더니 고교 때 세상에 무관심했다는 내 행동에 대한 비판을 또 졸라 늘어놓는 것이 아닌가. 흔히 말머리에 좀 겸손한 척하느라고 늘어놓는 말들을 그런가보다 하고 믿는 게 토론에 서투른 자들의 특징이다. 상대방이 하는 말의 본론이 어디에 있는지 모르는 거다. 나는 그저 그의 독선적인 논리 전개를 제지했을 뿐인데……
고교생은 죄다 팔푼이라고 생각하는 걸까. 하여간 당시에는 다수
파이며 온건 좌익인 NL과 소수파인 과격 좌익 CA로 좌파를 크게
나눌 수 있었고 중도파는 왕따나 당하기 십상이었으며 더더군다
나 우익은 매우 눈치를 보면서 학교를 다녀야 했다. 철학과는 극
렬 CA 분자인 몇몇 선배들의 주도로 CA 경향이 상당히 강했는데,
어쨌거나 난 돌을 던질 때는 대가리 숫자가 오방 많은 NL 진영을
쭉 지나쳐 몇몇이 모여 있는 CA 쪽에 가서 던졌다. 왜냐하면 NL
은 최루탄이 한 방 터지거나 특히 백골단이 투입되면 나 살려라
하고 도망가는 성향이 좀 있지만 숙련된 투사인 CA 계열은 소수
임에도 불구하고 질서정연하게 퇴각(?)하여 '달려가는' 사람의 숫
자가 오히려 적었기 때문이다.

　6월이 되자 시위대의 숫자는 정말 급격하게 늘어났다. 게다가
절대로 데모에 참가하지 않는다는 상경대 측의 숫자도 만만치 않
아졌고, 최종적으로는 해가 서쪽에서 떠도 절대로 참가하지 않
을 것 같던 복학생들이 복학생협의회 이름으로 단체로 뛰어들었
다. 이들은 내가 기억하는 6·10사태의 하이라이트로서, 학생회장
의 감격어린 울먹이는 소개 멘트와 함께 언덕 위에서 전원 예비
군 개구리복을 착용하고 군대식으로 열을 지어 등장했는데, 심지
어는 타도하자는 구호를 외칠 때도 군가풍의 리듬과 나름의 안무
를 선보이며 막강한 조직력을 과시했다. 게다가 이들은 데모대의
'숙달된 조교'로서 수류탄 투척 요령을 모델로 좀더 정확하게 짱
돌 던지는 법을 지도하는 등 그야말로 전위부대 구실을 했다. 그

러나 무엇보다 중요한 것은 '군대 갔다 오면 데모 안 한다'는 정서를 깨고 이들이 참가함으로써 각각의 방법이야 어떻든 작금의 사태에서 어느 쪽이 정의이며 어느 쪽이 옳은가 하는 심리적인 확신을 강렬하게 안겨주었던 것이다.

돌아가는 상황은 거의 모든 학교가 비슷한 모양이었다. 게다가 전국에서 동시다발적으로 벌어지는 상황이라 투입되는 전경의 숫자가 모자란다는 것이 눈에 보이기 시작했다. 시위는 점점 격렬해지고 있음에도 학교 앞에 배치된 전경부대의 숫자는 그대로거나 오히려 줄어드는 양상마저 보였다. 연대, 이대, 서강대가 신촌로터리에서 감격의 해후를 할 것이라는 농담이 진담으로 들리기 시작한 것이다.

그날도 여느 때와 다름없는 아침이었다. 내가 일어날 때쯤 아버지는 이미 식사를 끝내고 출근길에 나서는 패턴이기는 했지만 한 가지, 내가 등교할 때까지 두 분 부모님이 암 말 없이 나를 배웅하기 위해 기다리고 계셨다는 게 달랐다. 나는 시위에 참가하는 것을 철저히 숨기고 있었으므로 부모님이 아무것도 모를 거라고 생각하고 있었다. 전철을 타러 나서는 내 등뒤에 어머니는 평소와 다른 묘한 표정으로 "그저…… 몸 조심해라" 하는 말을 남겼다.

'상층부'의 지령은 정문 돌파가 아니라 을지로에서의 집합이었다. 짱돌이 떨어질 때에 대비, 주머니마다 대형 건전지를 가득 채우고 거미줄 같은 을지로 뒷골목에서 인솔자의 리드를 따라 가니 전봇대 옆에는 미리 도착해 위장되어 있는 각목과 화염병 상자(메이드 인 성대─폭발률 99퍼센트)가 있었고, 신호에 따라 큰길로 뛰어나가면 각 골목에서 튀어나온 십수 명 단위의 시위대가 모여 순식간에 수천 명으로 불어난다. 그야말로 게릴라전이며 시가전이다.

선배들은 십수 년간 두들겨도 부서지지 않던 문이 열리겠느냐는 회의가 강했던 데 비해서 패배의 기억이 없는 철모르는 1학년들은 청와대까지 밀고 갈 수 있다는 엉뚱한 확신을 갖고 있었는데 그것은 거의 이루어질 뻔했다. 평소의 학내 시위에서는 교문 돌파조차도 꿈이었던 데 비해 6·10 당시 을지로에서는 거의 십오 분당 한 블록씩 전경부대를 격파하고 전진할 수가 있었다. 먼저 주로 체대 출신이 주축이 된 각목부대가 전경들 쪽으로 돌격하여 방패를 밟고 점프하면서 스크럼을 무너뜨린다. 뒤에서는 짱돌로 엄호사격을 하면서 전경 스크럼 주위를 화염병으로 도배한다. 그리고 본진이 움직이면 전경들은 한 블록 후퇴하여 전열을 재정비할 수밖에 없다. 남대문 쪽에서 올라온 시위대가 광화문 쪽으로 계속 향하고 을지로 쪽에 있던 우리가 연속으로 열몇 블록인가를 전진하자 황급히 달려온 전령이 상황을 전했다. 전경부대는 포위되었으며 특히 최루탄이 떨어져가고 있으므로 양쪽에서 압박하여 완전히 무장해제를 할 수 있다는 것이었다. 이미 우리는 포획한 전경 방패에 민주라고 써서 데모대 일렬을 완전히 커버할 정도였으므로 사기가 등등했다.

전경들 쪽의 사기는 처음부터 내가 보던 중 최악이었던 같다. 내 짐작이지만 전경들로서도 가뜩이나 수적으로 열세인데다가 건물과 육교 위에서 시위대를 응원하며 전경들에게 욕설을 퍼붓는 어마무지한 숫자의 시민들이 심적으로 부담되었을 것이다. 결국 그들은 우리와 같은 젊은이들인 것이다.

실제로 나의 고교 십 년 선배이며 대학 동창인 J형은 군복무 시절 전경으로 차출되어 시위 진압중 같은 과 후배를 체포하는 소설 같은 일을 겪고는 화장실 문을 걸고 피눈물을 흘렸는데, 6·10 때에는 자신이 복무했던 중대에서 던진 돌에 머리를 맞아 중상을 입는 기구한 사연을 남겼다. 시위 도중 미처 후퇴하지 못하고 데모대에 잡힌 전경이 뭇매를 맞고 있으면 금세 뒤에서 놔줘라 놔줘라 하는 연호가 터져나온다. 그러면 풀려난 전경이 그야말로 후다다닥 도망을 가는데 그 코믹한 장면이 그렇게 슬플 수가 없다. 내가 얼마든지 바로 저 처지일 수도 있었기 때문이다. 그러므로 시위에서 주로 증오의 대상은 백골단이지 전경이 아니었다.

백골단 그들은 누구인가…… 그들은 무술경관으로서 전과자 출신이라거나 모종의 특수교육을 받는다거나 하는 설이 낭자한 공포의 대상이다. 또한 설에 의하면 한 명을 체포할 때마다 수당이 지급된다는 인간사냥꾼으로, 베이지색 점퍼에 헬멧을 착용하고 빗발치는 짱돌 사이를 유유히 지나 픽 하면 억 하는 소리와 함께 한 놈 혹은 한 년을 잡아간다(박종철만 픽 하니 억 했던 게 아니다). 본론으로 돌아가자.

포위된 전경부대로 돌격하기 직전 전경 쪽에서 남은 모든 최루탄을 한꺼번에 발사하면서 역으로 돌격해왔다. 죽기 아니면 살기였던가보다. 그런데 이번 경우에는 거의 모든 탄환이 직격탄이나 바운스였다. 시위 미경험자를 위해 설명하자면, 최루탄은 살상무기가 아니므로 곡선을 그리며 위쪽으로 발사해야 한다. 사람을 향해 직접 쏠 경우 직격탄이라 하여 도덕적으로 엄청 큰 문제가 된다. 그런데 이런 직격탄보다 더 무서운 게 바운스다. 아래쪽으로 탄환을 쏘면 이게 아스팔트에 튕기며 불규칙 운동을 일으키는 거다. 직격탄보다 피하기가 더 어려울 뿐만 아니라 땅에 부딪히는 순간 부서진 파편들이 산탄 구실을 해 지극히 위험하다. 한마디로 그 씨발놈들이 사람 잡으려고 환장을 했던 거다. 앞에서 실컷 전경도 같은 젊은이니 어쩌니 했지만 이런 경우엔 욕이 나온다. 사람은 감정의 동물이라…… 긁적긁적.

어차피 '아마추어' 시위대다. 군인이 아닌 것이다. 스크럼이 일시에 무너지며 우리는 완전히…… 좆됐다. 지휘부가 물러서지 말라고 절규했지만 알 게 뭐냐, 일단 튀는 거다. 청계천에서 재집결한다는 소식이 전해져왔다. 입에서 단내가 나도록 줄뿔나게 뛰었다. 운동회 날 밀가루 속 떡 집어먹기 한 놈처럼 온몸이 흰 가루 범벅이 되어 쌍방울 울리며 열라 뛰다보면 물 한 모금과 팔 한 짝을 맞바꿀 수도 있겠다는 생각이 든다. 바로 등뒤까지 쫓아온 백골을 피해 담뱃가게로 뛰어들었는데 내 뒤에 따라온 한 녀석이 유리창에 부딪혀 유리창이 박살이 났다. 그 순간…… 담뱃가게 할아버지의 표정을 상상해보라. 난 평생 잊을 수가 없다. 지체할 수가 없으므로 "죄송합다, 정말 죄송합다"라고 머리를 조아리며 바로 또 튀는데 할아버지가 아무 말 없이 거북선 두 갑을 집어 내 낚시 조끼에 쑤셔넣어준다. 유리창 값도 못 드렸는데…… 주머니 속으로 잡히는 담배를 꽉 잡고 허벌 울며 청계천으로 달렸다. 최루탄 때문에 눈물이 나는지 할아버지 때문에 눈물이 나는지…… 분명한 건 모든 민초들마저 등을 돌린 권력자는 이미 끝이라는 사실이다. 뛰다보니 멍게 장수 구루마 아줌마가 눈에 띈다. 이 상황에 웬 장사? 나중에 생각한 일이지만 하루 벌어 하루 먹는 사람들로서는 데모를 하든 천지개벽이 나든 일단 구루마를 끌고 나오지 않을 수 없었던 것이 아닐까. "아줌마~ 제, 제, 제발, 무 무 무 물~ 조조 좀~" 아줌마가 측은한 표정으로 장사에 쓸 바케쓰에서 물을 한 그릇 퍼준다. 기백만원 한다는 루이 몇 세 하는 양주가 이 물 한 그릇과 비교가 되겠는가. 한 모금에 삼키고 나서 한 그릇 더 달라고 청하려고 보니 이게 남의 장사 밑천이라 차마 염치가 없다. 근데 순간 뒤따라온 수십 놈이 눈치도 없이 아줌마에게 물을 청하는 게 아닌가. 나쁜 시키들(나야 이미 마셨으니까 뭐). 순간 아줌마가 비감한 표정으로 바케쓰를 통째로 내주더니 좌판을 우르르 걷고 장사를 포기해버린다. 죄송해요, 아줌마. 세상이 좋아지려고 이 지랄 하는 거라고 생각해주세요……

청계천 6가와 7가 사이에 시위대가 집결하여 한숨 돌리는데 청계천 최대의 히트는 다음 순간 일어났다. 땅바닥에 퍼질러 앉아 있는 시위대 사이로 이번엔 웬 철가방이 등장했다. 레슬링 선수의 풍모가 풍기는 철가방이 자전거를 타고 시위대를 통과하며 우렁찬 일갈을 토했다. "저언두화아안 때려주기이자아아~" 순간 폭소의 도가니와 엄청난 함성. 그리고 그리고…… 백골단 등장.

청계천으로의 퇴각은 치명적인 실수였음이 밝혀졌다. 청계천의 보도블록은 모두 뜯겨나가고 그 자리는 아스팔트가 메우고 있었던 것이다. 시위 방지를 위한 조치의 일환이었다 한다. 짱돌이 없는 시위대, 그것은 클록 기능 없는 테란 레이스요, 인터셉터 없는 프로토스 캐리어다(〈스타크래프트〉 참조). 우리는…… 또 좆됐다. 이젠 재집결 명령도 없다. 지휘부가 모조리 체포되거나 지금 허걱거리며 내 옆에 뛰고 있는 놈들이 지휘부인가보다. 내 목 바로 뒤로 백골단의 숨결을 느끼는 순간(그들은 소리를 내지 않는다. 완전히 레간자다), 누군가가 내 멱살을 잡아끌고 곧이어 쿵 하는 소리…… 그리고 어둠.

내 친구(친구라 해봐야 그날 을지로에서 만난 모 대학 화공과 놈)가 철공소 안으로 도망가며 나를 잡아끌고는 문을 닫은 것이다. 어둠에 눈이 익숙해지자, 엄청 좁은 공간에 무려 수십 명이 살을 맞대고 숨소리 한 번 내지 못한 채 숨어 있음이 드러났다. 최루탄 냄새, 땀냄새도 지독했지만 우리를 감싸고 있는 가장 지독한 냄새의 이름은 공포였다. 좀 전의 기세등등함과 함성 따위는 그 어디에도 없었다. 맨 마지막으로 숨어든 나의 등에는 차가운 철문이 맞닿아 있었다. 거기서…… 나는 내 인생 최악의 경험 중 하나를 겪게 된다. 그로 인해 내 인생은 변했으며 지금도 가끔씩 나는 그해 청계천 그 장소의 꿈을 꾼다.

백골단 하나가 여학생 한 명을 붙잡은 것이다. 그녀 역시 투사의 절규 따위는 간데없고 새된 소리로 엄마 아빠, 혹은 살려주세요…… 하는 외침을 토해내고 있었다. 아마도 그녀의 머리채를 백골단이 붙잡고 내가 기댄 그 철문에 패대기를 치고 있는 모양으로, 그녀의 머리가 철문에 부딪혀 생겨난 진동이 내 등에 적나라

하게 느껴졌던 것이다. 몇 번쯤이었을까…… 짐작으로 열 번이 넘었다면 그녀는 아마 죽었을 테니까 그 이하였을 텐데, 내게는 그 것이 영원히 끝나지 않는 고문의 망치였다.

씨팔, 아무리 생각해도 세상에 이렇게 개 같은 경우가 없다. 이 게 할리우드 영화라면 나는 지금 이 철문 밖으로 당장 나서야 한다. 불과 삼십 센티 저편에서 고통받는 여인을 위해 짜잔 하고 등 장한 뒤 뭔가를 보여주어야 한다.

해철 멈추어라~
백골 (실제로 멈춘다) 웬 놈이냐.
해철 (여인과 잠시 눈을 맞춘 뒤 안심하라는 미소를 보낸다) 웬 놈인지는 네가 알 일이 아니고, 당장 못된 짓을 멈추고 너의 주인 전두환에게 하늘의 징벌이나 대비하라고 일러라.
여인 (엄청난 존경의 눈길)
백골 무슨 개 같은…… 으악…… (퍽퍽퍽퍽) 아니~ 살려주세요~

써놓고 보니 할리우드가 아니라 『홍길동전』풍이다. 그러나 내 가 지금은 농담조로 얘기를 하지만 당시에는 정말로 뼈가 저린 상 황이었다. 나는 속으로 빨리 그녀가 끌려가 유치장에라도 들어가 기를 기도할 수밖에 없었으니…… 나는 그날 국어사전에 있는 '무 력감'이라는 단어가 무엇인지 비싼 대가를 주고 배웠다.

철공소에 들어가 있는 바람에 명동성당으로 갈 찬스를 놓치고 말았다. 시위는 심야까지 이어지고 위수령, 계엄령이라는 단어가 바짝 다가온 가운데서도 분위기는 여전히 우리 쪽에 있었다. 그뒤의 이야기는 모두 여러분이 알고 있는 바와 같다. 보름이 넘는 격렬한 시위 뒤로 소위 6·29선언이 발표되었고 시위대의 숫자는 썰물 빠지듯이 줄어들었다. 시민들은 이 제한적인 승리로 만족하는 분위기였고 학생들도 직선제를 쟁취한 이상 싸움은 이제 선거로 옮겨간다는 분위기였던 것 같다. 내 생각이지만 대통령 직선제라는 이슈는 권력의 향방이나 행태에 포인트가 있는 것이 아니다. 전모씨는 직선제를 거부함으로써 국민을 모욕한 것이다. 이익을 위해 인간이 행동을 시작할 때는 그리 무섭지 않다. 그러나 손상당한 자존심과 존엄성을 이유로 인간이 움직일 때는 그 파장이 크다. 그는 또한 광주에서 국민을 지키기 위한 군대로 국민을 몰살함으로써 우리의 쪽팔린 역사에 거대한 한 페이지를 추가했으며, 애당초 그의 권좌는 그와 그 일당의 소꿉장난이었던 것뿐이다. 그런데도 국민은 그가 연출한 무릎꿇기 장면을 관람한 것만으로 6·10항쟁을 끝내버렸다. 과연 그것은 옳은 선택이었을까.

그후 학내 집회에서 다수파는 소수파의 발언권을 아예 제한했으며 소수파는 메가폰을 빼앗으려 드는 쌍방 추태를 연출했다. 나의 눈에는 국회의사당에서 의사봉을 두고 몸싸움을 벌이는 쓰레기 기성세대들의 모습과 그들의 모습이 오버랩되었으며, 그날로 나는 짧은 사이비 좌익 경력을 끝냈다.

친구들은 도서관으로 돌아갔으며 나는 밴드로 돌아갔다. 마치 짧은 꿈을 꾼 듯 언제 그런 일이 있었냐는 듯이 어울리지 않는 버버리코트를 입고 전기기타를 멘 채 나는 캠퍼스를 활보했으며, 마르크스 대신에 리처드 막스의 노래를 들었고 레넌 대신 존 레넌의 시를 읽었으며 철학책은 아예 던져버렸다. 그리고 한 해 뒤 나는 대학가요제에서 우승하고 프로 뮤지션이 되었으며 얼마 후에는 학교조차 때려치웠다.

세월이 지나 이제 6·10사태는 6·10항쟁으로 불리게 되었으며 이런저런 이야기가 신문에 날 때마다 나는 묘한 감회와 알 수 없는 기분을 느낀다. 나는 역사책을 무척 좋아한다. 그러나 내 인생에서 역사의 현장에 가장 가까이 있었다고 느낀 것은 6·10이 유일한 기억이다. 그리고 최근에야 6·10은 6·29로 끝난 것이 아님을 깨닫기 시작한 것 같다. 나와 같이 소위 386세대라고 불리는 세대들이 이제 곧 이 사회의 중추를 차지할 것이었다. 우리 세대는 과연 그 당시와 얼마만큼 다른 얼굴을 갖고 있을 것인가…… 정치혐오증 환자인 나로서는 우리 세대를 그리고 우리 사회를 위해서 할 일이라는 게 음악 만드는 거밖엔 없지만, 내 자리에서 내 일을 그저 열심히 하고 부끄러운 모습을 갖지 않는 것 역시 정치와 경제 분야에서 일하는 다른 386들의 그것과 같은 것이라고 생각한다. 그리고 세상살이에 닳아 부드러운 모습으로 바뀌는 것과 세상에 물들어 추잡한 모습으로 바뀌는 것의 차이를 계속 겪으며 공부해보려 한다.

음악을 하게 된 이유

누가 나에게 음악을 왜 시작했냐고 물어보면 몇 년 전까지는 굉장히 멋있는 이유를 찾아 대답하곤 했다. 예를 들어, '내가 음악을 원한 것이 아니라 음악이 나를 원해서(과대망상이다)' '산이 저기 있기에 단지 올라갈 뿐(대답 안 한 것이나 마찬가지다)' '신은 무에서 유를 창조했지만, 인간은 최소한 유에서 유를 창조할 수는 있기 때문에(어디서 많이 듣던 소리다)'. 그러나 그 질문에 솔직히 답하자면 ①달리 할 일이 없어서 ②사는 게 지루해서 ③그냥 재미있어서 등등의 이유가 될 것이다.

소년 시절부터 나는 어른들이 만들어놓은 전형적인 성공적 인생에 대해서는 동의할 수가 없었다. 그 어떠한 종류의 삶도 배설과 삽입, 수면과 식욕이라는 요소를 생각하면 진부해지며, 결국은 죽음이라는 똑같은 결론에 도달한다. 사실 나는 죽음 이후에 더 관심이 많았지만, 과학적으로 검증될 수 없는 부분에 매달려서 내가 본 적도 없는 신에게 죽은 다음에도 살게 해주세요 따위의 패러독스를 지껄이면서 구걸하고 싶은 마음도 없었고, 그렇다고 해서 내가 아무리 발버둥쳐도 천년만년 살 것도 아닌데 먼저 자살을 하는 따위의 바보짓을 하고 싶지도 않았다(기왕에 인생의 전제조건이 수명은 유한하다, 라는 것이라면 그 시간을 가장 바보같이 보내는 방법은 목을 매달 것이냐 따위의 문제로 그 시간을 보내는 일이다). 그래서 내게 중요한 문제는 어차피 죽을 것이라면 죽음의 그 순간까지 무엇을 하면서 시간을 보내야 가장 덜 지루할까 하는 것이었다. 나의 청소년 시절에는 폭주족도 없었고(만일 있었다면 폭주족이 되었을 것이다), 술 마시고 담배 피우고 섹스를 하기에는 겁이 너무 많았고, 부모님에게 반항하기에는 우리 부모님은 인간성이 너무 괜찮아서 트집 잡을 부분이 별로 없었고, 내 친구들은 너무나 착했다. 그래서 결국 할 일이라고는 음악밖에는 없었던 것이다.

앞서 말했지만, 나에게 있어서 좋은 영화의 기준이란, ①우주선이 몇 대 등장하는가 ②로봇은 나오는가 ③하다못해 광선총이라도 쏘는가 ④이것저것도 아니라면 예쁜 여자라도 나오는가(그리고 노출의 정도는?) 정도이며, 누군가 예술적인 프랑스 흑백영화를 소개해준다면 나는 로봇이 나오는지 이리저리 돌려본 후, 쿨쿨 잘 뿐인 취향이다. 하여 내게 인생이란 우주선도 로봇도 광선총도 나오지 않는 지루한 한 편의 영화였던 것이다(여자는 나온다).

이 지루한 인생이라는 흑백 필름을 가끔씩 우리는 천연색으로 칠하고 싶어한다. 색칠할 수 없다면 최소한 색안경이라도 끼고 본다. 작가 무라카미 류는 언제나 내게 예상치 못했던 멋진 색안경을 제공해준다. 그의 책에는 항상 섹스와 마약과 폭력을 동반한 상상력과 터부가 넘쳐나는 공간이 있고, 그 공간은 애당초 천연색으로 촬영된 필름이 아닌 지루한 흑백의 일상을 색칠해보고자 하는 욕망으로 채워져 있다. 뭐 해석이 사람마다 다를 수도 있지만 이건 내 생각이니까.

그는 위에 열거된 금기시되는 요소들을 대담하게 건드리고 있는 것으로 보이지만, 항상 모든 요소는 우리 일상의 지루한 요소들에 발을 붙이고 있고 그렇기에 공허한 일회성 일탈의 쾌감을 느끼게 해주는 데서 더 나아가 결국에는 칼날을 우리 스스로에게 돌린다.

나는 무라카미 류라는 작가 개인에 대해서 대략의 프로필 이외에는 어떠한 정보도 갖고 있지 않다. 그의 글에서 얻은 그에 대한 이미지는 호기심에 찬 눈을 반짝거리는 (그러나 머리는 상당히 좋은) 악동이며, 그는 세계를 구성하는 어떠한 요소도 놓치지 않는다는 것이다. 옛 성인들의 말씀이나 훌륭한 책에서 뭔가를 배운다는 것은 누구나 할 수 있는 일이다(못하는 사람도 있다). 그러나 삶에서 흔히 사람들이 부정적으로 생각하는 요소를 통해서도 인간은 무언가를 배울 수 있으며, 그가 이야기꾼으로서 우리에게 들려주는 많은 스토리는 인간을 둘러싼 부정적인 요인들, 인간이 두려워하는 금기들, 인간이 못 본 체하고 싶어하는 사실들이 실은 인간을 교육시키기 위한 신의 고차원적 세팅임을 보여준다. 빛이 없다면 어둠도 없으며, 어둠이 없다면 빛도 없다. 우리가 많은 세월 동안 악이라 이름 짓고 두려워해온 부분들을 호기심과 솔직함이라는 칼로 요리해서 직관이라는 혀로 맛을 보면, 우리가 이 아까운 일생을 얼마나 오랫동안 '단맛' 같은 이차원적 감각 하나만으로 해석해왔는가를 느낄 수 있다. 그럼에도 불구하고 그가 제공하는 요리는 'Tie & Jacket Required' 같은 품격을 요구하지도 않으며, 시장통의 싸구려 요리처럼 경박하지도 않다. 악, 어둠, 혹은 금기를 강조하기 위해서 지나치게 그것에 매달리지도 않으며, 애당초 양자의 구별을 비웃어버린다. 그런 그의 배짱을 보건대, 아마 어렸을 적에 돌을 던져서 옆집 유리창을 깨고도 눈 하나 깜짝하지 않을 정도의 배짱이 있었을 것이다.

머리가 좋은 아이들은 어릴 적부터 항상 슬플 수밖에 없다. 엄마의 월경주기를 대략 계산하여 엄마가 히스테리컬하지 않은 시기에 용돈을 요구하는 아이에게 '아이는 황새가 물어온다'거나 '배꼽에서 나온다'는 얘기를 해대면 아이는 슬플 수밖에 없고, 논리적인 언어로 설명은 못해도 인간의 실존 문제에 대해 어렴풋이 고민하는 아이에게 선생님들이 날려대는 거짓말은 지루할 수밖에 없다. 이런 종류의 아이들은 인간은 누구나 평등하게 태어난다, 라는 말을 듣는 순간 뻥임을 직감하며 굳이 교과서나 선생의 교육이 아니더라도 구슬치기를 통해서 인생에는 적당한 속임수가 필요하다는 것을 터득하고, 일찍부터 교실 밖의 삶을 대비할 준비를 한다. 그러기에 어떤 자들이 자신의 인생에서 폭력과 섹스와 일탈이라는 요소를 제거하기 위해 부들부들 떠는 동안, 어떤 자들은 유유하게 그 안에서 삶의 진리를 배워나간다. 그러므로 이런 문장

이 성립한다. '되는 놈은 된다.'

인간은 텔레파시 능력을 계발하기보다는 TV와 라디오, 전화기를 개발하는 방법을 택했다. 태어날 때부터 가지고 있는 예민한 본능은(다시 한번 말하지만 사람에 따라 차이가 있다) 먼저 태어난 인간들이 상상하고 구성해놓은 세계관에 대해 왠지 구라 같다는 경고를 던지지만 휩쓸려 살다보면 몽땅 잊어먹기 마련이다. 혹시 몽땅 뻥이 아닐까 하는 의심이 드는 삶의 순간순간에, 적당한 자극은 당신에게 진실을 보게 해준다. 목적 없이 세계에 던져진 인간, 그늘은 외롭고 무섭고 지루한 시간을 보내기 위해 쓸데없는 규칙과 거짓말로 무장하려든다. 그들은 진실을 보기보다는 자신들이 제대로 가고 있다는 안도감을 갖기 원하고, '악화가 양화를 구축한다'는 말처럼 그 저열한 규칙에 따르지 않는 자들에게는 열등하거나 괴상한 놈이라는 낙인이 찍히게 된다.

단순한 한 가지 사실을 놓고도 인간이 보는 바는 각자 다르다. 그렇기에 우리는 우리가 관찰해내지 못한 다른 것들을 알기 위해 다른 '관찰자'들의 시각을 알고 싶어하는 것이다. 관찰자로서 그리고 이야기꾼으로서 무라카미 류는 위험한 폭약이나 독극물을 능숙하게 다루는 연금술사나 화학자처럼 위험할 수 있는 이야기를 다루면서도 결코 밸런스를 잃지 않는다. 이 연금술사가 다루는 모르모트들—그의 이야기의 주인공들—은 무척이나 슬퍼 보인다. 그들은 목적 없는 삶 속에서 몸부림치면서도 결코 큰 몸짓을 하거나 소리지르지 않는다. 개개의 주인공은 일본인인 작가가 다

루는 캐릭터답게 조용히 움직이지만, 촌철살인의 대사들과 시퀀
스는 작가의 턱수염으로 감춰진 부드러운 웃음 속에서 비명을 지
른다. 그렇기에 무라카미 류가 다루는 폭력을 접하고 흥분된다는
놈은 정신적으로 문제가 있으며 그가 다루는 섹스를 읽고 흥분하
는 놈은 변태다.

멤버들

고등학교 때 밴드 이름이 '각시탈'이었다. 내가 비록 허영만의
『각시탈』을 보면서 자랐지만 밴드 이름으로선 정말정말 아니라고
생각한다. 어쨌거나 첫정을 준 첫 밴드였고 유치하게시리 평생 뭉
쳐 있겠다고 다짐들을 했더랬다. 그랬는데…… 멤버 여섯 명 중
김재홍과 나만 대학에 붙고 나머지 네 명이 떨어지고 말았다(그
래도 3할이다. '강북 밴드'의 대학 합격률로는 높은 거다). 그리하
여 네 명은 재수를 하게 되었고 나는 87학번이라는 특이한 학번
이라서 최루탄으로 뒤덮인 캠퍼스에서 죽상을 쓰고 그간 밀린 인
생 고민을 하며 근 한 해를 보냈다. 6·29선언 이후 간신히 다시
밴드를 할 정신이 든 나는 김재홍과 흐지부지된 밴드의 재건 작업
에 착수했다.

사실 각시탈 시대에는 클럽 밴드도 언더그라운드라는 말도 없
다시피 했고 종로의 파고다극장만이 밴드의 메카로 외롭게 남아

있었는데 그나마도 헤비메탈 밴드가 아니면 명함 내밀기가 곤란한 상황이었다. 그 시점에서 유라이어 힙이나 에머슨 레이크 앤 파머 유의 키보드 위주 팀들의 카피 밴드였던 각시탈은 약간 '따' 당하는 분위기도 있었다(그래도 연합공연에선 우리 인기가 짱이었다). 김재홍과 나는 그 분위기로 그냥 밀고 나가기로 했다.

그럼 여기서 잠깐. 김재홍, 그는 누구인가!

그는 나의 유치원과 국민학교 동창으로, 무한궤도의 후반에 잠시 베이스를 쳤던 그의 친동생 김재성은 나의 국민학교 후배이며 그들의 어머니는 울 엄마의 대학 후배다. 김재홍, 그는 코카서스 인종처럼 보이는 잘생긴 얼굴, 실베스터 스탤론을 위협하는 근육질의 몸매(그래서 사실 얼굴과는 매칭이 안 된다), 어릴 때부터 운동회를 휩쓴 동물적 반사신경, 중고교 시절 거의 전교 일등을 놓치지 않은 두뇌, 고교 2년 때 무대 위에서 뒤로 돌아서서 거꾸로 키보드를 치던 환상적인 끼(손에서 피가 날 때까지 치던 걸 보면 끼는 끼인데, '광'끼다) 등을 지녔다. 언뜻 들으면 무슨 레오나르도 다빈치 급의 만능 천재를 묘사한 것 같지만, 그렇지만…… 사실 약간 바보 같은 면도 많았는데, 이는 그의 절대 물들지 않는 순진성에서 비롯된 것으로, 한마디로 굉장히 얼빵하고 귀여운 애다(지금도 귀엽다).

우리에게 필요한 세번째 멤버는 트윈키보드의 또 한 축을 맡을 키보디스트였는데, 주로 리드플레이를 맡는 김재홍에 비해 팀 사운드를 책임져주는 견고한 또한 충실한 성격의 인간이 요구되었다. 내 머릿속에 계속해서 떠오른 이름은 조현문이었다.

조현문, 그는 누구인가. 이자는 나의 고등학교 동창으로 1학년때 우리 옆의 옆 반 반장이었다. 보충수업이 끝나고 도서관 베란다에 몰래 모여서 담배 피우고 있을 때, 나와는 달리 착실했던 현문은 담배는 피우지 않고 나랑 그냥 음악 얘기만 했는데 프로그레시브 음악에 대해 방대한 지식을 가지고 있었으며(희귀 판을 몇장 빌려주기도 했다. 아직도 안 돌려줬다) 신디사이저에 대해 엄청난 관심을 가지고 있었다. '바야바'라는 별명이 어울리는 덩치와 짙은 눈썹, 총명해 보이는 눈초리 등이 이자의 외모의 특징인데 훗날에는 여자들에게 인기도 꽤 좋았다. 얘는 농담 반 진담 반으로 입시가 끝나면 너네 밴드에 들어가고 싶다고 말하곤 했는데결국 흔쾌히 합류했으며, 냉철한 성격으로 해산 때까지 팀의 조정자 역할을 맡았다.

드러머는 조현문의 소개로 들어온 조현찬으로 이 둘은 이름만비슷할 뿐 친척은 아니며 성격도 판이했다. 조현문과는 역시 유치원, 국민학교 동창으로, 무한궤도 멤버들의 동창관계를 도표로 그리면 두 페이지쯤 나오기 때문에 이쯤에서 그만하자. 현찬은 맥주반잔에 모두 얼굴이 빨개지던 당시 무한궤도 멤버 중 유일한 주당으로 밤새도록 마셔도 지장이 없는 약간의 한량 스타일이었으며 취미가 오토바이인, 무한궤도 유일의 로커였다. 터프가이와 순진한 소년 두 이미지의 중복 조합으로 한때는 여자관계가 많이많이 복잡했었다(우리가 얼마나 부러워했겠는가). 한마디로 공부와건달짓을 병행할 수 있는 매우 드문 능력의 소유자였다. 인간성도우리 중 가장 둥글어 자존심 강한 멤버들 사이의 설득자 역을 맡았다.

베이스는 나와 대학 같은 과 동기동창인 양두현이다. 다른 멤버들과도 동창관계로 연결되는데 그 얘긴 그만할란다. 사실상 위에 설명한 멤버들보다 더 무한궤도 창설에 공이 컸는데 늦게 소개하는 이유는 이 씨발놈이 공부나 계속하겠다고 첫 공연 이후 유학을 가버렸기 때문이다. 이놈은 훤칠한 키, 기나긴 다리, 우수에 젖은 외모(윤상 비슷하다고 하면 본인이 가장 싫어한다), 이런 것만 빼놓으면 앞뒤 안 가리는 성격 등 나와 매우 비슷하다.

2대 베이스는 조현찬의 같은 과 동기동창인 조형곤이다(어따, 여기도 조, 저기도 조, 많기도 많다). 이것도 저것도 다 에프엠인 애로, 목사님 아들이기 때문에 그렇다는 설이 많았다. 훗날 종교 음악을 하고 싶다는 꿈으로 밴드에 합류했으니 사악한 나와 매칭이 될 리가 없건만 무던한 성격이라 별문제가 없었고 나에게 약간 물들기도 한 것 같았다.

이리하여 나-양두현-김재홍-조현문-조현찬이라는 오인조 라인업의 무한궤도가 출발했다. 이름은 조현문이 제의한 '무한대'를 내가 '무한궤도'로 수정하여 지었다는 게 나의 생각이고, 저 혼자 다 지었다는 게 조현문의 생각이다. 아무럼 어떠랴. 우리 모두는 대학생이 됨으로써 얻은 약간의 여가 시간을 모두 밴드에 쓰게 되었고(나의 경우는 물론 수업 시간도 다 빼먹었다), 연주는 엉성하였으나 우리는 우리가 뭔가 새로운 것을 할 수 있다고 믿고 있었으니……

1984년 고등학교 1학년 시절. 시간당 육천원짜리 합주실에서 천원짜리 선글라스를 끼고 개폼을 잡고 있다. 당시에도 연주보다는 개폼을 중요시했다.

집 지하실을 연습실로 쓸 수 있도록 허락해주신 드러머 조현찬의 부모님은 사실 무한궤도의 가장 큰 공로자들이다. 고교 시절에는 '연습실'이라는 이름의 렌털 리허설룸을 가곤 했는데 A실이 만이천원, B실이 팔천원 정도였다. 근데, 당신 같으면 어느 쪽을 택하겠는가. A실에서는 전기에 감전되고, B실에서는 쥐가 나온다면. 게다가 학생들 용돈이라는 게 빤해서 모든 멤버 주머니를 털어도 오백원쯤 모자라는 일이 심심치 않게 벌어진다면. 그런 면에서, 그 지하실은 뭐 방음이 되는 것도 아니고, 탁구대를 한쪽으로 밀어놓고 연주를 하던 거였지만, 전기도 안 올랐고, 쥐도 안 나왔으며, 무엇보다도 공짜였다(게다가 가끔 간식도 제공된다!).

그러니 연습 분위기라는 게, 밴드 연습이라면 보통 머리에 두건 두르고 팔에 뭐 달고 "I hate the world, I hate everything…… and nobody loves me" 하는 표정으로 인상 팍팍 쓰는 게 연상되겠지만, 우리는 부모님의 귀여움을 받으며 연습하는 정말정말 굿보이 밴드였던 거다. 이 '굿보이 밴드'의 이미지는 무한궤도를 띄우는 데 막대한 역할을 했지만, 내 마음속에는 적지 않은 반항심도 축적시켰다.

시험 때는 연습이 없었다. 멤버들이 성실하게 학업과 밴드를 병행하는 동안 나는 남는 시간을 학교 앞 만홧가게에서 보냈다. 내가 원하던 것이 학교에는 없다거나, 최소한 나로서는 발견할 수 없다는 것이 나를 초조함과 룸펜의 나날로 내몰았다. 어쨌든, 연주할 수 있는 곡목은 점점 늘어났고, 무대 위에서의 우리를 시험하기 위한 몇 번의 짧은 공연, 예를 들어 '부활'의 오프닝 밴드 역할 같은 것에서 관객들의 적지 않은 환호를 받고 상당한 자신감을 얻은 우리는 첫번째 단독 공연을 기획했다.

선배 밴드들의 공연 스태프로 이런저런 일을 해본 경험으로 대략의 진행을 알고 있었던 내가 주로 진행을 맡았고, 아쉬운 점들은 멤버들이 이리 뛰고 저리 뛰어 해결했는데, 특히 친구들을 통한 공연 티켓 강매에서 놀라운 수완을 발휘했다. 다들 사교성은 끝내줬던 모양이다. 특히 공연 포스터는 현찬의 아버님이 운영하는 광고회사에서 찍어주었는데, 무명 언더그라운드 밴드에 어울리지 않는 '올 컬러'여서 적지 않은 충격이 예상되었다(우리 생각에 ……).

하지만, 이 포스터를 어떻게 해야 거리에 붙일 수 있을 것인가…… 여기서 숙달된(매우 숙달된) 조교 신해철이 등장한다.

1. 그때까지 표 판 돈으로 싸구려 봉고차를 빌린다(봉고차 구할 돈만큼도 표를 팔 수 없다면 밴드 연습에 열중하기보다 그거나 연구하시오).

2. 남은 돈으로 플라스틱 바케쓰 하나, 밀가루풀 열 봉지, 오공뽄드 두 통(돼지표도 괜찮음), 풀솔 두 개, 고무장갑 하나, 타월 다섯 개, 스카치테이프 열 개를 준비한다.

3. 봉고를 몰기 위해, 주위에 1종 면허가 있는 놈을 꼬신다(미팅 주선해줄게 등등).

4. 새벽 두시에 봉고를 몰고 나선다. 스카치테이프로 포스터를 붙일 수 있는 지역(잠시밖에 안 붙어 있겠지만 왕래가 많은 곳, 혹

은 카페로 들어가는 계단 옆 등)이 나타나면 잽싸게 뛰어내려서 붙이고 건물 주인이 보기 전에 열라 뛴다(이상의 행위를 '테이핑'이라고 함).

5. 바케쓰 안에 밀가루풀과 뽄드를 칠 대 삼으로 배합한다. 벽이 울퉁불퉁한 건물이나 주요 공략 지역에 번개같이 포스터를 '바른다'. 그리고 표면을 맨손으로 '문지른다'.

6. 봉고를 타고 시린 손을 호호 분다.

7. 또 내려서 바르고 뛴다.

8. 실외와 차 안의 온도 차이 때문에 손등에 묻은 풀과 뽄드가 갈라져 피가 나온다.

9. 고무장갑을 끼고 해보다 현저히 떨어지는 효율 때문에 "씨팔"이라고 외치고 장갑을 버린다.

10. 집에 와서 손등에 약을 바른다.

11. 공연 당일, 기타 치다 손에 피가 난다.

12. 모른 척하고 그냥 한다(절대로 멋있는 표정을 유지한다).

이상이 포스터 도배의 요령이 되겠다. 참, 13번이 빠졌다. 어떻게 알아냈는지 구청에서 불법 부착물이라고 연락이 오거들랑 군대 갔다고 한다(절대 이게 중요하다. 겪고 보면 알 테니 '행방불명이어여' 따위의 소리 하지 말고 무조건 군대 갔다고 할 것!).

건너뛰고, 당일 날 무대 위에 앰프, 드럼 세트 등을 열나게 나르고 있는데, 드러머 현찬이 나타나질 않았다. 그는 공연 한 시간 전에야 모습을 드러냈는데…… 그랬는데…… '드러머'가 말이지 '당일 날'에 말이지 다리에 '기부스'를 하고 나타난 거다. 오토바이 사고라나…… 다행히 왼쪽 다리길래(오른발은 큰북 치는 데, 왼발은 하이햇이라고 하는 위아래로 붙은 심벌을 열었다 닫았다 하는 데 쓴다) 하이햇을 완전히 열어놓고 왼발은 쓰지 않기로 하고, 공연을 강행했다. 나는 앰프를 나르다 허리를 삐어 매우 뻐딱한 자세로 아픈 손등을 참아가며 노래를 했고, 멤버들의 선전 덕분으로 공연은 무사히 끝났다. 레퍼토리는 다섯 곡의 창작곡과, 핑크 플로이드, 에머슨 레이크 앤 파머, 유라이어 힙, 스카이, 프로콜 하럼 등 우리가 절대 소화할 수 없는 곡들의 무한궤도 사이비 신난다 버전이었다. 관객은 무려 오백여 닝, 그중에 99.9퍼센트가 진인척 및 친구들이라는 기록을 수립했다.

결국 숙명여고 강당에서 치러진 무한궤도의 첫 공연은 밴드의 창작 시스템이 가동되기 시작하는 긍정적인 결과를 낳았지만, 막대한 기력을 소모한 전 멤버의 탈진, 특히 해철이의 폐인화를 불러왔으며, 무엇보다 이날의 관객 동원력은 대학가요제 당일 날의 엄청난 응원단 숫자로 결실을 보게 된다…… 어쨌거나 우리는, 매우 민주적인 밴드였으며, 연습이 끝나면 맥주 반잔에 얼굴이 빨개져 집으로 귀가하는 귀여운 굿보이 밴드였다. 당시 밴드계 풍토에서 우리는 소수파였으며, 왜 밴드를 한다고 해서 반드시 후까시를 잡아야 하는지, 왜 인상을 벅벅 그어야 하는지, 공부 잘하는 애들은 왜 밴드 하면 안 되는지 이해할 수 없었다.

대학가요제 참가와
〈그대에게〉

무대 위에서 몇 번의 경험을 쌓고 나자 전 멤버는 놀라운 변화를 보여주고 있었다. 표정에 후까시가 살벌하게 잡히기 시작한 거다. 무대 위에서 절대 웃지 않으며 마치 '나 공연 오천 번 해봤써, 사인도 좀 해줘써' 뭐 이런 표정이었는데, 사실 공연이 끝나면 다른 팀 순서에서 대기실에 안 있고 공연히 공연장 입구를 왔다갔다 하면서 사인해달라는 사람 없나 돌아다니다가 그날 밤 연습실에서 "쿠하하, 난 사인 세 장 해줬다" "웃기지 마, 바부팅이야! 난 다섯 장 해줬다!" 하고 추태를 부리는 게 당시 우리의 즐거움이었다.

하지만 팀 한편에 어두운 그림자도 적지 않았는데…… 그것은 우리가 설정한 방향, 간단하게 말해서 여러 프로그레시브 밴드들과 팝이 겹치는 영역에서 우리가 활동할 공간은 오버에도 언더에도 없더라는 것이었다. 레코드사에서는 꼴통 언더 밴드 취급을 받았으며, 언더 밴드들에게는 부르주아 학생 밴드 취급을 받았고,

1985년 고등학교 2학년 시절. 강북에서 꽤나 한다는 밴드가 되어 소수지만 팬도 생기고 팬레
터라는 것도 받아보게 되었다.

대학 서클 밴드들에게는 잡탕 연합 서클 취급을 받았다. 당시는 발라드가 국내를 완전히 평정한 때여서, 앨범 한 장에 발라드 아홉 곡에 구색 맞추기용 빠른 노래 한 곡이 들어 있는 시스템이었는데, 그렇게 가든가 아니면 말도 안 되는 영어로 올 메탈 판을 하나 만들고 매우 비겁하게 보이는 우리말 발라드(일명 록빙가. '록' 발라드를 '빙'자한 완전 '가'요)를 하나 싣든가…… 전자를 택하느냐 후자를 택하느냐 둘 중 하나밖에 없었다. 그 선택에 따라 판을 오만 장쯤 팔 수 있는 꿈을 꾸든지 삼천 장 팔고 만족하든지 팔자가 정해지는 거였다. 판 팔리는 수가 의미하는 게 금전적인 수입이 아니라 활동 영역이라고 볼 때 우리가 비집고 들어갈 공간이 어디에도 없다는 게 문제였다.

여기서 우린, 제삼의 선택을 해버린다. 라면집에서 튀김라면을 때리던 중 한 놈이 "야, 우리 대학가요제나 나가자" 하고 말해버린 것이다. 모두 비웃는 투로 크게 냐하하하 하고 웃은 후 '다꽝'을 때렸는데, 가만히 생각해보니까 전 멤버가 대학생이질 않은가. 참가 자격이 되는 거였다. 사람들이 잘 이해 못하는 부분인데 우린 우리 스스로를 '대학생 밴드'라고 생각해본 적이 없어서, 그냥 그 당시 언더 신에 있던 수백 개 밴드 중 하나라고만 생각했던 것이다. 그런데, 우리 팀만 전 멤버가 우연히 대학생이라는 것을 빌미로 하여 대학가요제라는 권모술수로 상황을 타개하기가 참으로 쪽팔렸다. 어떡하겠니, 살 놈은 살아야지. 1대 베이스 양두현이 음악 해서 배고프게 살기 싫다고 일리노이 주립대로 떠나버리고(사실 그놈이 떠난 건 딴 이유에서였지만 핸들 잡은 놈이 짱이니 이제 복수할란다), 2대 베이스 조형곤이 가입한 지 얼마 안 되었을 땐데, 갑론을박을 거쳐서 원서 접수 마감 날 조형곤이 원서를 내고 왔다. 웃긴 것은, 절대 그런 웃기는 짜장 행사에 참가할 수 없다던 강경파들도 마감 당일에 두 시간 늦자 "원서 못 내는 거 아냐? 어떡하지?" 했다는 거다(애들은 애들이다).

원서 접수번호를 보고 바짝 쫀 나는 황급히 집으로 돌아가 참가곡을 쓰기 시작했다. 접수번호가 내 기억으로 천팔백 번대였던 거다. 나중에 알고 보니 그룹 참가자와 솔로 참가자를 다 합친 숫자이긴 했는데, 일차 예선에 나가보니 밴드 팀도 백 팀 남짓 되었다.

낭시 아버지의 검열을 피해서 기타를 뚱땅거리어 했던 나는 '심야 작곡 세트'를 갖고 있었는데 그게 뭐냐 하면, 기타줄 사이에 스펀지를 끼워넣은 기타와 문방구에서 파는 멜로디언이었다. 그걸 갖고 이불을 뒤집어쓴 후, 이불 속에서 헉헉 숨을 몰아쉬며 곡을 쓰는 거다. 잠시 작업하다보면 이불 안에 습기가 차고, 머리가 어지러워 네 마디 이상 연속으로 작업할 수가 없다. 그래도 아부지한테 안 걸리고 이것저것 소리를 내볼 수 있는 것만으로 대만족이었는데, 우리가 상을 탄 후 '무한궤도는 심지어 자동 작곡장치도 있으며 〈그대에게〉는 코치들이 써줬다더라'는 얘기까지 들었으니…… 나…… 울까 웃을까.

무한궤도로 대학가요제에 출전하기 전에 고교 때 밴드 동료들이 만든 아기천사라는 팀의 긴급 요청으로 땜빵 멤버로 강변가요제에 나간 적이 있었는데, 그때 출전곡이 〈슬픈 표정 하지 말아요〉였다. 라디오 중계에 나가는 본선 스물네 팀까지는 나가고 TV 중계에 나가는 열두 팀 결선에는 떨어졌는데, 솔직히 떨어진 이유를 수긍하기가 어려웠다(이제는 수긍한다). 해서…… 나름대로 '가요제'라는 것을 분석해보았는데, 다음이 당시 나의 결론이다.

1. 대학가요제나 강변가요제는 방송국 자체 축제의 경향이 강하다. 그러므로 프로그램을 제작하는 프로듀서의 관점에서 볼 때, 당시 사양길에 접어들고 있었던 밴드는 입상권의 노래(당시는 무조건 발라드)보다는 행사 구색용의 쿵짝쿵짝을 해줘야 된다.

2. 심사위원은 TV를 보면서 채점하는 것이 아니라 현장에 관객과 같이 있다. 그러므로 관객들의 반응을 잡아내는 것이 결과적으로 심사위원들에게 어필하는 지름길이며, 가장 정당한 방법이다.

3. 기성곡이 아니라 신곡을, 다시 말해서 듣도 보도 못한 곡을 현장 관객, 심사위원, TV 시청자가 평생 처음으로 듣게 되는 것이다. 그러므로 '여러 번 들어보니 좋은 곡' 따위는 먹힐 이유가 없다. '한방에' 보내야 하는 것이다.

4. 어떤 노래든 일절쯤 들어보면 답이 나온다. 이절은 어차피 일절의 반복이다. 그렇다 해도 '예의상' 일절 이절의 반복 구조는 있어야 된다. 그렇다면? 인트로와 아웃트로를 '나 들어왔어요, 저 끝났어요'라는 식으로 쓰는 게 아니라, 곡의 이미지를 전달하는 독립곡으로 간주하고 화려하게 벌이는 거다. 특히, 일회성 행사에서 눈 지그시 감고 두 시간 동안 인내심 있게 아마추어들의 장기자랑을 들어줄 사람은 거의 없다. 시작하는 순간 튀어야 하는 거다.

5. 코드와 리듬은 누구나 이해할 수 있는 쉬운 패턴으로. 단지

국내 밴드 족보나 가요 족보에 전혀 없는 팝/록밴드풍으로 어레인지먼트를 복잡하게 벌인다.

6. 이상의 아이디어를 수줍은 아마추어처럼 연주하면서 동정표를 따는 것은 어울리지도 않고, 무엇보다 우리 체질에 맞지 않는다. 노련한 표정으로 노래가 삑사리가 나도 눈에 힘을 주며, 박자가 나가도 태연해야 한다('태연'보다 '의연'이 어울리겠다).

7. 생각이 여기까지 이르면 잔대가리 수준을 넘어 거의 야비 수준에 이르는데, 하는 수 없다. 이게 리더의 역할이다. 대학가요제에서 초창기 구도는 대상—그룹, 금상—듀엣에서 대상—듀엣 혹은 솔로, 금상—밴드의 구도였다가, 중기 이후는 대상/금상—아무나, 동상—참가 밴드 중 제일 난놈이라는 구도로 정착되었다. 고로, 일단 라이벌 밴드들을 모두 격파한 후 최소 금상을 탈환해온다(회의할 때 최소 금상이라고 얘기했다가 애들이 무지 구박했다. 꿈 깨고 동상이라도 건지자고. 대상 소리 꺼낸 놈은 한 마리도 없었다).

머리를 여기까지 굴린 후 인트로부터 후주까지 십 분쯤 걸려서 이불 속에서 헉헉대며 곡을 썼다. 이리하여 1988년부터 현재까지 아직도 공연에서 우려먹고 있는 〈그대에게〉가 탄생했다. 사람들이 공연장에서 이 노래의 인트로가 나오는 순간 까무라치며 열광하는 모습을 보면, 난 아직도 양심의 가책을 느낀다. 어쨌든, 졸라 좋아해주니 고맙긴 고맙다……

벼락치기 연습과 마구리 가사 쓰기로 일차 예선에 나가보니, 정말 장관이었다. 정동 MBC에 모여 있는 '그룹사운드'들은 당시 우리나라 밴드들의 종류별 컬렉션 같았다. 주력인 대학 서클들 외에도 당시 사람들이 경악하는 패션—울트라 장발, 가죽잠바, 가죽 팔찌(쇠쩡 박힌……), 카우보이 부츠—으로 무장한 메탈 밴드도 있었고, 자주색 기지바지(당연히 배바지), 깃 세운 와이셔츠, 도끼빗, 닭대가리 파마의 펑크풍 밴드도 있었으며, 서울대에서 왔다는 괴상한 삼인조는 재즈도 가요도 아닌 골때리는 곡을 연주했는데 밴드 이름이 '실험실'이었으며, 『바벨 2세』에 나오는 요미와 흡사한 키보디스트가 피아노 연주로 관객들을 뜨악하게 만들고 있었다(그의 이름은 정석원이었다. 훗날 그의 별명은 요미가 된다……).

밴드들은 서로 살벌한 시선을 교환하며 한 팀 한 팀 연주를 했고 우린 사실 별로 긴장하진 않았다. 수천 명의 관객이 모이는 진짜 공연에서 무려 '오프닝 밴드'씩이나 해본 것은 우리밖에 없을 거야, 라고 생각한 거다. 게다가 우린, 뺑이치고 단독 공연도 했었으니까…… 무대 경험이 그렇게 중요한지는 그제야 깨달았다. 인상 깊었던 출전자로는 〈강강수월래〉를 부른 밴드가 있었는데, 보컬리스트가 '널뛰기' 모션의 안무까지 곁들인 초강력 팀이었다(무려 삼차 예선까지 올라왔었다). 완전 뽕짝을 연주한 팀도 있었는데 음악이 문제가 아니라 얼굴이 완전 사십대여서 출전자들이 "여기 대학가요제 마자여?" 하고 웅성대는 소리가 들려왔다. 일절이나마 끝까지 연주한 팀은 우리를 포함 두세 팀에 불과했고, 심한 경우에는 네 마디 만에 땡 하고 벨이 울리는 경우가 있었는데 특히, 반사회적인 아웃룩을 하고 있을 경우에는 두 마디 만에 벨이 울리기도……

　연주를 시작할 때는 학교 이름, 팀 이름, 곡 제목을 보컬이 소개하는데 "서울대, 연대, 서강대 연합 '무한궤도'입니다" 하는 순간 관객석이 웅성웅성하는 게 아닌가. 졸라 쪽팔렸다. 점수 좀 높은 학교 다니는 게 도대체 음악하고 무슨 상관인지. 그렇다고 '학교 이름은 밝힐 수 없구여' 할 수도 없어서 이차 예선부터는 '서강대, 연대, 서울대' 순으로 얘기했다(반응은 마찬가지였다). 쓴웃음이 나는 기억이다. 어른들이 명문대 명문대 하는 이유가 있긴 있구나…… 하지만 왜 음악 필드에까지……

　삼차 예신을 통과하자, 팀 분위기기 골떼리게 되어버렸다. 당시 우리는 일, 이, 삼차 예선을 우리가 모두 일등으로 통과했을 거라는 근거 없는 확신을 가지고 있었는데, 그것을 근거로 목표를 동상에서 은상으로 대거 수정하는 등 들뜨기 시작했던 것이다.

　당시 나는 중고생들에게 영어를 가르쳐서 수입을 얻고 있었는데(말하자면, 불법과외) 아무리 열심히 모아도 샘플링 키보드를 살 돈은 턱없이 모자랐다. 우리 아버지의 십 남매나 되는 친척 중 유일하게 약간의 한량 기질이 있다고 인정되는 작은아버지에게 고민 상담차 머리칼 나고 처음으로 찾아갔는데, 의외로 흔쾌히 턱이 빠질 정도의 거금인 당시 돈 백만원을 마련해주셨다. 이게 내 평생 음악 하면서 내 힘 아닌 다른 사람의 돈을 받은 유일한 케이스다(아직도 안 갚았다). 해서, 조현문이 갖고 있는 신디사이저 주노-60과 디엑스-7(친척집에 있던 것을 어찌어찌하여 장기 임대라는 명목으로 쌔벼왔다), 김재홍이 갖고 있던 롤랜드 D-50("대학 들어가면 키보드 사주실 거죠?"라고 중1 때부터 졸랐다고 한다)에다가 내 아카이 X-7000이 합쳐져 스테이지 위에는 무려 네 대의 키보드가 올라가게 되었다. 물론 당일 날 출전하는 다른 밴드들도 우리와 같은 등급의 악기를 사용했지만, 그건 당일 날 악기사에서 대여한 것이고 우리는 우리 소유의 키보드였기 때문에 차이는 활용도에서 나는 것이었다. 모든 키보드는 스플리트 모드로 왼손 오른손이 다른 소리를 내도록 셋업돼 있었고, 내 키보드에서는 동시에 다섯 개의 다른 소리를 지원하도록 설정해놓았다. 우승 후에 무한궤도는 억대의 장비를 쓴다는 소리가 나돌았는데 억대는 아니고 그저 몇백만원급의 '두뇌'를 사용했다(음악 하는 놈 중에 장비 탓하는 놈치고 발로 뛰면서 장비 구하려고 뻥이치는 놈은 여지껏 못 봤다. 다른 놈이 갖고 있는 장비는 모두 하늘에서 떨어진 줄 아나보다).

결선에 진출하게 되자, 우리는 담당 프로듀서에게 따로 불려가 밀실에서 잠시 대화를 가졌다. 이 사건은 출전자들이 약간의 의심 어린 시선으로 우리를 바라보는 원인이 되었는데, 내용인즉슨 그 전해, 말하자면 1987년에 6·29선언 이후 대학가요제가 열리게 되자 결선 참가자들이 단합하여 합동 뮤지컬 공연을 거부했던 것이다. 그 보복으로 MBC는 행사 자체를 축소해버렸는데, 올해도 비슷한 일이 벌어질 경우 그 주모자는 틀림없이 무한궤도일 것이라고 지목되어, 쉽게 말해 '개기면 너네 죽어!'라는 다짐을 받고 나왔던 것이다. 사실 궤도 멤버 중 짱돌이라도 한 번 던졌던 사람은 나밖에 없었는데, 다시 강조하자면 리더의 책임 때문에 나…… 엄청 착한 표정을 하고 있었다("그런 착한 표정하지 말아요~" ㅜ.ㅜ). 여담이지만 이승철 선배도 강변가요제에 나갔었는데, 밀실로 불려가 너 대가리 털만 깎고 오면 생각 좀 해보겠다고 하더란다. 그래서 울트라 양아치 장발을 범생이 머리로 자르고 갔더니…… 그래도 떨어뜨리더래.

운명의 12월 24일, 대학가요제가 사상 최초로 잠실 체조경기장에서 열리던 그해…… 그해 겨울은 졸라 추웠다. 방송에 나갈 인서트 화면 찍는다고 눈밭에서 굴리질 않나, 썩은 미소 띠며 나뭇가지 붙들고 재롱을 떨라고 하질 않나. 사실 우리는 첫 공연 이후 틴에이저 잡지로부터 취재 요청 엽서가 많이 와서 인터뷰를 몇 번 해봤는데, 인간 피라미드 쌓기, 풀밭 뒹굴며 화사하게 웃기 등을 요구하는 바람에 골때렸던 적이 한두 번이 아니었다. 급기야 12월 23일 밤, 멤버 전원이 고열과 복통, 설사, 현기증에 시달리는 상태가 되어버렸다. 눈앞이 캄캄했는데 그래도 다행인 건, "씨파, 나 안 해" 하는 사람이 없어서 같이 손 잡고 울면서 우짜든동 "쇼 머스트 고 온이다" 하고 다짐을 하였던 것이다.

당일 리허설, 나는 MBC 엔지니어들이 포진한 콘솔로 가서 내가 원하는 사운드를 좌악 브리핑한 후 몇 개의 페이더(음향기기)를 내 맘대로 조정해놓고 휑하니 밴드 스테이지로 돌아왔는데, 건방지다고 갈굼 살벌하게 당했다. 당시 무대 배치는 체육관 센터에 거대한 메인 스테이지가 있고 그 한가운데에서 솔로 가수들이 고목나무에 붙은 모기 폼으로 노래를 하고, 밴드 스테이지는 메인 스테이지의 이십 분의 일 사이즈로 한쪽에 찌그러져 있었는데 드럼 세트와 앰프 사이에서 설 자리를 찾아 헤매야 했다. 게다가 솔로들의 마이크는 듣도 보도 못한 고급품인데 비해 밴드 보컬의 마이크는 이럴 수가…… 삼만원짜리 오디오테크니카가 아닌가(지금 가정용 오디오 마이크가 그거보단 낫다). 한술 더 떠, 무대 위의 모니터 시스템이 용량이 너무 적어 우리가 연주하는 소리보다 체육관 벽에 부딪쳐서 돌아오는 소리가 더 큰 것이었다. 몸살은 났지 배에 힘은 없지 목은 쉬었지 빽빽 소리지르고 노래해봐야 내 목소린 하나도 안 들리지…… 정말 최악의 스테이지였던 것 같다. 당시 무한궤도보고 스테이지 매너가 너무 노련해서 아마추어 같지가 않다는 평들이 있었는데, 아마 몸살 안 난 상태에서 우리를 메인 스테이지 위에 올려놓았으면, 좌로 뛰고 우로 뛰고 완존히 지랄이 났을 거다.

사회는 이택림, 김은주였고(당시 나는 김은주 아나운서를 보고 뿅가서 결혼하고 싶다고 생각했다) 엔트리 1번부터 대학가요제가 진행되었다. 우리는 엔트리 16번. 꼴번이어서 우리는 속으로 불만이 대단했다. 우리를 제외한 거의 모든 참가자가 발라드 넘버여서 우리 순서까지 관객의 집중력이 유지될 거라고 도저히 생각할 수가 없었던 것이다. 무대는 한쪽 구석에 찌그러져 있지, 참가 번호는 꼴번이지 정말 찬밥 한번 제대로 먹어본다고 생각했다. 15번이 노래하는 동안 우리가 밴드 스테이지에 올라가 준비를 시작했다. 체조경기장에 꽉 찬 관객들의 소리와 무대 스피커의 굉음 사이에서 혼이 반쯤 빠져 악기들에 전원을 넣었는데, 내 재산 목록 1호 샘플링 키보드에서 'Bad Data Disk' 하는 사인이 뜨는 것이 아닌가…… 전에도 한두 번 겪은 적이 있는 일로 당시 샘플링 키보드는 로딩 시간이 너무 길어 X-7000은 퀵디스크 시스템을 사용하고 있었는데, 빠른 대신 디스크가 불안정하여 내용이 자주 손상되었다. 백업 디스크를 미리 준비해놓아야 한다고 생각하면서도 전날 너무 탈진해 잠들어버린 것이 엄청난 결과를 초래한 거다. 손상된 디스크가 다시 돌아올 리 없건만 몇 번이고 반복해서 로딩을 되풀이하는 동안 15번의 노래는 거의 끝을 향해가고 있었다. 밴드의 음악적 리더와 스테이지 리더는 반드시 일치하진 않는데, 당시 나는 음악적 리더보다는 오히려 스테이지 리더에 가까웠다. 당시로서는 복잡한 편이었던 무한궤도의 셋업을 삼 분 내로 해치워야 하는데 사고가 해결이 되질 않으니 모든 준비를 멤버들에게 일임해버리고 나는 '죽은 자식 불알 만지기'라는 속담처럼 작살난 디스크를 만지고 있었던 거다.

여기서 해철이의 비겁함이 나온다. 성당에 안 나간 지 몇 년이나 되었건만, 나는 그 와중에 번개같이(정말 빠른 속도로) 주기도문, 성모송, 사도신경을 암송한 뒤 '삼십 년 내로 성당 하나 지어드리죠'라는 아부성 멘트를 날리고 키보드를 있는 힘껏 움켜잡은 뒤 온 정신을 집중하여 디스크를 넣었다. 내 평생 어떤 일에 그렇게 강렬하게 집중해본 적은 지금껏 없었을 것이다. 'Loading'이라는 사인이 보이고…… 사운드가 입력되었다. 나는 살아 있는 주 예수의 증거를 드디어 보는구나 하고 감격했지만, 감격할 시간이 없어서 멤버들에게 다시 침착하게 돌아온 내 표정을 확실하게 보여준 후(서로의 표정을 확인하는 것은 무대에서 가장 중요한 일

중 하나다) 밴드 스테이지로 올라온 김은주 아나운서를 맞았다. 몇 마디의 인터뷰 후, 이미 많은 시간이 지났고 관객들은 지쳐 있었지만, 체육관 전체는 완전히 우리 것이 되었다. 이백 명쯤으로 추산되는 우리 친구들이 폭죽을 터뜨리며 바람을 잡았고, 첫 공연 이후 결성되어 있었던 수십 명의 소녀 팬클럽도 가세했으며, 또한 운이 엄청 따랐던 게 당일 체육관에는 88올림픽 때 사용했던 조명 시스템이 아직 렌털 기간이 남아 있어 그대로 배치되어 있었는데, 앞서 말했듯이 열다섯 명의 발라드 엔트리들이 노래를 하는 동안 심심해서 하품을 하고 있던 조명기사가 '옳다쿠나~ 전부 돌려부러~'로 모든 조명 시스템을 최대로 올려버린 거다. 마치, 이 행사의 메인 밴드이자 엔딩인 듯한 분위기가 자동빵으로 연출되었음을 나중에 화면을 보고 알았다(후일담인데 당시 심사위원장은 조용필 전하였다. 게다가 쟁쟁한 프로듀서들이 포진해 있었는데 이 양반들이 모두 '조용필과 위대한 탄생' 출신이었던 거다. 조용필 사단으로 도배된 심사위원석에서 전하께옵서는 거의 꾸벅꾸벅 조시다가 〈그대에게〉의 인트로를 알람시계로 착각, 깨어났는데 나중에 보니 기억나는 게 우리밖에 없더라는 거다. 채점지를 걷는 순간, S모 편곡자 왈, "형, 어떡하지?" 전하 왈, "야, 우리가 보컬인데 보컬 줘라. 보컬……" L모 편곡자 왈, "그래그래. 그 새끼들이 좀 시원했어." 이리하여, 강력한 대상 후보 주병선을 정말 간발의 차로 따돌리고 대상이 우리에게…… 하늘에서 떨어졌다).

후주가 끝나고 얼떨떨한 기분으로 대기석으로 돌아가는데 관객석에서 흥분한 사람들이 체육관 바닥 쪽으로 넘어들어오며 사인을 받는다 사진을 찍는다 소동을 부렸고, 경비원과 경찰 들이 우리 쪽으로 뛰어오는 것이 보였다. 순간, 이상한 기분이 들었다. 마치 예전에 한 번 겪은 일이 다시 재현되는 듯한 확실한 기분으로 '대상이로구나…… 해냈다……'라는 기분이 드는 것이었다. 강변가요제 출전 당시 이상은이 대상을 타는 것을 지켜본 적이 있었는데, 결선까지는 거의 구색용 노래의 분위기였던 것이 당일 날 관객들이 열광하고 이상은에게 소녀들이 몰려들어 난리를 치자 강력한 우승 후보였던 이상우가 금상으로 떨어지고 이상은이 냉큼 대상을 집어가는 것이 아닌가. 대기석에 앉아서 은상을 발표할 때까지 우리 이름이 불리지 않기를 간절히 바라고 있었다. 떨어지든지 대상이든지 둘 중의 하나인 분위기였던 거다. "대상, 무한궤도"라고 이택림씨가 외친 순간 껑충껑충 뛰었던 사람은 내가 아니고 베이스 조형곤이다. 머리 스타일과 복장이 거의 유사해 그게 나였던 것으로 생각하는 사람들이 있는데, 나는 밴드의 맨 뒤에 서서 의당 받을 걸 받는다는 표정으로 매우 거만하게 터벅터벅 걸어나갔다. 한편으로 생각하면, 대학가요제의 대상쯤으로 내 기뻐하는 얼굴을 남에게 보일 순 없다는 엄청난 교만함도 있었다. 어쨌든, 그렇게 대학가요제는 끝이 났고 기뻐할 힘도 없이 완전히 지친 우리는 체육관 밖에서 서로를 황당한 표정으로 잠시 바라보다가 내일 보자 하고는 해산했다. 전원 귀가 후 시체처럼 잠들었는데, 아침에 현찬에게 전화가 왔다. 어제 일이 꿈이 아니고 사실인 게 맞냐는 것이다. 그로부터 일주일, 우리는 서로 볼을 꼬집으며 지냈다.

무한궤도는 1988년 12월 24일 제12회 MBC 대학가요제에서 〈그대에게〉로 대상을 탔다. 사진은 세종문화회관에서 열린 '대학가요제 FOREVER'에서 대학가요제 출신 가수들이 무한궤도 시절 영상을 보며 고인을 추모하는 모습을 담은 것이다.

대학가요제 에피소드의 엔딩은 이렇다. 난 트로피를 들고 집으로 귀가했다. 집은 온통 불이 꺼져 있었고, 초상집 분위기였다. 아부지 왈, "우짜면 좋노" 어머니 왈, "그러게요…… 대상썩이나 타버렸으니……" "이제는 더더욱 말려지지도 않을 테고……" 두 분은 인생만사 새옹지마라고 내가 상을 탄 것이 내 인생 말아먹을 흉사의 조짐이라고 생각했던 것이다.

(삐거덕~) "저 왔어요."

"그래……"

"저…… 대상 탔어요."

"그래 …… TV 봤다…… (마지못해) 수고했더구나, 자라……"

"……네."

이것이 1988년 MBC 대학가요제 대상 수상 및 대학가요제 첫회 이래 십수 년 만의 밴드 그랑프리 탈환에 대한 울 엄마 아빠의 공식반응이다. 젠장…… 다른 집은 엄마 아빠가 이쁘다고 뽀뽀도 해주고 맛있는 것도 사줬단다…… 젠장.

무한궤도 첫 앨범이
탄생하기까지

크리스마스를 가족과 보내고 멤버들은 현찬의 집 지하실에 다시 모였다. 전원 탈진에다 퀭하니 맛이 간 얼굴, 꿈인지 현실인지 분간하지 못하는 골때리는 상태에서 우린 그냥 얼굴을 마주보며 낄낄댔다. 그리고 잠시 동안의 회의에서 팀의 방향은 이제 명확히 결정되었다. 원래는 대학가요제를 마지막으로 나를 제외한 멤버들은 음악을 그만두기로 했던 것인데, 언감생심이라고 그랑프리를 탄 이상 아마도 앨범을 제작하는 데 무리 없는 상황이 될 것이고, 밴드를 만든 이상 최소한 앨범을 하나 남겨야 하지 않겠느냐 하는 것이 중론이었다. 나 역시 고생고생해온 멤버들과 어떻게든 레코드를 만들어보고 싶었던 것이 대학가요제보다 우선하는 목표였고 당연히 뛸 듯이 기뻤다. 자신들의 인생에서 프로페셔널로 또 전업 작가로의 길을 배제하고 있는 친구들과의 밴드인 이상 언젠가는 홀로서기를 해야 한다는 것이 당연히 피할 수 없는 길이기는 하지만, 언제 뛰어들어도 뛰어들어야 할 그 삭막한 쇼 비즈니스의 세계보다는 그저 즐거운 친구들과 같이 밴드를 하는 것이 당시 나에게는 최선의 선택이자 기쁨이었다.

레코드사를 선정하고 매니저를 선택하는 일은 리더인 나의 몫으로 남겨졌다. 그리고 그 '쇼 비즈니스' 개시 하루 만에 상황은 우리의 상상과 백팔십 도 다름이 밝혀졌다. 대학가요제 출전 당시 우리를 목격하고 제작자가 되어주겠다는 의사를 밝힌 곳은 무려 삼사십 군데가 넘었다. 그들은 어찌어찌하여 내 전화번호를 알아내기도 하고, 방송국 프로듀서를 통해서 연락을 해오기도 했는데, 거피숍 같은 곳에서 만나 이야기를 나누다보면 그 진행상황이 그야말로 가관이었다.

내가 버스에서 내려 호텔 커피숍(그들이 지정한, 나로서는 평생 처음 가보는, 그리고 한쪽 구석에서는 한복을 입은 아줌마들과 정장을 차려입은 남녀가 앉아 맞선을 보고 있는 괴상한 장소)으로 들어가면 그들은 뛸 듯이 반겨 맞으며 십 년 된 지기인 양 인사를 한다. 그러고는 대개 첫마디가 "저런, 스타가 버스를…… 안 될 말이지. 너 차가 있어야겠구나. 네가 좋아하는 기종이 뭐니?" 뭐 이런 허파에 바람 넣기성 멘트다. 물론 나야 뭐 기타니 신디사이저니 이런 물건들을 들고 버스 운전사 양반들의 온갖 박해와 박대를 받으며 다닌 지 오래니 솔직히 말해서 귀가 솔깃하지 않은 바는 아니었다고 불어야겠다. 그르나, 그르나 말이쥐 다음 멘트로 넘어가면 그야말로 확 깬다. "C피디한테 얘기 들었는데, 너 솔로 할 거라면서. P씨도 그렇게 이야기하던데……" 그래서 눈을 끔벅끔벅

"슬픈 표정 하지 말아요" ④

가수 신해철의 무한궤도 인생

바로 이런 '일기용변식' 작사가 보다 성숙한 음악을 창출하는데 하나의 걸림돌이 되고 있음을 잡고 있다.

하지만 한편으로 생각해보면 꾹 심사숙고한 작품만이 아니라 오히려 살면서 느끼는 감정들을 손쉽게 표현할 수 있는 것이 어차피 접어든 프로 가수의 기질이 아닌가싶기도 하다.

88년 겨울 대학교(서강대 철학과) 2학년때 나는 그룹 '무한궤도'의 일원으로 MBC대학가요...

외아인가만 하다.

누구보다도 나를 포함해 내 가족들은 아직까지도 '신해철이 가 무대에서 노래를 부른다'는 사실이 인듯 실감이 안될 정도로 몹시 혼란스러워 하고 있다.

이같이 된 배경과 나려는 인물에 대한 이해를 돕는데는 내 성장과정을 언급하는게 우선일 듯 싶다.

1968년 5월 6일 나는 중구 회현동의 한 병원에서 아버지 신현우(57)씨와 어머니 김효순...

나를 외식적으로라도 잠남처럼 엄하게 키웠던 것 같다.

놀다가 넘어져도 아버지는 물론이고 어머니도 한번 일으켜 세워준 적이 없을 정도였다.

말을 알아듣기 시작할 무렵 나는 아버지한테서 "너는 남자 답게 으젓이 여자인 누나를 감싸주고 어려운 일에는 네가 나서야한다"는 말을 자주 들었다.

나중에 알았지만 누나에게는 "네가 누나니까 부모가 없을 때는 네가 엄마노릇을 해야하고...

나는 그룹 '무한궤도' 시절부터 솔로활동의 음악적 기반을 닦았다. 그대문에 무한궤도의 추억은 잊을 수 없는 것이다.

88년 MBC 대학가요제서 '무한궤도' 대상
데뷔 1년 6개월만에 정상 '우뚝'…실감 안나
부유한 집 외아들, 응석 'NO'·'누나의 오빠' 노릇

제에 참가해 (그대에게)로 대상을 차지했다. 그리고 가요계에 출사표를 던진지 불과 1년 6개월여만에 소위 인기가수가 됐다.

'무한궤도'에서 다져놓은 음악적 기반이고 밀거름이 됐지만 내가 생각해도 너무 갑자기 유명가수가 된 것같다.

정말 사람의 일이란 한치 앞을 알 수 없다는 말이 실감이 될 정도이나. 특히나 어려서부터 음악적 소양이 진무(?)하다고 믿었던 내가 이처럼 음악에 푹 빠져 있는 모습은 정말 불가사...

(53)씨의 외아들이자 막내아들로 태어났다. 내 위로는 나보다 2살 위인 누나(신은주·25)가 있다.

약대를 졸업하신 아버지는 내가 태어날 무렵 하시던 약국을 그만두고 사업을 시작하셨는데 사업이 잘돼서인지 내가 어려서부터 우리집은 자가용을 굴릴 정도로 비교적 부유한 가정을 꾸미고 있었다.

외아들로 내가 응석받이로 자랐기에 그러셨는지 10남매를 장남이셨던 아버지는 어려서부터...

무엇이든 동생에게 양보하라'고 하셨다고 한다.

이 때문인지 나는 지금까지도 그렇지만 막내라는 느낌을 가져본 적이 없다. 자리편에서는 누나의 오빠(?) 노릇을 할만큼 조숙했던 것 같다.

국민학교 4학년때에는 6학년이었던 누나에게 반의 남자아이가 짓궂게 한다고 다투고자 6학년 교실에 쳐들어가 '아무개야 너 나와라 밟아버리겠다'고 큰소리를 칠 정도로 기백(?)도 있었다.

MBC 대학가요제 대상 수상 이후 인기가 높아지면서 일간스포츠에 직접 인생과 음악에 관한 칼럼 '가수 신해철의 무한궤도 인생'을 연재하기도 했다.

하면서 이게 웬 문지방에 좆 끼기는 소리인가 하는 표정으로 바라 보다가, "아뇨오오오. 전 밴드 할 건데요오오" 하고 대답하면, 그 래 더 필요한 악기는 없니, 음악 방향은 어떻게 잡고 있니, 밤무대 가 수입이 살벌한 건 알고 있지, 내가 CF계에 아는 사람이 오방 많아 하고 날아다니던 그 많은 멘트가 전부 쏘옥 들어가고 침묵만 이 흐른다. 그러고는 설득의 멘트가 몇 개 더 나오는데 종류별로 나열하자면, 첫째는 너는 아직 뭘 몰라 형, 둘째는 나도 예전에 그 거 해봤는데 그거 답 안 나와 형, 셋째는 언제 보따리 싸도 쌀 건 데 미련 버려 형 등등 대학가요제 출전 당시에도 그렇고 레코드사 를 찾아 헤매던 당시에도, 내가 베스트를 만들던 무렵에도, 그리 고 현재까지도 밴드가 찬밥을 먹는 것은 민간인의 상상을 초월한 다. 그들은 어디까지나 내가 솔로 싱어로 나설 거라는 것을 전제 로 계약서를 들이밀었고 나로서는 고개를 도리도리 흔들며 속으 로 '곧 네놈들은 땅을 치게 될 것이다'라고 중얼거리는 수밖에 없 었다. 완강하게 몇 번 고개를 도리도리 흔들면 그들은 곧 참, 선약 이 있는데 잊어버렸네, 혹은 오 그래, 그러면 내가 검토해보고 다 시 전화하지 하는 말을 남기고 총총히 사라지며, 나는 다시 홀로 버스에 올랐다.

대학가요제가 끝나고 한 달간은 골때리는 경험의 연속이었다. 우리는 주관 방송사인 MBC의 TV와 라디오 프로그램 몇 개에 출 연했으며, 특히 잡지사 등으로부터 우리와의 취재를 요청하는 엽 서가 쇄도해 상당히 많은 분량의 인터뷰를 소화해내야 했다. 그것 은 아주 짧은 기간 동안은 재미가 없지 않았으나 곧 짜증과 염증으로 바뀌었고 여전히 제작자들은 솔로 싱어라는 형태 이외에는 전연 관심을 보이지 않았다. 우리의 생각과는 달리 우리는 첫 앨범을 세상에 내놓지 못한 채, 그저 대학가요제 우승자로 매스컴에 잠깐 얼굴을 비추고 그것을 추억이랍시고 회상해야 할 처지가 된 것이다. 그 와중에 첫 라디오 방송 출연을 했던 프로그램의 프로듀서로부터 전화가 왔다(그 프로그램에 출연한 사흘쯤 뒤일 것이다). 디제이를 교체해야겠는데, 혹시 디제이 할 생각 있느냐는 거다. 나는 친구들에게 전화를 한 통씩 때려본 후 바로 예스해버렸다. 첫째는 공동 진행자가 미스 코리아 장윤정이고 둘째는 디제이는 내가 밴드 다음으로 좋아하는 일이었으며 셋째는 레코드 계약이 개판으로 가고 있는 상황에서 뭔가 탈출구가 될 수 있지 않을까 하는 말도 안 되는 기대감 등등 때문이었다. 프로그램 이름이 '하나 둘 셋 우리는 하이틴'이라는 게 유일한 걸림돌이요, 하기 싫은 요인이었지만……

지지부진하게 몇 달을 끄는 동안 오랜만에 방송국에 행차한 조용필 선배가 라디오국으로 사람을 보내 나를 찾았다. 자신이 심사위원장으로서 뽑은 꼬마 녀석을 얼굴이나 한번 보려는 거였는데, 매니저도 없이 빌빌대고 있다는 소식을 듣자 자신의 예전 매니저였던 유재학씨를 추천해주었다. 그는 나도 이름을 몇 번 들은 적이 있는 전설의 매니저 중 한 사람으로 조용필의 매니저라는 이미지로 알려진 유명한 사람이었다.

유재학씨는 다른 매니저들과는 달리 밴드를 유지하며 첫 앨범을 내겠다는 계획에 어떠한 반대도 표시하지 않았다. 단지, 밴드가 해산할 경우 계약기간의 나머지를 내가 솔로로 이행해야 하며 그 기간은 오 년임을 내세웠는데, 멤버들 사이에서 논란의 소지가 될 부분들이 없는 것은 아니었으나 그것이 당시의 음악 신에서 우리가 발견할 수 있었던 그나마 최상의 컨디션이었다. 그리고 불과 얼마 후, 우리는 첫 앨범 녹음에 들어가게 된다.

당시 나의 미래는 장밋빛이었다. 밴드랍시고 계속 까불다가는 얼마 안 되어 쫓될 거라는 주위 경고는 귓등으로 넘겨버렸고, 밴드 멤버들은 첫 레코딩으로 인해 모두 익사이팅했으며, 나는 라디오 디제이 수입으로 48개월 할부 소형차를 하나 사고 면허를 땄다(그리고 3개월 내로 앞 범퍼, 뒷 범퍼, 앞문짝 두 개, 뒷문짝 한 개, 플랜더 두 개를 각각 다른 접촉사고로 바꾸었다. 그래도 어쨌든 난 행복했다).

소속사와 제작자 문제는 해결했고 또 한 가지 문제는 팀 전력의 강화 문제였는데, 우리는 트윈키보드 시스템으로도 모자라 한 명의 키보디스트를 더 영입하여 무려 세 명의 키보디스트가 있는 밴드로 방향을 정하고 인선 작업에 들어갔다. 세 명의 키보드라는 골때리는 시스템에 대해 반대 의견도 없지 않았으나, 누군가가 "레너드 스키너드는 기타 셋으로도 하던데"라고 말함으로써 회의가 끝나버렸다. 제3의 키보디스트…… 그가 정석원이다.

이번에는 호텔 커피숍이 아니고 그냥 다방이었다(당연하지). 그는 지방 출신으로 서울에 유학을 와 있는 셈이었으므로, 부모님과 떨어져 자취를 하고 있었는데 그 자취방은 나에게도 아지트가 되었다. 그가 합류함으로써 무한궤도의 대중적인 성격은 엄청

무한궤도가 탄생시킨 뮤직 프론티어

신해철 VS 015B

무한궤도 첫 앨범을 제작하는 과정에서 새로 합류했던 이가 정석원씨다. 무한궤도
가 해체되면서 정석원씨는 015B라는 새로운 그룹의 멤버가 되었는데, 신해철은
015B 1집 앨범 제작에도 참여했다.

나게 늘어났다. 그는 우리 또래에서 드물게 코드 변환, 전조, 텐션 변화에서 아무런 어려움을 느끼지 않는 배킹형 키보디스트로, 견고한 팀플레이에 주력하는 현문이나 리드플레이를 주로 맡는 재홍과는 완전히 다른 타입의 키보디스트였다. 게다가 당시 그의 캐릭터는 사투리가 섞인 코믹 캐릭터로 훗날의 공일오비 때와는 사뭇 이미지가 달랐으며, 밴드가 해산할 때까지는 멤버들과도 매우 잘 융합했다.

자, 이리하여 천신만고 끝에 녹음에 들어간 무한궤도의 첫 앨범이 나왔다. 우리는 과연 무슨 짓을 했던 것일까……

웬

민주 투사?

무한궤도 초창기 일인데 모 잡지사와 인터뷰를 했더랬다. 앞으로 어떤 음악을 할 거냐 어떤 밴드를 좋아하느냐 등 신인에게 으레 하기 마련인 질문이 나왔고, 공통적으로 좋아하는 밴드들인 아시아, ELP, 핑크 플로이드 등의 이름들을 댔다. 게다가 좋아는 하지만 실질적으로는 감히 손대기도 힘든 핑크 플로이드의 이름에 이르러서는 다들 웃고 말았는데, '이 상황에서 어따 대고 핑크 플로이드의 이름을 감히……' 하는 웃음이었다. 그만큼 핑크 플로이드나 예스 같은 경우는 이름을 부를 때도 상당히 존경 어린 어감으로 불러야 하는 분위기였던 것이다. 그리고 몇 주 뒤 기사가 나왔다. 첫머리에 나와 있는 큰 활자의 제목 왈, "우리를 핑크 플로이드와 비교하지 말라".

너무 오래전 일이라 사실 기사 제목이 정확한지는 모르겠지만 아무튼 이런 식의 문장이었고 기사를 본 전 멤버의 얼굴은 처음엔 하얘졌다가 그다음엔 샛노란색으로 그다음엔 시뻘건색으로 계속 변해갔다. 처음에 얼굴이 하얘진 것은 제목을 본 후의 황당함이고 노란색은 과연 친구들과 팬들이 얼마나 우리를 건방지고 정신 나간 놈들로 볼 것인가에 대한 아찔함이며 시뻘건색은 우리가 한 말의 의도와 완전히 상관없이 왜곡된 기사에 대한 분노였다. 너무 화가 나서 일주일 가까이 팀 연습이 엉망이 될 지경이었는데, 아마도 기자 양반 생각엔 그런 식의 제목이 우리를 꽤나 띄워주는 거라고 생각했나보다. 하지만, 내 생각엔 그 기자 양반이 핑플(핑크 플로이드의 약자. 핑클이 아님)의 공연 비디오나 노래를 한 번도 듣고 보질 않았던 것 아닌가 싶다. '언제간 핑크 플로이드처럼 되고 싶어요' 해도 가갈갈갈 웃을 판에 심지어는 저희가 더 낫다고 개긴 셈이 되었으니…… 아마 딴 신인 밴드가 그렇게 인터뷰를 하고 내가 그 기사를 보았으면 난 피식 웃은 후 기사 내용은 보지도 않고 다음 페이지로 넘어갔을 것이다.

이런 종류의 에피소드는 너무 많지만 기억나는 것 중에 또하나. 데뷔를 하고 꽤 시간이 흐른 뒤에 한 기자 양반이 이런 질문을 했다. "당신의 인생에 대해서 어떻게 생각하느냐?" 너무 광범위한 질문이라 대답이 길어질 수밖에 없다('인터뷰이'의 입장에서는 별로 좋아하는 유의 질문이 아니다. 꼭 대답이 길어질 수밖에 없는 질문을 하는 인터뷰어들이 또 꼭 대답이 너무 길어 정리하기가 힘드네 하고 불평을 한다. 그러고는 그 흔한 카세트 녹음기 하나 안 가져오고 대충 임의대로 '정리'하고는 나중에 전화해서 추가 인터뷰를 요청한다. 죽을 맛이다). 하여간 내 대답은 이랬다. "뭐……

행복한 편이죠. 아티스트의 삶에서 다양한 경험을 직접 해볼 수 있다는 건 매우 축복인데, 잘살았다가 못살았다가 가정 기복도 심했고, 잘사는 놈, 못사는 놈, 열심히 사는 놈, 게으른 놈, 막가는 놈 다양한 친구들도 만났고, 불과 몇 개월이었지만 군대 생활도 했고 또 불과 몇 개월이지만 감옥 경험도 창작엔 결국 도움이 되었던 것 같고, 학교에선 운 나쁘게 87학번이라 그냥 돌도 몇 번 던져봤고, 그러다 딴따라라고 따가운 눈초리도 받고……" 한마디로 얘기해서 수박 겉핥기라도 상당히 버라이어티한 거 같아서 기쁘다는 얘기였는데, 몇 주 후 기사가 나왔다. 제목 "나는 민주 투사였다". ……씨발.

그때까지는 정말 남들이 모르고 욕을 하든 내 사정 몰라주든 그냥 음악이나 열심히 하자 하고 신경을 껐었는데, 이 사건에선 정말 뚜껑이 열리고 김이 하늘까지 솟아서 당장 사무실 문을 박차고 들어가 사장님 이하 모든 매니저들에게 이 사건이 해결되지 않을 경우 음악을 그만둘 것이며 앞으로 다신 내 얼굴 못 볼 줄 알라고 그야말로 개지랄을 퍼부어댔다. 저 새끼가 왜 갑자기 또 저 지랄이지 하는 표정으로 나를 보던 매니저들도 극도로 흥분한 나를 달래느라 그 잡지사에 전화를 때리고 기자를 호출하고 하면서 같이 호들갑을 떨 수밖에 없었고, 그 와중에도 나는 변호사를 선임한다, 언론중재위에 연락한다 하고 더더욱 꼴값을 떨었다. 결국은 기자가 순순히 사과를 하고 정정기사를 내보내기로 함으로써 성질을 좀 가라앉혔지만 매니저들과 기자 양반의 변명을 수긍하긴 힘들었다. 한마디로 '띄워주느라' 그랬다는 거다. 그게 욕이지 어

연예인 군대 비리가 사회 이슈이던 시절 불과 몇 개월이지만 군대에 다녀왔고, 이
때 부상을 입어 양쪽 무릎 연골막이 손상되었다.

떻게 띄워주는 거냐고…… 그후에도 십 년 가까이나 대학 동창들이 "야, 해철아, 요즘 민주주의는 어떻게 돌아가냐" 하고 비꼬아대서 죽을 고생을 했다(내가 판 냈는지 안 냈는지도 모르는 놈들이 어떻게 그런 기사는 꼭 본다). 물론 나는 1987년에 내가 대학 신입생이었으며 6·10사태라는 특수한 상황에서 당시의 수많은 학생 시민들과 더불어 역사의 현장에 함께 있었음을 자랑스럽게 생각한다. 그러나, 그러나 나는 그저 다른 사람들과 함께 우리가 옳은 길이라고 생각한 것을 그저 의분 어린 마음으로 표현했을 뿐, 지금도 이 얘기는 쑥스러운 이야기 중 하나이고 내 치기 어린 치부가 드러나는 것 같아서 쪽팔린 주제인데, 웬 민주 투사? 나 천벌받을라……

　인터뷰에서 말이 왜곡되는 경우는 고사하고 심지어는 완전 창작 인터뷰도 있다. 어느 날 방송국에 가기 위해서 미장원에 앉아 잡지를 들여다보고 있는데 거기 떡하니 "신해철의 직접 고백—나의 첫사랑은 불문과의 어쩌구저쩌구……" 유치 뽕빨 여자 별명이 끼어 있는 나의 '직접 고백' 기사였다(내 기억으로…… 불문과의 '프랑수아'였나 아니면 '베아트리체'였나 뭔 상관이야, 씨팔)! 미치고 환장하겠는 것이 날조 기사인 것도 화가 나지만 내용이…… 내용이…… 너무 싫은 거였다. 그냥 웃고 넘어갔더니 그다음엔 웬 게임잡지에서 '신해철이 직접 분석하는 삼국지' 게임 해설이 실렸다. 내가 직접 "이 챕터에서는 관우를 사용해서 장비를 지원하고……" 뭐 이런 내용이 실려 있었는데 역시 날조인 것도 싫지만 내용도 너무 싫었다(그나마 내가 기억하는 건 이렇게 내용마저 싫었던 경우다. 이외에 뭐 꼭 틀린 말은 아니군 하고 넘어간 경우는 수백 건이 넘을 거다).

웃긴 얘기 또하나. 신인가수 땐데, 〈젊음의 행진〉이란 TV프로가 있었다. 방송국 개편을 하게 되면서 한 시즌 동안 많이 출연했던 가수들, MC, 프로듀서 및 스태프들 등이 나이트클럽에서 쫑파티를 하게 되었다. 당시 남자 MC였던 조정현 선배는 매우 짓궂은 캐릭터였는데, 특히 나와 더불어 여자 MC였던 이상아양을 자주 놀려주었다. 그날도 조정현 선배가 주동이 되어 이상아양과 내가 스테이지에서 부르스를 출 것을 종용했는데 나는 그저 고맙지 하는 마음으로 순순히 장난에 협조하여 무하궤도의 〈우리 앞의 생이 끝나갈 때〉가 부르스 음악으로 울리는 가운데 말도 안 되는 부르스를 오 분간 추고 들어와 이상아양의 어머니와 뭐 평범한 대화도 잠시 나누었다. 이게 사건의 전부인데 다음날 고교 선배인 신문기자 양반이 느닷없이 이상아양과 교제중이냐 묻는 게 아닌가. 전날 밤의 사건을 얘기해주었더니 "그래, 별것도 아니로구나, 이 바닥이란 게 그렇지" 하고 쭐렁쭐렁 신문사로 돌아갔는데, 다음날 스포츠신문에 왕따시만하게 났다. "신해철 + 이상아 염문설……" 게다가 유치찬란한 핑크색 하트가 두 사람 사진 사이에 떡…… 그때까지 여자와 관련한 루머들은 내 주위에 한 번도 없었기 때문에 나는 결국 그 사건으로 본가의 할아버지에게까지 불려가서 갖은 고초를 겪었다. 열심히 변명했음에도 불구하고 "니가 주위를 정결하게 하지 못하니 근거 없는 소문도 나는 것이다. 결국 네 탓인 것이다"라는 이박삼일에 걸친 훈시를 듣고 엄마 아부지의 따가운 눈

솔로 데뷔 앨범 발매 후 〈슬픈 표정 하지 말아요〉 〈안녕〉 등의 노래가 각종 차트를 휩쓸었고, 사실과 무관한 기사들로 유명세를 혹독하게 치르기 시작했다.

총도 덤으로 오방 받았다.

가장 많이 벌어졌던 일은 가요계의 지형도와 관련하여 나의 의견을 기자들이 멋대로 적는 일이다. 왜인지 모르겠지만 많은 사람들이 내가 아이돌 가수들을 적대시하는 반대편 진영의 두목쯤 된다고 생각하는 모양이다. 결론부터 얘기하자면 똥 밟는 소리고…… 자기들이 그런 소리 하고 사는 건 좋은데 왜 날 물고 늘어지는 건지 모르겠다. 한번은 신문에 "SES나 클론처럼 매니지먼트로 해외 진출을 시도하는 경우 안됐지만 좋게 봐줄 수 없다"는 기사가 실렸다. 사상 최대로 뚜껑이 열렸다. 그 기사에는 살벌하게 거만한 말투로 내 앨범에 대해서 내가 기들먹거리는 말들이 실렸다(그 기자는 합동 기자회견에 유일하게 참가하지 않은 분이었다). 그건 그렇다고 하고(사람들은 어쨌건 내가 실제로 그만큼 거만할 거라고 생각한다) 후배들을 돕지는 못할망정 돌을 던지다니…… 클론이야 서로 안 지 아주 오래된 사이라 별걱정도 안 했고 본인들도 해철이 형이 그런 말을 했을 리 없잖아 하고 쿨하게 넘어갔지만, SES 같은 경우에는 워낙 어린 친구들이라 뭐라 말을 해야 할지 갑갑해서 제작자인 이수만 형을 오랜만에 얼굴도 볼 겸 직접 찾아가서 이런저런 사정을 설명했다. 그랬더니, 더더욱 황당한 소리를 듣게 되었다. 그즈음, 에쵸티 녀석들에게 데뷔 이후 가장 가슴 아팠던 일을 말해보라 그랬더니, 그중의 하나가 신해철 선배가 강단에서 자신들과 이수만을 없어져야 할 놈들로 씹은 사건이란다. 사실인즉슨, 매니지먼트의 방법론과 시장 분화에 대해 설명을 하다가 아이돌이란 상품과 매니지먼트의 대표로 이수만 진영의 방법론을 잠시 설명한 거였다. 그 인터넷 강의를 본 기자들이 자신의 의견을 무더기로 첨가하여 내가 한 말인 것처럼 써갈겨낸 거다. 솔직히, 나…… 에쵸티 판 산 적은 없다. 그러나 그들이 가끔 TV에서 퍼포먼스를 할 때 매우 즐겁게 보며, 특히 실력이 늘어가는 것을 볼 때는 더더욱 재미있다. 그러니 내가 그들을 씹을 이유가 뭐가 있단 말인가. 내 코가 석 잔데.

이수만 선배는 내가 처음 시퀀서니 컴퓨터니 하는 걸 만질 때 여러 가지로 자상하게 나를 돌봐준 정말 몇 안 되는 사람 중 하나다. 어릴 때부터의 나를 쭉 지켜봐서 이런저런 기분 나쁜 소리가 들릴 때 해철이도 바보가 아닌데 그런 말을 할 리가 하고 모두 넘어가던 중이었단다. 여러 가지 생각이 들었다. 만일 수만이 형이 나를 잘 모르는 사람이었다면, 아마도 전해 듣는 얘기들을 그대로 믿었을 것이다. 이 말은 다시 말하자면, 나를 잘 모르는 사람들은 전해 듣는 얘기들을 그대로 믿는다는 얘기다. 또한 그즈음 매스컴에 내가 한 이야기보다 내가 안 한 말의 분량이 역전되고 있음을 슬슬 느꼈기 때문에 나는 당분간 입을 다물겠다고 생각했다. 내가 안 한 말을 듣고 나를 원수나 적으로 돌릴 사람들이 두려워서 그러는 게 아니다. 내가 만일 어떤 말을 필연적으로 해야만 하고 그로 인해 적이 생긴다면 그건 두렵지 않다. 그러나 내가 '하지 않은 말'에 대해서 책임을 져야 하고 그로 인해 황당한 피해자들이 생기며 내 신념에 배치되는 말을 마치 나의 생각인 양 사람들이 떠들어대는 것은 불쾌하다. 그리고 이 불쾌감이 도를 넘는 경우 요즘의 나는 아예 입을 닫아버린다.

넥스트 4기 멤버들. 4집 발표 후 넥스트는 곧 해산했다. 왼쪽 위부터 시계방향으로 김영석(베이스), 이수용(드럼), 김세황(기타), 신해철(보컬, 키보드).

넥스트의 해산 기자회견 때다. 매스컴에는 "더 올라갈 데가 없어서……" 해산한다고 발표되었다. 이것은 그다음 문장과 단락이 통째로 빠진 채 첫 문장만이 보도된 경우다. 더 올라갈 데가 없다는 것은 세 가지 경우다. ①정상에 올라가서 더이상 오를 데가 없을 경우(이 경우에도 또 두 가지다. 음악적 정상과 상업적 정상. 또 음악적으로 과연 정상이라는 것이 존재하는가 하는 논쟁까지 따라오게 된다). ②정상은 저멀리 보이지만 올라갈 힘이 소진되거나 장애물이 너무 많아서 못 올라가는 경우. ③정상의 의미를 음악 필드 전체가 아니라 밴드에다만 초점을 맞추어 이 밴드의 음악적 역량이 자체적으로 한계점까지 도달했음을 말할 때. 해산 기자회견에서 내가 말한 것은 두번째의 경우다. 우리는 음악적인 것 이외에도 너무나 많은 힘을 소진했으며 비방송 언더그라운드 신 전체의 붕괴 등 시대 상황이 최악으로 치달아 밴드를 한다는 자부심과 자존심마저 소모해버렸다. 전체의 이야기를 놓고 보면 참으로 서글픈 후퇴 선언이었던 것이다. 이 서글픈 문단의 첫 문장만 빼서 이야기된바, 역시 신해철다운 거만한 해산 선언이 되었다. 나는 이 경우에도 재미있는 사실을 발견했는데, 이 문장이 해석의 여지가 무척 많음에도 불구하고 사람들은 최대치로 악의적으로 해석하고 싶어한다는 것이다.

쫌 놀아본 오빠의
플레이보이 입문기

생각해보자. 어렸을 때 꿈 가운데에서 위인전의 반열에 오를 만한 훌륭한 사람이 되거나 스포츠 혹은 연예계의 스타가 되어 남의 주목을 받거나 하는 것보다 오히려 더 절실하게 꿈꾸었던 것은 무엇이었던가. 바로 이성에게 인기가 있는 사람이 되는 것. 그것은 남녀 공히 꿈꾸는 절박한 염원이며, 본좌의 경우에도 반 전체 혹은 전교에서 가장 여자들에게 인기 없는 남학생일지 모른다는 우울한 위기감 속에서 청춘을 보냈던바(재수없는 타입이라 하여 인기가 없었음), 하루에도 몇 번씩 꽃미녀들에게 둘러싸여 호쾌한 웃음을 짓고 있는 자신의 모습을 상상하며 찌질한 나날을 계속 영위하였던 것이다.

그 출발은 심히 미미하여 첫 미팅 고2, 첫 키스 대1, 첫 경험······ 아아 쪽팔리다. 그만두자. 하여간 또래들에 비해 저조한 성적으로 업계에 뛰어들어 심지어 연예인이 된 이후에도 거의 스님 내지는 성직자 수준의(전혀 자발적이지 않은) 불우한 청춘을 보내다가 그러던 어느 날, 보리수 아래서 남녀관계의 요체에 대한 도를 깨닫고 이를 부지런히 실천하여 자타 공인 플레이보이의 반열에 올랐으며 이제는 은퇴하여 한 여인의 지아비가 된바, 그간의 성과를 정리하여 후세의 플레이보이 후보들에게 남기니 이를 탐독하고 실천하여 진정한 플레이보이로 거듭나기를 바라노라. 오호통재라. 세상이 막되어먹은지라 막 노는 연놈은 숱하건만 진정 잘 노는 연놈들 보기가 힘들고 천한 양아치들이 스스로를 진정한 플레이보이라 착각하고 떠들어대는 요지경 세상사. 무엇을 진정한 플레이보이라 할 것이며 무엇을 양아치라 할 것인가!

일단 플레이보이에 대한 무지부터 부수고 들어가자. 흔히 플레이보이라 하면 기생오라비 같은 생김의 반반한 외양을 떠올리기 쉬우나 이것은 큰 오해다. 플레이보이라 함은 외양의 생김이나 차림새에 있는 것이 아니다. 실제 일급 선수들은 보통 이하의 평범한 외모를 가진 경우가 대부분이다. 예외적으로 얼굴 생김새가 따라주는 나 같은 경우도 있긴 하지만 본좌 역시 얼굴 생김새로 도에 도달한 것이 절대로 아니다. 일례로, 역사에 나타난 플레이보이의 중요 모델이라 할 수 있는 율리우스 카이사르의 경우 매부리코에 대머리라는 그다지 호감이 가지 않는 외모를 가지고 있었으나, 로마의 한다 하는 모든 여인들은 카이사르의 손아귀에 있었으며 그는 후세에 귀감이 될 플레이보이의 기본 간지를 창출하였다.

꼬시는 것보다는 헤어지는 것이 중요하다. 굶주림에 가득한 병아리 플레이보이는 일단 꼬시고 보는 것을 목적으로 한다. 그러므로 만남에서부터 그림 같은 관계 진전, 예술의 경지에 도달하는 이별 장면에 이르기까지 하나로 이어진 도를 실천할 여유가 전혀 없다.

대체로 플레이보이는 전 연령대와 모든 타입을 공략하는 오라를 가지게 될 무렵 삼십대의 나이에 도달하게 되는 경우가 많은데, 얼굴이 반질반질한 타입들은 이십대 초입에 여성들로부터의 일시적인 인기에 취하여 여성의 내면을 들여다보려는 노력을 게을리하므로 플레이보이의 도에 이르기가 어려우며, 외모가 저무는 삼십대서부터는 그저 이삼류 선수로 추락하고 만다. 그러므로 만약 당신이 중긴 이히의 외모와 그닥 간지 ㅏ지 않는 팔다리 긴이를 가지고 있다면 진정 도에 도달할 수 있는 조건은 이미 충분하다고 하겠다. 용기를 내자.

비트겐슈타인의
지향

안녕하세엽.

오극교 교주, 전백련 고문, WOA 간사, 끝은모 회장 신해철입니다(오극교: 오입극락교, 전백련: 전국백수건달연합, WOA: 세계오버액션협회, 끝은모: 끝까지 은퇴 안 하는 사람들의 모임). 만우절구라 해프닝이 아니냐는 일부의 의심에도 불구하고, 약속을 지킬리 없다는 대부분의 예상을 뒤엎고 약속대로 이곳에서만 공식적으로 미리 발표하는 '냐하하하~ 이것이 계획이다!'의 공식 발표입다.

1. 밴드 이름은 비트겐슈타인으로 결정되었습니다. 뜻이 궁금하신 분들은 사전을 찾아주시고, 이 이름이 싫으신 분들은 우리가 다시 회의를 열 수밖에 없도록 크게 반발해주세요.

2. 레귤러 멤버는 세 명. 신해철, 포지션은 내키는 대로. 키는 비밀. 나이는 묻지 마. 경력은 좀 되고, 성격은 고매하고, 외모는…… 찬란하죠. 이다음 줄부터는 거짓말 아님!

임형빈 포지션은 키보드, 피아노, 작곡, 어레인지먼트, 리드보컬. 키는 181센티미터(이것 때문에 안 뽑으려고 했다), 1978년생. 큰 눈에 쌍꺼풀. 여자애들이 귀여워하는 외모로(근데 이 자식이 하도 순진해서 득점으로 연결이 안 됨!), 미국 유학중이고, 현재는 나와 동거중이며, 남궁연이 자기 밴드에서 쓰려고 삼 년을 찾아 헤맨 끝에 발굴한 미완성의 천재형 키보디스트로, 내가 일 년간 울고불고해서 입양(?)해왔음. 내가 있는 밴드에 키보디스트 포지션이 있기는 무한궤도 이래 처음(난 이제 평생 건반 칠 일이 없게 됐당~). 성격은 순수를 동경하는 소년형으로 나와 전혀 어울리지 않으며 아무리 물들이려 해도 잘 안 됨. 〈일상으로의 초대〉의 어쿠스틱 피아노를 쳤었고, 미나 〈병영으로의 편지〉, 이번 문차일드 노래들의 작곡자이자 프로듀서이며, 존경하는 뮤지션은 팻 메스니 유의 내가 꾸벅꾸벅 조는 뮤지션들. 플레이 스타일은 순결무구한 뷰티풀 피아노에서 광란의 무그 솔로까지. 특기는 뜨거운 데이트 기대하고 있는 여자 만나서 시 얘기하기. 그리고 유혹하려고 몸단 여자 만나서 전도하기. 나 여자 꼬실 때 그 여자한테 가서 저형 조심하세요, 나쁜 분은 아닌데…… 좀 음탕해요 하고 얘기하기 등등. 좋아하는 영화는 신해철이 보다가 침흘리고 잠드는 명작들.

데빈 리 포지션은 기타, 작곡, 어레인지먼트, 안 리드보컬. 키는 179센티미터(이것 때문에 안 뽑으려고 했다). 1976년생. 누가 봐도 댄싱 스타나 아이돌 배우로 보이는 퍼펙트 울트라 미소년. 순전히 얼굴 보고 뽑았는데 기타를 경악스럽게 잘 쳐서 속으로 '새끼, 얼굴값은 톡톡히 하네……' 생각했음(매우 분하고 질투 났다). 얼굴은 신성우 50퍼센트, 듀란듀란의 존 테일러 50퍼센트 정확한 믹스. 결론은 여자들이 납치하고 싶어하는 외모로, 실제로 내가 보는 앞에서 납치된 적도 있다('아니, 왜 날 내버려두고 애를……'). 납치 이후에 벌어진 일을 절대 이야기하지 않는 것으로 보아 아마도…… 당했나보다. 미국에서 태어나 자랐고, 한글을 읽을 때 버벅대며, 영어로 말할 땐 카리스마적인 플레이보인데, 한국말로 할 땐 아직 우리말이 서툴러서 바보 같다(정말 깬다. 냐하하하하). 성격은 외모와 맞지 않게 심플하고 남자다우며, 그리고 잘생긴 애답지 않게 졸라 똑똑하다. 미국 팝계에서는 마이너 레이블에서 메이저 레이블 사이 공간이 완전히 전쟁터인데, 거기서 십수 개의 밴드를 거치며 아직도 정신병에 걸리지 않은 건전한 정신의 소유자로, 인간이 할 수 있는 모든 아르바이트를 전전했다. 특기는 미팅 나가서 폭탄제거반, 제일 아닌 여자에게 달라붙기(동양 여자는 어떤 여자가 예쁜지 구분하지 못한다. 많은 폭탄들은 희망을 가져라). 금발 여자는 대개 헤이 베이비 한마디로 넘어오더구먼…… 플레이 스타일(여자 말고 음악 플레이)은 블루스, 록에 충실한 정통 아메리칸 스타일 기타리스트. 자기 테크닉을 감추고 밴드를 서포트하는 타입(기타리스트로서는 정말 드문 성격이다). 영화 〈세기말〉 사운드트랙, 〈내일로 가는 문〉에서 잠깐 기타 연주를 들려줬고, 좋아하는 뮤지션은 콘 같은 거친 애들, 라디오헤드

비트겐슈타인을 거쳐 2004년 재결성된 넥스트 멤버들. 왼쪽부터 데빈 리(리드 기타), 신해철
(보컬), 이용준(드럼), 김동혁(키보드, 리듬기타), 원상욱(베이스).

유의 덜 거친 애들, 도트 앨리슨 유의 음산한 애들 등등. 슈퍼마켓 가서 점원보다 더 빠른 속도로 포장하기, 이사할 때 이삿짐센터 제끼고 자기가 일 다 하기, 식당 가서 자기가 서빙하기 등 아르바이트 경력에서 나온 취미를 즐기는 슈퍼 워킹맨. 좋아하는 영화는 〈2001 스페이스 오디세이〉 유의 신해철이 보고 감동해서 징징 우는 명작들. 그리고 흔히 '인디 영화'라고 불리는 해철이가 전혀 이해하지 못하는 예술품들. 현재, 역시 나와 동거중이며, 앨범이 나오면 말로만 듣던 한국에 가볼 수 있다는 기대에 부풀어 있다(내가 한국 여자들이 세계에서 제일 예쁘다고 했다).

3. 밴드의 성격……을 이야기하기에 앞서, 이거부터 짚고 넘어가자. 무한궤도 해산 때 난 밴드 안 하겠다고 이를 박박 갈았다. 그러고선 어떻게 하면 밴드를 다시 할 수 있을까, 곧 안달복달하면서 지냈다. 넥스트 해산 때 난 다시 밴드 하면 성도 없애고 이름도 갈겠다고 했다. 그래서 지금 내 이름은 크롬이다(성도 없고 이름도 갈았잖아). 그러므로 밴드의 목적을 먼저 얘기해보자. 밴드는 밴드 자체가 목적이다. 특수한 음악적 목표나 동기가 있는 경우 프로젝트라는 이름이 붙기도 하지만, 비트겐슈타인은 순전히 음악하고 싶은 애들 세 명…… 그냥 하는 거다. 따라서 이 밴드의 음악적 방향은 순전히 우리가 하고 싶은 거에 달렸다. 우리나라 팬들은 밴드의 방향에 대해서 왈가왈부하는 경우가 참 많은데, 그건 팬의 몫이 아니고 프로듀서가 할 일이지 않은가 하고 가끔 갸우뚱할 때가 있다.

그러므로 이 밴드의 성격은 음반이 나온 후에 확실히 밝혀질 것이고, 비트겐슈타인 1집에서 바뀌게 될 나의 몫만 먼저 이야기하겠다.

A. 나는 십 년이 넘는 세월 동안, 어떻게 하면 멜로디보다는 사운드로 승부를 걸 수 있을까에 집착해왔는데, 내가 무시해온 그 멜로디가 사운드를 좌우하는 대단한 키라는 것을 최근 다시 한번 뼈저리게 느끼고 있다. 나 역시, 멜로디가 우수한 곡은 왠지 상업적이며 음악성이 없을 것 같다는 무식한 편견에 사로잡혀 있었다는 사실을 실토한다. 더구나 최근 가요계에는 뽕짝 멜로디, 동요 멜로디, 어디서 많이 들어본 멜로디, 이 세 종류의 멜로디만이 있는데, 산술적으로 나올 수 있는 멜로디가 다 나온 지금, 다시금 멜로디에 신경쓰는 일은 오히려 새로운 도전으로 느껴지는 지경이다. 물론, 사운드에도 당연히 신경쓴다. 그러나 형빈과 데빈이라는 두 명의 슈퍼 루키는 나에게 멜로디에 신경쓸 여유와 시간을 엄청나게 벌어줄 것이다.

B. 또한, 역시 십 년이 넘는 세월 동안 나는 어떻게 하면 가사보다는 음악으로 승부를 걸 수 있을까 하고 가사 무시 작전을 펴왔는데, 그 작업은 팬들의 99.9퍼센트가 이해할 수 없었던 《모노크롬》의 가사에서 절정에 달했다. 그러나 결국 해외시장이 아닌 우리나라의 팬들을 위한 앨범에서는 나에게 주어진 '이야기꾼'으로서의 본분을 이제는 인정하려 한다. 《Being》 앨범 이후에는 사실 가사에 신경쓴 작품이 거의 전무하다. 이번 비트겐슈타인의 앨범은 내가 하고 싶어하는 이야기로 가득찬 내용 있는 가사들 모음이

될 것이다.

C. 게다가…… 역시 십 년이 넘는 세월 동안, 나는 어떻게 하면 노래보다는 연주로 승부를 걸 수 있을까 하고 보컬 무시 노선을 걸어왔는데, 최근 앨범들이 거의 연주곡 앨범 취급을 받는 걸 보고, 이제 할 지랄은 다 하지 않았나 싶어졌다. 고백하자면, 아마추어 밴드 시절부터 보컬리스트는 밴드의 가장 '하바리' 포지션이었으며, 사실 나는 내가 어쩔 수 없이 보컬을 겸하고 있는 뮤지션이라고 생각했을 뿐이다. 비트겐슈타인에서 나는 데빈의 기타를 지원하기 위한 리듬 기타리스트로서, 스테이지에서 기타를 메지만 머리칼 나고 처음으로 내 포지션이 보컬리스트라는 것을 인정하겠다. '가수'처럼 노래를 하겠다거나 음정, 박자가 정확한 노래를 하겠다는 뜻은 결코 아니다. 나는 여전히 음정, 박자가 정확한 보컬리스트들을 은근히 경멸하며, 우리나라 사람들이 노래를 잘한다고 말하는 기준을 혐오한다. 단지, 내가 스스로를 보컬리스트라고 인정하고 노래를 하는 것과 마지못해서 하는 것의 차이를 부수고 싶을 뿐이며, 내가 '노래'를 한다는 것을 이젠 조금은 즐겨보련다.

D. 비트겐슈타인의 활동 형태는 중구난방이 될 것이다. 마침내, 나는 우리나라의 자칭 마니아들이나 언더그라운드 필드 전체를 부인하기로 했다. 일부이기는 하지만, 그들은 음악을 사랑하는 법을 이야기하기에 앞서 음악을 증오하고 빈정대는 법을 가르치며 알량한 지식으로 프로 뮤지션들을 업신여긴다. 내 판 한 장 사 본 적 없고 들어본 적 없는 애송이 아마추어들의 왈가왈부에 더이상 귀기울이지 않겠다. 그들은 뭐가 제대로 된 음악인지 이제 알

게 될 것이다.

4. 비트겐슈타인의 데뷔 앨범은 더블 앨범으로 제작되며, 가격은 싱글 앨범 수준이다. 더블 앨범 가격만큼의 가치가 없다고 생각해서가 아니라, 가격으로 왈가왈부하는 추잡한 소리를 듣기 싫어서다. 예술가에게 수입 문제를 왈가왈부하는 것이 얼마나 큰 모욕인지 모른다면, 팬은커녕 음악 애호가조차도 될 수 없다.

5. 비트겐슈타인의 데뷔 앨범은 콘셉트 앨범이며, 제목은 'MEN'S LIFE'로 예정되어 있다.

6. 현재 우리는 뉴욕에 비트겐슈타인 스튜디오를 건설중이며, 이 스튜디오는 이 앨범 한 장을 위해 만들어지고 앨범 완성 후 폐쇄될 예정이다. 홈 스튜디오 포메이션을 기본으로 하며, 로파이뿐만 아니라 하이파이도 커버할 수 있는 퀄리티로 건설중이다. 스튜디오에는 AV시스템이 갖춰진 네 개의 침실과 소형 영화관이 있는 라운지, 연습실이 포함되며, 이 모든 것은 우리의 경험과 노동력, 스폰서들을 최대로 활용한 상상을 초월하는 저렴한 가격으로 건설중이다. 우리 비트겐슈타인은 이 케이스가 많은 후배들에게 모범이 될 수 있도록 중저가의 장비들이 얼마만한 위력을 발휘할 수 있는가 시험해보고자 한다(건설비, 유지비, 녹음비를 모두 합쳐 국내 가요계 앨범 한 장 제작 가격의 절반 이하로 해결할 것이다. 이것이 어떻게 가능한지 모든 과정을 기록해 필요한 후배들에

게 넘기겠다).

7. 곧 비트겐슈타인의 공식 첫 사진이 공개될 것이다. 이외에도 스튜디오 사진 및 작업 과정 필름 역시 진행과정에 맞추어 계속 공개될 것이다. 우리는 팬들이 결과물뿐만 아니라, 우리 '과정'에 같이 동참하고, 호흡할 수 있길 바란다.

8. 앨범 발매 시기는 빠르면 6월 말, 늦으면 8월 말, 졸라 늦으면 2002년이 될 것이며, 그동안 뭘 먹고 살지는 우리가 알아서 할 테니, 걱정 말기 바란다.

현재 건설중인 비트겐슈타인 스튜디오에서는 웃음이 끊이질 않으며, 우리 모두는 매우매우 해피하다. 내 개인적인 생각으로는, 내가 과연 이렇게 행복해할 자격이 있는지 걱정스러울 정도다. 우리가 앨범으로 또 공연으로 여러분을 만날 때, 여러분도 우리처럼 해피해지길 바란다. 내 생각엔 고민하면서도 해피해질 수 있고 투쟁하면서도 해피해질 수 있는 게 인생인 것 같다. 재밌잖아, 씨바~

끝~!

《The Songs For The One》
재즈 앨범 작업의 변

    말하자면, 시작은 이런 것이었다. 우리 마누라가 별로 좋아하지 않는 록 대신에(ㅜㅜ) 편안하게 들을 수 있는 앨범을 하나 만들어주고 싶다는 것이었는데, 어쨌든 한껏 낭만적인 라이트한 재즈 앨범을 언젠가는 만들어보고 싶었다. 원래는 오십 살쯤 여유 있게 시작할 예정이었는데, 마치 문방구에서 파는 플라스틱 장난감 조립하듯 닥치는 대로 찍어대는 조잡한 요즘 가요에 대한 불만의 이야기들이 오가다가(시퀀서를 이용한 미디 음악 실용화의 일세대인 나로서는 뭐 말할 자격이 좀 거시기하지만), 빅밴드 스케일의 재즈풍 음악을 보컬까지 포함하여 한 방에 녹음하자는 엄청난 계획으로 사태가 번지고 말았다. 그 결과 레코딩 기간중 나는 머리가 빠질 정도의 스트레스를 받으며(거짓말이다) 초긴장 상태로 보컬을 녹음해야 했고, 아쉬움도 많이 남았다. 조금 더 하드하고 현란한 재즈 음악을 원하는 분들도 있겠지만 국내에도 뛰어난 재

©Styler 주부생활

아내와 나. 아내와 함께 들을 수 있는 라이트한 재즈 앨범을 만들고 싶어 《The Songs For The One》을 제작했다.

즈 뮤지션들이 많으니 이 앨범에서 아쉬움을 느끼는 분들은 그분들을 지원해주시기 바란다. 나로서는 비 오는 날 창 너머로 보이는 한강의 가로등을 바라보며 한 손에 코냑 잔을 들고 아내와 춤출 수 있는 노래들을 만든 것으로 대만족이다.

이 앨범은 박권일, 컬린 박, 피터 케이시 등을 포함해 아주 많은 사람들의 도움을 받았고 아마도 나 혼자서는 죽어도 감당 못할 작업이었다는 생각이 새삼 든다. 일일이 표기하지 못하는 모든 분들에게 감사드린다. 나는…… 음악이 아주 좋다.

넥스트 & 로열 필하모닉 오케스트라
공연 후기

　말도 많고 탈도 많고 우여곡절도 많은 공연이었다. 그런 만큼 보람도 있었던 공연이었다. 특히나 서울 공연을 참관한 관객들이나 기자들이 공연 내용에 대해 매우 후한 평점을 준 것은 정말이지 많은 사람들의 노력의 결과라고 생각한다.

　넥스트와 로열 필하모닉 공연의 대단히 중요한 포커스 중 하나는 '오케스트라의 편곡을 어떻게 가져갈 것이냐' 하는 것인데, 사람들의 추측과는 달리 대부분의 오케스트라 편곡은 국내 스태프들의 힘으로 이루어졌으며, 이날 관객들에게 매우 많은 사랑을 받은 〈도시인〉〈먼 훗날 언젠가〉〈내 마음 깊은 곳의 너〉 메들리만이 로열 필하모닉 측 편곡자의 작품이었다.

　오케스트라 편곡을 위해 세 명의 편곡자가 번갈아 투입되었으며, 애초 오케스트라와의 어레인지를 염두에 두고 작곡하는 나의 습관을 생각하면 나 역시 편곡자 중 하나로 간주될 수도 있겠다.

스코어 체크의 임무를 맡은 김세황이 너무나 여러 번 어레인지에 대해 퇴짜를 놓는 바람에 편곡자들의 스트레스가 폭발 직전까지 갔던 것도 다 잘해보자고 한 짓이고, 밴드 전체가 런던으로 이동해서 미리 리허설을 가진 것이나 서울에서의 리허설 시간이 유독 넥스트에게 많이 할애되었던 것도 다 그런 맥락일 것이다.

몇 가지 비하인드 스토리를 풀어놓겠다.

그날 공연을 감상했던 사람들에게는 꽤 재미있는 얘기들이 될 것이다.

● 클래식 음악을 하는 사람들이 대중음악인을 천시하는 것은 유독 우리나라가 심하다. 그렇지만 서양의 뮤지션들 경우에는 자신이 어느 정도 인정할 수 있는 음악은 클래식과 마찬가지로 존중하는 태도를 보이는데, 로열 필하모닉의 경우에는 런던 리허설 전까지는 넥스트를 약간 깔보는 분위기가 있었던 것도 사실. 그러나 리허설에서 일반 유행가와는 구조가 크게 다른 넥스트의 곡들을 연주해보고서는 분위기가 왕창 바뀌었다. 확실히 대우를 좀 해주는 느낌이랄까.

● 한국 관객 중 유독 넥스트의 팬들이 보이는 격렬한 반응에 대해 로열 필하모닉은 사실 무척 당혹스러워했다. 세계 여러 곳에서 수많은 연주회를 하지만 그런 광기와 소음 속에서 공연을 하는 일은 드물다는 것이다. 리허설 당시에는 이수용의 드럼 소리가 너무

크다든지 전기기타 소리가 자신들의 연주에 방해가 된다든지 하는 불만을 제기해왔으나, 관객들이 길길이 날뛰는 대구 공연을 겪은 이후 그러한 항의가 완전히 없어졌다. 오히려 우리 분위기에 자신들이 맞추는 쪽으로 대단히 빨리 고집을 꺾은 것이다.

● 재미있게도 로열 필하모닉 단원들 중 상당수는 넥스트의 팬이 되었다. 넥스트의 시디를 요구하는 단원이 너무 많아 공연이 끝난 뒤 "너네 대가리 숫자만큼 런던으로 부쳐주겠다"고 약속을 하는 수밖에 없었다. 김세황과 데빈이 상당수의 여성 로열 필하모닉 단원들과 주소, 전화번호, 이메일 주소 등을 교환하는 것을 목격했는데, 본인들은 "한-영 친선 차원의 교류일 뿐이다"라고 주장하고 있다.

● 지휘자인 폴 베이트먼은 사회적 지위와 채신머리를 포기한 채 넥스트가 그를 관객에게 소개할 때 점프하는 세리머니를 선보이질 않나, 매우 들뜬 모습을 보여주었는데, 리허설 초반의 신경질적이며 권위적인 모습과는 매우 다르게 바뀌어 있었다. 심지어 그는 넥스트에게 작별 인사를 하기 위해 방송국과 인터뷰중인 넥스트의 대기실 앞에서 이십 분 이상 기다리는 이례적인 모습도 보이는 등, 한번 친해지면 상당히 프렌들리해지는 영국 신사의 전형을 보여주었다.

● 〈날아라 병아리〉를 부를 당시, 관객 맨 앞줄에서 돼지 멱따는

소리로 온 힘을 다해 따라 부르던 몇 명의 남자 관객들에게 나는 정말이지 날아차기로 면상을 날려주고 싶었다. 어쿠스틱기타 한 대와 오케스트라 전체가 미끄러지지 않도록 정교한 타이밍을 타고 가야 하는 노래에서 박수를 치질 않나(장수 만세냐), 고래고래 고함을 지르질 않나, 넥스트의 단독 공연이었다면 단언컨대 나의 날아차기는 실현되었을 것이다.

정말 아주 가끔은 열혈 팬보다는 조용히 앉아서 보는 관객이 더 고마울 때가 있다.

● 공연 장소가 급작스럽게 변경된 것은 물론 공연기획사의 전적인 책임이겠지만, 다른 한편으로는 우리나라의 공연 인프라가 우리와 국민소득이 비슷한 다른 나라에 비해서 처참할 정도로 떨어진다는 사실과도 관계가 있다.

● 넥스트의 멤버 중 이 공연에서 가장 감격한 건 김세황이었던 것 같다. 거의 눈물을 흘리는 수준이었는데 언젠가는 넥스트의 음악을 오케스트라와 함께 무대에 올리자던 나와의 약속이 실현된 기쁨 때문인지, 혹은 이 공연을 위해 해온 너무나도 많은 노가다에서 해방된 것이 기뻐서였는지는 잘 모르겠다.

팬심보감

대저, 신해철이나 넥스트가 아니라 하여도 누군가의 팬이 된다는 일은 도대체 어떤 것이며, 또 어떠한 자세를 지녀야 하는가. 스스로 팬이 아님에도 불구하고 팬이라고 떠벌리는 자들도 있고, 저마다 팬으로서의 입장과 자세가 다름을 인지하지 못하여 졸렬한 발언을 일삼는 자도 있는바, 이에 팬심보감을 편찬하여 팬들의 나아갈 바와 마음가짐을 정갈히 하고자 하노라.

'객관적' 팬이란 존재하는가

가끔 우스운 자들을 보게 된다. 자신은 맹목적인 팬이 아니기 때문에 '객관적'인 팬이 될 것이며, 또 그를 위하여 가차없는 비판의 말을 쏟아내겠노라 하는 무리 말이다.

팬이란, 특정인을 향하여 객관적인 남남의 인간관계를 청산하고 그에게 호감을 가지는 '주관적' 태도를 가지면서 시작된다. 그러니, 남들이 뭐라고 떠들어봐야 자기가 좋으면 그만이고, 제 눈에 콩깍지라고 자기 마음에만 맞으면 모든 일이 용납되고 예뻐 보인다. 하여, 모든 팬이란 애당초 '주관적' 입장에서 시작되는 것이며, 객관적인 팬이라는 말 자체가 모순이다. 또한 누군가의 팬이 됨이 특정한 이익을 위함도 아니요, 목적이 앞선다고 되는 것도 아니니, 팬이란 근본적으로 '맹목적'인 것이다.

물론, 이런 주관과 맹목이 지나쳐 문제를 빚는 일도 없지 않겠지만, 주관적이고 맹목적인 팬들에게 둘러싸여 있는 자가 그것이 전부가 아님을 깨닫고 스스로에 대한 노력을 게을리하지 않으며 남의 말에 귀기울이는 것은 아티스트의 몫이지 다른 누구의 몫도 아니다(게다가 남의 말에 아주 귀를 잘 기울이는 사람은 아티스트가 못 된다. 창작자란, 어미 아비 말도 안 듣는 것들이다). 굳이 '팬'이 아니라고 해도 객관적 태도를 유지해줄 '남'들은 얼마든지 있다. 또 실체 이상으로 사람을 폄하하거나 헐뜯으려는 자들도 부지기수일진대, 굳이 '객관적' 팬을 어디에 갖다 쓰란 말인가.

이와 같이, 누군가의 팬이 됨은 그의 작품뿐 아니라 '그' 자체를 대하기를 남이 아닌 친구나 가족 대하듯이 하는 것이니, 또한 그러한 사랑을 받는 자도 그것을 당연시하거나 교만하면 그에 대한 대가가 따를 것이며, 하여 팬과 아티스트의 관계는 '주관적이고 맹목적'인, 매우매우 특별한 인간관계라 할 것이다.

팬민정음

1.

사방 천지에 알려진 나의 풍문과 실제의 모습이 서로 맞지 않으므로, 이에 팬민정음을 편찬하여 최소한 어린 팬들 사이에서라도 오해나 왜곡이 수정되어 서로 진실한 모습을 바라보기를 바라노라.

십팔 년간의 프로 뮤지션 생활 중 참으로 많은 우여곡절이 있었다. 그 과정에서 나의 이미지는 매스컴에 의해 왜곡되었으며, 나는 그것에 대해 별로 불만을 표시한 적이 없다. 대마초 사건을 제외하고라도, 그 흔한 여성 스캔들 한 번 없었던 나였으나(여성과 안 놀았던 것은 아닐진대), 내가 성격적 결함이 있는 오만한 캐릭터로 묘사될 때에는 사람들이 비굴하다 손가락질하는 것보다는 훨씬 달갑게 여겼으며, 나를 속이고 이용한 자들에게는 그저 죽어라고 음악을 하는 것이 보복이라 여겼으며, 나를 치졸한 인간으로 만들려는 소문이나 비방에 맞대응하는 것은 점잖지 못한 일이라 여겨, 그들을 상대하는 나 나름의 방법은 침묵이었다.

그리하여 심지어 나의 팬들 사이에서는 삐뚤어지고 모난 모습조차 일종의 매력으로 받아들여졌으며 오늘날까지 나는 단 한 번도 변명을 해본 적이 없다. 물론 나라는 인간은 장점보다 단점이 더 많고 모자란 면도 참으로 많겠으나, 팬이 아닌 자들의 악플과 비방은 백만 개든 천만 개든 신경쓰지 않으면서도 막상 팬이란 사람들마저 불필요한 오해를 하게 되는 것은 그다지 유쾌한 일이 아니라서 단지 나의 팬들에게만 말하고자 하니, 혹시 이 글을 보는 기자가 있더라도 기사화하지 말길 바라며, 그것이 나를 옹호해주기 위한 목적이라고 하더라도 정작 본인은 내 팬들에게 진실을 알리는 것 이외에는 아무것도 바라지 않음을 밝혀두노라.

오늘은 간단히 한 가지 이야기만 하고자 한다. 우리나라에서 연예인은 특별한 대우를 받는 경우가 많다. 그만큼 남들에게 말 못할 억울한 경우를 당하는 것도 사실이긴 하지만, 하다못해 호텔 앞에 주차를 해도 연예인이면 먼저 차를 받아주고 음식점에서는 공짜 서비스가 나온다.

하지만, 나는 맹세코 단 한 번도 신해철이라는 이름 석 자를 그런 자잘한 이익을 위해 사용해본 적이 없다. 신해철은 나의 본명이지만 내가 데뷔하고 프로 뮤지션이 된 후 그것은 나만의 이름이 아닌 나와 팬들이 공유하는 공통의 이름이 되었다. 이 이름에는 나 개인의 명예와 팬들의 자부심이 달려 있다. 하물며 스케줄이 급해 교통위반을 해서 경찰에 잡혔다 치자. 딱지 한 장 끊고 말지, 이런 하찮은 일에 어찌 "저…… 나 신해철인데……" 하고 입을 벌릴 수 있겠는가. 솔직히 말해, 경찰이 먼저 나를 알아보고 그냥 가라고 봐줘서 그냥 간 적은 있다. 그러나 "나 신해철인데 이러이러한 것 좀 부탁합시다"라는 말은 때려죽인대도 도저히 내 입으로는 할 수가 없다. 비록 작은 원칙이지만 내 이름 석 자를, 또 내 유명세를 소인배처럼 하찮은 이익에 사용하지 않는다는 나의 자부심이 산산이 깨진 사건이 하나 있었다.

내 전직 매니저가 모 방송에 출연해 거짓말을 늘어놓았는데, 내가 교통경찰에게 내 이름을 들먹이며 봐달라고 요구하다가 요구가 먹히질 않자 벌금 딱지를 찢어버리고 그대로 가버렸다는 것이다. 실상은 바로 그 매니저가 교통경찰과 싸움이 붙어 자신이 딱지를 찢어버린 것이었고, 그 건으로 인하여 그 전 매니저는 당시 나에게 몹시 혼이 났었는데 나중에 호출하여 추궁한바, 방송 프로듀서가 어떻게든 신해철의 '기행'에 대해 이야기해달라고 요구를 했고 자신도 신인 가수를 키우고 먹고살아야 하는 입장인지라 그렇게 말을 만들어냈다는 것이다. 그러니 방송사를 고소할 수도 없는 노릇이고 모두 내가 사람을 잘못 쓴 탓이라 벙어리 냉가슴 앓듯이 덮어버렸으나, 이 일이 아직도 일부 인구에 회자되는 것도 기분 나쁘고 소수 어린 팬들이 '역시 성질 더러운 우리 마왕' 하고 별것 아닌 듯이 이야기하는 경우를 볼 때도 마음이 아프다. 대저 딴따라란 무엇이냐. 이름 석 자에 모든 걸 걸고 사는 인생, 자기 이름을 귀히 여기지 않으면 어떤 이가 대신 귀히 여겨주랴.

나는 그리 살아간다. 그러니 그냥 그렇게 알아주라.

2.

사방 천지에 알려진 나의 풍문과 실제의 모습이 서로 맞지 않으므로, 이에 팬민정음을 편찬하여 최소한 어린 팬들 사이에서라도 오해나 왜곡이 수정되어 서로 진실한 모습을 바라보기를 바라노라.

기자들과 인터뷰를 하다보면 한 오 분 만에 꼭 나오는 이야기가 있다.

"저…… 듣던 바와는 많이 다르시네요."

그러면, 짓궂은 나는 과연 '듣던 바'가 무엇인지를 꼬치꼬치 캐물어본다. 그들의 '듣던 바'란, 신해철은 카리스마적이란 거다. 그런데 여기서 '카리스마적'이란 단어를 풀어보면, "거만하고 프라이드가 높으며 신경질적이고 논리적이고 박학다식하여 기자들의 질문 중 빈틈을 가차없이 찾아내고, 질문이 일정 수준에 도달하지 못할 경우에는 잔인하게 쪽을 주며, 종국에는 상대방을 울리고야 만다"는 것이다.

소문에 의하면 나를 인터뷰하러 왔다가 나의 맹렬한 공세에 견디지 못해 결국 울음을 터뜨리고 집에 간 여기자가 다섯 명이라고 하는데, 나는 정말이지 그 다섯 명 중 한 명이라도 꼭 한 번 만나보고 싶다.

그렇다면, 듣던 바와 다르다는 것은 무엇인가. 의외로, 게다가 "실망스럽게도" 일대일 인터뷰를 감행할 경우 신해철은 부드럽고 매너가 좋으며 시간을 초과해도 매니저들을 제지해가면서 성심성의껏 인터뷰에 응하며 상대방에 대한 배려가 많고 예의도 깍듯하며 분위기를 편안하게 풀어간다는 것이다.

심지어 어떤 기자들은 나의 이런 모습에 실망스러움을 감추지 못할 때도 있다. 뭔가 대단히 유니크하고 성깔 있는 존재를 취재하고 싶었는데, 막상 만나보니 우리 사회에 많이 존재하는 그저 그런 유쾌하고 부드러운 캐릭터더란 거다.

나보고 어쩌라고. 다음 인터뷰 때는 붉은 망토를 걸치고 천장에 매달려 있다가 식칼과 도끼를 휘두르며 착지하여 "인터뷰 시작이다. 삼십 분 내로 못 마치면 너는 죽는다" 하고 소리나 질러볼까.

어린 시절의 나는 공손하고 예의가 바르며 느릿느릿 만사태평이고 특별히 손을 댈 필요가 없는 수줍고 조용조용한 아이였다. 믿거나 말거나. 시골에서 할아버지가 올라오시면 무릎을 꿇은 채로 저린 다리를 몰래몰래 주물러가며 기나긴 훈시를 듣기도 했었고, 다른 꼬마들이 "엄마 아빠" 하고 부를 때, 나는 "어머니 아버지 다녀오셨어요?" 하고 꼬박꼬박 존댓말을 하도록 엄하게 교육을 받았다.

 형제라야 누나와 나, 단둘이지만 열 명에 가까운 고모들과 삼촌들 사이에 섞여서 자랐으므로 우리집에서 가장 큰 죄는 자기 입만 챙기는 것, 자기만 소중히 여기는 것이었고, 이기적인 행위는 결코 용납되지 않았다. 집단 생활 내지는 단체 생활이었던 셈이다.

 나는 말하기보다는 조용히 남의 이야기를 듣는 것을 더 선호하는 캐릭터였고, 그래서 나의 별명은 애늙은이 혹은 영감태기였던 것이다.

 그런데 막상 음악계에 나와보니 이곳은 살벌한 전쟁터였다. 이전에 내가 겪었던 세계는 내가 예의를 지키면 상대방도 나를 그렇게 대해주리라는 보장이 있었고 거만할 필요도 비굴할 필요도 없는 정상적인 세계였는데, 연예계는 눈이 마주치는 모든 사람에게 굽실거리면서 비굴한 웃음을 짓거나 그러지 않으면 싸가지없고 거만한 놈으로 찍히거나 둘 중 하나를 반드시 택해야만 하는 비정상적인 세계였다. 나는 후자를 택했다.

 사실은 전자를 택하려고 노력도 해봤지만, 아티스트 알기를 머슴보다 못하게 여기는 피디놈, 아무데나 쌍욕을 찍찍 갈겨대는 매니저들, 가수들은 대중 앞에서 끝 간 데 없이 공손하고 굽신거려야 한다고 믿는 대중 사이에서 나의 선택은 어느새 후자로 정해졌다.

 학교 다닐 때조차 싸움 한번 해본 적 없는(생각해보니 두 번 있었다) 착한 아이였던 나는, 스무 살에 험한 연예계 바닥에 들어와 정말 미친개처럼 싸웠다.

무대 위에 올라와 팬들이 지켜보는 와중에 나에게 삿대질하며 개새끼 소새끼 욕을 퍼부은 엔지니어를 쇠파이프로 찍었고, 오락 프로그램에 출연하지 않으면 같은 소속사 동료 가수들에게 보복 하겠다는 피디의 얼굴에 뜨거운 커피를 쏟아주었고, 일분 일초가 아까운 라이브 공연장에서 주머니에 손을 꽂고 어슬렁거리는 스 태프에게 마이크를 집어던졌고, 야외 공연장에서 대기실을 마련 하지 않아 가수들을 추위에 떠는 행려병자 꼴로 방치한 방송사의 무대 위에 올라가 짱돌로 무대 세트를 부쉈고, 역사상 한 번도 끝 까지 소송이 진행된 적이 없다는 거대 언론 소속 스포츠신문사를 악랄하게 물고 늘어져 손해배상을 받아냈다.

그러기를 어언 십팔 년, 나는 이제 싸울 일이 없다. 케이블 방송 에 출연하면 사장실을 비워 특별 대기실을 만들어주고, 공중파 방 송에 나가면 부장급 피디가 직접 커피를 타서 들고 오며, 공연장 에서는 전 스태프가 부동자세로 바짝 얼어 나의 명령을 기다린다. 그 대신 나의 이미지는 건드리면 벌집 쑤신 꼴을 만들어놓는, 정 말 좆같은 새끼가 되어버렸다. 물론 후회는 없다.

가끔 웃으면서 이런 이야기를 할 때가 있다. "누가 착한 신해철 을 원하겠느냐." 우리나라에서는 연예인이 사회의 도덕적 롤모델 이 되어야 한다는 괴상하다못해 괴상망측한 사고방식이 자리를 잡고 있다. 거의 예외 없이 연예인들은 대중 앞에서 극도로 공손 한 태도를 유지해야만 한다. 그러지 않고도 살아남은 경우란 지극히 드물다. 이러한 풍토에서 저 꼴리는 대로 지랄발광하는 나 같은 캐릭터가 하나 있는 것도 나쁘지 않다고 생각하고, 이것이 우리 사회라는 커다란 연극 속에서 나에게 맡겨진 배역이라고 생각할 뿐이다.

그러니 만일 당신이 나이트에서 나와 부킹을 하더라도 너무 실망하지 않길 바란다. 당신이 생각하는 신해철은 나이트에서 선글라스를 끼고 손가락을 까딱거리며 주위 사람들을 부려먹는 캐릭터겠지만, 미안하게도 나는 유흥업소 웨이터에게도 절대 반말을 하지 않으며 무도장에서 처음 본 여성에게 무례하게 굴거나 무안을 주는 후배들을 용납하지 않는다.

사람이 같은 사람을 만났으면 마음에 들지 않더라도 최소한 술한잔이라도 권하고 그다음에야 "저, 저희들끼리 조용히 할 이야기가 좀 있는데……" 하고 무안하지 않게 보내는 것이 부킹의 도라고 본다.

자기보다 나이가 어린 사람을 만났을 때도 상대방이 말씀 편하게 하시죠, 하고 이야기하기 전까지는 당연히 존댓말을 해야 된다고 생각한다(물론 상대방이 나보다 나이가 스무 살쯤 위라도 정말 나쁜 새끼일 경우에는 사전에 나오는 모든 욕을 퍼부어주고 발차기도 날린다).

'신해철의 성깔'을 재미있어하는 일부 팬들은 내가 더더욱 그러한 캐릭터에 부합하기를 바라고 역시 저 꼴리는 대로 마구 휘둘러야 신해철이지, 한다. 그리고 내가 그러한 방식으로 넥스트를 운영할 거라고 상상한다.

　그러나 나는 나보다 나이가 열 살 이상 어린 멤버에게도 명령조의 말투를 사용하지 않으며 후배들에게 커피 심부름 따위를 시키지 않는다. 내 또래의 멤버들에게는 말할 나위도 없다. 넥스트에 있어서 '명령'은 존재하지 않는다는 얘기다. '권유와 설득'만이 존재할 뿐이다.

　그럼에도 불구하고 많은 사람들은 '독재자 신해철'의 캐릭터를 원한다. 악역을 맡은 자의 슬픔이랄까.

2011년경 〈고스트스테이션〉을 진행하던 시절.

〈고스트스테이션〉경고문

본 방송을 청취함으로써 발생하는 정신적 육체적 물질적 피해, 불면증, 정서 불안, 귀차니즘, 왕따, 성적 하락, 인성 변화, 대인 기피, 가정 불화, 발육 부전, 기타 등등에 대하여 본 〈고스트스테이션〉 제작진 일동은 어떠한 책임도 지지 않음을 경고 드립니다.

〈고스트스테이션〉 구호
바퀴벌레처럼 숨어살고 박테리아처럼 번식하며
바이러스처럼 살아남아 끝까지 창궐하여
종국에는 우리가 지배하리라.

The Races of
Ghost Nation

Welcome to the dakni······ darkni······ darknes, darkness.
Welcome to the darkness.

빛의 세계에서 울며 헤매다 드디어 자신이 속할 곳을 찾은 어둠의 자식들이여.

특이하다는, 혹은 평범하다는 이유로 박해받는 이 땅의 모든 고스 식구들이여, 우리 모두 유령국가 건설의 그날을 향해, 마왕의 시답지 않은 영도 아래 이판사판 나아가자!

종 족 테 스 트

● 종족 해당자 테스트 결과 분석

9~10개 진정한 식구. 당신은 위험하다. 빛의 세력들이 횡행하는 지역

에서 지나치게 고스 식구 티를 내지 말 것. 이 등급의 식구가 되는 것은 후천적인 노력으로는 불가능하며, 이들은 게놈 DNA 내부에 이미 악의 전사로 예정지어져 있다. 겉으로는 어떨지 몰라도 당신의 부모 형제 방계 혈족 모두에게 어둠의 피가 흐르고 있다.

7~8개 안정된 식구. 더 노력하면 진정한 식구가 될 수 있으나 그것이 과연 당신을 위해 바람직한 일일까? 그것은…… 아…… 알고 싶지 않다.

5~6개 그냥 식구. 아직도 빛의 세계로 돌아갈 여지가 약간은 있다. 그러나 돌아간들 그들이 당신을 환영해줄지는 미지수. 어정쩡한 태도를 정리하고 암흑의 세계로 몸을 던져라.

3~4개 준식구. 약간의 소질은 있으나 당신의 주변 환경이 당신이 타고난 세계로 돌아가려는 강렬한 귀소본능을 억압하고 있다. 그것들을 아작 내어 마왕에게 제물로 바치고 보름달이 뜨는 날 핏빛 울부짖음 걸게 내어 악의 세계로 들어오라.

2개 개구리. 당신은 스스로를 어둠의 식구라고 주장하면서 착각에 빠져 있지만 우리에겐 영원한 왕따일 뿐이다.

1개 당신은 그들의 첩자. 밤길 조심해라.

0개 당장빨리안나가이씨방새야니들이아무리졸라지랄해도우린사라지지 않는다다만질퍽거릴뿐글구니들개좆만한스케일에안맞으면안듣고안보면 되지왜쫓아다니면서귀찮게구시렁대냐할지랄좆나게없는연놈들아.

마녀 The Witches

고스 계급 중 유일의 여성 전용 캐릭터.

예외 1 본인을 여성으로 생각하는 게이의 경우 이를 인정함.

예외 2 마녀들에게 빌붙는 마남의 경우 반드시 '주인 마녀'가 있어야 하며, 만일 주인 마녀가 마남을 해고할 경우 고스 사무국에 신고, 아이디를 소멸함. 이 경우 마남 측의 항의는 무시됨. 마녀 한 명당 1인 이상의 마남을 소유하지 못함.

▶ 해당자 테스트

1. 도대체 무슨 일을 하는지 모르지만 항상 방문이 잠겨 있다.

2. 밤이 되면 가족은 물론 동네 주민들을 거슬리게 하는 묘한 웃음소리를 흘리며 때로는 혼자 중얼거리거나 키득대기도 한다.

3. 컴퓨터엔 꽃미남들의 사진 및 동영상 파일이 그득.

4. 긴 머리가 귀찮아도 헤드뱅잉할 때를 생각해 못 자른다.

5. 골목을 걸을 땐 은근히 치한이 나타나길 기대한다. 잘생긴 치한이라면 상관없지 않겠냐며……

6. 연령대와 관련 없이 성에 관한 이론만은 진짜로 해박하다. 적어도 관심만은 지대하다.

7. 쌍꺼풀, 가슴 확대, 박피 등 각종 수술에 관심 있음. 원더브라, 가터벨트, 똥꼬 빤쓰, 각종 야사시 속옷에 관심 많음.

8. 여자와 상관없는(어떻게 보면 관계 있는) 낙타 눈썹, 콘돔, 해바라기 등 심층 연구중.

9. 전 남자친구가 다른 여자와 길 가는 것을 보면 (이젠 자기 밥도 아니건만) 잽싸게 뒤통수를 때리거나 갑자기 팔짱을 끼며 오호호 자기야, 하면서 싸움 붙인다.

10. 여자가 남자를 강간하는 세상을 염원한다(그리고 한번 웃

어준다).

▶ **필독도서** 앤 라이스, 『위칭 아워』
  전용 아이템 빗자루, 뾰족 모자, 마녀 로브
  대표 아티스트 마돈나, 키티

유령 The Phantoms

존재감이 없음에도 빨빨거리고 쏘다녀 도대체 위치 추적이 불가능한, 온 가족의 애물단지.

▶ **해당자 테스트**

1. 집에 분명히 죽치고 있건만 식구들은 본인이 집에 있는지 없는지 잘 모른다.

2. 나갔나 싶으면 구들장 끼고 자빠져 자고 있고 심부름이라도 시킬라치면 나가고 없다.

3. 수업 시간엔 반드시 뒷자리를 차지하거나 덩치 큰 놈 바로 뒷자리, 교탁 바로 아래 자리 등에서 암약한다.

4. 길에서 동창을 만나면 상대 쪽에서 본인을 잘 기억 못하고 어물어물한다.

5. 수업을 빼먹거나 회사를 결근해도 잘 안 걸린다(사람들이 잘 모른다).

6. 명절날도 어딘가 쏘다니며 친척들도 신경 안 쓴다.

7. 얘기해보면 안 가본 데가 거의 없다. 단, 놀이공원도 혼자 간다.

8. 사진 찍으면 잘 안 찍힌다. 흐릿하게 나오거나 눈이 빨갛다.

9. 편의점이나 은행에서 줄 서 있을 때, 앞사람이 뒤돌아서다 본인을 보면 소스라치게 놀란다.

10. 생일날 걸려오는 전화는 다섯 통 이하.

▶ 종족 주제가 앤드루 로이드 웨버, 〈팬텀 오브 디 오페라〉

　필수 관련 품목 영화 〈공각기동대〉(전 종족 공통)

좀비 | The Zombies

생명 에너지가 희박하거나 전무하여 사회로부터 지탄받는, 그러나 본인의 지갑을 수호하는 데엔 열심인 캐릭터. 잘 움직이지 않기 때문에 피부에 곰팡이가 슨다.

▶ 해당자 테스트

1. 낮에는 자빠져 자고 야밤에는 부엌으로 가 냉장고를 주섬주섬 뒤지다 엄마를 자주 놀라게 한다.

2. 그런데 밤에도 잘 잔다.

3. 식구들 잠든 후 집안을 이유 없이 어정어정 걸어다닌다(하도 그래서 집 개도 안 짖는다).

4. 낮에 자다보니 밤에도 몽롱하다.

5. 누가 뭘 물어보면 반응이 굉장히 느리거나 씹는다. 귀찮다.

6. 부모님이 본인 땜에 속상해한다.

7. 남들이 놀릴 때 본인은 잘 모른다.

8. 친구 모임, 과 모임, 동창회, 그 어떠한 경우에도 천원 이상 내본 적이 없다. 모든 유료 사이트의 아이디는 친구 것을 이용한다.

9. 어렸을 때 누군가 꿈이 뭐냐고 물어보면 대답을 못했다. 지금도 헷갈린다.

10. 백 미터 달리기 기록 이십 초 이상. 근데 춤은 잘 춘다.

▶ **종족 주제가** 롭 좀비의 곡들, 비트겐슈타인의 〈백수의 아침〉, 패닉의 〈달팽이〉

필수 관련 품목 영화 〈살아 있는 시체들의 밤〉〈레지던트 이블〉

환자 The Whanzas(!)

존재 그 자체가 뿜는 강렬한 사이코 에너지로 지역사회에 불안감과 사고 예감을 조성하는 캐릭터. 에너지의 측면에서는 좀비와 정반대의 경우지만 그 에너지의 방향을 도대체 예측할 수 없으며, 적정선에서 결코 머무르지 않고 대부분 쓸데없는 일에 소모된다. 예측 인구수에 비해 고스 사회에 이 종족이 적은 이유는 캐릭터적 특성이 자신의 정체성을 잘 모르거나 절대 부인하는 데에 있다.

▶ **해당자 테스트**

1. 저놈(년) 환자야, 소리를 수도 없이 듣는다.

2. 본인한테 왜들 그런 말을 하는지 도무지 이해할 수 없다.

3. 학교에서 인성 검사를 한 후 교무실에 불려간 적이 있다.

4. 남자의 경우, 담탱이한테서 잘하면(?) 군대 안 갈 수도 있겠다는 소리를 들었다.

5. 여럿이 즐겁게 대화할 때 본인이 무슨 말을 하면 그담부터 사람들이 말을 잘 안 한다.

6. 여자의 경우, 쯧쯧 허우대는 멀쩡한데, 라는 말을 들은 적이 있다.

7. 매직아이를 다섯 시간 이상 들여다본 적이 있다.

8. 미팅한 뒤 상대 학교에서 붙인 별명이 '스토커'.

9. 피씨방 연속 죽치기 기록 스물네 시간 이상. 죠리퐁, 콘택600 알갱이 개수 끝까지 다 세어봄.

10. 개그 프로 녹화해둔 걸 열 번 볼 때까지 웃음소리의 크기가 똑같음.

▶ 필수 관련 품목 영화 〈양들의 침묵〉

일꾼 The SCV

▶ 해당자 테스트

1. 직업의 특성상 남들 다 자는(여기서 남들이란 고스 식구가 아닌) 시간에 일을 해야 하는 자. 예, 마나가, 으막가 및 야간근무자, 방범대원(?)……

2. 낮에 일해도 되겠건만 꼭 죽어도 밤에 일하는 자.

3. 평균 월수입 팔십만원 이하, 의료보험 혜택 없음, 갑종근로소득세 해당 무, 혹 평균 수입은 그 이상이라도 지극히 수입이 불규칙한 자, 총 직원 수 3인 이하 회사(예컨대 사장, 경리, 본인) 근무. 이중 두 개 이상 해당.

4. 그렇게 살다보니 노는 날도 밤에 눈 떠지는 자.

5. 본인은 직업이 있다고 생각하는데 집에서는 "으이구 백수도 하루이틀이지……" 한다.

6. 야근 수당이 본봉에 육박하거나 그걸 능가.

7. 각종 인스턴트식품에 통달. 동네 가게 주인이 신상품 나오면 시식시켜줌.

8. 한 달 동안의 택시비를 생각하면 차를 갖는 게 나을지 모르겠단 생각이 든다.

9. 친구들도 전부 밤도둑놈들(?)이라 교우관계엔 지장이 없음. 세시 약속이란 따로 말하지 않아도 새벽 세시를 뜻한다.

10. 전철, 버스는 끊기고 택시비도 없을 때, 죽치고 시간 보낼 은신처(?) 및 행동 요강 확실함.

▶ **주제곡** 도나 서머의 〈She Works Hard For The Money〉, 러버보이의 〈Working For The Weekend〉
　　대표 아티스트 브루스 스프링스틴

불가촉천민 The Untouchables

전 고스 종족의 영원한 왕따인 이들은 겉으로는 빛의 세력과 거의 구별이 되지 않는다. 이들은 사회의 각계각층에서 암약하며 진정한 어둠의 식구로 태어나길 염원하며 빛 속에서도 꿈틀거리는 저주의 혈통을 희미하게 느끼지만……

▶ 해당자 테스트

1. 일정한 주거와 직장이 존재한다.

2. 평균 월수입 팔십만원 이상, 한 직장에서 6개월 이상 근무.

3. 주 5일 근무라는 말에 가슴이 두근두근한다.

4. 친구들을 만나면 주로 직장 상사 씹기, 자기네 회사 전망 등등이 화제다(쯧……).

5. 학교 다닐 때 한 번도 땡땡이친 적이 없다.

6. 지금껏 해본 제일 심한 욕이 "나쁜놈아" 정도(속으로는 니미 씨버럴 등등).

7. 의료보험증 있음. 생명보험 가입. 갑근세 냄. 차량 소유. 자기 집 있음(헉!).

8. 출생지 및 성장지가 서울 강남구, 서초구. 출신교는 8학군 내. 초등학교는 사립에, 유치원 다녔음.

9. 섹스는 결혼 후에 하는 거다.

10. 혹시 그전에 하더라도 그건…… 나쁜 거다.

▶ 주제곡 〈학교 종이 땡땡땡〉

드라큘라 The Dracula

▶ 해당자 테스트

1. 햇빛과 접촉시 피부 수포, 현기증, 경미한 두통이 발생하며 남들이 보기에도 광경이 그다지 좋지 않음.

2. 토마토주스, 딸기주스, 케첩을 보면 왠지 끌림.

3. 여친, 남친과의 러브러브는 역시 쪼가리가 짱.

4. 십자가만 보면 왠지 가슴이 덜컥.

5. 지하 혹은 반지하 거주.

6. 창문엔 이중 커튼 혹은 은박지 코팅 처리되어 있음.

7. "그 나이 믹도록 부모 형제의 피를 빨아먹고 사는……"이란 얘길 친척들에게 자주 들음. 기생 인구 해당자.

8. 학창 시절 주 용돈 공급원은 삥뜯기.

9. 태어나서 지금까지 헌혈 한 번도 해본 적 없음. 절대 안 함.

10. 코피가 나면 왠지 쾌감이 든다.

▶ 전용 아이템 송곳니, 망토, 재생 탐폰(큐라용 티백)
  필수 관련 품목 영화 〈드라큘라〉〈퀸 오브 더 댐드〉〈뱀파이어
  와의 인터뷰〉

고스 종족 테스트 Q & A

Q 저는 종족 테스트 결과 환자와 마녀 양쪽 성향이 다 나타납

니다. 어찌된 일인지요.

A 아빠 환자, 엄마 마녀인 결과입니다.

Q 두 분 다 평소에 그런 조짐이 보이지 않았는데요.

A 자식 기르다보니 내숭 까고 있는 겁니다.

Q 울 아빠는 유령이면 유령이었지 절대 환자는 아닌데요.

A 친아빠 아닐 겁니다.

Q ……

Q 저는 환자 7, 일꾼 4, 유령 5인데요.

A 사사구통이라고 못 들어봤습니까. 하나를 집중적으로 키우세요.

Q 저는 어떤 종목에서도 2나 3밖에 안 나오는데, 그래도 머물면서 어둠의 식구가 되도록 노력해도 되나요?

A 나중에 부모님이 찾아와서 내 새끼 망쳐놨다고 깽판치면 괴롭습니다. 그냥 집에 가세요.

Q 전 드라큘라 9, 환자 6이지만 저의 정체성은 환자라고 생각합니다. 그냥 환자로 살아가도 될까요

A 누가 말린답니까.

Q 여친의 마남 구실을 하느라 좀비로서의 활동을 거의 못 하고 있습니다. 여친은 풀어줄 테니 니 맘대로 하라지만 그것도 찜찜하

고…… 어쩌죠.

A 지지리 팔푼이 새끼.

Q ???

A ……

종족 진화 트리

마녀－대마녀－마왕첩(7절벽)

좀비－미라－화석

환자－중환사－식물인긴

드라큘라－?－퀸(킹) 오브 댐드

천민－재벌－그래봐야 천민

유령－투명인간－무

SCV－MCV(미네랄 문 SCV)－무적 드론

아바타 관련 공통 아이템

낙타 눈썹, 죠리퐁, 돼지바, 콘택600, 츄파춥스, 계란 올린 짜
장면

헤어스타일

모히칸, 슈퍼 펑크, 대머리(앞 대머리, 옆 대머리, 주변머리), 미
친년 머리, 더러운 머리, 졸라 더러운 머리, 쥐파먹은 머리, 고속도
로, 귀신 산발, 레게 머리

속옷

삼각 빤쮸, 사각 빤쮸, 정력 빤쮸, 똥꼬 빤쮸, 원더브라, 가터벨트, 젖꼭지술, 복대

액세서리

체인, 면도칼, 쇠팔찌

밴드 티셔츠

해당 밴드에게 지원금

해철이의 추천 명곡
15선

1. 킹 크림슨, 〈I Talk To The Wind〉

킹 크림슨의 초기 걸작으로, 중세 음유시인의 분위기와 아트록의 공식적인 결합점을 제시한다. 피트 신필드의 작시, 그렉 레이크의 목소리, 이언 맥도널드의 연주 등이 완벽한 조화를 이루는, 탐미주의의 극치에 도달하면서도 절제의 미덕을 동시에 지닌 걸작.

2. 포리너, 〈Juke Box Hero〉

포리너의 장기인, 팝과 록의 두 어장이 교차하는 한류와 난류 사이의 음악의 해협에서 노련한 어부의 솜씨로 건져올린 수륙양용의 양서류 음악. 거친 파도 사이에서 절묘하게 균형을 잡는 베테랑들의 솜씨를 보라.

3. 트러스트, 〈Le Mitard〉

AC/DC의 본 스콧의 지원으로 세계에 알려진, 흔치 않은 프렌치 메탈 밴드 트러스트의, 솔직히 말하면 유일한 걸작. 〈라 마르세유〉의 폭력적인 가사에서 보이듯, 프랑스어가 시적이고 아름다운 언어만은 아니라는 사실을 이 노래가 증명한다.

4. 라우드니스, 〈Esper〉(Japanese ver.)

《디스일루전Disillusion》 앨범은 라우드니스의 상업적 대성공에 힘입어 훗날 영어 버전으로 재녹음되었다. 그리하여 이 앨범이 라우드니스 최초의 영어 음반이 되지만, 그들의 진수는 오히려 일본어 버전에 있다. 트러스트의 프랑스어 메탈이 둔탁한 둔기에 의한 연속 타격이라면, 라우드니스는 날카로운 흉기의 질감을 가진 일본어를 헤비메탈에 얹어 일찌감치 메탈의 글로벌화를 실현했다.

5. 티렉스, 〈Cosmic Dancer〉

영화 〈빌리 엘리어트〉에 삽입되면서 재발견된 티렉스의 걸작. 글램록 밴드의 음악적 역량을 얕보는 얼치기 록팬들에겐 통렬한 일격이다.

6. 퀸시 존스, 〈Ai No Corrida〉

상업주의 댄서블 음악의 완성도를 극한으로 끌어올린 마스터피스. 디스코, 펑크, 게다가 재즈와 현대음악의 요소를 버무린 거장의 여유로운 윙크. 자동차로 치면 롤스로이스 사나 벤틀리 사에서 만든 스포츠카랄까.

7. 카메오, 〈Word Up〉

콘, 건 등의 록밴드들이 리메이크하기도 한 댄스음악의 걸작. 록의 기준을 전기기타의 유무나 보컬의 창법 등에 두고 있는 우리나라 음악 마니아들에겐 낯설겠지만, 이 노래는 록을 비트로 파악하는 서양인들에겐 록넘버로도 분류된다.

8. 맥스웰, 〈Till The Cops Come Knockin'〉

온몸이 녹아드는 듯한 끈적거림과 음탕한 가사. 어른의 음악이란 이런 것. 타고난 싱어란 이런 것.

9. 프린스, 〈1999〉

흑백 음악의 최소공배수를 찰나의 감으로 추출한 프린스 유의 미니멀 음악. 천재란 이런 것이다.

10. 비사지, 〈Fade To Grey〉

디스토피아적 미래를 할리우드에서 앞다퉈 묘사하기 훨씬 전에 만들어진 테크노-뉴웨이브-신스팝의 걸작. 고전 SF의 느낌이랄까. 퇴폐와 염세의 분위기가 물씬 풍기나 댄서블의 비트와 절묘한 균형을 이룬다.

11. 앨런 파슨스 프로젝트, 〈Day After Day〉

우리나라에서 〈Old and wise〉만큼 널리 알려지지는 않은 앨런 파슨스 프로젝트의 숨은 노래. 재미있는 것은 애비로드의 수석엔 지니어인 앨런 파슨스가 담당했던 가장 유명한 두 밴드—비틀스 와 핑크 플로이드—의 냄새를 동시에 풍긴다는 것.

12. AC/DC, 〈Hells Bells〉

세상엔 가끔 유행의 물결 저 위에서 비웃음을 던지는, 영원히 변치 않는 아이템들이 있다. 할리 데이비슨, 기네스 맥주, 그리고 AC/DC. 그들은 등장 당시부터 이미 백화점이 아니라 앤틱숍에 진열될 모습으로 나타났다.

13. 밥 말리 앤드 더 웨일러스, 〈Get Up, Stand Up〉

밥 말리의 노래는 그 가사를 알려고 하지 않는 사람들에겐 남국 의 휴양지와 어울리는 영원한 태평가다. 그러나 그 가사를 음미하 고 나면 그의 목소리는 확연히 분노로 흔들리는 영혼의 깊숙한 떨 림으로 다가온다.

14. 펄프, 〈This Is Hardcore〉

오아시스의 상업성, 블러의 지성, 일스의 의외성을 동시에 갖춘 펄프. 명성에도 불구하고 그들은 저 스틱스만큼이나 과소평가된 밴드다.

15. 인큐버스, 〈Stellar〉

진정한 의미의 창작이 고갈된 21세기 음악계에선 원액 제조자보단 블렌딩 기술자가 대우를 받는 법. 젊은 블렌딩 마에스트로들의 영악함과 믿기지 않는 노련함을 보라.

해철이 추천 도서

25선

─ 교 육 부 와 무 관

　나는 책이 좋다. 졸라 좋다. 웬만한 여자보다 좋다. 일단 얘는 내가 진도를 건너뛰자고 요구해도 저항하지 않으며, 과거를 들춰내도 언제나 명확하고(그렇다고 내가 여자들의 과거를 따진다는 건 절대 아니다), 다른 일로 바빠서 팽개쳐놓아도 잔소리를 하지 않으며, 여러 개를 수집해도 질투하지 않고, 침을 찍찍 발라도 눈을 흘기지 않으며, 데이트 비용에 비해 가격도 저렴하다. 일부 특수 도서들은 제본 특성상 사진 자료상 매우 비싼데, 결정적으로 이런 종류는 말만 잘하면 친구가 빌려준다. 여기서 주의해야 할 점은 책을 빌리는 건 괜찮지만 빌려주면 거의 돌아오지 않는다는 사실이다.

　나는 책이 좋다. 오방 좋다. 좋아하는 순서는 ①공상과학(이제는 이 단어가 촌스러운 느낌을 주니 sci-fi라는 단어가 좋겠다) 소설 ②비슷한 얘기일 수 있지만 판타지 소설 ③역사와 관련된 이

198

러저러한 종류 ④종교 특히 사이비종교 관련 서적 ⑤요리책 등등이고, 당연히 이 모든 것에 앞서는 영순위로 만화가 빠지지 않는다.

싫어하는 순서는 ①추리(성격이 급해서 맨 뒷장부터 먼저 본다. 그리고 나는 이미 범인을 알고 있으므로, 탐정을 오방 비웃으며 삐융신~ 냐하하하하…… 하면서 본다. 재미있을 리가 없다) ②애정물(온몸이 가렵고 머리카락이 곤두서는 부작용 때문에 못 본다) ③명작 및 수준 높은 문학작품들(잔다) ④종류 불문하고 세로쓰기로 된 책들.

근데 웃긴 것은, 전 세계에서 독서율이 매우 낮은 축에 드는 우리나라 사람들이 꼭 누가 책 좋아한다고 하면 잘난 체한다고 욕한다는 점이다. 그리고 친구랑 지난주에 읽은 감명 깊은 책 얘기 좀 할라치면 꼭 연예인 스캔들 얘기나 끄집어낸다. 나 초창기에 취미가 독서라고 했다가 잘난 척한다고 욕먹고 열받아서, 나는 잘난 척하는 게 아니라 실제로 잘났다고 떠들고 다녔다. 씨팔, 책 보는 게 어때서……

이야기는 어린 시절로 거슬러올라간다. 다섯 살 때쯤, '조기교육'이라는 말이 있기도 전에 나는 떠듬떠듬 한글을 읽을 수 있게 되었는데, 세 명의 삼촌과 여섯 명의 고모, 그리고 엄마가 장난삼아 한 글자씩 가르쳐준 게, 워낙 선생이 많다보니 결국 애가 글을 읽더란다. 그러다가 국민학교 2학년 때쯤 집안에 엄마 책(전부 세로쓰기)만 빼놓고는 읽을 책이 없어져버려서 하는 수 없이 스탕

달이니 혜세니 하는 걸 읽게 되었는데, 이건 글자만 읽을 뿐이지 의미와 비유를 이해할 수 없으니…… 결국 백과사전으로 새어버렸다(엄마의 문학책 중에서도 야한 장면은 전부 찾아 읽었다, 세로쓰기임에도 불구하고. 당시 내 나이 10세 이전. 장래가 훤했다고 볼 수 있다). 국민학교 졸업 무렵에는 집에 있던 백과사전을 대략 처음부터 끝까지 한 번은 훑었는데, 괴상한 것만 기억했다(지금도 기억한다. 예1, 왕자지: 고려 예종 때 중국에서 대성아악을 수입한 사람의 이름. 예2, 성교: 남성의 발기된 성기를 여성의 성기 속에 삽입하고 마찰하여 그 성감이 극도에 달하면 반사적으로 정액이 사출되는 행위). 결국 안경을 써야 할 정도로 시력이 나빠졌는데, 밤 열시 강제 취침 시간 이후에 엄마 몰래 이불 속에서 플래시를 켜고 책을 보았기 때문이다. 또 책을 손에 들고 읽으면서 다니느라 도보로 십 분쯤 걸리는 학교를 오가는 데 왕복 세 시간쯤 걸렸다. 정말 너무 재미있는 대목이 나오면 쓰레기통 옆에 쭈그리고 앉아서 한참을 읽기 때문이다. 그리고 책을 덮으면 내용을 되씹어본다거나, 주인공의 이미지에 내 얼굴을 집어넣어 공상의 나래를 펼치며 느릿느릿 학교로 향하다가 전봇대에 부딪히기 일쑤였다. 어느 날은 학교 보이스카우트 지도 선생님이 전 대원이 모인 자리에서, "에, 오늘 학교를 오는 길에 우리 제복을 입은 한 대원이 멍청하게 하늘을 보며 입을 헤벌리고 걷다가 전봇대에 부딪히는 꼴을 보았는데, 이런 망신스러운 일이 일어나지 않도록……"이라며 나를 떡 쳐다보는 게 아닌가. 난 그냥 얼굴이 빨개져서 책상 밑으로 대가리를 처박다시피 하고 쪽팔려할 수밖에……

그 사건 때문에 확실히 기억하는데, 내가 그날 무엇 때문에 전봇대에 또 머리를 박았느냐 하면, 미하엘 엔데의 『짐 크노프와 13인의 해적』에 나오는 무한동력기관이 실현된다면 인류의 삶은 어떻게 바뀔 것인가를 상상하고 있었던 것이다. 결론을 이야기하자면, 이랬기 때문에 나는 친구들에게 대왕 뻥쟁이 혹은 반 사기꾼 취급을 받았더랬다.

프로 뮤지션이 되고 나서도 내 차에는 늘 만화책이니 뭐니 하는 책이 어지럽게 널려 있었는데, 〈인형의 기사〉와 〈도시인〉을 발표할 무렵에 보니, 6개월 동안 차 안에 똑같은 책들이 있었던 게 아닌가. 바쁘다는 핑계로 독서량이 한 달에 한 권 이하로 떨어진 것이다. 꼭 독서의 양이 중요한 것은 아니겠지만 '질'도 양이 어느 정도 있어야 나오는 것이 아닌가 싶어서 그 이후로는 깊이 반성하고 다시 열심히…… 만화도 보고 하이틴 로맨스도 본다.

다음은 내가 감명깊게 읽은 책들의 목록이다. 보고 또 보고 해도 얻는 것이 계속 생기는 책들로서, 십대 때, 또 요즘에도 매번 다른 기분이 들게 하는 그런 종류들이다. 책이란 게, 찾아 읽는 기쁨도 있지만 서로 권하고 같은 내용이라도 서로 다르게 받는 느낌을 교환하는 게 또다른 즐거움이라고 생각한다. 아래의 리스트를 보고 '오호, 얘는 이런 걸 좋아하는구나…… 바보' 하고 생각하신다면 여러분의 리스트를 보내달라.

1. 미하엘 엔데, 『모모』

아마도 안 읽어본 분이 드물 것이라고 생각될 만큼 유명한 책이다. 말하는 재주보다 듣는 재주를 가지고 있는 거지 소녀 모모는 아마도 내가 지향해야 될 인간상이지 싶다. 특히 남의 시간을 훔쳐서 입담배로 만들어 피우며 자신의 존재를 유지하는 '회색분자들'의 개념은 대단히 실존철학적이며, 아무런 이유 없이 존재의 소멸에 대한 공포만을 동기로 살아가는 그들의 모습은 주인공 모모보다 훨씬 더 우리의 현재 모습을 힐난한다. 소매가 긴 코트를 입고 좋아하는 친구들을 구하기 위해 느릿느릿 움직이는 모모의 느긋함…… 그것은 '빌보 배긴스'를 연상케 한다.

2. J. R. R. 톨킨, 『반지전쟁』

이 작품이야말로 현존하는 모든 판타지 소설의 원형이다. 옥스퍼드의 언어학자인 톨킨은 유럽의 모든 전설을 종합하고 상상력을 추가해 '중간계'라는 세계와 그 거대한 역사를 통째로 창조해냈다. 세 가지 종족의 구도는 〈스타크래프트〉까지 이어지는 판타지의 기본 공식이 되었으며, 대를 잇는 주인공 빌보 배긴스와 양자 프로도, 끝까지 모습을 드러내지 않는 마왕 사우론, 아서왕의 마법사 멀린과 더불어 대표적인 마법사의 이름이 된 간달프 등 다양한 등장인물이 복잡하게 얽히며 거대한 삼부작을 엮어낸다.

이 작품의 전편 격인 『호비트』가 내가 국민학생이었을 때 우리나라에 출판되었으며, 내가 못 찾은 것인지는 몰라도 나머지는 무려 십수 년 뒤에야 소개되었다. 책방에서 『반지전쟁』이란 제목을 본 순간 너무 기뻐서 황급히 책을 집으려다가 땅바닥에 그대로 슬라이딩한 기억이 난다(방송국 앞 책방…… 나, 무대의상 입고 메이크업도 하고 있었음). 뉴욕에 와서는 온갖 곳을 뒤져 애니메이션으로 제작된 〈반지전쟁〉 시리즈를 세 종류 찾아냈는데, 산삼 캔 심마니의 기분이었다. 또하나의 기쁜 소식, 알고 계시는 분이 많겠지만 『반지전쟁』이 영화화된다(처음은 아니다). 2001년, 2002년, 2003년 각 해의 크리스마스 시즌에 차례로 1, 2, 3부가 공개되며, 여자배우로는…… 리브 타일러가 나온다.

3. 트리나 폴러스, 『꽃들에게 희망을』

이것은 그림책이다. 분량도 많지 않으며 글자도 얼마 없다. 그러나 이 책은 나의 인생을 완전히 바꾸어놓았으며 성경도 불경도 나에게 설명해주지 못한 인생의 근본적 고민을 십 분 만에 명쾌히 해소해주었다. 그저 본능적으로 위로 올라가야 한다는 욕망만으로 거대한 육신의 탑을 쌓아올리고 그 꼭대기를 향해 발버둥치는 애벌레들. 그러나 천신만고 끝에 도달한 그 정상에는 찬바람만 씽씽 불 뿐이고, 다른 벌레들은 꼭대기 위엔 아무것도 없더란 말을 믿지도 않는다. 절망의 순간 나타난 찬연한 날개를 가진 지고한 존재(나비)는 사실은 그 꼭대기를 향하기 위해 버렸던 여자친구로, 고치를 만들고 허물을 벗어 날개를 가진 존재로 거듭나야 함을 그에게 가르친다. 이 이상의 완벽한 비유가 있을까.

4. 성경

만고의 베스트셀러 또한 접근하기에 따라 수만 가지의 시각과 해석을 제공한다. 자세한 것은 다른 글에서……

5. 야마오카 소하치, 『대망』

우리나라 정치가들이나 기업가들은 한 번씩 다 보았다는 초장편 역사물. 군웅할거의 난세에 약소국의 영주로 태어나 비참한 볼모 생활을 하고 훗날 일본을 통일한 쇼군이 되기까지 담긴 도쿠가와 이에야스의 일대기이다. 도쿠가와의 일대기라지만 그 외의 군웅들, 오다 노부나가, 다케다 신겐, 우에스기 겐신, 도요토미 히데요시의 복잡한 스토리가 얽히며 『삼국지』와는 또다른 재미를 선사한다. 작가의 이데올로기나 시각은 21세기의 기준에서는 고루하며 위선적인 부분이 적잖으나, 이 책을 우익의 바이블로 사용하려는 불순한 의도 없이 순수한 생존에 대한 로망으로 받아들이는 것은 여전히 유효하다.

6. 가이온지 초고로, 『천과 지』

『대망』을 재미있게 읽은 분이라면 이에야스와 노부나가를 제외하고도 흥미로운 캐릭터가 꽤 많다고 느꼈을 것이다. 이 책은 우에스기 겐신과 다케다 신겐의 치열한 쟁패전을 다뤘다. 사실 작가들의 관심을 끄는 것은 이 책의 주인공인 우에스기 겐신보다는 다케다 신겐이다. 그는 전국시대의 완벽한 이상적 영주상으로, 뛰어난 군략가이자 무장이며, 엄한 영주이자 발군의 행정가다. 전국시대의 특성상 친척을 살해하고 그 딸을 진중에서 수청 들게 하는 등 잔인하고 비열한 면도 없지 않으나, 상경전(천황이 있는 교토나 에도를 점령하는 것. 상징적 의미로서 쇼군이 되는 최종 절차)을 펴던 중 적 진중에서 나는 피리 소리를 감상하다가 흉탄에 절명한다. 영화화되었으며, 영화를 공부하려는 학도들에게는 필수 영화 중 하나. 우에스기는 흑색, 다케다는 적색으로 통일된 갑주와 깃발의 스펙터클한 전투신은 가히 일품. 구로사와 아키라의 영화에도 나오듯이 다케다 가家는 신겐의 절명 후 가독을 계승한 다케다 가쓰요리의 대에서 전멸하는데, 다케다 가가 자랑하는 기병대를 오다 노부나가와 도쿠가와 이에야스 연합군의 총포대가 몰살시키며 일본 전술사의 혁명이 완료된다. 주목할 만한 지점.

7. 마빈 해리스, 『음식문화의 수수께끼』

이 책은 단순히 우리가 일상에서 대하는 먹거리에 대한 화제에서 시작하지만, 비교문화론적인 뛰어난 관점과 관습에 대한 인간의 어처구니없는 착각과 오해를 여지없이 부수는 통쾌한 증거로 가득차 있다. 이 책은 왜 우리가 뚜렷한 이유 없이 돼지고기보다 소고기가 우월하다고 생각하는지, 벌레를 왜 혐오식품으로 대하게 되었는지 등에 대한 이야기를 주섬주섬 설파한다. 음식에 대한 선택에 있어서 관습이나 명분보다는 어디까지나 경제적인 논리가 우선이었음을 알게 되면, 저 인종차별주의자이자 가련한 늙은 여배우 브리지트 바르도가 줄기차게 보신탕을 빌미로 한국인을 야만인으로 치부하며 교만 떠는 것에 반박할 자신감을 갖게 될 것이다. 참고로 나는 올림픽 때 정부에서 보신탕을 금지한 것에 비분강개하여 친구들과 난생처음으로 보신탕을 찾아 먹었다. 개, 굳이 찾아 먹을 것까진 없지만…… 채식주의자도 아니고 소 돼지 다 처먹는 것들이 개를 가지고 꼴값 떠는 것을 보면 구역질이 난다. 그 인간들은 도살장에 들어가는 소의 눈물을 본 적이 없고 돼지가 얼마나 애완동물로서의 영리함을 지녔는지도 알지 못한다. 자신이 채식주의자라는 이유로 고기 먹는 사람들을 비난하는 것도 독선이고 교만이지만, 룰이 뒤죽박죽되어 세상 모든 동물 혹은 생명 다 잡아먹으면서 개만은 예외라는 희한한 생각을 갖는 것은 거기에 무식이 추가된 쏠이다. 무식 자체는 죄가 아니다. 그러나 이 무식이 독선과 교만과 결합하면 초사이어인으로 업그레이드되어 가공할 파괴력을 갖게 되며, 여기에다가 행동력까지 결합되면 세상은 지옥이 된다(때려잡자, 브리지트 바르도. 그러는 너네 프랑스는 제국주의 시대에 너네가 사랑하는 개만도 못한 짓을 전 세계 인민에게 자행했고 지금도 강도질해간 우리 문화유산을 이 핑계 저 핑계 대며 반납하지 않고 있다. 중국놈들 개 잡는 사진 인터넷에 실어놓고 한국이라고 박박 우기는 짓 그만하고 너네 나라 역사나 공부해라).

8. 르네 그루세, 『유라시아 유목제국사』

이 책은 방금 전에 내가 열라 욕한 프랑스놈이 쓴 책임에도 불구하고 돌탱이 바르도와는 역시 다를 수밖에 없는 유려한 시각으로 쓰인 것이다. 인류의 역사를 정주민과 유목민 사이의 투쟁으

로 보는 시각은 이미 아랍 학자 이븐 할둔(이븐 할둔, 이븐 바투
타…… 아마 이븐이 아랍에는 김씨만큼 많은 것 같다. 그러므로
지금 예를 든 이름은 정확한지 알 수 없다)에서 완성됐다. 지구본
을 유심히 들여다보자. 우리가 들은 역사는 지극히 서양사 중심에
동양을 약간 끼워넣은 것이다.

　아서 왕을 생각해보자. 그는 찬란한 대리석의 성에서 판금갑주
로 중무장한 기사단에 둘러싸여 신비의 엑스칼리버를 들고 있다.
그러나 아서 왕의 전설을 실제 연대에 맞춰보면, 그는 가죽 쪼가
리 갑옷을 걸치고 나무 방패를 든 채 산도적 본부 같은 카멜롯 '마
을'에 살았을 수밖에 없고, 그의 엑스칼리버는 돌도끼는 아니라고
하더라도 고작 청동기였을 것이다. 원탁의 기사 좋아하네…… 그
시기에 (다시 지구본을 보시오) 거의 언급되지 않는 유라시아의
북방에는 좌우로 대륙을 가로지르는 거대 제국들이 서양 털북숭
이들이 돌도끼 들고 싸우는 동안 나 몰라라 하고 번성했었고, 아
프리카에는 황금으로 도배된 초거대 제국들이 '문명'을 이루고 있
었다. 총포와 성채가 발달한 이후 정주민들은 간신히 유목민들에
대항할 최소한의 방어적 군사력을 확보했는데 그것은 불과 몇 세
기 되지 않은 이야기다. 이제 산업혁명과 제국주의 시대 이후 온
갖 나쁜 짓을 자행한 양놈들이 자기네 역사가 대단한 것처럼 우기
는 것은 가소로운 일이고, 그들이 만든 영화에서 인디언, 동양인,
흑인이 야만인으로 묘사되며 펑펑 나가떨어져 죽는 것을 보고 박
수치는 건 죽도록 쪽팔린 일이다. 그런 의미에서…… 이 책 한번
읽어보시라.

9. 버나드 로 몽고메리, 『전쟁의 역사』

제2차 세계대전에서 나치의 전쟁 영웅이자 사막의 여우인 롬 멜을 격파한 최후의 승자 몽고메리 원수가 동서양의 전사를 집대 성한 책이다. 특히 동양 쪽의 챕터에서는 그의 어쩔 수 없는 동양 에 대한 몰이해와 정보 부족이 드러나긴 하지만, 군인이 쓴 책답 게 군더더기 없이 전쟁 그 자체의 아이로니컬한 문명론적인 발달 사를 명확하게 묘사한다. 하권에는 내 기억이 맞다면 이순신 장 군 얘기도 나온다. 기병이 정찰대가 아니라 전투 병력으로 자리매 김을 하려면 말을 탄 상태에서 발을 고정시키는 등자가 필요한데 (그래야 말에서 안 떨어지고 석을 무기로 내려칠 수 있다), 그 이 야기를 자세히 읽고 박물관에 가서 우리 역사에는 언제 등자가 처 음 등장하는지 확인해보자. 재미있을 것이다(나만 재밌나?).

전쟁, 그것은 혐오의 대상이자 문명 파괴의 주역으로 알려져 있 다. 그러나 지금과 같은 정보사회가 아니었던 시대에는 역설적으 로 그 전쟁이 문명의 발달을 촉진한 면 또한 적잖다. 이렇게 되 면…… 헷갈리는 법이다.

10. 시오노 나나미, 『로마인 이야기』 시리즈와 『체사레 보르자 혹은 우아 한 냉혹』

몽고메리의 드라이한 전쟁사가 짜증나는 분에게는 시오노 나 나미의 『로마인 이야기』 시리즈와 그 밖의 책들을 권한다. 그녀의 책은 소설도 아니고 역사서도 아니며 수필도 아니다. 그러나 남성 의 힘과 잔인성에 대한 그녀의 여성으로서의 매혹은 독특하며, 디

테일한 심리묘사와 상상, 제반 문화와 시대에 대한 유려한 분석과 더불어 새로운 종류의 역사서를 창조했다. 특히 그녀는 귀족 계층의 묘사에 매우 뛰어난데, 저자의 약력에 가쿠슈인 대학이 기록된 것으로 보아 그녀 자체가 귀족 출신인 듯하다(가쿠슈인은 일본의 왕족과 귀족이 주로 다니는 학교였다). 그래서인지 그녀가 특히 애정을 기울이고 있는 캐릭터인 체사레 보르자(책 속에서 보르자와 시오노 나나미는 시공간을 뛰어넘어 연인이다)와 줄리어스 시저에 이르러서는 찬탄할 만한 상상력이 쏟아져나온다. 엉뚱한 생각이지만, 확실히 남자를 제대로 이해하고 알아줄 수 있는 것은 여자다.

11. 『한단고기』

이 책은 허풍과 검증되지 않은 부분이 분명히 있음을 주지하고 읽는 것이 좋다. 『규원사화』의 경우도 마찬가지다. 이 책에는 상고시대 우리나라의 영토가 세계만방에 미쳤으며 우리나라가 전세계 문명의 발상지라는 약간 위험한 내용이 가득하다. 오죽하면 이 책이 위서(가짜책)임을 주장하는 의견 중에, 일제가 중국에 예속된 우리 사관을 부수고 우리를 중국에서 떼어놔야만 자기네 침략을 시작할 수 있기 때문에 이 이야기를 만들었다는 설까지 있겠는가.

어쨌든 현재의 우리 역사는 축소되고 왜곡된 면이 다분하며, 그런 점에 오그라든 우리의 자존심을 치료하는 데 이 책이 약효가 약간 있다(부작용 주의).

12. 김용만, 『고구려의 발견』

『한단고기』에서 약간 황당했던 분들도 이 책에 이르러서는 수긍되는 면이 많을 것이다. 어릴 적 내가 읽던 백과사전은 내가 태어나기도 전에 출판된 것으로, 거기에는 고구려의 영토가 만주를 포함하지 않는 것으로 기록되어 있다. 그래서 난 어릴 적부터 우리 역사가 뻥일 수도 있다는 생각을 굳혀왔으며 소위 재야 사학자들이 부지런히 펴내는 여러 책을 쭉 관심 있게 봤는데, 그 책들이 종합된 결과로 형성된 나의 역사관은 이러하다.

● 삼국시대라는 용어부터 재검토해야 한다. 우리 역사에서 고구려, 백제, 신라의 '삼국'만 존재했던 시기를 한번 눈 씻고 찾아봐라. 있냐? 부여, 가야 등등 수많은 다른 국가들은 우리 민족이 아니냐? 신라가 '삼국'을 '통일'했다는 말은 개구라다. 신라는 '이국'을 지탱했을 뿐이고 고구려 땅은 홀랑 되놈한테 넘겨줬다가 그나마 발해가 버텨줘서 욕이나마 덜 먹게 된 거 아닌가. 신라가 '통일신라'면 신라보다도 오방 큰 발해는 중국놈들 나라냐? 마땅히 남북조시대로 불러야 할 것을, 이민족과 결탁해 후손들 먹고살 너른 땅 부존자원, 싸그리 남한테 떼어준 민족 반역자들에게 통일신라가 웬 말이냐. 당신이 졸라 큰 집에 세 들어 산다고 치자. 그러던 어느 날 이만 평짜리 정원, 방 열다섯 개짜리 본채, 풀장, 골프 연습장, 몽땅 빚쟁이한테 넘겨주고 당신 살던 쪽방에 보태서 큰방 하나 더 차지했다고 치자. 당신이 그 집 샀다고 말할 수 있어? 통일신라, 지랄하네. 아무래도 경상도 사람들이 만든 얘기 같아

(시비 걸지 마라, 나도 경상도다).

● 이성계의 위화도회군은 정말 간만에 그 이만 평짜리 정원 찾으러 동네 동생들 끌고 싸우러 갔다가 다구리 붙을 자신 없어서 그 동생들 끌고 '회군'하여 쪽방으로 돌아와 늙은 부모 패버리고 이제부터 내가 가장이다 하고 외친 민족 반역 행위다. 조선이란 나라는 성립부터 그 모양이다.

● 그렇게 생긴 나라가 뭐 잘될 일이 있겠는가. 결국 유교에 매달려 역사상 정신적으로 최약체 국가로 전락했다. 유학자들의 역사관을 보면 자신들을 조선 왕의 신하가 아니라 '중국 황제의 꼬붕'인 조선 왕의 신하로서만 인정하는 모습을 보인다. 그러니 약간의 인척관계인 만주족이 명나라를 아작내도 이민족 황제를 걱정해 울고불고하면서 청나라한테 원수를 갚는다고 꼴값을 떤다. 짝사랑도 이 정도면 슈퍼급인데, 더 쪽팔린 것은 그나마 그 원수 갚을 힘도 없으면서 바락바락 개기다가 싸움 시작 오 초 만에 피떡이 되도록 언어터지고 임금이 땅바닥에 대가리 박고 삼고구배하는 개쪽을 겪은 일이다(정말 쪽팔려서 삼고구배를 설명하지 못하겠다. 모르는 분은 사전 찾아봐라). 무슨 얘기냐 하면 병자호란 얘기하고 있는 거다. 국제관계에 대한 안목이 있던 임금(광해군)은 내쫓고, 기껏 임금이라고 밀어준 놈이 그 삼고구배한 인조다. 도무지 이해가 안 가는 것이, 일국의 왕쯤 되었으면 그 치욕을 당하느니 그냥 혀 깨물고 죽을 일이다. 그러면 온 백성이 임금 원

수 갚느라 백병전이라도 펼 게 아닌가. 밟혀도 일어나는 잡초 근성…… 지랄하네. 그게 뭐 자랑이냐. 쓰다보니 열받아서 역사 얘기 더 못 쓰겠다. 하여간 나랑 원만한 인간관계를 유지하고픈 분은 내 앞에서 공자 얘기 꺼내지 마시기 바란다.

13~15. 로버트 A. 하인라인, 『여름으로 가는 문』 『스타십 트루퍼스』 『하늘의 터널』

SF의 대부 중 한 사람인 로버트 A.하인라인의 책들이다. 이 사람은 약간 우익적인 냄새가 풍기는 아저씨로, 중간에 쓸데없는 정치적 신념을 오방 늘어놓아서 그렇지 책들은 엔간히 재미있으며 요즘 애니메이션이나 SF 영화에서 보이는 개념들도 많이 창안해냈다. 『여름으로 가는 문』은 하인라인의 책 중 내가 가장 좋아하는 책으로 SF 작가답지 않게 유려한 스토리라인과 매우매우 낭만적인 분위기의 시간여행 책이다. 동업자에게 배신당한 천재 엔지니어의 복수극은 왠지 모르게 『몬테크리스토 백작』 분위기가 많이 나지만, 주인공을 좋아하던 어린 소녀가 냉동 수면을 통해 어른이 되어 주인공에게 도착하는 이야기는 내가 가장 좋아하는 로맨스 중 하나다. 난 가끔 아주 예쁜 중삐리를 보면 그런 생각이 든다. 내가 십 년간 냉동 수면에 들어갈 테니 너 나중에 나랑…… 변태 취급받겠다, 그만하자.

『스타십 트루퍼스』는 〈건담〉 시리즈나 여타 애니메이션, 심지어는 〈스타크래프트〉에서도 보이는 '모빌 수트'의 개념이 등장하는 역사적 작품이다. 무슨 얘기냐 하면, 사람이 안에 들어가는 커다란 기계 갑옷, 그래서 손발도 움직이고 여러 아이템이 장착되어 있는, 지금은 너무나 당연시되는 개념을 이 아저씨가 창안해냈다는 얘기다. 영화〈스타십 트루퍼스〉에서는 이 개념이 빠져 있는데, 그래서 영화보러 갔다가 너무 놀랐다. 앙꼬 뺀 찐빵을 팔다니. 폴 버호벤,〈원초적 본능〉까진 좋았는데…… SF는 만들지 말길 바란다.

『하늘의 터널』은 행성과 행성 간을 공간 터널로 이동하는 시대가 배경이다. 군사문화에 정통한 하인라인답게 이 책에서는 생존에 관한 뛰어난 개념을 설파한다. 고등학교 졸업 시험차 미지의 행성으로 생존 게임을 떠난 틴에이저들이 터널이 고장나면서 장기간 갇힌다. 레이저나 핵 등 첨단 병기를 소지한 친구들은 모두 죽임을 당하지만, 나이프 하나만을 소지한 주인공은 살아남는다. 생존 게임의 목적은 생존이지 적의 말살이 아니기 때문이다. 설명하자면…… 안 하는 게 좋겠다. 사서들 봐라.

16~17. 아서 C. 클라크,『2001 스페이스 오디세이』『라마』

『2001 스페이스 오디세이』는…… 감히 내 입으로…… 말하기가…… 좀…… 아아…… 제목만 꺼냈는데 다시 감동이 밀려온다. 내 생각으론 아서 클라크는 역사상 가장 위대한 SF 작가이며, SF가 싸구려 흥미 위주 청소년물이 아닌 인류의 미래를 조망하고 우리 현실을 통찰하는 위대한 장르임을 일깨워준 인류의 정신적 거인이다. 그 점에서는 내가 좋아하는 또다른 작가인 아이작 아시모프도 마찬가지이나, 아시모프가 재기발랄한 페더급 복서의 이미지인 데 비해 아서 클라크는 초카리스마적인 전설의 헤비급 챔피언이다. 그의 사고는 전 우주를 떠돌며 수백억 년의 시간을 맴돈다. 아서 선생님을 비방하는 자는 걸리면 죽을 줄 알아라.

『라마』는 『2001 스페이스 오디세이』에 못지않은 거대 스케일 장편 시리즈로, 마지막 권을 빼면 당연히 마스터피스 대열에 끼는 작품이다. 우주 공간에 대한 하드웨어적 지식은 정말 감탄스러우며, 나사 근무하는 놈치고 아서 클라크 책 안 본 놈 없다는 말이 실감이 난다. 그러나 수십 년에 걸쳐 쓰인 이 작품의 최종 편에서 등장하는 신의 개념은 그의 서양인적 사고의 한계를 보여준다. 베르나르 베르베르의 『타나토노트』의 결말이 서양인적 사고의 한계를 적나라하게 드러내듯이.

18. 아이작 아시모프, 『파운데이션』

『두뇌로의 여행』, '로봇' 시리즈 등도 훌륭하지만, 귀에 못이 박이도록 들은 '로봇 삼원칙'에서 벗어나 『파운데이션』을 읽어보라. 이 작품은 수만 년간의 은하제국 역사를 다룬다. 전편에 걸쳐 『로마제국 흥망사』를 어댑팅한 흔적이 완연하지만 초장편 스페이스 로망으로는 저 〈스타워즈〉조차도 따라오지 못하는 뛰어난 작품이다. 등장 캐릭터 중 '뮬'은 모든 SF 작품 중에서 내가 가장 좋아하는 캐릭터다(근데 그는 돌연변이라서 생식 능력이 없다. 그건 싫어⋯⋯).

19~20. 로저 젤라즈니, 『신들의 사회』『전도서에 바치는 장미』

로저 젤라즈니는 (과학적 지식이 졸라 요구되는) 하드 SF 작가는 아니다. 하지만 그의 작품은 SF로서 매우 뛰어난 문학성을 가지고 있다. 문장은 아름다우며 스토리는 그야말로…… 그야말로…… 씨발, 무슨 말로 표현하지…… 아, 매우 미스틱하다. 『신들의 사회』는 내가 틴에이저 때부터 구상해오던 스토리와 매우 비슷해 나를 좌절시켰지만 솔직히 내가 500년 정도 구상한 거보다 낫다. SF를 싫어하는 사람들도 읽어볼 만한 작품들이다. 시적이며…… 끄아악…… 아름다워…… 아름다워(이 멘트는 만화 『못말리는 연극부』의 나르시스를 상상하기 바란다).

21. 필립 호세 파머, 『연인들』

섹스를 테마로 한 SF(꺄아악~ 좋아좋아)! 게다가 이건 외계인과의 섹스다. 주인공은 모 행성에서 환상의 여인을 만나 열라 그 짓을 하게 되는데 그게…… 인간이 아니다. 종족을 보존하기 위해 타 종족의 여성형으로 변이하는 생물이다. 애도 낳는데, 상대의 DNA를 받아들이는 대신, 카메라 기능을 가진 시각으로 상대방의 모습을 복제한다. 슬픈 것은, 임신하면 몸이 석화되어 죽는다는 사실이다. 슬픈 러브스토리.

22. 도리야마 아키라, 『닥터 슬럼프』

아라레짱이라는 유명한 여자아이 로봇이 등장하는 슈퍼 왕 웃긴 만화. 같은 작가가 지은 『드래곤볼』이 졸작임에 비해 이건 정

말 마스터피스다. 강력한 중독성을 가지고 있어서 만화 안에 나오
는 대사 "울 엄마가 이 만화를 계속 보면 바보가 된대"처럼 정말
행복한 바보가 된다. 모든 등장인물과 배경에 사악한 구석이라고
는 없는 이상의 세계는 기묘한 안도감과 편안함을 제공한다. 예를
들어, 펭귄 마을에 최초로 등장한 깡패가 삥을 뜯으려 하자 깡패
를 난생처음 보는 마을 사람들이 몰려들어 그는 구경거리가 되고,
결국 그는 마이크에다 대고 "저, 그럼 노래나 한 곡……"하게 되
어버린다. 이 작가는 천재 아니면 바보임이 분명한데, 본인은 바
보 쪽을 선호하는 분위기다.

23. A. J. 크로닌, 『천국의 열쇠』

이 책은 아마도 내가 소년 시절에 읽지 않았다면, 그리하여 때
묻고 닳은 요즘에 읽었다면 콧방귀를 뀌며 병신, 문지방에 × 낑
기는 소리하고 있네…… 했을 거다. 그러나 이 책을 읽을 무렵에
는 순진무구한 소년이었으며(그러나 책상 서랍에 도색 잡지가 들
어 있는), 하여 눈물 콧물 흘리며 크리넥스 오방 쓰면서(거짓말해
죄송하다. 그때 우리집은 못살아서 두루마리 휴지 썼다. 사람은
과거를 미화하는 경향이 있다) 감탄해가며 읽었던 것이다. 십대
때 나의 꿈 중 하나가 신부였던 것은 아마도 이 책의 영향이 클
것이다.

24. 버트런드 러셀, 『나는 왜 기독교인이 아닌가』

위대한 철인 러셀과 나의 첫 만남은 이 책을 통해 고교 2학

년 때 처음 이루어졌다. 당시 나는 졸라 방황중이었으며(우리 엄마 기준. 내 기준으로는 정상), 급기야 내가 좋아하던 고모부에게 SOS를 날린 엄마 덕에 고모부에게 불려가 이런저런 카운슬링을 듣던 중 고모부의 서가에서 발견한 책이다.

사실, 러셀이 왜 기독교인이 아닌가는 중요하지 않으며 내가 천주교를 포기해버린 것도 이 책의 영향은 아니다. 단지, 두 가지 점에서 이 책은 나의 영혼을 강타했다. 첫째, 러셀이 구사하는 '논리적' 언어의 엄청난 힘이다. 우리가 평소에 사용하는 중구난방의 언어가 사용자의 강력한 의지와 논리에 의해 마치 훈련된 군대처럼 질서정연하게 도열해 그가 말하고자 하는 바에 정확히 이르는 그 놀라운 광경…… 그것은 마치 모세가 홍해를 가르듯 스펙터클한 장면으로 보였다. 둘째, 그는 남들이 말하는 대로 편안하게 사실들을 받아들이지 않으며 선입견과 공포가 지배하는 종교의 영역에서조차 개인의 투쟁을 포기하지 않는다. 살기등등하던 제2차 세계대전 시절에 그는 홀로 반전의 논리를 이야기해 모든 것을 박탈당했으며, 자신이 옳다고 생각하는 것을 위해 전 세계를 향해 전쟁을 선포한 겁대가리 없는 인간이다. 위대한 영혼에 안식 있기를……

25. 파드마삼바바, 『티베트 사자의 서』

이 책은 티베트 불교의 정수라 불리는 책이다. 내용도 내용이지만 이 책을 읽노라면 온갖 생각을 다 할 수 있어 매우 좋다. 그래서 4년째 읽고 있는데, 아직 반밖에 못 봤다.

데빈과
나

데빈과 나의 이야기를 간단히 정리해보겠다. 나는 뉴욕에서 그를 만나, 그가 무조건 마음에 든다는 이유로 새 프로젝트 밴드 비트겐슈타인에 기타리스트로 합류시켰다. 그리고 그가 알바를 집어치우고 그렇게도 원하던 풀타임 음악 일을 할 수 있게 해주었다.

우리는 좋아하는 영화를 함께 보고, 내가 엉성하게 차린 음식들을 꾸역꾸역 먹고, 그러곤 음악 이야기를 했다. 밤공기가 좋으면 산책을 하고, 늦은 시각 마켓에서 둘이 카트를 끌면 영락없는 게 이 부부였다.

하지만 한국의 비트겐슈타인 공연에서 데빈은 기타리스트가 저지를 수 있는 모든 실수를 저질렀다. 심지어 관객을 똑바로 보지 못하고 뒤돌아서서 연주하는 장면까지 연출했다.

이 기타리스트를 어떻게 해야 할까. 나는 뉴욕의 본부로 모든 사람을 이동시키는 길을 택했다. 뉴욕의 한 방에 유폐된 채 데빈은 계절이 바뀌는 것도 모르고 오로지 솔로잉과 트리키한 연주만을 연습했다. 결과는 성공적이었다. 나는 그가 공연에서 한 번 실수했다고 그의 목을 자르지 않았다. 한국의 록계에서 데빈이 연주해야 하는 모든 기술을 모아 어드바이스를 해줬을 뿐. 미국 자기 방에 짱박혀 데빈은 1980~90년대에 유행했던 모든 솔로잉들을 따라 치기 시작했다. 나에겐 꽤 많은 여유 시간이 있었다. 데빈이 성장하길 기다리는 동안 나는 즐거운 시기나 교묘한 엽기질을 하면서 시간을 보내면 되니까.

내가 그를 세상으로 끄집어낸 삼 년간 나는 그의 치부를 감추기 위해 무지하게 많은 노력을 해야만 했다. 그후로 또 삼 년간 데빈은 자신의 캐릭터를 결정하고 여유 있게 달리더군. 그리고 지금 마지막 시기, 가장 믿었던 데빈이 밴드를 떠나겠다고 한다. 그 어떤 경우에도 밴드 라인이 영원히 유지되는 경우는 없다. 그러나 넥스트는 항상 세계 진출을 앞두면 이 모양이 된다.

생각해보면 별의별 사람들이 다 넥스트를 거쳐갔다. 넥스트를 발판 삼아 더 올라가보겠다는 사람들이 많았는데, 특이하게도 이 사람들은 올라간 다음에는 넥스트를 씹는 성향이 있다. 추저분한 돈 문제로 이 멤버에게 이간질, 저 멤버에게 이간질.

밴드를 도저히 할 수 없게 만드는 멤버도 있다. 사실 자신은 넥스트의 한계를 훨씬 뛰어넘는 뮤지션인데 넥스트에 갇혀서 중요한 시기를 날리고 말았다는 증오스런 적대적 주장을 끊임없이 늘어놓는 이도 있다.

다 필요 없는 얘기다. 지금 넥스트를 지키고 있는 멤버가 누구이며 몇 명이냐, 하는 것이 가장 중요한 일인 것이다.

지난번 넥스트 공연에서 고의로 비협조적인 모습을 보인 데빈 팬들…… 고맙고 사랑한다는 말을 하고 싶다. 너희가 그 난동이라도 안 부렸다면 내 옆에서 칠 년을 지킨 친구가 떠나가는데 내가 너무나도 서운하지 않았겠나. 난동의 시작은 내 지시 하나로 막았다. 하지만 그 여파는 베이스와 드럼 주자에게까지 전해져 그만 무대를 내려가고 싶다는 심적인 공격을 훌륭히 수행했다. 그러니 공연 첫 장면에서 공연 진행 방해 조짐을 보이던 일부에 대해서 내가 주의를 주고 나가라고 명령한 것은 마땅히 리더로서 해야 할 일을 한 거라고 생각한다. 혹, 데빈이 넥스트를 이탈해 다른 음악을 할 때 당신들은 그 마음 변치 말고 그를 지켜주기 바란다. 지켜주는 이가 없는 뮤지션은 바람에 흔들리는 초라한 갈대 그 이상도 이하도 아니다.

나는 팬들에게 죽는 날까지 은퇴하지 않을 것임을 공언해왔다. 그러나 무대에 올라가는 모습 자체가 수치스럽게 될 때, 그 무대에서는 물러나야 한다. 전 밴드의 해산, 극단적 은퇴 이 두 가지를 몇 주간 죽 생각해왔다. 아직 어떤 것도 결정되지 않았지만, 두 번 다시 나나 팬들에게나 복잡한 상황 속에서 이것저것 고려해가며 연주하고 싶지는 않다.

일단 데빈 없이 밴드를 한다는 것 자체가 받아들여지지 않는다. 그러므로 현재의 라인업을 모조리 부수는 것이 하나의 답일 것이다. 또한 내가 조촐한 음악을 해나가거나 그만 'quit'하는 것도 이

220

른 결정은 아니라는 생각도 든다.

　수많은 멤버가 교체될 때, 수많은 루머가 밴드를 감쌀 때, 나는 항상 강자의 입장이었고 그들이 던지는 옳지 않은 공격과 말도 되지 않는 주장에 답변 자체를 거부했다. 그러고 나면 모든 잘못은 내게로 날아온다. 이건 아주 익숙한 공식이다. 연예인이 무척 되고 싶어하는 베이스 주자가 나를 아주 심하게 공격하고 있다는 소리를 들었다. 무시할 수밖에 없다. 일일이 병자들을 상대할 순 없는 거니까.

　당신은 7년 동안 오른팔로 있던 사람이 떨어져나갈 때 어떤 기분을 느끼나. 아마도 상실, 분노, 안타까움 등등이겠다. 당신들이 공연장에서 느끼는 감정과 비슷할지 모르겠는데, 그 정도로 그치고 말 감정들은 아니라는 데 문제가 있다. 최근에 넥스트의 홍보에 있어서 나는 또다시 '나 혼자다'라는 감정을 느꼈고, 그 이전부터도 이런 감정은 익숙했다는 것. 그렇다면 답변도 익숙한 형식이 될 것이다. 한 가지 차이가 있다면, 굴러떨어져도 굴러떨어져도 죽어라 기어올라가던 내가 이젠 그만 굴러떨어지고 싶다고 얘기한다는 것.

　당신들은 신해철에 대해선 무척이나 안심하는 축인 것 같다. 하지만 나도 사람이라서, 사람 사이에서 벌어지는 온갖 일에 대해 상처를 받고 꼬일 때마다 어느 정도는 팬들이 지켜주겠지 하는 생각을 한다. 이제 그 지켜주는 팬들의 숫자마저 채울 수 없을 때, 은퇴는 깨끗하고 단정한 결론으로 다가온다.

2008년 데뷔 20주년 기념 콘서트 한 장면.

나는
살아 있다

나는 살아 있다. 당연한 얘기지만, 그렇게 당연하게 살아남은 것은 아니다.

새벽녘에 바로 앞의 글을 쓰고 '팬클'에 올린 후, 직접 운전하는 차량을 끌고서 강북강변도로를 질주하다가 길이 휘어지는 가드레일을 정통으로 들이받았다. 음주운전은 물론 아니었지만 완전히 넋이 나간 텅 빈 상태에서 운전을 했으니, 분노를 억누르기 위해 먹은 진정제 탓인 것 같기도 하고…… 완전 탈진 상태에서 깜박 졸음에 빠져든 것 같기도 하다.

자동차는 삼백육십 도로 두 번 회전한 후에야 멈췄고, 보닛을 포함한 거의 모든 부분이 파손되었다. 나는 핸들에 몸을 부딪힌 뒤 유리창에 머리를 박으면서 잠시 의식을 잃었다. 이틀 뒤에 샤워를 할 때도 몸에 유리 조각이 붙어 있었다.

갈비뼈 하나가 금이 간 조짐을 보일 뿐, 나머지는 심한 타박상과 찰과상 등이다(자동차 수리 견적은 이천만원쯤이란다. 감사하게도 다른 사람을 다치게 하지 않았다는 것, 그것이 무엇보다 중요하다).

사람이 죽을 때가 되면 살아온 인생이 눈앞에 파노라마처럼 펼쳐진다는데, 나도 그랬다.

그 짧은 순간에 내 모든 삶의 모든 진행이 한꺼번에 보였다. 그리고 이후의 일들은 믿거나 말거나인데, 나는 차 안에서 누군가의 목소리를 분명히 들었다. 처음 듣는 종류의 언어였으나 나는 그 말을 이해했다.

"직진을 하면 넌 죽는다. 다른 사람들은 슬퍼할지 몰라도 너는 영원한 고독으로부터 해방되지. 그러나 왼쪽으로 핸들을 돌리면 넌 살아날 것이다. 그리고 네가 증오하고 경멸하는 자들과 싸움을 계속하겠지. 그 선택은 항상 인간에게 있다."

나는 종종 자살 충동에 시달렸다. 아주 어린 시절부터. 내 가사의 상당히 많은 부분이 죽음, 혹은 자살을 주제로 하여 이루어진 것은 이 때문이다. 앞으로 쭉 뻗은 길, 직선으로 속도를 올리면 입을 벌린 한강으로 떨어질 가능성이 높은 길, 끝없는 윤회의 수레바퀴를 멈출 길.

그러나 나는 왼쪽으로 핸들을 잡아 돌렸다, 그 짧은 시간에 내 머리에 스친 것은 무엇이었을까. 얼마 전 딸을 낳은 내 아내? 내 딸?

아아, 재즈 음반을 완성하고 죽고 싶다. 11월에 시작되고 사상 최대 제작비가 투입되는 빅밴드 오케스트라와의 협연, 나의 솔로 앨범. 내가 18년 동안 단 한 번도 도전하지 않은 생경한 분야. 정말 음악이란 얼마나 설레고 즐거운 일인지······

어쨌든 나는 살아남았다. 그리고 살아남았기 때문에 음악을 한다. 음악을 해서 살아남았는지도 모르겠다.

팬들에게 말한다. 있을 때 잘하라고. 나는 여러분의 곁에 영원히 있지 못할 것이기에.

2부

마왕,
세상에 맞서다

예술이란
무엇인가

"음악 없이 살 수 있다고 생각하십니까?"

이런 질문을 우리나라 사람들에게 던진다면 십중팔구는 다음과 같이 대답할 것이다.

"음…… 당연히 살겠지."
"이런 뿅~새끼. 당연히 살지, 그럼 뒤지냐?"

여기서 중요한 건, 음악이 없으면 인간은 과연 사는가 죽는가에 대한 입장 표명이 아니다. 중요한 사실은, 다음과 같이 말하는 편이 훨씬 더 멋있어 보인다는 것이다.

"아유~ 음악 없이 어떻게 살아요?"

"어휴~ 그런 삭막한 세상은 상상할 수도 없어요."

이 얼마나 쿨해 보이고 멋지구리해 보이며 인생을 즐기는 듯 여유 있어 보이느냐 말이다.

불행하게도, 거의 예외 없이 우리나라 사람들은 전자에 해당하는 대답을 한다. 그러고는 별 미친놈을 다 보겠다는 표정으로 질문자를 바라본다. 그리고 아니꼽게도, 후자와 같이 멋지구리하게 대답하는 사람은 거의 다 선진국에 사는 양놈들이다.

자, 그렇다면 정말로 음악 없이, 한 발 더 나아가 예술이란 것 없이 인간이 생존하는 것이 가능한가에 대한 고찰을 씨부렁거려 보자.

먼저, 질문을 살짝 비틀어보겠다. '인간에게 예술이 필요한 이유는 무엇인가?' 다소 엉뚱하게 들릴지도 모르겠지만, 내가 찾은 대답은 다음과 같다. '인간은 영원히 살 수 없기 때문이다.' (물론 나보다 앞서 수백 년 혹은 수천 년 전에 다른 어떤 새끼가 한 말일 수도 있다. 멋있는 말은 반드시 어떤 놈이든 먼저 하게 되어 있다.)

너무나 당연한 이야기지만 인간은 영원히 살 수 없다. 인간이 영원히 살 수 있다면 내가 이렇게 구석탱이에 쭈그려 앉아 글을 쓰고 있을 이유도 없고 당신이 당신 삶에 일절 도움이 되지 않을 이 책을 읽고 있을 이유도 없다. 일단 당신과 나, 둘이서 점당 천 원짜리 맞고를 이십만 년쯤 친 다음, 저녁을 느긋하게 십오만 년쯤에 걸쳐 배불리 먹고, 밤에는 나이트클럽에 가서 오십만 년쯤 부킹을 하다가, 이백만 년쯤 늘어지게 자면 그만이다. 물론 나이트에서 자리잡기가 쉽지는 않을 것이다. 나이트 웨이터들이 '임시 휴무, 동해안으로 팔십오만 년간 엠티 갔음'이라는 종이쪽지를 붙여놓고 그림자도 보이지 않을 것이기 때문이다. 하지만 벽에 똥칠을 박박 해대며 백 년을 살겠다고 발버둥쳐도 허무하게 촛불 꺼지듯 사라져가는 것이 가련한 인간의 목숨이다.

인간의 목숨을 잡아늘이고자 하는 시도는 인류의 역사에 걸쳐 꾸준히 그리고 집요하게 있어왔으나 그 대부분은 추태로 비칠 뿐이었다. 대개 권력자들이 그러했다. 현세에서 아쉬울 것이 없었던 그들은 어떠한 방법을 써서라도 현재의 목숨을 잡아늘여 기득권을 연장하거나 혹은 내세에서 지금과 같은 모습으로 다시 태어나고자 했다. 태양의 아들, 이집트의 파라오는 너무나 아쉬울 것이 없었던 나머지 죽은 자신의 시체에서 창자를 꺼내 줄넘기를 하고 뇌수를 꺼내 국 끓여 먹은 후 나머지 시체에 약품 처리를 하고 붕대를 둘둘 감아 언젠가는 다시 일어나기를 염원했다. 그러나 역대 파라오 중 일어난 새끼는 한 놈도 없다. 만약 당신이 미라가 일어나는 장면을 어디선가 본 듯하다면, 지나친 할리우드 영화 감상 일변도의 취미를 좀 자제하기를 권한다. 다시 말하지만, 도로 일어난 미라 새끼는 없다.

진시황, 늑대의 목소리와 매의 눈을 가졌다고 알려진 남자, 자신의 모든 정적들의 속셈을 꿰뚫어보는 무서운 통찰력과 잔혹함의 상징인 사나이. 그조차도 전국을 통일하고 권력의 정점에 올라서자, 그대로 오래오래 사는 것을 마지막 소원으로 품게 되었다. 그리하여 신하놈들에게 수천의 동남동녀와 많은 재화를 주며, 동방에 가서 영원한 생명을 주는 불로초를 찾아오라고 명했다. 신하들은 당근, 물론, 불로초 따위는 존재하지 않는다는 것을 알고 있었으므로 그 막대한 노잣돈을 슈킹쳐서 멀리멀리 가서 잘 처먹고 잘살았다고 전해진다.

내 생각에 진시황은 말년에 그저 대마초나 한 대 물고 편하게 지내다가 갔으면 좋았을 것을, 턱없이 불로초에 매달려 스타일을 왕창 구기고 만 것 같다. 대저, 인간의 목숨을 연장하고자 하는 시도란 이와 같이 허망하며 부질없다. 참고로, 내가 개인적으로 매우 잘 아는 한 친구가 있었는데 별명이 '소년 김일성'이었다. 방구석탱이에서 무얼 혼자 쩝쩝거리고 먹고 있으면 스쿠알렌이요, 봉지에 둘둘 말아 집으로 황급히 뛰어가고 있으면 해구신을 구한 것이며, 우황청심환 먹기를 츄파춥스 먹듯이 하였다. 일 년에 여섯 번씩 건강검진을 받았는데, 이쯤 되면 필요한 것은 사실상 정신병 진단이겠건만, 그날도 그 친구는 어김없이 정기 건강검진을 받으러 갔단다. 의사 선생 왈, "의사 생활 삼십 년 만에 선생 같은 건강체는 처음 봅니다. 그저 이 상태로만 계속 나가면 백오십 년은 사실 것이오". 그리하여 이 친구는 너무나 기쁜 마음에 의사 선생에게 꾸벅 인사를 하고 계단을 뛰어내려오다 미끄러져 뇌진탕으로 젊은 나이에 세상을 떠났다(그의 장례식장에는 많은 한의사와 의사, 피트니스 트레이너, 약재상 등이 참석해 그의 명복을 빌었다). 다시 말하건대, 대저 인간의 목숨을 연장하고자 하는 시도는 이와 같이 허망하며 부질없다.

인간의 목숨을 세로로 쭉 잡아늘여 오래오래 살아보려는 노력은 모두 실패로 끝났지만, 인간의 삶을 가로로 잡아당겨 동시에 수십 명, 나아가 수천수만 명의 삶을 살아보려는 노력은 얼마든지 가능하다. 불과 삼십 년, 오십 년을 살고 가는 목숨이라도 우리는 수많은 사람들이 거쳐간 시간들을 한꺼번에 살아가고, 그런 후에 수천수만이 살아갈 시간들을 남기고 떠난다. 예를 들어보자. 우리는 수천 년 전에 지중해에 떠오르는 태양을 보며 어떤 놈이 느낀 감동을 그가 남긴 예술작품을 보며 같이 느낄 수 있다. 심지어 수만 년 전에 원시인들이 들소떼의 강인한 생명력을 보며 느낀 경외심을 알타미라 동굴의 벽화를 보며 우리도 같이 느낀다.

어떤 풀을 먹어도 괜찮은지, 어떤 버섯을 먹으면 안 되는지 하는 지식은 놀랍게도 수만 년간 인간들이 스스로의 몸에 시험하며 겪은 수많은 고통 속에서 추출된 것이다. 이러한 지식들은 구전과 문자를 통해 전승이 되지만, 문자를 통해서도 전달될 수 없는 감정과 감동은 예술의 형태를 통해서 우리의 DNA에 강렬하게 각인된다.

그러므로 우리가 인류의 역사를 통해서 살펴볼 수 있는 것은, 인류가 예술을 필요로 하든 하지 않든 그 의도에 상관없이 인간이 있는 한 그 곁에는 항상 필연적으로 또한 자연발생적으로 예술이 존재한다는 사실이다.

우리 사회가 흔히 예술에 대해서 가지고 있는 선입견 혹은 오해에 대해 알아보자.

내가 지적하고 싶은 오해는 두 가지다. 첫째, 예술은 인간이 먹고살 만해진 뒤, 흔히 말하듯 곳간이 찬 뒤에나 생각하게 되는 삶의 이차적인 생산물이요, 생존의 요건이 충분해진 다음 잉여시간과 재활을 이용해 탄생하는 것이라는 생각이다. 이러한 생각은 빠듯한 삶의 순간에 예술을 논하는 자들을 정신 못 차렸거나 덜떨어진 인간으로 치부하는 천민자본주의적 사고방식에서 나오며, 우리의 삶을 피폐한 생존의 경쟁 그 이상도 그 이하도 아닌 것으로 만들어버린다. 과연 그럴까.

뷰티풀, 뷰티풀…… 씨발, 모르겠다. 하여간 〈인생은 아름다워〉란 영화가 있다. 그 영화에서 아버지와 아들은 이 지상의 현실 속에 존재하는 실제의 지옥인 수용소로 함께 끌려간다. 그 절망 가득한 공간에서 아버지는 우연히 아들과 마주칠 때마다 온갖 우스꽝스러운 동작을 동원하여 아들을 웃기기 위해 최선을 다한다. 엄숙주의에 빠진 우리의 사고방식으로는 아마도 그 아버지는 '동포가 몰살당하고 있는 상황에서 아들 앞에서 꼴값을 떠는 얼빠진 놈'으로 치부될 것이다. 그러나 아버지의 행위는 그 공포의 공간에서 마지막으로 남아 있는 아들의 웃음의 씨앗을 지키려는 아비로서의 필사의 몸부림이다. 그 공간에서 아들의 웃음이야말로 유일한 의미이며, 희미한 희망이다. 배부른 자에게 웃음은 있어도 그만, 없어도 그만일 수 있다. 그러나 절망의 나락에 처한 인간에게는 한줌의 웃음이야말로 무엇보다 절실한 것이다.

234

이와 같이 인간의 삶에서 예술은 벼랑 끝의 절망에서 오히려 빛을 발하며, 곳간이 텅 빈 상황에서도 인간을 버틸 수 있게 해준다. 애당초 인간의 삶에서 예술의 존재를 인간이 선택하고 말고 할 권리 자체가 없는 것이다.

우리 사회가 가지는 예술에 대한 두번째 오해는, 우리의 삶은 먹고 자고 싸고 하는 지극히 평범한 생활의 연장선 안에 들어 있으며 예술은 그 한참 위쪽에 위치하는 무언가 고결하며 무언가 우월한…… 젠장, 하여간 뭔가 대단한 것이라는 인식이다. 플럭서스라 불리는, 뉴욕을 근거지로 한 전위예술가 집단 안에 대단히 재미있는 사람이 하나 있었다. 그는 사람들의 삶이 그 자체로 하나의 예술이라는 것을 입증하기 위해 노력했다. 그는 자신이 이혼을 하게 되자, 사람의 인생에 한 번 있을까 말까 한 이 대사건을 예술로 취급하지 않는다면 말이 되지 않는다고 생각하여, 이혼 앨범을 만들고 이혼 퍼포먼스를 벌이고 이혼 조형물을 만들었다.

당신은 그를 사이코라 생각할지도 모른다. 그러나 일반인과 예술가란 종이 한 장 차이여서, 일반인은 자신의 삶에 찾아오는 순간순간을 그저 살아가는 사람들이고, 예술가란 그 스쳐지나는 순간순간이 어찌하여 예술인가를 알아내어 일반인들에게 그것이 예술이라고 설득하거나 혹은 사기치는 사람들인 것이다.

우리 이 자리에서 정말 솔직히 까놓고 이야기해보자. 로댕의 〈생각하는 사람〉을 보았을 때와 오늘 아침 화장실에서 너무도 훌륭하게 쾌변을 보았을 때 중, 어느 때가 더 기쁘겠는가. 로댕 선생에게는 미안하지만 나는 쾌감 쪽이다. 내 항문을 힘차게 밀고 나오는 똥덩어리의 장중한 느낌을 오선지로 그릴 수 있다면 나는 음악가요, 그 과정을 멋지게 설명할 수 있다면 나는 문필가이며, 그 장면을 훌륭하게 재현해낼 수 있다면 나는 미술가이고, 그 모습을 사람들 앞에서 보여줄 수 있다면 나는 연기자인 것이다. 오, 똥의 위대함이여!

이제 당신에게 다시 한번 묻고 싶다.

"인간이 예술 없이 살아갈 수 있다고 믿으십니까?"

여기서 우리에게 논리적이고 진실한 답변은 필요 없다. 우리에게 진정으로 필요한 것은 졸라 쿨해 보이는 답변이다. 그러니 이와 같이 대답하라.

"그러한 삶이나 세상을 상상하는 것만으로도 비참한 거죠."

쿨해 보일 거다. ㅋㅋ 특히, 어울리지 않는 자리라고 생각되는 나이트 부킹에서 정말 의외로 잘 먹힌다. 시험해보시기 바란다.
그러니까, 그게, 예술이…… 왜 이렇게 결론이 났는지 모르겠다. 끝.

에…… 끝이 좀 이상해서 한마디만 덧붙이겠다. 아마추어 도박

꾼이라도 이길 확률이 십분의 일 이하라면 당연히 그 판에 뛰어들지 않을 것이다. 인간의 수명을 연장시키고자 하는 노력과 자신의 삶을 폭넓고 풍부하게 살려는 노력 가운데 어느 쪽이 더 승률이 높은가. 그 답은 자명하다.

추신. 인간은 머지않은 미래에 영원히 살게 될지도 모른다. 지금껏 수없이 다뤄진 철학적 종교적 물음 가운데 '인간의 사후 기억은 존재하는가'라는 것이 있다. 기억, 그것이야말로 우리 삶의 기록이며 우리의 존재 자체다. 그 기억을 우리는 공상과학영화에서처럼 컴퓨터에 다운로드해 보존할 수 있게 될지 모른다. 그리고 그 기억을 자신의 육체를 복제한 클론에 전송하면, 이론상 우리는 교통사고와 같은 돌발변수를 만나지 않는 한 영속적인 삶을 살 수 있게 될 것이다. 그러나 중요한 것은, 우리가 오스트랄로피테쿠스를 어디까지나 간접적인 조상으로만 여기듯, 영속적인 삶을 획득한 인류는 다른 이름으로 불릴 것이며(아마도 호모사피엔스 임모탈리우스가 아닐까), 그들은 우리 호모사피엔스사피엔스를 간접적인 조상으로만 여기게 될 것이고, 모든 철학과 예술과 문명의 의미와 가치는 전혀 다른 차원으로 변해갈 것이라는 점이다. 그러므로 그들에게 예술이 어떤 의미를 갖게 될지는 알 수 없으나, 분명한 것은 우리가 벽에 똥칠할 때까지 버텨도 우리 세대에 영원한 삶을 살 기회가 오지는 않으리라는 사실이다. 그러니 확률이 높은 쪽, 즉 폭넓은 삶을 살며 예술의 소중함을 만끽하는 삶에 베팅하라고 다시 한번 말씀드리고 싶다. 진짜 끝.

공중파 방송의
가요 순위 프로그램
부활과 관련하여

길게 이야기를 늘어놓기 전에 결론부터 내보자. 목마른 사람이 갈증의 고통을 참지 못하고 끝내 바닷물을 마시면 어떻게 될까. 한마디로 공중파 방송의 가요 순위 프로그램 부활 아이디어는 목이 마르니 바닷물이라도 마시겠다는 것보다 훨씬 더 나쁜 생각이다. 바닷물을 마신 놈은 죽어도 저 혼자 죽겠지만, 가요 순위 프로그램 부활은 수많은 부작용과 악덕의 망령들을 모조리 불러내는 대참사가 될 것이기 때문이다.

긴 설명을 듣길 원하지 않는 분들을 위해 나의 생각을 더 짧게 줄이자면, 누가 차기 정권의 대통령이 되든 가요 순위 프로그램 부활이란 악질적 발상을 늘어놓는 자들을 색출해 여의도광장에서 총살해주길 바란다는 것이다. 또 가요 순위 프로그램이 부활할 경우 내가 할 행동은 녹화장에 난입해 똥물을 끼얹는 행위가 될진대, 한국 대중음악의 생존과 재생을 원하는 분이라면 혹시 닥쳐올지 모를 끔찍한 그날에 대비해, 나와 함께 가급적 많은 양의 똥을 모아두자고 부탁드리고 싶다(설사도 괜찮다).

과거의 가요 순위 프로그램은 어떠한 악행을 되풀이한 끝에 강제로 폐지되었는가

많은 시민단체와 뜻있는 사람들의 여론에 밀려 하는 수 없이 폐지될 때까지 공중파의 가요 순위 프로그램들이 보여준 행동은 혹세무민, 안하무인 그 자체였다고 할 수 있다.

그들은 TV에 자주 출연하는 가수가 인기 가수라고 믿고 순위 프로그램을 그대로 받아들이는 순진한 대중을 상대로, 자신들의 입맛에 맞는 일부 가수들을 임의로 출연시킴으로써 독점적 방송 권력을 형성하고, 이를 빌미로 음악인들을 노예화해 무일푼에 가까운 출연료를 주고 여타 오락 프로그램 등에 세워 멋대로 부려먹었으며, 이 과정에서 조금이라도 자기들 입맛에 맞지 않게 행동한 음악인들은 철저히 배제해 대중과의 통로를 차단했다.

또한 이러한 과정 속에서 필연적으로 발생하는 부정부패와 야합은 가요계의 체질을 약화하는 악성종양이 되어 장기간 존속하게 되었다.

그곳에는 들국화도 김현식도 없었다

들국화의 경우는 이러한 가요 순위 프로그램의 악행(폐단이라는 말로는 충분하지 않다)이 극단적으로 나타난 예다.

들국화가 〈행진〉과 〈그것만이 내 세상〉을 비롯해 앨범의 전곡을 히트시켰을 때, 그들은 누구도 이의를 제기할 수 없는 가요계의 최정상이요, 그야말로 가수왕이었다.

그러나 순위 프로그램들은 그들이 방송에 적합하지 않다는 이유로, 혹은 적합하게 행동할 의사를 지니지 않았다는 이유로 그들을 투명인간 취급하고, 아예 순위에도 올리지 않았다.

대중이 보기에 납득할 수 없는, 편파를 넘어 불의에 가까운 이러한 모습이 누적되어 가요 순위 프로그램은 폐지 이전에도 그 의미와 권위를 크게 상실한 터였다. 시대의 흐름, 음악의 변화, 그 어떤 것도 가요 순위 프로그램에는 반영되지 않았다. 그곳에는 연말 시상식을 노리고 포인트를 쌓아두려는 방송국의 애완동물들만이 줄을 섰을 뿐이다.

가요 순위 프로그램은 우리 가요계의 발전을 저해하는 강고한 장벽이자 암적인 존재였던 것이다.

순위 프로그램 살리면 가요계가 살아나나

한편으로는 오죽하면 이러한 생각을 해냈을까 하는 측은한 마음도 있으나, 얘기는 냉정히 하자. 공중파 음악 프로그램의 몰락은 필연적인 것이며 순위 프로그램을 살린다고 해서 치유되는 문제가 아니다. 공중파 음악 프로그램은 왜 망했을까.

가수 얼굴도 노래도 구별이 되지 않는 복제품들의 반복 출연,

역량도 재능도 없이 현장음에 밀려 고래고래 괴성을 질러대는 진행자, 스포츠 경기에 응원 온 것처럼 전투적인 눈초리를 한 채 오빠들을 밀어주기 위해 객석을 채우는 기형적 문화의 팬클럽 회원들, 이러한 것들을 끝없이 바라보기엔 대중은 너무 지쳤다.

프로그램을 필연적으로 인스턴트 싸구려 콘텐츠로 전락시킬 수밖에 없는 생방송이라는 한 종류의 마약에 의존해 시청률의 숫자에 목숨을 걸고, 게다가 순위 결정전이라는 개싸움을 벌여 대중의 천박한 감성을 자극하던 가요 순위 프로그램을, 그 무슨 새로운 명분을 내세워 부활시킨다고 해도 '좋았던 그 시절'은 절대 다시 돌아오지 않는다. 제발 미련 좀 버려라.

새 시대에는 새 콘텐츠가 필요하다

EBS의 〈EBS 스페이스 공감〉이나 MBC의 〈쇼바이벌〉 같은 경우를 보자. 한쪽은 지극히 전통적인 포맷의, 그러나 한국 방송계가 인색하게 굴어온 음악인들의 라이브 공연을 꾸밈없이 방송하는 프로그램이고, 다른 한쪽은 신인 가수들을 동원해 새로운 경쟁 포맷을 만들어낸 음악 버라이어티쇼다. 두 프로그램 다 나름대로 자리를 잡고 있다.

영국의 음악 방송 중에는, 공연이 이루어지는 세 개의 소형 무대 주위에서 관객들이 파티를 하듯 그 음악을 즐기는 모습을 보여주는 프로그램이 있다. 이 프로그램의 핵심은 오히려 관객인데, 이십대 위주인 청년 관객들은 여유 있고 세련되게 열광하는 모습을 시청자들에게 시범적으로 보여준다. 자신들이 응원하는 오빠가 아닌 경우에 고의로 박수조차 치지 않는 우리나라 십대 팬클럽의 공격적인 성향이 있는 한, 함께하는 프로그램을 만들어나가기 힘들다. 그렇다고 점잖게 앉아 고개나 끄덕이는 〈러브레터〉의 관객들이 우리나라의 리스너를 대표한다고도 볼 수 없다. 양질의 관객, 그들은 어디에 있는가. 분명한 것은 그들은 TV를 보지 않는다는 점이다.

일본의 음악 방송은 관객이 없는 경우가 많다. 현장 스튜디오에 나와 있는 수백 명이 아니라 TV를 통해 시청하는 수백만 명에게 박수의 임무를 맡기고, 뮤지션과 관계자는 양질의 방송을 만들기 위해 전력하는 것이다. 비명과 아우성이 음악 소리보다 더 큰 우리나라 음악 프로그램을 왜 '음악 프로그램'이라고 부르는지 모르겠다. '비명 프로그램'이라고 불러야 하지 않을까. 물론 비명 프로그램도 필요하긴 하다. 하지만 우리나라 대중은 조용필 이래로 삼십 년 가까이 비명만을 들어왔다(그땐 적어도 음악이 좋기라도 했다).

특히 KBS는 쪽팔린 줄 알아야 한다
정말 쪽팔린 줄 알아야 한다

자고로 각국의 공영방송은 그 위치에 걸맞은 작품들을 만들어왔다. 그들은 시청률에 연연하기보다 뚝심을 가지고 문화를 육성하며 그것을 다음 세대에 전하는 임무를 맡아왔다. 세계시장을 좌지우지해온 영국 음악의 중요한 배경 중에는 BBC가 만들어낸 수준 높은 실황 녹음과 음악 다큐멘터리가 있었다. 이 프로그램들이 세대를 아우르며 자리잡아온 것이다.

내가 보기에, 또 많은 사람들이 보기에 KBS가 해야 될 일은 요즘의 세대가 이전 세대의 음악을 흥미롭게 감상할 수 있는, 또한 음악 알맹이를 둘러싸고 있는 당시의 사회상과 문화를 알 수 있는 프로그램을 만드는 일이다. 그리고 최신 음악에 있어서는 여타 상업방송들의 지극히 자본주의적인 속성에서 벗어나, 시청률에 연연하지 않는 양질의 프로그램들을 만드는 일이다.

공영방송이 이따위 개싸움 같은 시청률 전쟁에 휘말려 있는 현실이 그 프로그램들을 만드는 프로듀서 개인의 책임은 아닐 것이다. 하지만 나는 이런 질문을 던지고 싶다.

외국인들이 한국의 대중음악에 대해 궁금해할 때, KBS가 지난 수십 년간 만들어온 프로그램 중에서 그들에게 내놓을 만한 것이 있는가? 그때그때 현실적 필요에 따라 만들어진 프로그램 말고, 한국 대중음악사에 부응한 이렇다 할 프로그램이 과연 있었는가? 만일 그런 것이 없다면, 당신들의 방송국 이름 앞에는 왜 우리나라를 뜻하는 'K'자가 붙어 있는가. 순위 프로그램 부활? 웃기고 있네.

자뚱단 모집 공고

가요 순위 프로그램 부활 논란과 관련해, 혹여 이런 프로그램 부활시 녹화장에 똥을 투척하러 갈 자원똥질단원을 모집합니다. 열 살에서 예순 살 사이의 음악을 사랑하며 장이 건강한 분들을 모십니다. 설사가 잦은 분들은 필히 요구르트를 열흘 이상 복용한 후 응모해주세요. 거주지별로 선발하여 KBS 담당, SBS 담당, MBC 담당으로 나눈 후 통지해드립니다. 선발 통지를 받은 날 이후로는 콩나물을 드셔서는 안 됩니다.

마음의
빈익빈부익부

내가 처음 산 기타는 빨간색이라고도 주황색이라고도 말할 수 없는 야시꾸리한 색깔의 펜더Fender 짝퉁인 필드Field였는데(멀리서 보면 비슷하게 보임), 사기 전에 쇼윈도 앞에서 거의 30일 가까이 침을 질질 흘리다가 용돈을 끌어모아 구입하고는 너무나 기쁜 나머지 밤에도 껴안고 잤기 때문에 생생히 기억하거니와, 가격은 이만오천원에서 깎은 이만삼천원이었다(넥스트 노래 중 〈영원히〉 가사에 나오는 그 기타인데, 가사에는 그냥 빨간색이라고 묘사되어 있다. ㅋㅋ). 그러나 막상 사고 보니 리치 블랙모어가 사용하는 흰색의 펜더 기타가 너무나 멋있어 보여서 기타 표면을 사포로 몽땅 긁어낸 후 흰색으로 래커 칠을 했더니 그 밑으로 빨간색이 훤히 비쳐 보여 다시 또 까만 칠을 했다. 잘 말리려고 베란다에 기타를 내놓았는데, 학교에서 돌아와보니 아들의 정신 나간 짓거리에 성질이 난 우리 아버지가 기타를 뽀개서 동네 쓰레기통 옆에 던져놓은 것이었다. 쓰레기통 옆에 주저앉아 한 시간쯤 울었던 것같은데, 나의 슬픔에 동조한 동네 쓰레기통 쥐들도 함께 울어주었다. 이상은 형편이 어려운 한 강북 소년의 기타에 대한 슬픈 이야기다.

한편, 이와는 대조적으로 강남 소년이었던 S모 기타리스트는 난생처음 손에 넣은 기타가 진짜 펜더 스트래토캐스터였으며 처음 사용해본 앰프가 모든 록 기타리스트들의 꿈인 마셜 앰프였다고한다. 그래서 나는 유명 기타리스트 S모군을 한참 나이 먹은 뒤까지도 속으로 좀 싫어했다.

만약 우리 아버지도 은행 계좌에 백억원쯤 쟁여두고 공장을다섯 개쯤 굴리고 있었더라면 나에게 펜더 스트래토캐스터를 열대쯤은 사주었을 것이다. 그러나 그렇게 해주지 못하는 아버지들은 반대로 짜증으로 반응하는 경우가 많다. 여유의 빈익빈부익부랄까.

돈이란 참 무서운 것이다. 아마도 엄청 부자들은 아들내미가 기타를 치겠다고 얘기를 하면 굉장히 쿨하고 멋있는 아버지의 자세로 대응할 수 있을 것이다. 뭐, 기타를 치고 싶다고? 크하하, 이 녀석이 역시 날 닮아서 재주가 많아요. 그래, 어디 앞장서봐라. 아빠가 직접 사주마. 이봐, 김기사. 차 준비하게. 그러고는 쿨한 아버지는 기타를 치겠다는 귀여운 아들내미를 자가용에 태우고 악기 상가로 곧장 가서 가게 주인에게 물어볼 것이다. 여보쇼, 우리 아들이 기타를 치겠다는데 여기서 제일 좋은 기타 좀 꺼내보시오. 뭐라고? 네가 갖고 싶은 게 따로 있다고? 펜더? 그건 동물 이름 아니냐? 아, 그래? 기타야? 그래그래, 네 맘대로 한번 집어봐라. 그래, 앰프도 필요해? 여보쇼, 주인. 저기 있는 저 대문짝만한 걸로 하나 주쇼. 또 뭐가 필요하다고? 이펙터? 그래 사라, 사. 김기사. 트렁크에 몽땅 신게.

쿨한 아버지는 좋아서 입이 찢어진 아들 녀석을 차에 태우고 오면서 이렇게 말할 것이다. 너 이 녀석, 기타든 뭐든 일단 시작을 했으면 대한민국 최고, 아니 세계 최고가 돼야 하는 법이다. 알았지? 껄껄껄.

자, 이제 형편이 무지하게 어려운 집으로 무대를 옮겨보자. 이집 아버지는 기타를 치고 싶다는 아들 앞에서 쿨한 아버지가 되기는커녕 귓방망이부터 날린다. 이 미친놈, 지금 때가 어느 땐데 기타를 치겠다고 지랄이야! 너 이놈아, 커서 도대체 뭐가 될래? 뭐, 딴따라가 돼? 그걸 해서 먹고살 수 있어? 이 자식이 아직 굶어보지 않아서 정신을 못 차렸어요. 야 이놈아, 세상이 얼마나 무서운 덴데, 네가 기타나 땡까땡까 쳐서 밥이나 먹고 살아갈 수 있을 것 같아? 이 아비가 고생하는 꼴을 보면 공부나 죽어라 할 노릇이지, 무슨 턱도 없는 소릴 하는 거야! 기타를 손에 넣지 못한 슬픈 소년은 귓방망이를 얻어맞은 데 더해, 쿨하지 않은 아버지가 어린 시절부터 지금까지 고생한 이야기를 보너스로 밤새도록 들어야 한다.

경제적으로 잘사느냐 못사느냐가 우선 문제지만, 그럼으로 인해 잘사는 놈은 마음이 여유로워지고 태도가 세련돼지며 멘트가 멋지구리하게 되고, 그에 반해 못사는 놈은 늘 마음이 쫓기는 듯

하고 태도가 옹색해지며 멘트가 신경질적으로 변하는 것은 그보다 더 큰 문제다.

잘사는 놈들은 전부 도둑질해서 돈을 번 것이라고 몰아붙이는 우리 한국 사람들은 '청부淸富'의 개념을 인정하지 않기 때문에, 부자들은 늘 부정적인 이미지로 묘사된다. 드라마에 나오는 부자들은 늘 끝 간 데 없이 탐욕스럽고, 돈은 있으되 마음씀씀이가 못돼먹었기 일쑤며, 그 자식들은 항상 싸가지가 없고 세상 어려운 줄을 모르며 사람 귀한 줄을 모른다. 그리고 가난한 자들은 착하고 어질지만 나쁜 짓을 할 줄 몰라 돈을 벌지 못하며, 그럼에도 불구하고 건전하고 꿋꿋한 마음가짐으로 세상을 살아간다.

그런데 현실에서도 과연 그럴까? 현실에서도 그래주면 좀 덜 억울할 텐데, 내가 살면서 만나보고 겪어본 부자들 가운데는 상스럽고 속된 부자들보다도 더 사람을 짜증나게 하는 부류가 있다. 부자라면 으레 얼굴에 개기름이 번들거리며 눈에서 탐욕이 질질 흘러야 할 텐데, 이 부류는 얼굴 자체가 인자하고 선량하다. 여기서 일차로 빡이 돈다. 게다가 부자인데도 씀씀이가 헤프지 않고, 경제적인 여유를 십분 활용해 자녀에게 폭넓은 교육의 기회를 제공함으로써 그들을 단순한 공부벌레가 아닌 문화와 예술을 이해하고 즐기는 세련된 인간형으로 길러낸다. 게다가 가난한 사람들을 업신여기지 말고 기회가 닿을 때마다 그들을 도우라고 가르치는 대목에 이르면 짜증은 극에 달한다. 흠잡을 데가 없기 때문이다.

그런데 가난은 단순히 사람을 경제적으로 압박하는 선에서 그치지 않고 '가난의 합병증'을 불러온다. '단순 가난'이 불러오는 무서운 이차 합병증은 피해의식, 콤플렉스, 불특정 다수와 사회를 향한 분노, 편견, 상습적인 짜증과 가정폭력 등이며, 이는 한 인간의 시야를 좁게 만들고 문화와 예술을 대할 수 있는 여유를 박탈해버리며, 그러한 모습은 우리가 상상하는 천박한 부자들의 모습과 되레 흡사하다.

나는 부잣집에서 태어나지도 않았고 여유 있게 자라지도 않았으며 음악으로 성공을 했지만 돈을 많이 벌지도 못했다. 그저 돈을 많이 벌어도 대소변 못 가리고 허우적대는 사람이 되지 말며, 돈이 너무 없어 수치스러운 지경에 처하지 않도록 부지런히 살고, 행여 궁핍해지더라도 마음까지는 궁핍해지지 말자 다짐할 뿐이다.

소위 양극화 문제가 한창 사회 이슈가 되고 있는 요즘, 나는 경제의 빈익빈부익부 문제를 넘어 그에 따르는 후유증, '마음의 빈익빈부익부' 문제를 이야기하고 싶다. 물론 다 그런 건 아니지만, 곳간에서 인심 난다는 말대로 부자들이 선량한 표정을 지으며 살고 가난한 사람들이 분노에 지배당해 성난 표정으로 삶을 살아간다. 이 마음의 빈익빈부익부 현상이야말로 경제의 빈익빈부익부 현상보다 훨씬 더 무서운 일이며, 운수가 좋으면 악착을 떨어서 언젠가 돈을 벌어 부자가 되는 사람들도 있겠지만, 그렇다 해도 부자들이 경제적인 여유를 이용해서 손에 넣은 문화적 소양과 넓은 시야를 따라잡기는 힘들다. 그래서 같은 부자라도 대를 내려온 부자와 벼락부자는 다르다는 말이 있는 건지도 모르겠다.

경제적으로 풍요롭지 않은 사람이 당대에 돈을 벌어 부자가 될 확률이 현실적으로 얼마나 될까. 나는 지극히 희박하다고 본다. 그러니 그처럼 희박한 가능성에 인생을 걸기보다는, 돈이 없을지 언정 짜증과 분노에 사로잡히지 말고 내가 현실적으로 노력해서 얻을 수 있는 것, 가족간의 화목이나 형제간의 우애, 친구와의 우정 등에 시간을 투자하는 것이 더 확실한 장사라고 본다. 그렇게 살다보면, 내가 만일 운이 좋은 놈이라면 내가 돈을 쫓지 않아도 돈이 나를 따라올 것이다. 음…… 그런데 결정적인 문제는 전혀 따라오질 않는다는 점이다. 세금 독촉장이 계속 날아오고 있다. 이놈의 세상은 뭔가 살못된 것 같다. 나 같은 사람이 부자가 돼야 하는 건데.

대마초에 대해
알려주마

왜 대마초 이야기를 끄집어내는가

TV 시사 토론 프로그램인 〈100분 토론〉에서 대마초 비범죄화에 대한 토론의 패널로 참가해달라는 요청을 받았을 때, 좀 황당하기도 했고 썩 유쾌한 기분도 아니었다. 그도 그럴 것이 이미 십수 년이나 세월이 지나 사람들의 기억 속에서도 희미해져가고 있는 나의 전력을 스스로 들춰내는 미친 짓을 할 이유도 없거니와, 국민정서나 수준 등을 감안해보았을 때 백전백패가 분명한 '확실히 지는 싸움'이었기 때문이다. '확실히 지는 싸움'에 갑옷 입고 총칼 차고 나갈 바보는 없다.

더구나 내가 망설인 건, 내가 토론에 참여할 경우 대마초 비범죄화 운동 진영이 주장하는 쟁점이 흐려질 우려가 크다고 판단했기 때문이다. TV토론에서 대마초 이야기를 공공연하게 국민 앞에서 하게 된 것 자체가 놀라운 변화이기는 하다. 그리고 대마초 비범죄화 운동 진영에 시민단체, 교수, 의사, 언론인 등 각계각층의 사람들이 참가하고 있다는 사실 자체가 일반 대중에게는 낯설고 쇼킹한 일이다. 그들이 대마초 흡연자가 아님에도 불구하고 그러한 운동을 전개하고 있는 건,

첫째, 국가 공권력이 개인에 대해 어느 정도까지 개입할 수 있는가, 쉽게 말해 이게 국가가 개인에게 이래라저래라 할 사안에 속하느냐 하는 문제 때문이다. 얼핏 보기에 자신과는 상관없는 문제 같아도, 국가 공권력이 함부로 날뛰도록 방치하면 그 칼은 언젠가는 시민들 자신을 향할 것이다.

둘째, (국가가 판단하기에) 올바른 목적의 일이라고 해서 국민을 상대로 거짓 정보를 유포하거나 정보를 조작해 공포감을 조성하는 것을 방치해도 되느냐 하는 문제 때문이다.

그런데 내가 보기에, 내가 토론에 나설 경우 '전력이 있는 연예인'이 자신의 행동을 정당화하고 변명하기 위해 떠들어대는 모습에 불과해 보일 공산이 너무나 컸다. 그러니 공연히 쟁점을 흐리거나 오해를 사지 말고 나를 포기하시라 했는데, 한 시민단체 간부의 절규가 내 귓전을 때렸다. 오해고 육해고 간에 일단 사람들이 귀를 기울이고 보도록 만들어야 하는데 어떤 유명인도 연예인도 이 토론에 나서기를 극히 꺼린다는 것이다. 제길, 그건 맞는 말

이다. 쟁점이 흐려지건 오해가 생기건, 젠장, 누가 듣고 봐줘야 얘기를 하든 말든 하지. 허공에 대고 무턱대고 삽질을 할 순 없겠지.

그리하여 나는 풍차에 돌격하는 돈키호테의 심정으로 질 게 뻔한 싸움에 발을 디밀었다. 토론의 결과는 정말 의외였다. 오랜 세월에 걸쳐 다져진 대마초에 대한 강력한 선입관, 또 이것을 자신의 문제로 보기보다는 그저 먹고살 만한 놈들의 뻘짓 정도로 생각하는 보수적인 사람들의 두꺼운 벽도 물론 재확인했지만, 쟁점을 정확하게 이해하고 자신이 가지고 있던 그릇된 정보를 수정하려는 사람들의 숫자도 만만치 않다는 사실을 새로 확인한 것이다.

자, 이제 TV에서 못다 한 이야기들을 풀어보도록 하겠다.

대마초란 무엇인가

대마초란 중앙아시아 원산의 삼과 식물로 마리화나라고도 한다. 문제가 되는 성분은 대마초가 함유하는 THC라는 것으로, 진정·최면 작용을 일으킨다. 모든 감각에 영향을 미치지만 특히 청각에 강력하게 작용한다고 알려져 있으며, 그래서 뮤지션을 필두로 예술가 집단에 사용자가 많다.

대마초는 마약인가

통념적으로 서구에서는 대마초를 소프트 드럭soft drug으로 분류해, 진짜 마약인 코카인, 헤로인, 필로폰 등에 미치지 못하는 '기호품' 정도로 취급한다. 사회통념상의 마약과 엄격한 의학적 의미에서의 마약이 달라서 오해하기 매우 쉬운데, '합법'이라는 것 때문에 사람들이 잘 인식하지 못하지만 의학적으로 볼 때 대마초보다 더 강력한 마약은 담배와 알코올이다.

대마초는 중독되는가

담배와 알코올에는 분명히 중독성이 있다. 그러나 대마초의 경우에는 습관성이라고 부른다. 또 담배와 알코올은 끊었을 경우 금단증상을 수반하지만, 대마초의 경우에는 그런 것이 거의 없어 본인의 의지만 있다면 끊기가 수월하다. 또 마약의 의학적 정의에서 중요하게 취급되는 것이 뇌에 가해지는 충격, 즉 '브레인 데미지'인데, 센 것부터 차례로 나열하면 대략 본드 〉 알코올 〉 담배 〉 대마초 순이라고 한다.

대마초는 무해한가

인터넷을 보면 대마초가 담배나 술에 비해 훨씬 덜 해롭다고 주장하는 사람들이 있다. 여기에는 나도 어느 정도 동의하지만, 심지어 한 발 더 나아가 대마초는 무해하다고 주장하는 목소리도 있는데 이는 큰일날 소리다. 대마초는 중독성이나 니코틴 해독 면에서 볼 때에는 담배보다 낫지만, 몸에 해로운 여러 가지 물질을 포함하고 있는 건 분명하다. 또 단기기억상실 증상을 일으킬 수도

254

있다.

여기서 우리가 생각해야 될 것은, 어떤 이는 술을 마시고 후세에 길이 기억될 문장을 남기는 반면, 어떤 이는 술을 마시고 남에게 폐를 끼침은 물론 살인까지도 저지른다는 사실이다. 유해하다 혹은 무해하다의 논쟁은 이렇게 개인차가 심하게 나타날 경우 의미가 퇴색한다. 또한 담배를 피웠다, 술을 마셨다, 대마초를 피웠다 하는 행위 자체보다는 담배를 피우고 무엇을 했는가, 술을 마시고 무엇을 했는가, 대마초를 피우고 무엇을 했는가 하는 '다음 단계'에 대한 관리와 처벌을 중요시하는 것이 선진국의 예다. 쉽게 말해, 술 마시고 남에게 행패를 부렸다면 죄가 되지만 대마초를 피우고 방구석에서 퍼져 잤다면 죄가 되지 않는다는 것이다.

대마초는 환각을 일으키는가

이 부분도 많은 사람들이 오해를 한다. 환각이라는 개념의 범주가 엄청나게 넓기 때문이다. 예를 들어 감기약을 한 숟갈 먹고 나서 뺨이 약간 얼얼한 듯한 느낌이 들었다면 그것도 환각이라고 부를 수 있다. 그러나 사람들은 대마초라는 단어에 대해서 연예인, 특수층, 범죄, 환각 파티, 집단 혼음 등을 연상하며 엄청나게 부정적인 이미지를 가지도록 세뇌되어온 터라, 대마초를 피우면 눈앞에 무지개가 알록달록 그려지는 식의 환각이 생길 것이라고 생각한다. 웃긴 얘기 하나 하자면, 그러한 이미지를 꿈꾸었던 사람들이 대마초를 처음 피워보고 보이는 반응이 "애개~"하는 실망의 탄식이란 거다. 굳이 설명하자면 술 취하는 것과 상당히 비슷하다고 하겠는데, 술은 사람을 산만하게 만드는 데 비해 대마초는 사람을 집중하게 만든다는 차이가 있달까.

대마초는 예술 창조에 도움을 주는가

여기도 개인차가 있다. 어떤 이는 대마초 흡연으로 긴장을 완화하고 집중력을 강화해 소기의 성과를 거두는 반면, 어떤 이는 형편없는 게으름뱅이가 되어 인생의 중요한 시간들을 허비하게 될 것이다. 대마초는 사람을 흥분시키는 어퍼 계열의 마약과는 달리 다우너 계열의 물질이기 때문에 흡연자의 기분을 누그러뜨리고 긴장을 풀어주는 효과가 있다. 하지만 사람이 마냥 풀어져 방바닥에서 뒹굴기만 한다고 생각해보자. 인생에 좋을 게 뭐가 있겠는가.

『환각제와 문화』라는 책이 있으니 참조하기 바란다. 문명의 여명기부터 인류는 각종 환각제와 관계를 맺어왔고 많은 예술가들이 그 힘을 창작에 이용했다는 사실을 알면 약간 당황스러울 것이다. 마약 성분을 포함하고 있는 '압생트'라는 술이 인상파 화가들에게 큰 영향을 미쳤다는 등의 이야기 말이다.

이것도 웃긴 얘긴데, 대마초를 피우고 범죄를 저지를 확률이 매우 낮은 것은 만사가 귀찮아지고 느긋해지기 때문이라고 한다. 현실적으로 우리의 삶을 위협하는 것은 대마초가 아니라 알코올이다. 오늘밤에도 어느 미친놈들은 술을 처먹고 엄청난 무게의 쇳덩이, 즉 자동차를 몰고 도로를 질주할 것이며, 내일밤에도 어느 미친놈들은 술을 처먹고 마누라와 자식들을 두들겨팰 것이다. 정말로 법으로 금지시켜야 될 게 있다면, 그건 차라리 술이다.

그래서, 대마초를 피우잔 말인가

이래서야 대화가 되지 않는다. 대마초 '비범죄화'와 '합법화' 사이에는 하늘과 땅만큼의 차이가 있다. 비범죄화라는 개념 자체가 대중에게는 매우 낯설 텐데, 이는 '피해자가 없는 범죄'라는 패러독스를 야기하는 대마초 흡연에 대해 경범죄 수준의 처벌로 그쳐야지, 구속하고 감방에 보내고 범죄자 낙인을 찍어 사람을 사회적으로 매장해버려서는 안 된다는 뜻이다.

어떤 통계에 따르면, 대마초가 합법화 혹은 비범죄화된 국가라고 해서 대마초 흡연자 수가 급증하지는 않으며, 특히 삼십대 이상 연령에 접어들면 특수한 경우(문화예술계 종사자 등)를 제외하고는 거의 대마초 흡연을 중단하고 지극히 평범한 삶을 영위한다고 한다.

우리 현대사와 대마초 왜곡

1970년대 말, 소위 대마초 파동이라는 게 벌어졌다. 당시 대마초를 금지하는 법규조차 변변히 존재하지 않았음에도 불구하고, 국가에서 갑자기 대마관리법이라는 법률을 벼락치기로 만들어 활동중인 거의 모든 뮤지션을 때려잡았다.

미국의 경우 히피를 비롯한 대마초 흡연자들은 공통의 문화와 정치적 성향을 창출했는데 그것은 반전, 평화, 자유 등으로 대변되는 이상주의적 가치관이었다. 당연히 보수 성향의 정치가들에게 그들은 눈엣가시였다. 우리나라에서도 비슷한 상황이 연출되었다. 당시 우리나라 대중음악계는 트로트 일변도에서 벗어나 록, 블루스, 소울, 재즈 등으로 장르 분화가 본격화하던 시점이었는데, 현역 뮤지션 중 상당수가 대마초 흡연으로 구속되자 방송 피디들이 틀 수 있는 대중음악 장르로는 트로트 하나가 달랑 남았고, 당시 일본에 비해 앞섰다고 평가되던 우리나라 대중음악은 이로써 급격히 후퇴해 현재까지도 그 간격을 좁히지 못하고 있다.

대마초 음모론

그저 참고만 하기 바란다. 대마는 알다시피 삼베의 원료이며 자연친화적인 농공업 재료로서 대단한 부가가치 창출 가능성을 지닌 식물이다. 과거 미국 제지업계의 주도권 싸움을 둘러싸고 라이벌인 대마 사용 산업가들을 제압하기 위해 듀퐁사가 의회에 이런저런 로비를 행했고, 그 결과 대마초가 미국에서 사용 금지 품목이 되었다는 설이 있다.

대마초 그리고 거짓말

급조한 대마관리법으로 연예인들을 희생양 삼아 사회의 군기를 잡은 군사독재정부는 대국민 캠페인에서 지나친 과장과 협박을 일삼았다. 일례로 당시에 제작된 〈대마의 공포〉라는 영화를 보면, 등장인물이 대마초를 피우고 망상과 공포에 사로잡혀 절벽에서 떨어져 자살하는 내용이 묘사되고 있다. 다른 나라 사람들이 보면 쓴웃음을 지을 장면이다. 서구세계에서는 대마초 사용자를 그저 게으르고 착한 느림보, 혹은 사회적 루저의 이미지로 묘사하기는 해도, 그렇게 살벌한 장면을 연출하지는 않기 때문이다.

글 첫머리에서 던진 질문이 여기서 다시 등장한다. 올바른 목적, 즉 국민을 대마초의 해악에서 보호하겠다는 목적에서라면 국민에게 거짓 정보를 선전하고 사실을 뒤틀고 과장해도 괜찮은가. 오히려 가감 없이 정확한 정보를 전달하고 국민 스스로 판단하도록 해서 올바른 결과를 유도하는 것이 민주주의의 지향이 아니던가.

그들은 왜 거짓말을 했을까

자고로 독재정권이 국민을 다루는 주요 수단은 바로 공포다. 북한이 언제 쳐내려올지 모른다는 공포에서 시작해 대마초에 대한 공포에 이르기까지 군사독재정권은 언제나 사실을 왜곡하고 과장해 공포를 조장하는 쪽을 선호했지, 국민에게 진실을 알리는 쪽을 선호한 적이 없다. 게다가 이 사회의 만만한 샌드백이자 밥인 연예인들을 정기적으로 내려침으로써 정치적 불안정 상황이나 기타 사회적 문제로부터 대중이 눈을 돌리게 하는 수법은 독재정권에게 언제나 전가의 보도처럼 사용되었다. 검·경찰도 마찬가지. 단한 건의 수사로 다른 일반인 수천 명의 구속보다 더 큰 효과를 낳는 연예인 관련 사건을 그들이 완화해서 처리할 이유는 전혀 없었던 것이다. 두들겨 맞은 것은 연예인과 예술인이고, 눈과 귀가 닫힌 바보가 된 것은 대중이다.

다시 말하지만, 나는 여기서 대마초가 좋은 것이라고 주장할 생각이 없다. 다만, 늑대가 나타났다면 늑대가 나타났다 하고 소리칠 일이지, 토끼가 나타났는데 호랑이가 나타났다고 고래고래 소리지르는 데는 다 숨겨진 이유가 있다는 얘기를 하고 싶은 거다.

대중교통 자리 안 뺏기기
대작전

버스나 지하철 같은 대중교통을 타보면 예외 없이 '노약자석'이라는 팻말이 붙은 자리가 있다. 여기서 난처한 점은, '노'자에 해당하는 사람은 액면상 충분히 구별이 가능하나, '약'자에 해당하는 사람은 그 속사정을 헤아리기가 무척 어렵다는 것이다. 그러므로 '노'자들이 필사적으로 압력을 가해올 때, 우리는 철저히 '약'자로 행세해야 한다.

여기서 잠깐 짚고 넘어가자. 대중교통에서 노약자에게 자리를 양보하는 것은 외국인들도 감탄하는 한국 사회의 '미덕' 중 하나다. 물론 내국인, 특히 나이가 어린 사람일수록 짜증나는 일일 수도 있지만.

'미덕'의 사전적 정의는 '아름답고 갸륵한 덕행'이라고 되어 있다. 그러니 자리 양보가 '미덕'이란 말은, 자리를 양보하면 '아름답고 갸륵한 덕행'을 하는 것이요, 자리를 양보하지 않는다 해서 '악행'을 한 것은 아니라는 얘기다. 그런데 우리 사회에서 자리 양보란 당연한 것이며, 그것을 행하지 않는 자는 악한으로 취급받기 십상이다.

집안에서 여러 노인을 모셔본 나는 노인들에 대해 꽤나 많이 아는 편이다. 그들은 실제로 시도 때도 없이 현기증이 나서 서 있기조차 힘들 때가 많고, 한여름 뙤약볕 아래서 주저앉아 오도 가도 못하는 상태에 처하는 일도 흔한, 우리가 마땅히 보호하고 모셔야 할 분들이며 바로 우리 자신의 미래 모습이기도 하다. 그! 러! 나!

그 우리의 미래 모습이란 게 신체가 쇠약한 상태가 되는 것은 어쩔 수 없으나, 자리를 양보하지 않는다며 난생처음 보는 타인에게 욕설을 퍼붓고 지팡이로 목을 잡아당기며 귀뺨을 올려붙이는 모습이라면, 그건 좀 아니다. 그보다 더 미운 부류는 '노'자도 아니고 '약'자도 아닌 '아줌'자들로, 그들의 '빈자리 향해 궁둥이 날리기 기술'과 '빈자리에 가방 던져넣기 기술'은 가히 올림픽 금메달감이요, 방금 생긴 빈자리 바로 앞에 버젓이 다른 사람이 서 있건만 "아무개야, 여기 자리 났어! 빨리 와!" 하고 찢어지게 외치는 절규는 거의 타잔 수준이다.

그리하여 노약자에게 자리를 양보하자는 취지와 미덕은 삽시간에 낯선 이에게 근거 없는 권리를 내세우는 살풍경으로 퇴색되고, 그것은 매일의 일상에서 마주치는 짜증스러운 일이 되어버린다.

자 그렇다면, 우리 같은 '노'자도 '약'자도 아닌 자들이 생각에 잠겨 앉아 있다가 어르신 혹은 아줌마가 서 있는 것을 빨리 알아채지 못했다는 이유로 멱살을 붙들리고 쌍욕을 얻어먹는 봉변에

처했을 때, 과연 어떻게 대응해야 할까?

여성의 경우

창백한 얼굴로 "죄송해요, 제가 아기를 가진 지 얼마 안 돼서……"라고 말하며, 자리를 차지하고 앉은 노인 혹은 아줌마 앞에서 털썩 주저앉는다. 그리고 상대가 괜찮으냐고 묻든 말든 일분에 한 번씩 "괜찮아요, 입덧일 뿐인데요, 뭐" 혹은 "그저 빈혈일 뿐이에요"라고 중얼거린다(비록 그들이 창밖을 보며 외면하더라도 흔들리지 마라. 분명히 효과가 발휘되는 중이다).

남자의 경우

갑자기 일어나 다리를 절뚝거리면서 "제가 전방에서 철책 근무를 할 때 다리를 다쳐서 그런 것이니 괘념치 마세요"라고 말하고는, 버스가 출렁일 때마다 크게 몸을 휘청댄다.

남학생 혹은 여학생의 경우

쉴새없이 기침을 토해내며 가슴을 쥐어뜯다가, 자리를 차지하고 앉은 노인이나 아줌마의 무릎 위로 쓰러진다. 정말 화가 많이 난 경우라면 입에 거품도 물고 흰자위도 드러내 보여주자. 앰뷸런스가 올 때까지. 그러고는 들것에 실려가며 부들부들 떨리는 손으로 아줌마를 가리킨다.

옛 시대를 살아온 분들이 자리를 양보하지 않는 젊은이들에게 그렇게 노발대발하는 것도 한편으로는 측은하고 이해가 간다. 그들은 어릴 적, 동네 어귀 십 리 밖에 어르신 한 분이라도 보이면 황급히 고개를 수그려야 하고, 좋은 것, 맛난 것은 모두 어르신들에게 바쳐야 마땅하다는 사고방식을 배웠다.

하지만 그럼에도 불구하고 예의범절이란 것은 쌍방향적이어서, 아랫사람이 윗사람에게 지켜야만 하는 것이 아니라 윗사람도 아랫사람에게 지켜야 할 기준선이란 게 있는 법이다. 오래전에는 부모도 자식에게 하게체나 하오체를 썼지, 해라체를 쓰며 막 대하지는 않았다고 한다.

자리를 양보하지 않은 어린 학생에게 목에 핏대가 서도록 고래고래 소리를 지르며 멱살을 잡는 할아버지. 그에 이어 펼쳐지는 버스 안의 장면은 더더욱 슬프다. 봉변을 당하고 붉어진 얼굴로 일어선 학생 옆으로, 볼펜 장수 남자가 버스에 올라탄다. 그는 웃옷을 벗어 문신을 보여주며 자기가 전과 12범이라고 밝힌다. 그러고는 방금 교도소에서 나왔는데 여러분의 온정을 기대한다는 말과 함께 턱없이 비싼 가격의 볼펜을 돌리며 사방을 갈군다. 그리고 정의의 할아버지는…… 말없이 창밖을 본다. 버스 기사는 여전히 곡예 운전을 하고, 옆 사람에게 발을 밟힌 아가씨는 '피해자는 예의를 지키지 않아도 된다'는 룰에 따라 고래고래 소리를 지른다. 도로가 주차장처럼 메워지는 교통지옥 서울에서 살면서도 사람들이 곧 죽어도 자가용을 사는 이유 중 하나가 바로 이런 거다.

자고로 우리나라는 동방예의지국이라고 불려왔단다. 그 근원을 따지고 들자면, 세계의 중심인 중국 주변에서 유교적 질서에 편입되어 철저한 중화사상에 의거해 종주국인 중국을 깍듯이 섬긴 나라로 우리나라만한 데가 없기 때문이라 하니, 이건 하나도 기분좋을 게 없는 소리다. 더더욱 웃긴 것은, 우리의 민족성이 순박하고 온후해 인심이 후하고 서로간에 예의를 잘 지킨다는 주장이다. 가벼운 접촉사고만 나도 차문을 열고 내림과 동시에 "이 양반이 눈깔은 뒤통수에 달았나. 씨바, 무슨 운전을 그따구로 해" 하고 고래고래 소리부터 지르고 보는 찬란한 미풍양속이 계면쩍었는지, 요즘엔 그나마 이 소리를 잘 안 한다(우리가 좆도 예의 없이 산다는 걸 사람들이 천천히 깨닫는가보다).

　동방예의지국, 만세 만세 만만세!

동거에 관한
별반 새로울 것 없는 고찰

옛날 옛적에, 그러나 고릿적 옛날은 아니고 그냥 쫌 옛날에 사람들이 일생을 함께할 배우자를 결혼식 당일까지 코빼기도 보지 못하고 있다가, 엉겁결에 첫날밤을 치르고 평생을 함께 살게 되는 그런 시대가 있었더란다.

지금이야 "커헉, 어떻게 얼굴도 못 본 사람하고 결혼을 해!" 하며 폴짝폴짝 뛸 일이지만, 그때는 그렇게 개겼다가는 "닥치고 버로우! 샷다마우스!"로 바로 모셔주는 상황이었더란다.

그러던 것이 요즘에는 '동거'라는 단어가 화두가 되어, 일단 살아보고 그다음 일은 그다음에 생각하자는 것이 무시할 수 없는 사회의 흐름이 되었고, 이 동거라는 상황이 TV드라마에서도 다루어지고 찬반 토론이 붙기도 하는 시대가 되었다.

불과 일이십 년 전까지만 해도 결혼하기 전에 남녀가 같이 산다 함은 당최 어미 아비도 없고 경우도 없는 논다니족의 패륜적 짓거

266

리이거나, 도저히 결혼식을 치를 여건이 되지 않는 아주아주 불행한 커플에 한정해 허용되는 베리베리 스페셜한 케이스로 인식되었다(아마 당시에 TV에서 동거를 소재로 한 드라마를 방송했다면 빗발치는 시청자의 항의로 서둘러 내려야 했을 거다). 이 타이밍에서, '쫌 놀아보았던' 본좌의 소개를 통해 동거의 이모저모에 대해 물색, 아니 고찰해보자.

동거란 무엇이냐

동성끼리 룸메이트가 되어 같이 사는 경우도 '동거'이긴 하지만, 우리가 이야기하고자 하는 그 '동거'는 아니다. 선수끼리 장난치지 말자. 사전적 정의에 의거해 "부부가 아닌 남녀가 부부관계를 가지며 한집에서 삶". 그래, 바로 이거다. '부부관계'라는 단어가 허파를 콱 찌르지? ㅋㄷㅋㄷ

동거의 역사

사람들이 흔히 하는 오해는, 동거란 서양풍의 자유연애 사조 등에서 처음 발생한, 결혼 제도가 느슨해짐에 따라 등장한 유행이라는 것이다. 이것이 천만의 말씀이고 만만의 콩떡인 게, 동거의 역사는 무지하게 길다. 오히려 결혼의 역사보다 길다고 보아야 할것이다. 풍속사적으로 보아도, 먼저 같이 살아보면서 상대방의 건강 상태나 성격, 게다가 에…… 속궁합 등등을 맞춰본 후 정식 결혼으로 진입하는 형태는 세계 각지의 역사에서 거의 동일하게 나타난다. 당연히 우리에게도 먼저 같이 살아보고 그후에 혼인하는 풍습이 있었는데, 자세한 것은 인터넷 지식검색을 통해 알아보기 바란다(귀찮다).

동거의 필요성

1. 확인사살

연애를 한다, 사랑을 한다 하는 것과 '생활'을 같이한다는 것은 자연스럽게 연결되는 듯하지만, 사실 생활을 같이한다는 것은 연애와는 비교할 수 없을 만큼 어려운 문제다. 스물네 시간의 대부분을 찰떡같이 붙어 지내며 "자갸~ 따랑해"를 연발하는 닭살 커플도, 실제로 생활을 같이하는 상황에 돌입하면 전혀 예상치 못한 여러 가지 문제에 부딪힌다. 흔히 이혼의 이유로 성격 차이를 거론하는데, 이 성격 차이란 게 한 놈은 사시미칼 들고 날뛰는 연쇄살인범이고 한 년은 도서관에 파묻혀 학문에 정진하는 신사임당 스타일인 경우만큼 차이 나는 게 아니다.

생활을 같이하다보면, 보여주고 싶은 것만 보여주고 보고 싶은 것만 보던 연애 시절과는 달리, 볼 것 안 볼 것 다 보고 들을 것 안 들을 것 다 듣게 된다. 그러다보면 아침에 들려오는 그녀의 사각사각 칫솔질 소리에 이유 없이 짜증이 옴팡 솟기도 하고, 먹는 게 무슨 죄라고, 라면을 먹는 그놈의 후루룩 소리에 때려죽이고 싶은 충동을 느끼기도 한다고 한다(나는 안 그래서 잘 모르겠다). 모름

지기 이러한 문제는 막상 살아보지 않으면 답이 나오지 않는다.

확인사살해야 할 중차대한 문제 중의 하나는 속궁합이다. 자고로 땡전 한푼 없이 살 수는 있어도, 속궁합 불량 상태에서 살아가기란 마더 테레사 수준이 아니면 불가능한 법이다. 우리 문화에서는 이 속궁합이 맞지 않음으로 인해 갈라서는 것을 매우 음란하고 지저분한 것으로 취급해왔는데, 이 또한 천만의 말씀 만만의 콩콩떡떡이다. 낮에는 접시 깨고 옷장 뒤집어엎고 개소리 닭소리 하면서 싸우던 부부가 다음날 아침에 홍조가 피어오른 얼굴로 살포시 손잡고 침실에서 기어나오는 꼬라지를 보자. 거의 모든 것이 안 맞아도 오로지 이 속궁합이 잘 맞아서 계속 생활을 같이해나가는 애니멀 같은 커플들이 사실은 정말정말 많다(우리 마누라도 나한테 자주 그런다. 이~ 짐승).

다시 강조하지만, 정신이니 영혼이니 의지니 하는 모든 것은 우리의 육체라는 그릇 안에 담겨 있다. 우리는 이 육체의 그릇 안에 갇혀 다른 이의 영혼을 직접 마주 대하지 못하는데, 신이 우리에게 섹스라는 것을 선물한 덕분에 우리는 육체가 결합되는 열반의 순간, 상대방의 영혼을 오롯이 마주 대할 수 있는 불가사의한 신비를 얻게 되었다.

물론 남녀 사이에는 서로에 대한 배려가 담긴 끊임없는 의사소통도 중요하지만, 일찍이 놀자께서 "십쎀일떡(열 번 떠들 시간에 한 번 해라)"이라는 진리를 설파하셨으니 마땅히 속궁합의 소중함을 업신여기지 말 것이요, 스포츠로서의 인스턴트 섹스도 물론 가치가 있겠으나 그보다는 정녕 사랑하는 이와의 결합이 주는 폭발적인 감동을 축복하고 감사할 일이다.

얘기가 옆으로 많이 샜는데, 하여간 동거는(우리 동거 얘기하고 있던 거 맞지?) 이러한 중요 요소들을 미리 확인해 자신의 인생에서 실패의 쓴맛을 줄이고자 함이니, 동거의 길에 나서는 이들을 자신을 소중히 여길 줄 모르는 헤픈 사람으로 볼 것이 아니라, 오히려 자신이 너무나 소중하기 때문에 자신만큼이나 소중한 반려자를 만나는 일에 신중을 기하는 이들로 여겨야 할 일이다(너무 일방적으로 편들어준다. ㅋㄷㅋㄷ).

2. 경제적 분담 효과

따로 살면 밥솥이 두 개 있어야 하지만 같이 살면 한 개만 있어도 되는 것은 당연한 이치. 아직 충분한 경제력을 확보하지 못한 젊은이들이 룸메이트를 구하는 것과 비슷한 이유에서(게다가 룸메이트와 섹스를 할 수는 없으므로…… 하는 것들도 있겠다마는) 경제적 부담을 반감해줄 수 있는 짝을 찾음이니, 이런 케이스의 동거는 결혼 예비 단계로서가 아니라 동거 그 자체가 목적인 경우라 하겠다.

3. 실패 위험의 최소화

1항과 거의 흡사한 이야기가 되겠는데, 결혼식씩이나 올리고 양가 친척 인사 다 하고 친척들 촌수 다 외우고(이게 이게 의외로 일이 많다) 난 뒤에 "냐하하, 이혼이에요"라고 살포시 이야기하는 데는 너무나 많은 부하가 걸려 있다. 나는 사실 결혼 전에 웨딩 포토니 뭐니 하면서 수많은 고생을 사서 하는 사람들을 이해할 수 없었는데, 결혼도 물론 막대한 노가다지만 이혼 또한 그보다 더했으면 더했지 결코 덜하지 않은 노가다다. 그게 다만 당사자의 노가다로 끝나면 괜찮겠지만, 이혼이란 건 당사자뿐 아니라 주위 사람들에게까지 많은 폐를 끼치고 상처를 남길 수 있는 것이다.

나는 불행한 결혼생활을 억지로 영위하느니 과감히 이혼하는 게 낫다는 사고방식을 가졌지만, 그 이혼이라는 것도 사람이 할 짓은 아닌 것 같다. 결혼하기 전에 남녀가 같이 사는 모습을 매우 위태위태하고 아슬아슬하게 보는 어르신들도 많겠지만, 동거 찬성자의 입장에서 볼 때는 충분한 검증 없이 대뜸 결혼으로 돌입하는 사람들이 훨씬 더 위태로워 보일 뿐만 아니라 심지어 대단히 무모하고 무데뽀적으로 보인다.

4. 동거 그 자체를 추구하는 사람들

결혼은 죽어도 싫다는 사람들이 있다. 결혼으로 인해 생기는 수많은 구속과 제약을 받아들일 수 없는 사람들이다. 그러나 이들에게도 행복을 추구할 권리는 있다. 독신으로 산다는 것이 꼭 아침에 침대에서 혼자 일어나 쓸쓸히 아침밥을 먹어야 함을 의미하는 것은 아니기 때문이다.

니미, 헌법에 나와 있나? 독신자는 결혼을 하지 않은 괘씸죄로 쓸쓸히 살아야 한다, 이를 어길 시에는 오백만원 이하의 벌금형 혹은 징역형에 처한다, 라고? 우리나라는 정식 혼인이 아닌 동거 관계에 대한 법적인 보호가 매우 약한 데 비해, 선진국은 사실혼

관계인 동거인에게 유산 상속이나 기타 법적인 문제에 대한 배려가 우리보다 강하다. 더군다나 출산의 의지가 없는 사람들의 경우에는 '동거' 정도가 행복 추구의 적정선이며 굳이 결혼이라는 피박을 쓸 이유가 없다는 인식을 갖는다.

5. 결혼? 하고 싶지, 그러나……

결혼은 막대한 노가다와 재원이 투자되는 대사업이다. 특히 우리나라에서 그렇다. 결혼할 준비는 안 돼 있지, 언제쯤 환경이 마련될까 생각하면 까마득하지, 하지만 상대를 너무나 사랑해서 함께 있고 싶지, 이러면 어쩔 것인가. 각자 수저 한 벌도 준비할 수 없어 너는 숟갈로 밥 먹고 나는 젓갈로 밥 먹을지라도 함께하고 싶다는데 누가 그들에게 돌을 던지랴(네 아비다. 돌 맞아라, 빠각!).

또 결혼은 어디까지나 본인의 결정이요, 부모가 기꺼이 축복해주느냐 마지못해 축복해주느냐 정도의 차이만 있는 서양문화권에 비해서, 결혼은 어디까지나 가문의 결합이요, 최종 결정권은 부모가 쥔다는 인식이 아직까지도 남아 있는 우리나라의 경우, 죽어도 부모가 결혼을 인정하지 않음으로 인해 동거를 해야 하는 슬픈 로미오와 줄리엣들이 생기게 마련이다. 누가 그들에게 돌을 던지랴(네 어미다. 돌 맞아라, 빠각!).

세상에 태어나 불행해지기를 원하는 사람이 있을까? 우리 모두는 우리 자신이 행복하기를 원하며, 좀더 나아가자면 다른 모든 사람 또한 행복하길 원한다(디카프리오 빼고. 난 그 새긴 불행해졌으면 좋겠어. 드물게 나보다 잘생긴 놈 같으니라고……).

나는 이 글에서 "에브리바디 동거, 레츠 고 동거"를 외치는 것이 아니다. 동거는커녕 그 근처에도 가보지 않고서 행복해지는 인간들도 있다. 내 친구 안민수가 대표적인 놈인데, 이 새끼는 대학교 일학년 때 첫 미팅에서 만난 파트너와 사귀기 시작해 일평생 그녀 단 한 명하고만 데이트를 한 후, 학교 졸업하자마자 결혼해서 지금까지 잘산다. 정말이지 내 친구라고는 믿기지 않는…… 아, 다시 본론으로 돌아가서, 그러므로 우리는 행복해지기 위해 최대한의 방법을 동원할 권리가 있고, 그것이 남에게 폐를 끼치지 않는다면 박해받거나 손가락질받지 않아야 한다. 그러므로 내 친구 안민수가 나를 비난하지 않고 나 또한 그놈 삶의 방식을 존중하듯이, 동거를 행복 추구의 한 방법으로 택한 이들을 도덕적으로 사회적으로 비난할 것이 아니라, 그 방법을 통해 그들이 성공적으로 행복의 문에 도달하기를 빌어주는 게 또다른 의미의 성숙한 시민의식이 아닐까 싶다.

미친 나라의
앨리스

고3이 되면 흔히 부모들은 이렇게 이야기한다.

"딱 올 한 해만 그저 죽었다고 생각하자꾸나."

그래서 대한민국에는 해마다 살아 있어도 살아 있는 게 아닌 '좀비'들이 무려 육십만이나 어기적어기적 거리를 걸어다니고 학교에 간다. 그런데 전형적인 B급 좀비 영화에서처럼 이들이 실제로 강시가 된다면 모르겠지만, 체온을 재보면 여전히 36.5도요, 심장은 쿵쾅쿵쾅 뛰고 있다. 팔팔한 청춘들을 순식간에 시체로 만들어놓는 이 미친 나라에서 선생들 또한 부모와 한패이기 마련이다.

"너희는 공부하는 기계다."
"대입 실패는 인생 낙오요, 대입 성공은 불행 끝 행복 시작이다."

그 분위기에서 손들고 벌떡 일어나 "선생님, 진정으로 올바르게 산다는 것은 무엇입니까?" 따위의 귀신 씻나락 까먹는 소리를 했다간 돌아오는 것은 매뿐이요, 욕설은 양념이다. 거기다 "현실과 이상 사이의 거리감은 어떻게 해결해야 합니까?"라고 한마디 덧붙였다간 원산폭격 자세로 좆나게 맞으며 "대가리에 똥만 든 새끼, 그딴 생각이나 하니 성적이 떨어지지. 대학교 가서 물어봐, 새끼야!" 등등의 소리를 듣게 되어 있다. 하긴 요즘 선생에게 그런 질문을 하는 학생이 어디 있겠냐마는.

해마다 입시철이 되면 찬바람 조올라 부는 가운데 학교 담벼락에 엿 붙여놓고 흐느끼듯 절규하듯 기도나 염불을 외워대는 어머니들의 모습은 우리에게 그다지 낯설지 않다. 그런데 그것이 내게는 왜 뜨거운 모정이라든가 끔찍한 자식 사랑으로 보이지 않고 단지 주접으로 보이는 걸까. 아니 도대체 무슨 놈의 종교를 믿길래 하느님 부처님이 시험 당락에 관여를 하며, 시험은 애가 치는데 왜 부모가 뜬금없이 울고불고 난리냔 말이다. 다시 한번 말하지만 주접스럽다.

그렇게 우리 아이 붙여달라고 비는 건 남의 집 자식 하나 떨어뜨려달라는 얘기 아닌가. 그런데 부모의 '지극히 헌신적인' 애정 표현으로 포장되어 있는 이런 장면들에 불만을 표시하는 것은 우리 사회에서는 철저히 금기요, 천인공노할 일로 여겨진다. 하지만 나는 이미 전 국민에게 싸가지 없는 캐릭터로 인식된 지 좀 되었기 때문에 이런 이야기를 해도 상관이 없다. ㅋㅋ

집에 고3 수험생이 하나 생겼다고 거실에서 TV를 치우는 집도,

못지않게 참 주접스럽다. 다 저 잘되라고 하는 공부에 왜 나머지 식구들이 몽땅 죄인처럼 숨을 죽이고 살아야 하냔 말이다. 그리하여 일 년 임기의 황제로 임명된 '고3님'이 방문을 열고 "공부하는 거 안 보여욧? 좀 조용히 하란 말이에욧!" 하고 팩팩 성질을 부리고, 나아가서는 패악질에 이르러도, 입시 때문에 스트레스가 쌓여 그러려니 하고 다들 넘어가준다. 딴 게 베지밀 가족이 아니다. 이런 게 바로 콩가루 집안이란 거다.

자기들이 언제부터 시민의 발이었다고 아침부터 수험생을 실어 나르는 경찰의 풍경도 세계적으로 희귀한 코미디 장면이요, 수능 날만큼은 시험이 끝날 때까지 선 국민이 소음 발생을 자제하자는 분위기는 어떤 미친놈이 처음 만든 건지 모르겠다. 심지어는 비행기도 안 뜬단다. 아니, 제깟 놈들이 수능시험 보는 게 나랑 무슨 상관이란 말인가.

여기서 잠깐, 내가 지금 현실에 맞지 않는 발언을 하고 있으며 부모의 온정을 왜곡하고 함께 살아가는 사회 분위기를 지나치게 시니컬하게 묘사하고 있다고 느끼는 분들에게 한마디만 하자.

일 년만 지나도 자기 인생의 10대 중요 사건 중 하나가 될 뿐인 대학 입시. 심지어 십 년이 지나면 인생의 100대 중요 사건 중에도 낄까 말까 한, 그저 많고 많은 시험들 중 하나인 대학 입시를 그토록 장중하고, 장대하며, 거창하고, 중요하며, 심각하고 또 심각하며, 무지무지 엄청난 일로 몰고 가는 이 사회 분위기가, 해마다 청소년 수험생들을 자살로 몰고 가고, 그들의 청춘에 그늘을 드리우며, 도저히 벗어날 수 없는 시커먼 늪 속으로 그들을 떠민다.

수험생 자살의 실상은, 모조리 타살이다. 이 미친 사회 전체가 그들을 아파트 옥상에서 떠밀고, 한강 다리 밑으로 떨어뜨리며, 그들의 목을 밧줄로 죈다. 살인자들. 그렇다. 당신과 나, 우리는 모두 살인자다. 이 광풍의 소용돌이 속에서 청소년들의 얼굴을 어른들이 떳떳이 마주한다는 것 자체가 세상에 대한 모욕이다.

내가 진행하는 라디오 프로그램은 새벽 방송인 만큼 수많은 수험생이 공부를 하며 듣지만, 그들이 고3이니 수험생이니 하는 사연을 보냈다가는 엄청난 무안만 당하게 되어 있다. "저 고3인데요" 하는 사연이 오면 "그런데 나보고 어쩌라고? 학교 때려치운 놈 말고 계속 다니는 놈 중에서 고3 안 되는 놈 있냐? 유급 제도도 없는 나라에서 개나 소나 시간만 보내면 맞게 되는 게 고3인데 어따 대고 잘난 체야!" 하고 내질러버린다.

당연히 "수능이 백 일 앞으로 다가왔어요. 아무개와 아무개에게도 힘내라고 전해주세요" 따위의 사연은 오지 않지만, 온다고 해도 개쪽만 당한다. "니들이 힘내든 말든 내가 알 바 아니. 나는 고3 지난 지 한참 됐걸랑. 캬캬캬, 너네도 좀만 기다려봐. 공부를 하든 안 하든 시간은 지나가게 되어 있거든" 따위의 빈정거림이나 던져준다.

개나 소나 다 겪는 고3이 무슨 벼슬이라고 목에 힘주면 죽여버린다 하고 외치는 내 방송에는, 그래서 많은 수험생이 찾아온다. 그곳에는 너에게 우리 온 집안의 미래가 걸려 있다며 울먹이는 엄마도 없고, 자신을 평균 진학률을 맞추기 위한 대가리 숫자 가운데 하나로 보는 선생도 없으며, 괜히 부담스럽게시리 과일 접시를 손수 들고 오는 아버지도 없기 때문이다.

진정 자식을 위한다면 저 자신을 위해 하는 공부에 감투 씌워주지 말 일이며, 모의고사 성적 나올 때마다 같이 일희일비하며 난리부르스 떨지 말 일이며, 시험 당일이라고 기름진 반찬 내주지 말 일이며, 시험 망쳤다고 땅이 꺼져라 한숨 쉬지 말 일이다.

수능은, 시험이다. 그냥 시험이다. 정말로 단지 그냥 시험인 게다. 뭘 어쩌자고 난리들이란 말인가.

어버이날 부르던 〈어머니의 마음〉 가사, 기억나는 대로 적어보겠다.

"낳으실 제 괴로움 다 잊으시고 기르실 제 밤낮으로 애쓰는 마음. 진자리 마른자리 갈아 뉘시며 손발이 다 닳도록 고생하시네. 하늘 아래 그 무엇이……" 잠깐. 뭔가 좀 이상하다. 저 "손발이 다 닳도록"이라는 부분이 무척 튄다. 부자 부모는 손발이 닳도록 고생할 리 없지 않은가. 이 대목에서 매우매우 싸가지 없게 우리들의 어버이에 대해서 분석해보자.

우리의 '어버이'들은 집단 정신병을 앓고 있는 (그것도 중증인) 슬픈 세대다. 그도 그럴 것이, 우리나라를 하나의 집안으로 친다면 할아버지 때는 힘센 놈에게 두들겨 맞고 머슴살이하며 끽소리도 못했고(삼일운동을 끽소리라고 해도 되는지 모르겠다), 아버지 때는 친형제간에 주먹다짐도 아니고 서슬 퍼런 사시미칼로 서로 쑤시며 싸웠더랬다. 그 집안에서 자란 아이들이 정상이라면 그게 오히려 비정상 아니겠나.

'국부' 모 승만 대통령은 수도 서울을 사수하겠노라 녹음 방송을 틀어놓고 저 먼저 튀면서 곧바로 한강 다리를 끊음으로써 국가에 대한 국민의 신뢰를 무너뜨렸다. 퉁퉁 불은 시체들이 떠내려가는 강을 건너 피눈물을 흘리며 걷고 걷던 피란길에서 부모 손을 놓쳤다가는 그들이 자기를 찾으러 되돌아올 수 없다는 사실을 깨달아버린 아이들은 이를 악물고 잡은 손을 절대 놓지 않아야 했다. 그들 세대에게는 아주 단순하고도 강렬한 생존본능이 집단무의식으로 형성되었고, 그 패러다임은 1970년대에 잘 먹고 잘살자는 말로 구체화되어 대한민국을 천민자본주의가 지배하는 상스러운 국가로 만들고 말았다.

이야기를 되돌려 현시점의 우리 가정으로 돌아오자. 청소년의 뇌 깊숙한 부분을 가격해 몸서리치게 만드는 강력한 말이 몇 개 있다.

"내가 누구 때문에 이렇게 고생하는데……"

"다 너 잘되라고 하는 말이다."

"입을 거 못 입고 먹을 거 못 먹고 키워놨더니 이 자식이 어따 대고…… "

역사 왜곡은
우리도 한다

〈박사가 사랑한 수식〉이라는 일본 영화가 있다. 교통사고로 팔십 분 이상 기억을 지속할 수 없는 수학자 '박사'의 집에 주인공의 어머니가 가정부로 취직을 하게 된다. 박사에게 '루트'라는 애칭으로 불리게 된 주인공은 박사가 가지고 있는 수학에 대한 무한한 애정에 감화를 받아 결국 수학 교사가 된다.

영화는 수학이라는 소재 말고도 가족이라든가 개인 간의 의사소통이라든가 하는 여러 영역을 건드리지만, 중요한 대사들은 역시 수학이라는 소재에서 뿜어져나온다. 주인공의 애칭이 모든 숫자를 감싸주는 수학 기호 '루트($\sqrt{\ }$)'인 까닭에 박사가 그에게 친구들을 감싸주는 너그러운 사람이 되겠구나, 하고 이야기하는 것이라든가, 자기 자신에 의해서만 나누어지는 소수의 고결함이라든가…… 아무튼 수학을 혐오하다 못해 증오하는 나로서는 도저히 볼 수 없으리라 짐작했던 영화였으나, 이 영화를 보면서 수학의 아름다움에 동조하고 있는 나 자신을 발견하고 깜짝 놀라버렸다.

그러면서도 나는 한편으로 너무나 서글퍼졌다. 내 학창 시절을 통틀어 어느 한 선생이라도 학문의 아름다움이라든가 그것을 추구해야 하는 이유에 대해서 설명해준 적이 있던가. 수학의 공식을 무조건 암기하기 이전에 '왜 수학을 공부해야 하는지' '수학이 왜 아름다운지'에 대해 박사에게서 배운 감동을 이제는 자신의 학생들에게 전달하고자 하는 루트 선생의 모습. 그것은 우리 교실에서는 좀처럼 찾아볼 수 없는 선생의 모습이다. 현실에서 우리는 마치 아무 의미 없는 주문을 중얼거리듯 공식을 암기해야 하고 그것을 해내지 못하면 매질을 당한다.

독자들도 익히 아는 지수라는 게 있다. 기억나는가, 지수와 로그의 악몽이. (적어도 나에게는) 정말 지겹고도 지겨운 더러운 학문, 그중에서도 짜증날 정도로 암호처럼 보이는 의미 없는 부호들. 나는 대학 진학 후 우연히 지수의 발명에 대해서 듣게 되었다.

사람들이 평소에 머릿속으로 다루는 숫자는 기껏해야 수천수만인데, 천문학의 발달로 인간의 의식이 우주로까지 확대되자 무한에 가까운 엄청나게 큰 덩어리의 숫자들을 쉽게 다룰 필요가 생겨났다. 그 해결책이 바로 지수라는 것이다. 뒤통수를 때리는 충격이었다.

내가 그 사실을 지수를 배울 당시에 알았더라면 어떻게 되었을까. 뭐, 황홀해하면서 공부를 하지는 않았겠지만, 내가 지금 여기서 뭘 하고 있는 거지, 하는 허탈과 공허는 최소한으로 줄었으리

라. 생각하면 생각할수록 분하다. 어째서 어른이라는 씹새끼들은 우리가 배우는 과목들의 존재 이유와 아름다움에 대해서 설명해주지 않았을까.

성공하기 위해, 아니 적어도 살아남기 위해서라도 대학에 가야 한다는 반복적인 중얼거림으로 시간을 낭비하게 할 뿐, 왜 그들은 시의 아름다움에 대해서, 역사의 장엄함에 대해서, 화학의 마술과도 같은 신비함에 대해서 단 한마디라도 설명해주려 들지 않았을까. 다시 생각해도 좆같다. 그들은 우리를 가축으로 여기고 몰이꾼 노릇을 했을 뿐, 한 번도 우리를 대지를 박차고 달려나갈 존엄성을 가진 존재로 여겨주지 않았다. 그러므로 우리도 저 어른들을 좆같이 여기고 알로 본다(꼬우냐?).

당신은 학창 시절 어떤 과목이 제일 지겨웠는가? 이과 계통의 학문 중에서는 수학과 물리가 아마도 1, 2위를 다툴 것이고, 문과 계통의 학문 중에서는 국사가 톱을 노릴 것이다. 내게도 국사는 정말로 지겹고도 지겨웠다. 다음의 문장을 암기해보라.

"철수는 영희에게 다가가 안녕 하고 말을 한다."

쉽지? 그렇다면 다음의 문장을 암기해보라.

"아카라카치카라카초코라카디바리라당가라부슈."

잘 안 되지? 그렇다. 우리 학생들에게 국사란 이런 것이다. 고구려 멸망 668, 고구려 멸망 668, 고구려 멸망 668…… 도대체 이게 뭔 뻴짓이란 말이냐. 〈오멘〉에 나오는 숫자는 그나마 단순하게 666이기라도 하지. 다음날 치를 국사 시험을 위해서 '남묘호렌게쿄' 주문 외우듯 고구려 멸망 668, 고구려 멸망 668 중얼거리다보면, 일주일 뒤엔 고구려 멸망과 668은 어디서 많이 들어본 듯한, 그러나 관계없는 숫자가 되어 떨어져나가버린다.

따라서 고교생의 수준에서, 고구려 멸망 시기인 7세기 무렵 아시아의 역학관계를 설명하고, 동시대 유럽의 움직임을 상대적으로 비교해보며, 유라시아 유목민 제국의 여러 차례에 걸친 등장과 몰락 과정 속에서 만주라는 지역이 가지는 특징을 서술하는 것 등은 거의 불가능한 일이 되어버린다. 그리고 당신이 기억력이 꽤 뛰어난 사람이라면, 남는 것은 단 하나다. 고구려 멸망 668. 염병, 도대체 고구려 멸망이 668년이든 669년이든 그게 뭐 그리 중요하단 말인가.

다른 모든 과목이 그러하듯이 우리나라의 역사 교육 또한 개판이다. 일단, 다음 질문에 소신껏 대답할 수 있는 고교생이 몇 명이나 될지 생각해보자.

"우리는 왜 역사를 배우는가."
"지나간 역사는 왜 우리의 현재에서 중요성을 가지는가."

이러한 문제들을 철저하게 사유하기에 앞서, 우리는 먼저 이것부터 배운다. 고구려 멸망 668(지겹지? 나도 그렇다). 역사를 배움으로써 내가 어떠한 인간이 될 것인가에 앞서, 우리는 이런 이야기부터 듣는다. "이번 입시의 문제 출제 경향과 그 대처법 어쩌고……"

방법만 잘못된 게 아니라 내용도 엄청나게 잘못된 게 많다. 우리의 국사 교과서에는 도무지 반성이란 게 없다. 소아병적인 콤플렉스로 인해 조그마한 자랑거리를 한껏 부풀려 허세를 떨고 인종차별적으로 민족의 우수성 운운할 뿐, 우리가 왜 약소국이 되었는지, 강대국들의 틈바구니에서 왜 정신 못 차리고 살았는지에 대한 분석과 반성이란 눈 씻고 찾아보려야 찾아볼 수 없다. 일본에 대해서는 역사 교과서 왜곡과 관련해 목소리를 높이는 반면, 우리 스스로 우리의 역사를 왜곡하는 부분이 있지는 않은가 하는 논의는…… 조심해야 한다. 역적, 반역자, 비애국자로 몰려 뭇매 맞기 십상이기 때문이다.

가장 대표적인 역사 왜곡의 예들을 살펴보자. 길을 지나가는 한국 사람 열 명 중 아홉 명은 이렇게 생각한다.

'일본 문화는 거의 대부분이 한반도를 거쳐 전래된 것이며, 우리 민족이 그들을 가르치지 않았다면 오늘의 일본은 없었을 것이고, 막판에 메이지유신으로 전세를 역전하여 우리를 집어삼키기 전까지 일본은 우리나라보다 훨씬 뒤떨어진 미개한 국가였다.'

물론 교과서에서 이렇게까지 노골적으로 묘사하고 있지는 않다. 그러나 우리나라 초중고교의 역사 교육을 거친 우리의 뇌리 속에는 십중팔구 이러한 사고방식이 자리를 잡게 된다. 이 글을 읽고 있는 당신도 혹 그렇게 생각하고 있지 않은가.

　일본에 문화를 전달하는 창구로서 한반도가 중요한 기능을 한 시기는 그다지 길지 않다. 당나라 때만 해도 일본은 중국으로 견당사 등을 파견하며 직접 문화를 수입하기 위해 노력했고, 상업을 천시한 우리와 달리 교역을 통하여 서구 및 이슬람 세계와 교통하기 시작한 것도 우리보다 빨랐고(우린 아예 그런 적도 없다), 지금의 도쿄인 에도가 인구 백만을 넘는 대도시로 발달해 런던 등 세계 유수의 도시들과 어깨를 나란히 하게 된 시기도 우리가 알고 있는 것보다 훨씬 빨랐다. 그러나 우리는 은근히 일본을 깔보도록 교육받은 터라, 우리의 적(?)인 일본이 세계사적으로 볼 때 꽤 독창적인 문화를 창조한 민족이며 그들에게서 배울 만한 점도 상당히 많다는 점에 대해서 일단 부인부터 하고 본다(남편도 해야 되는데…… 미안하다, 저질 개그다. 때려달라).

　일본이 태평양전쟁에서 미국에 패하지 않았다면 우리 민족은 자력으로 광복을 이룰 수 있었을 것인가. 우리의 역사 교육은 우리가 일본이 패망하기 전까지 가열찬 독립운동을 전개한 것으로 묘사하려 든다. 그러나 일제 말기에 우리 민족의 저항은 (슬프고 슬프게도) 미력한 수준으로 축소되었으며, 특히 그 시기에 앞을 내다보지 못한 일부 지식인들과 지도층 인사들은 일본에 동화되는 길을 택하며 소위 친일의 나락으로 굴러떨어진 게 현실이다. 눈물이 쏙 빠지도록 자존심 상하는 일이지만, 어쨌든 이런 현기증 나도록 아찔한 역사적 사실을 후손에게 알리고 반성해야 하는데,

처절한 반성은 없는 채로 일제의 만행을 규탄하기만 해서는 우리에겐 미래가 없다.

중국에 대해서는 또 어떤가. 우리 민족의 사고는 그저 고구려에서 멈춰 있다. 최소한 그때는 중국과 맞장을 떴다는 거다. 세계사의 가장 폭발적이고 격렬한 파동이었던 몽골의 침공에도 "우리는 끝끝내 저항하여 국가의 독립만은 지켰다"고 이야기하지만, 사실 고려는 원나라의 지방정권으로 전락해 국가의 온전한 독립성을 상실했으며, 심지어 몽골 점령기 고려 왕들은 원나라로 건너가서 아예 고려에 발을 디디려 하지 않았다(창피해할 일이 아니다. 그땐 전 세셰가 그랬나).

조선시대 사대부들의 세계관은 또 어떠한가. 그들은 조선이 중화세계에 편입된 일원임을 자랑스럽게 여겼으며, 그들은 조선의 국왕에게 충성한 것이 아니라 '중국 황제의 봉신인 조선의 지배자'를 인정한 것에 불과하다.

그러나 이러한 사실은 세계사적인 관점에서 볼 때 창피하다고만 볼 수는 없는 일이다. 자신들의 역사에 대해 그렇게도 목에 힘을 주는 프랑스는 과거에 로마제국의 속주이자 야만족에 불과했으며, 한때 중화세계를 위협하던 위구르 왕국은 현재 중국의 한 자치주에 불과하고, 그 밖에도 실력 때문이었든 운 때문이었든 국체는커녕 민족의 정체성조차 유지하지 못하고 사라져간 이름도 숱하디숱하다.

여기저기서 주워들은 나의 역사 지식만으로도 나열할 이야기는 끝도 없겠는데 요점은, 역사 교육은 소아병적으로 우리의 치부를 가리고 강대국 지향의 객기를 부리기 위해 존재하는 게 아니라는 점이다.

우리가 어머니를 사랑하는 것은 어머니가 미스코리아 출신이거나 재벌가 딸내미라서가 아니라, 그저 우리 어머니이기 때문이다. 곰보라 해도 어머니는 어머니고, 도박꾼에 한량이라 해도 아버지는 아버지다. 오히려 우리에게 필요한 것은, 아버지를 사랑하긴 하지만 이러저러한 점만은 절대 닮지 말아야겠다 하듯, 우리 민족사의 오점과 무능도 그저 사실로 인정하고 거기서 더욱 많은 교훈을 추출해내야겠다 하는 태도가 아닐까.

하다못해 축구 경기만 해도, 졌으면 졌다 인정하고 패인을 분석해봐야지, 분명히 이길 수 있는 경기였는데 재수가 없어서 졌다며 술만 들이켠다면 다음 경기의 승패는 불 보듯 빤하지 않은가. 갑갑한 노릇이다. 중국의 역사 왜곡을 규탄하기 전에, 일본의 반성을 촉구하기 전에, 우리의 역사에서 자뻑과 허풍을 덜어내고 진실만을 남겨놓을 일이다.

외증조부

    사실 난 우리 외증조부 얘기는 평생 안 하려고 했다. 왜냐하면 독립운동을 한 대가로 우리 집안보다도 훨씬 더 몰락하고 현재도 사회의 빈곤층으로 살아가고 있는 다른 집안들에 왠지 미안하기도 하고, "대한민국 사람 중에 사돈의 팔촌 다 뒤져 독립투사 한 명 없는 집 몇이나 되겠냐, 티 내지 마라" 하시던 어머니 말씀도 따를 겸 해서였다.

    그렇게 지내왔는데, 평소 아무리 국익을 위해서라지만 외세에 아부함이 지나치다 하여 질타를 받던 일개 국회의원 나부랭이에게서 이 나라를 나가라는 둥 말라는 둥 같잖은 소리를 듣자 짜증이 나, 결국 외증조부 얘기를 꺼내고야 말았다.

    그런데 누님에게서 메일이 왔다. '로켓 경축 사건'*에 대해서는 한마디도 없던 우리 누님, 외증조부님에 대해 인터넷에서 상소리하는 호로자식들에게 어지간히 역정이 나셨나보다. 알다시피, 우리나라에서 최고의 욕은 부모 욕이고 조상 욕이다. 왜놈들에게 고문받아 대가 끊겼다는 얘기에 '고자' 운운하는 막장놈들을 뭐하러 상대하겠냐마는, 우리 누님 노여움도 좀 풀어드려야겠고, 나도 좀 하고 싶은 얘기가 있어 몇 자 끄적이겠다.

'외증조부'는 사람을 헷갈리게 하는 호칭인데, 쉽게 말하자면 우리 외할머니의 아버지다. 삼일운동 이후에도 체포가 되지 않자 왜경들은 친척들을 차례로 잡아다가 고초를 치르게 했고, 하여 당신께서 왜경들에게 '자진 체포'(요즘 이 용어가 화제던데)될 당시 어린 딸 하나만 두고 계셨고, 오랜 모진 고문 끝에 육체와 정신이 완전히 폐인이 된 후에야 풀려나셨다.

그러고는 자손들과 동지들에게 짐이 되고 싶지 않다 하시며 마지막 혼미한 의식을 모아 식음을 폐하고 스스로 굶어 돌아가셨다.

하지만 그 '자손'이 다름아닌 딸인지라 대가 끊긴 바 되었고, 집안은 양자를 들여 대를 잇게 했으며, 졸지에 고아가 된 우리 외할머니는 변변한 교육도 받지 못한 채, 신분도 더 낮고 고아나 다름없는 우리 외할아버지에게 버려지듯 출가하셨다.

만석꾼의 재산도, 왕실의 친척 신분도 모두 사라졌지만, 맨손만으로 지내면서도 두 분은 금슬이 좋으셨다. 그리고 아흔이 넘도록 정말로 백년해로하셨다.

---

* 2009년 북한이 장거리 로켓 발사에 성공하자 이에 대해 공식 홈페이지에 축하글을 올린 일을 말한다.

광복 이후 독립운동가들과 그 자손들이 친미파로 변신한 친일파들에게 적반하장으로 박해받고 쓰러져간 것은 공공연한 사실. 그 와중에 외동딸 하나라도 피를 이어 자손이 남은 우리집은, 그러니 미안해서라도 대놓고 자랑할 처지가 아닌 것이다.

　우리 아버지 쪽 증조부로부터 시작되는 얘기도 꽤나 드라마틱한데, 그건 나중에 하자. 지금 하고 싶은 얘기는 이거다.

　과거 독립운동사에서, 무장투쟁 세력은 계속해서 북으로 북으로 밀려갔다. 일부는 중국군에 편입이 되기도 하면서 항일의 깃발을 내리지 않았던 그들. 오늘날 우리 주변 음식점 종업원으로, 또 3D 직종 종사자로 흔히 일하고 있는 '조선족'들이 그들의 후손일 가능성을 생각해서, 그들의 촌스런 말투를 개그의 소재로 삼거나 그들을 함부로 대하는 일은 없었으면 좋겠다는 바람. 그뿐이다.

　참, 언젠가 꿈에서라도 증조부께서 '극일'을 이루기 위해 무엇을 하고 있느냐 하고 물으시면 나는 이렇게 대답할 참이다.

　"막무가내식 허풍과 큰소리는 집어치우고 그들에게 배울 것은 배우려고 노력합니다. 그들의 역사와 문화와 모든 것을 둘러보니 참으로 대단한 놈들이란 생각이 듭니다."

　아마도 머리를 쓰다듬어주시리라.

〈100분 토론〉에서의

소위 '복장 불량'에 관한

대국민 사과문

 문득 오래전 일이 생각납니다. 한국을 대표하는 패션 디자이너 앙드레 김 선생께서 국회 청문회에 불려나간 적이 있었더랬죠. 그날도 앙선생께서는 집요할 정도로 초지일관 입고 다닌 손수 디자인한 흰색의 당신 작품을 입고 있었죠. 그걸 보고 높으신 국회의원 나리들께서 정장, 정확히 말하면 넥타이를 착용하는 '서구 일부 국가들'의 남성용 복장을 착용하지 않았다며 고래고래 고함을 질렀습니다.

 하지만 이 의미심장한 사건은, 세계적으로 통용되는 '앙드레 김'이라는 이름 대신에 주민등록상의 이름을 대라며 불거진 또다른 해프닝이 전국적으로 희화화되는 바람에 묻혀버리고 말았죠.

 물론 그후의 여론은, 높으신 나리들의 교만과 무식에 얼굴을 찌푸린 일부 식자층의 옹호—디자이너가 자신의 작품을 입고 대중 앞에 나서는 모습이야말로 직업상 최대의 예의이며, 세계적으로 통용되는 그의 예명 대신 본명을 대야 할 이유도 없다, 게다가 그는 청문회의 증인이지 경찰서에 끌려간 피의자도 아니었다—가 더 큰 설득력을 발휘하며 결국 국회의원의 교만과 무식을 상징하는 사건으로 남게 됩니다만……

또하나의 해프닝이 있습니다. 1980년대 말 한국을 방문한 어느 일본인이 신기해하며 질문을 던졌습니다.

"왜 한국의 가수들은 TV에 모조리 양복을, 정확히 말해 양복 정장을 입고 나오는가?"

당연한 일이죠. 노출이 있으면 풍기 문란, 디자인이 특이하면 품위 저하, 코에 걸면 코걸이 귀에 걸면 귀걸이, 견디다 못한 연예인, 특히 가수들은 '양복'을 입고 나가는 게 최대의 안전빵이었던 것이죠. 지금 생각하면 웃음이 나올 일이지만 당시엔 그랬답니다.

저 신해철이 〈100분 토론〉에 후드티와 장갑 차림으로 나온 것을 두고 적절치 못하다고 지랄하시는 분들에게 일단 제가 반성하고 있는 몇 가지를 말씀드리죠.

첫째, '청'바지인 블루진이 노동계급을 상징하듯, 양식 정장에 넥타이를 매는 것은 보수 기득권층인 화이트칼라를 상징하는바, 이에 순응하지 않고 싸가지없이 자신의 출신 성분 혹은 정체성을 표시하는 캐주얼 혹은 록가수스런 소품으로 토론 프로그램에 출연하는 물의를 일으켜 송구스럽습니다.

까고 얘기하면, 일개 록가수인 제가(사실 저는 스스로 댄스가수라고 봅니다만, 자꾸 사람들이 록가수라 부르니, 이거 참……) 무려 〈100분 토론〉이라는 프로그램에 출연해 주둥이를 놀린다는 사실 자체가 티꺼우신 분들로서는, 제가 정장을 입었다면 주제넘게 잘난 척한다고 했을 것이요, 상대편 패널에 대한 동의의 웃음을 지어 보이면 비웃음이라 했을 것이고, 비유법을 사용하면 알맹이 없는 수사라 하고, 선진국의 예를 들면 매국노라 했겠지요.

사실 지난번 대마초 토론 때는, 한 번도 상대방의 말허리를 자른 적도 없고, 진행자의 허락 없이 발언하지 않았으며, 막말이 오가는 가운데 공손한 어투를 쓴 유일한 패널인 제가 도리어 '빈정대며 비웃는' 태도를 보였다며 지적당하더군요.

이는 모조리 저의 책임인바, 자신의 태도를 확연히 표현하지 않고 애매한 복장으로 혼선을 드렸으니, 혹 다음 기회가 있다면 확실히 문신도 하고, 귀도 뚫고, 헤어스타일은 스킨헤드에, 가죽점퍼 차림으로 면도칼까지 주렁주렁 달고 나설 것임을 약속드립니다.

참, 〈100분 토론〉의 연출진이 생방송 전에 제 복장과 소품에 대해 "그것이야말로 우리가 원하는 모습이다" "억지로 꾸미기보다는 많은 사람이 자신의 모습을 온전히 간직한 채 표현하는 프로그램이 되고자 한다"며 열렬히 저를 지지해준 사실은, 제가 마치 책임을 제작진에게 돌리려 하는 듯 보이니 말하지 않기로 하죠. 저를 티꺼워하는 사람들이 만들어준 저의 이미지는, 방송 오 분 전에 그런 복장과 소품으로 나타나 이 복장이 아니면 너네 방송 안 한

다며 거드름 피우는 것일 테니까요(흐음, 록가수로서 나쁜 이미지
는 아니군요……).

둘째, 우리 민족사의 어느 시기에도 이렇게까지 전 민족이 오랑
캐들의 복식을 입고 있는 시절은 없었습니다. 몽골의 침략 시기에
도, 심지어 일제강점기에도 온 민족이 오랑캐들의 옷을 따라 입
지는 않았더랬죠. 지하에 계신 이순신 장군께서 목숨 바쳐 지켜낸
이 강산에 살고 있는 후손의 한 사람으로서 한복을 입지 않고 오
랑캐의 정장을 입은 무리 속에 역시 오랑캐의 복식인 후드티를 입
고 나선 점, 선조들에게 사과드립니다(흑흑흑).

마지막으로, 우리에겐 엄연히 우리의 현실이 있는데 자꾸 선진
국의 예를 들어 죄송합니다. '우리에겐 우리의 사정이 있다'며 국
민의 기본권을 제한하고 탄압한 박정희 정권, 그리고 '우리가 선
진국을 무조건 따라갈 순 없다'며 체육관 선거 및 각종 인권 유린
을 자행한 전두환 정권을 이 대목에서 떠올리는 건 솔직히 저의
오버죠. 하지만 '선'진국이라는 말을 그들이 날로 주워먹은 것은
아닌바, 우리가 따라가지 말아야 할 부분보다는 열심히 연구하고
따라가야 할 부분이 더 많은 게 사실이니, 저는 앞으로도 선진국
들을 어디까지나 한 수 배워야 할 대상으로 간주할 방침입니다.

자아, 긴 글 읽어주셨으니 짧게 결론을 드릴게요.
제가 후드티에 장갑을 끼고 토론 방송에 나온 것은 분명 일부에

게는 '익숙지 않은 모습'일 수 있습니다. 충분히. 하지만 '익숙지 않은 모습'이 '옳지 못한 모습'은 아닌 거죠. 저에게 열렬한 격려를 보내주신 분들께는 감사를 드리며, 열렬히 지랄해주신 분들께는 한말씀만 드릴게요.

 "세련 좀 되세요."

희망의 정치를
노래하고 싶습니다*

— 인 터 뷰 어   지 승 호

[16대] 대선이 끝난 지 일주일이 지난 12월 28일 방배동의 한 카페에서 가수 신해철씨를 만났다. 노무현 당선자 지지 유세를 했던 신해철씨는 선거 과정에서 느낀 점, 선거 후 벌어지는 논란에 관한 자신의 생각을 거침없이 털어놓았다.

선거가 끝난 후 어떻게 지내셨습니까?

선거 후에요? 인터뷰가 보시다시피 이러네요. 『월간 인물과 사상』『말』한겨레니 이런 곳에서만 인터뷰 요청이 들어오네요.(웃음) 스포츠신문하고 인터뷰해본 적이 없어요. '오늘 스케줄은 뭐냐?' 그랬더니 어디 표지모델이라고 하더라고요. 그래서 '오! 표지모델. 어디냐? 『레이디경향』?' 이랬더니 『월간 인물과 사상』이라

---

* 이 인터뷰는 『인물과 사상』 2003년 2월호에 수록된 것을 재수록한 것입니다.

고 하데요. 갑자기 맥이 빠져서 '어, 그러냐?' 했죠.(웃음) 만날 이런 것만 해서 음반 안 팔리면 어쩌죠?

팬층이 더 넓어졌다고도 볼 수 있지 않습니까?(웃음)

글쎄요. 팬층은 예전에도 꽤 넓었던 것 같아요. 활동 연수가 오래됐으니까 어떻게 보면 당연한데 최근 음악 활동, 〈고스트스테이션〉 진행하면서 십대 팬들이 늘었고, 이삼 년에 한 번씩 십대들이 늘어나는 해가 있어요. 공연장에 가면 초등학생부터 넥타이 부대까지 다 있죠. '그렇다고 해서 국민가수라고 부르면 죽여버린다'고 주위에 강요하고 있습니다.(웃음)

민주당 국민경선 때 '광주의 선택은 위대했다'고 말하지 않았습니까? 그런데 대선 후 광주의 지지율 95퍼센트에 대해 말들이 많은 것 같은데요.

숫자상으로 봤을 때 위협감을 줄 수 있는 수치가 나온 것은 사실입니다. 하지만 그 내용을 자세히 들여다보자면 그 안에 숨겨진 이야기가 많지 않나 하는 생각이 들어요. 그런 것들을 자세히 살피지도 않고, 그 수치가 주는 위압감만을 가지고 이야기하는 것은 근본적으로 문제가 있는 거라고 봐요. 말을 꺼내는 사람들 자체가 이 나라에서 개혁되어야 할 대상임을 스스로 실토하고 있는 것이죠. 수치상으로 볼 때도 경상도의 70~80퍼센트는 전라도의 90퍼센트와 맞먹어요. 그렇죠? 경상도에는 전라도 사람들이 꽤 살지만, 전라도에는 경상도 사람들이 살지 않으니까 그런 식으로 따지면 비슷한 수치가 나온 겁니다.

예를 그대로 들기는 뭐하지만, 이번에 민노당 지지자들의 표가 정몽준이 나중에 지지를 철회하고 나서 급속도로 노무현 후보 쪽으로 몇십만 표 이동했다고 하죠. 자신의 표가 이번 대선에서 캐스팅 보트 역할임을 알고 있고, '그것을 미래를 위한 진보정당에 투자할 것이냐, 지금 상황이 급박하다는 것을 인정할 것이냐?'를 두고 시간시간마다 상황판단을 했을 거고, 그것을 행사할 수 있는 고도의 정치적인 역량을 가진 사람들이 민노당 지지자라는 말입니다. 4퍼센트냐 5퍼센트냐 하는 것이 문제가 아니고 어떤 4퍼센트냐고 할 때 저는 고도의 정치적인 역량을 가지고 있는, 대단히 밀집력이 있는 귀중한 피센드라고 생각해요.

호남 사람들은 그들의 절박함 때문에 고도로 정치적인 입장을 발휘할 수밖에 없는 상황으로 몰렸고, 그것이 자의든 타의든 간에 정확한 선택을 했다는 거예요. 제가 이런 말을 할 수 있는 건 경상도 출신이기 때문에 편하게 할 수 있는 거거든요. 그런 면에선 고맙죠. 제가 전라도 출신이라면 이빨도 안 먹힐 거예요. 이게 슬픈 거죠. 바로 호남에서 90퍼센트대의 몰표가 나오고, 경상도 출신인 노무현 후보에 대해서 호남이 결집해서 표를 보내고, 이번에는 이 사람을 찍어야겠구나 이런 입장을 보일 수 있다는 것이 대단한 거라고 생각해요. 지금까지 누가 그렇게 했습니까?

그걸 보면서 어떤 분은 '나치 같다'는 말을 하던데요. 그런 분들에 대해서는 어떻게 생각하세요?

지금 우리는 미군 장갑차에 여중생 두 명이 깔려 죽었다고 난리치고 있는데, 전두환 군사정권은 장갑차 몰고 들어가서 수천 명의 동포를 향해서 총을 쏘지 않았습니까. 그 역사의 상처가 아직 치유되지 않았고, 그리고 각계각층에서 호남 사람들을 차별하도록 선동하고, 실제로 호남 사람들의 사회 진출을 막지 않았습니까? 그럼 노무현 당선자가 이런 상황에서 영남의 입장을 살려주거나 영남을 위주로 한 조각을 하면 호남 사람들이 욕하느냐 하면 그렇지 않을 거란 말입니다. 그 이면을 보는 거죠. 그쪽은 그 정도로 세련되었어요. 슬프게 세련된 거죠. 그런데 아직도 세련이 안 된 사람들이 그것을 무작정 어떤 지역감정으로 생긴 몰표라고 이야기하는데, 호남 사람들이 '이회창을 선택할 이유가 있었느냐?' 하면 그렇지 않잖아요. 뻔한 거죠.

지금 대구가 전국에서 왕따당한, 경북이 고립된 듯한 그림이 되어버렸는데, 저도 〈개그콘서트〉에서 선물 사가지고 들어오면서 '당신에게 좋은 선물을 준비했어요'라는 말을 경상도 말로 하면 '오다 주웠다'라고 하는 걸 보고 기절하도록 웃었어요. 경상도 정서를 알고 어릴 때부터 몸에 밴 사람들은 백 퍼센트 이해할 겁니다. 경상도 쪽 이야기만 나오면 와이프는 까무러치게 웃어요. 저는 그게 무슨 이야긴지 아니까 웃고, 와이프는 평상시의 제 정서랑 너무 똑같으니까 웃거든요. 저에겐 경상도 정서가 뿌리깊게 남아 있지만, 모든 경상도 정서를 가진 사람들이 전두환을 찬성한 것도 아니었고, 역대 영남 정권이 한 치졸한 행위라든가 현재 영남 사람들이 속 좁게 웅얼거리는 데 대해서 찬동하지도 않아요. 대구 유세할 때 그런 말을 했는데요. '대통령을 몇 번이나 배출했

으면 전국적인 사고를 해야 할 거 아니냐?' 대구라는 도시가 아직
도 일개 지방 도시만한 사고를 하니까 도지사 선거도 아닌 대통령
선거에서 '누굴 뽑아야 지역경제가 살아나나?' 이런 이야기만 하
고 있거든요. 매를 맞아야 해요. 매를 맞고 왕따를 당하고, 왜 우
리가 왕따를 당하는지에 대해 반성을 해야 하는 겁니다.

노무현 후보가 당선되는 순간 어떤 기분이 드셨습니까?
　제 의견에 동의하시는 분들도 있을 것이고, 그렇지 않다고 말씀
하실 분들도 계실 것 같은데, 정치 관련 게시판이나 이런 곳에서
6·10항쟁이 종료되었다고 글을 올리는 사람들이 여러 사람 있
었어요. 저는 개인적으로는 거기 동의하고 싶거든요. 한편으로는
십오 년에 걸쳐 6·10항쟁이 종료되었다는 감개무량함이 들지만
또 한편으로는 이것이 1막의 종장일 뿐이고, 이제 2막이 시작되는
것이라고 생각합니다. 제가 할 역할에 대해서 곰곰이 생각을 해봤
어요. 현실 정치에서 일하는 것은 어쨌든 아닐 것이고, 내 직업군
에서 내 직업 지키면서 앞으로는 지난 십오 년 세월을 살아왔던
것만큼 '정치에 냉소적이거나 무관심한 것이 자랑인 것처럼 그렇
게 살지는 않을 것이다'는 결심을 했죠.
　정치에서도 희망을 가진 사람들을 꾸준히 찾아내고, 지원하고,
마음을 모으고 일을 하는 사람들과 함께 가고 싶다는 생각을 했
어요. 저는 정치와 2주간 가깝게 지내면서 정치에 대한 환멸이 더
커지지 않을까, 마음을 다치지 않을까 걱정했는데, 의외로 많은
것을 얻었어요. 줄서기하는 사람들부터, 생색내는 사람들, 왔다갔

제16대 대통령 취임식

INVITATION
THE 16TH PRESIDENTIAL INAUGURAL CEREMONY

제16대 대통령 취임행사위원회
110-760 서울특별시 종로구 세종로 77-6 TEL. (02)3703-5002,5006

Presidential Inaugural Committee
77-6 Sejongno, Jongno-gu, Seoul 110-760 Korea

서울시 서초구 방배4동 878

신 해 철 귀하
137-064

입장카드

제16대 대통령 취임식
THE 16TH PRESIDENTIAL INAUGURAL CEREMONY

대통령특별초청

신 해 철

65105   출입문 : 제 4 문

제16대 대통령 취임식 초청장.

다하는 사람들까지. 경멸스러운 것은 멀리서 보던 것보다 훨씬 심하더라고요. 클로즈업해서 보니까, '야, 이거 명불허전이다. 굉장하다' 싶었어요.(웃음) 또다른 한편에서는 의외다 하는 것들이 있었습니다.

보통 젊은 사람들이 정치에 대해 냉소적이라고 하는데, 유세 다니면서 어떤 생각이 드셨나요? 삼십대의 씩씩한 운동권 부부(?)들이 아이들을 데리고 유세장에 나오는 것을 보고 희망을 느꼈다고 하신 적이 있는데요.

정치 행위 자체에 참여하는 그런 것들도 있겠지만, 자신들이 뜻하던 바를 현실 생활의 작은 부분에서부터 실천해나가고 있는 사람들을 발견했을 때, 그것이 제 마음속에서는 대단한 희망의 싹이었어요. 왜 진작 나는 이런 사람들을 많이 만나지 못했는가, 정치적인 성향이나 지지 후보가 같아서일 수도 있겠는데, 그 사람들이 길에서 악수를 청해올 때나 눈빛을 보내올 때의 동질감이나 이런 것들이 팬으로서 악수를 청하는 사람들과는 느낌이 다르죠. 부부들이 아기를 데리고 와서 하는 말투나 표정에서 올바른 게 무엇인가 고민하면서 올바르게 살고자 하는 모습이 보이니까 너무 상쾌한 거예요. 내가 활동하고 있는 곳에서는 그런 상큼한 모습을 보기가 쉽지 않아요.(웃음) 복마전 양상을 보이는 곳이니까.

딴지일보 인터뷰에서 "딴따라판을 바꾸기 위해서는 사랑하는 대상을 지원하는 것도 필요하지만 부정의 에너지로 씹어대는 것 역시 필요하다"고 말하면서 듣기에 따라서는 신해철씨가 체제옹호적, 현상유지적 발언을 하고 있는 것처럼 딴지일보측은 말하고 있던데요. '네가 여유가 생겼으니까 그런 이야기 하는 거 아니냐?'고 들릴 수도 있겠던데.

파토라는 사람이 쓴 「딴따라판의 주류가 교체되어야 한다」에서 저에 대해서도 간접적으로 언급하더라고요. 정치적으로 액션을 취하고, 자발적으로 그런 움직임을 보이는 것은 대단히 반가운데, 이를테면 너는 이런 움직임을 리딩할 위치가 되었는데, 거기서 입을 다물고 있으면 보신주의에 빠져 있는 것으로 보인다는 거거든요. 공격에 나서라는 압력을 넣은 거죠. 그것은 전략적인 사고가 대단히 달라서 그런 것 같아요. 그리고 저는 제 자신이 훨씬 공격적이라고 생각해요. 저는 네거티브의 공세로 '이 음악은 안 된다. 얘네는 이래서는 안 된다'고 말하는 건 수비라고 봐요. 대안을 찾아내고, 뭔가 판을 바꾸기 위해서 근본적인 개혁을 해나가는 것이야말로 훨씬 적극적인 공격입니다. 단지 내가 미안한 것은 바로 그 적극적인 공세라는 부분에서 성과물을 뚜렷하게 보여주지 못하고 있기 때문에 아무것도 안 하고 있는 것처럼 보이기도 하는 것 같아요.

노후보 캠프에서 연락이 많이 왔는데도 참여하지 않다가 TV에서 지지율은 노무현 후보가 더 높지만, 당선 가능성은 이회창 후보가 높다는 뉴스를 보고 바로 노후보 캠프에 전화를 하셨다고 들었습니다.

사실 저는 딴따라고 감정이 앞서는 인간이라 이인제가 탈당하지 않았으면 그렇게 안 했을 거예요.(웃음) 노무현 캠프에 가서 돕지 않은 이유 중 하나는 어쨌든 노무현 후보가 민주당 대통령

후보 아닙니까? 거기 이인제가 있다는 사실이 견딜 수가 없었어요. 그가 경선에 불복했다는 것이 보기가 싫었고, 그리고 난 다음에도 일정 지분을 가지고 떵떵거리는 분위기 이런 게 대단히 싫었거든요. 그 이후에도 잘나가더라고요. 그래서 꼭지가 열려버렸고, 결심을 하게 된 겁니다.

사실 외국의 레드 제플린이니 비틀스니 하는 밴드들을 보면 어릴 때부터 같이 놀던 친구들이 모여서 세계 최고의 기타리스트, 드러머 이런 식으로 되거든요. 그렇게 된 가장 큰 이유 중의 하나가 '서로에 대한 믿음'이라고 생각합니다. 근데 우리는 '내 주변의 사람이 뭘, 내가 뭘' 이런 패배주의와 무기력을 학습받고, 세뇌당해온 것 같다는 생각이 들거든요.

그 패배의식이라는 게 줄다리기할 때와 참 비슷해요. 나는 지금 열심히 줄을 잡아당기고 있는데, 내가 무슨 역할을 하고 있는 것인가 하는 회의가 들기도 하고요. 나 하나 따위가 여기에 도움이 되는 건가 하는 생각이 들기도 하죠. 그리고 열심히 끌고 있는데, 줄은 저쪽 진영으로 끌려가면 정말 그 기분이 더러워요.(웃음) 집단적인 패배의 느낌을 줄로 연결된 물리적인 힘을 통해서 온몸으로 느끼기 때문에 줄다리기의 패배는 정말 뼈아픈데, 저는 패배의식이 뒤집어지는 것을 여러 번 봐왔어요. 6·10항쟁 때도 그랬고요. 대학가요제에 나갔을 때도 패배주의는 밴드의 머리를 무겁게 짓누르고 있었거든요. 밴드는 아무리 잘해도 동상 이상을 받을 수가 없다는 징크스가 있었거든요. 동상, 은상 수상자가 불려진 다음 금상에도 안 나오니까 밴드 멤버들 표정이 흙 씹은 표정이 돼서 집에 갈 준비를 했어요.

그런데 그때가 정몽준이 지지 철회할 때와 비슷한 심정이었던 것 같아요. '몽이 지지 철회했잖아. 근데 이렇게 해서 이기면 대박이잖아.'(웃음) 금상에서 우리의 이름이 불리지 않을 때, '가만 있어봐. 그럼 남은 건 대상밖에 없는데, 지금 불리면 대상 아냐?' 하고 생각했죠. 그 당시의 분위기를 알고 있는 사람들은 정말 알 거예요. 밴드는 대학가요제라는 행사에서 구색으로 전락한 시대였죠. 근데 그게 뒤집어지더라고요. 이번에도 보니까 뒤집어지고, 아직까지는 소수파 정권의 당선자를 하나 더 낸 것에 불과하지만, 그 안에는 여러 가지 의미가 있다고 생각해요. 그것이 싹을 내고 열매를 맺게 하고, 키워내려면 여러 가지 작업이 필요하겠죠?

영화 〈친구〉를 봐도 그렇듯이 교육이 경쟁을 조장하고, 사회 환경이 어린 시절 친구들마저 비극적인 결말을 맺게 한다는 생각이 들거든요. 월드컵 때도 그런 측면이 있었듯이 노후보가 당선됨으로써 우리가 그런 패배의식에서 벗어날 수 있는 계기가 된다고 보는데요. 노후보 당선의 의미를 어디에 두십니까?

노후보 당선의 의미라? 여러 가지가 있을 텐데, 상대측과의 전략적인 면에서 포지티브가 네거티브를 완파한 승부가 되었다는 것, 조직의 운영이라든가 재정의 운영 면에서도 현재까지 치른 선거 중에서는 가장 모범적인 사례였지 않았나 싶어요. 그리고 고졸 출신의 대통령, 사병 출신의 군통수권자를 갖게 된 것도, 사실은 그것이 별다른 의미를 가지지 않는 사회가 되어야 하는데, 그것이 아직까지는 가뭄에 단비로 보이는 사회니까요. 제가 찬조연설 나 갔을 때 '노무현은 지킬 것을 지키고 있기 때문에 이미 승리자이 고, 당선되기 위해 그걸 버리는 순간 패배자일 것'이라고 이야기 했는데, 마지막 순간까지 여러 사안, 특히 정몽준 지지 철회를 포 함한 사안에서 노무현이 얼마나 꼴통인가를 여실히 보여줬잖아 요.(웃음) 대단한 거죠.

결과적으로는 쉽게 이야기할 수 있지만, 정치인이라는 굴레를 뒤집어쓴 상황에서 그렇게 함부로 판단할 수 있는 건 아닌데, 그 런 면에서는 높게 평가하고 싶어요. 앞으로 당선자가 어떻게 일을 해나갈지 어떻게 정국을 운영할지는 모르겠지만, 두고 봐야죠. 본 인이 의지가 있어도 상황이 허락하지 않을 수도 있고, 의지가 바 뀔 수도 있는 거니깐 모르는 겁니다. 앞으로 무조건 잘해나갈 거 라고 생각하지는 않지만, 지금까지는 제가 했던 행위들이 부끄럽 지 않게 해준 것 같아요. 저로서는 이 정도가 노무현이라는 사람 한테 할 수 있는 최선의 찬사예요.

사실 우리 국민들보다 노무현 당선자가 앞서가는 부분이 있는 것 같은데 요. 적대적인 언론에서도 취임 후 6개월 동안은 지켜봐주는 게 예의지 않습 니까? 그런데 지지자들 사이에서 벌써부터 노사모를 노감모(노무현을 감시 하는 사람들의 모임)로 만들자고 하는 것은 충분히 이해되지만, 강박관념 같 다는 생각도 들거든요. 당분간은 충분히 기뻐해도 될 상황 같은데요.(웃음)

너무들 당해와서 그렇죠.(웃음) 대통령이라는 직위가 부정부패, 친인척 비리를 상징하는 직업이 된 게 두 대에 걸쳐 그런 일이 있었고, 그전에는 막가파 조폭식으로 동포들한테 총 쏘고 휘두르고, 이런 걸로 통치했잖아요. 그전에는 자기 혼자 살겠다고 한강 다리를 건너는 대통령과 살았으니까, 제가 볼 때는 측은한 거죠. 지금 당선되자마자 웃고 있어도 될 시기에 그만한 열정을 가지고 있다는 거고, 감시라는 표현으로 바뀌었을 뿐이지 그 사람들이 여전히 노무현의 지지세력인 것이 당연한 것이고요. 어떻게 보면 정치적으로 두들겨 맞거나, 자신이 지지하는 후보에게 해가 되지 않게 하기 위한 고도의 처신까지도 보여주고 있는 것인데요. 이게 자발성 있는 순수한 아마추어들의 단체이기는 하지만, 행동 패턴에 있어서는 날고뛰는 패턴을 보여주는 거라고 생각해요.(웃음)

서태지씨와 먼 친척이고 친한 것으로 알고 있습니다. 인디 진영하고 갈등이 좀 있었던 것 같은데, 전체적으로 뮤지션으로서의 서태지씨를 어떻게 평가하세요?

서태지라는 아이콘이 가지는 지나친 무게와 파워 때문에 어쩔 수 없이 욕을 먹는 부분이 있어요. 그런 걸 보면 참 측은해요. 뮤지션으로서의 서태지에 대해서는 대단히 많은 불만이 있어요. 매스컴을 통해서 이야기하지 않을 뿐인데, 개인적으로는 그런 이야기를 굉장히 많이 해요. 용필이 형을 볼 때도 그렇고, 태지를 볼 때도 그렇고, 그런 것이 마땅한 표현이 될지 모르겠는데, 연민의 정 같은 것이 들 때가 있어요. 개인적인 삶에서 너무나 많은 것들을 희생당하고, 용필이 형은 그렇게 살아왔고, 그렇지 않습니까? 외국 나가서 어떻게 보면 그것을 도피라고 이야기하는 사람도 있

겠지만, 한국에서 그렇게 살라고 하면 저 같으면 6개월이면 죽어버릴 거예요.(웃음)

김광석 컬렉션 앨범이 나왔는데, 거기 "'나, 형 졸라 맘에 안 들어'라고 이야기하고 싶은데, 그러면 그 주름 만들면서 웃어줄 텐데"라고 하셨는데요. 어떤 의미였나요?

광석이 형 생각하면 원망스럽죠. 살아 있었으면 지금까지도 좋은 음악 더 만들어놓았을 거고, 인간적으로도 나무랄 데 없는 사람이었습니다. 그런데 광석이 형의 죽음이 주위 사람들 가슴 찢어지게 했잖아요. 자살이라는 것을 믿지 않는 사람들이 많아요. 음악계에서는. 저도 광석이 형이 자살했다는 것을 믿지 않거든요.

예전에 〈고스트스테이션〉 게시판에 올라왔던 '연평총각'의 글* 때문에 논란이 많았지 않습니까? 진중권씨는 처음에 '주사파 문예소조'의 작품이라고 주장하기도 했는데요.

많은 사람이 깜짝 놀라서 진중권씨에 대해서 이런저런 이야기가 나온 모양인데, 그럼에도 불구하고 그 양반은 지금 우리나라 민중이 가지고 있는 소중한 입이라고 생각해요. 오히려 그런 사안 하나하나마다 자기가 믿고 있는 신념이나 평소의 행동 패턴 또는 관성으로 이야기하지 않고, 다른 건 몰라도 이건 아닌 것 같다고

---

* 서해교전과 관련하여 우리 어선이 어로한계선을 침범해 문제가 발생했다는 요지의 글로 당시 엄청난 파장을 몰고 왔다.

노무현재단 주최로 열린 '노무현 대통령 서거 4주기 서울광장 추모문화제' 공연을
마친 뒤 문성근 전 민주당 상임고문과 포옹하는 장면.

칼을 세울 수 있는 게 그 사람의 장점이에요. 오히려 대단하다고 생각했습니다. 평소에 그 사람이 자신의 지지자들, 그 바닥을 봤을 때 분명히 연평총각의 이야기를 이용하고, 이야기하고 그쪽으로 쏠렸어야 맞는데, 이건 아니지 않느냐고 이야기했거든요. 이건 대차지 않느냐는 생각을 했죠. 사실 여부에 대해서는 제가 알고 있기로는 그 어느 쪽도 백 퍼센트 이렇다 할 결론이 나지 않은 것으로 알고 있어요. 사실 여부에 대해서는 더 논의를 해봐야 할 것 같아요.

노무현 낭선사에게 낭부하고 싶은 말은 있나요?

제가 대통령에게 할말이 뭐 있겠습니까?(웃음) 알아서 하겠죠. 문화계의 바람이라든지 하는 것은 누가 정권을 잡아서 해결될 문제가 아니라 우리가 올바른 목소리를 내야 하는 것이고, 싸워서 얻어내야지 시혜물을 받아먹으려 해서는 안 되는 겁니다.

나이든 분들은 여전히 노무현 당선자에 대해 의구심을 가지고 있는 것 같은데요. 세대 간의 갈등으로 연결될 수도 있고, '젊은 사람이 먹는 걸로 먹어야지'라는 자조적인 신문 만화도 있었고, '저것들이 몰라서 그래. 저런 것들에게 어떻게 나라를 맡겨'라며 불안해하기도 하는 것 같은데요.

끝내 곳간 열쇠 며느리한테 안 주던 시어머니 말로가 좋을 수가 없어요.(웃음) 끝까지 그렇게 하다가 나중에 윗목으로 밀려나서 찬밥 먹는 수밖에 없거든요. 그러면 따뜻한 밥 먹고 싶으면 젊은이들에게 양보해야 된다는 게 아니라, 따뜻한 밥 먹고 싶어서

가 아니라 좀 멋있어지려면 바뀌어야죠. 노인분들도. 그것은 지금
의 기성세대, 노년층 세대가 자신들의 삶에 대해서 자신감을 가질
수 있는 레퍼토리가 너무나 제한이 되어 있고, 노년기의 허탈감에
서부터 자신들이 극복할 수 있는 어떠한 카드도 가지고 있지 못해
요. 그분들을 위로하고, 설득할 필요는 있을 것 같아요. 하지만 경
고는 하고 싶어요. 끝내 곳간 열쇠 안 내놓던 시어머니 말로가 어
떻게 되나 보라고.(웃음) 물론 젊은 세대들도 반성을 많이 해야
할 것 같아요.

「신해철, 부경대 강연중
노무현 지지 후회 발언」
운운에 대해

애초, "정치적인 선거운동에 직접 참여한 점은 후회하나, 후회할 줄 미리 알고 한 일"이라는 발언은 은유적으로 '내 소신이었소'라는 뜻인 것은 중딩 이상이라면 누구나 이해할 수 있는바, 부산일보에 의해 살짝 애매하게 비틀리고 잘린 문장이 데일리안에 의해서는 악의적이며 비상식적으로 왜곡되어 황당한 문장이 등장했다.

매스미디어의 개인에 대한 이 악의적이고 폭력적인 테러 행위의 이면에는 어떠한 사실 확인 절차도 노력도 없었다.

불과 며칠 전 〈고스트스테이션〉에서 소위 이너넷 '신문'들의 말 자르기, 뒤바꾸기, 지어내기 등 온갖 협잡 행태에 대해 지랄한 바 있는데, 일주일도 안 되어 막상 내가 시범 케이스가 되니 할말이 없다.

소위 기자쯤 되는 인간이 중딩 수준의 말을(중딩님들 죄송) 잘못 알아먹은 것 같지는 않고 친보수 성향인 데일리안의 고의적인 곡해로 볼 수밖에.

이쯤 되면 님들아, 내가 말한 '후회'의 의미를 아시겠는지? 한번 똥물에 몸이 '스친' 흔적조차 아주 오래 나를 짜증나게 할 것을 예감하면서도, 남의 강요나 요청에 의해서가 아니라 나 자신의 의지로 싫은 싸움에 나가야 했던 내 빌어먹을 성질머리를 탓할 일이나, 그래도 내가 한 일은 했다 하고 내가 안 한 말은 안 했다 하고 살고 싶은 게 뭐 그리 사치스런 소원이겠는가. 이딴 글이나 쓰는 나 자신이 짜증나 그만 쓴다. 사실 이딴 꼴 겪는 것도 다 예상 범주에 들어 있던 일이다.

추신. 이 나라가 힘든 게 안 어울리는 쌍꺼풀 수술을 한 전직 변호사 아저씨 한 사람의 책임이라고 말하는 놈들이 있다. 그 뇌 속을 좀 보고 싶다.

전쟁 반대와
파병 철회 촉구를 위한
대중음악인연대 성명서*

우리 대중음악인들은 이번 미국에 의해 저질러진 이라크 침략 전쟁이 국제 사회의 규범을 무시하고 나아가 인류의 공영을 위협하는 야만적 폭거라는 데 인식을 같이합니다. 이 범죄로 인해 부시 미 대통령과 행정부는 물론, 이 전쟁을 막지 못한 미국인들은 스스로를 도덕적 삼류 국가의 수준으로 떨어뜨렸으며, 이제 세계인들은 유일 강대국 미국을 더이상 소위 세계 경찰이 아닌 깡패 불량 국가로 보게 되었습니다.

우리는 먼저, 조지 W. 부시 미 대통령과 행정부가 전 지구촌, 심지어 자국인 미국 한복판에서까지 뜨겁게 일고 있는 반전과 인류

---

* 고 신해철은 2002년 말 대선에서 그가 지지했던 노무현 전 대통령이 취임 직후인 2003년 3월에 미국의 이라크전쟁에 한국군을 파병하겠다는 방침을 정하자, 이에 반대하는 뜻을 분명히 했다. 그의 주도로 '전쟁 반대와 파병 철회를 촉구하는 대중음악인 연대'가 결성되었고, 2003년 3월 25일에 70여 명의 대중음악인이 연명하여 이 성명을 발표했다.

애의 호소를 받아들여 즉시 이 비참하고도 잔인한 일방적 살육 행위를 중단하고 이성과 상식이 통하는 인류 보편의 대오로 돌아올 것을 촉구합니다.

또한 우리 대중음악인들은 노무현 대통령과 대한민국 행정부가 미국의 부당한 요구에 굴복하여 우리 군대의 파병을 결정한 것에 대해 통분의 마음을 금할 수 없으며, 우리 국회가 인도적 양심과 더 나아가 우리나라의 미래와 진정한 국익을 위해 파병의 비준을 거부할 것을 강력히 촉구합니다.

왜냐하면, 설령 그것이 비전투원의 파병이라 하더라도, 이는 직접 손에 피를 묻히지 않는다는 옹졸한 변명에 불과할 뿐, 우리 민족을 이 반문명적 범죄의 하수인으로 전락시킬 것이며 나아가 우리 민족사의 씻을 수 없는 얼룩이 되어 이 땅의 후손들에게 무거운 멍으로 전해질 것입니다.

더구나 명백한 적의와 공격능력이 입증되지 않은 국가를 선제 공격하는 침략 전쟁의 논리에 동조한다는 것은, 이후 미국의 포신이 북한을 겨냥하게 되어 한반도 전체가 불바다가 되는 최악의 시나리오에도 합리화의 논거를 제공할 수 있는 위험성을 내포하고 있기에, 우리는 이른바 파병 현실론이 지극히 경솔하며 근시안적인 판단이라고 생각합니다.

우리 대중음악인은 우리의 소명에 따라 때로는 기쁨을, 때로는 슬픔을 노래하지만 오늘 이렇게 한자리에서 한목소리를 냄은 바로 우리 모두의 내일을 노래함이라 믿습니다. 따라서 우리는 전쟁을 중단시키고 평화를 실천하려는 우리 국민의 양심, 나아가 모든

2002년 11월 29일 'MNET 뮤직비디오 페스티벌' 오프닝 가수로 출연한 싸이와 신해철이 미군 장갑차에 숨진 여중생들을 추모하고 미국에 항의하는 의미로 장갑차 모형을 무대에서 부수고 있다.

세계 시민의 마음과 함께하며, 미약하나마 우리의 목소리를 모아 다시 한번 우리 조국이 이 부도덕한 폭력의 대열에 휩쓸리지 말 것을 간곡히 호소합니다. 이것이 오늘 우리가 여러분께 드릴 수 있는 노래입니다.

2003년 3월 25일
전쟁 반대와 파병 철회를 촉구하는 대중음악인연대

사람과
사람 사이

일본 만화에서 흔히 볼 수 있는 풍경이다. 친한 친구 사이인 세 여학생이 교복을 입고, 게다가 루즈삭스도 신고 걸어오고 있다. 가랑잎 굴러다니는 것만 보아도 숨넘어가도록 웃을 나이, 뭔가 이야기를 나누며 까르르하는 웃음과 함께 다가오는 그녀들. 그리고 그 앞엔, 한 찌질이 남학생이 아마도 연애편지가 들어 있을 듯한 봉투 하나를 손에 꽉 움켜쥐고 하체를 달달 떨며 기다리고 있다.

뭔가 범상치 않은 낌새를 눈치챈 그녀들, 걸음을 멈춰 선다. 그리고 이런 경우, 백발백중으로 고백을 받는 여학생은 세 명 중 가운데에 위치한 여학생 A다. 왼쪽이나 오른쪽의 여학생 B나 C가 고백을 받는 일은 결코 일어나지 않는다.

마치 자신의 일인 양, 볼이 발그레 상기된 B와 C는 알 수 없는 자신들만의 눈빛과 웃음을 흘리며 커다란 가로수, 혹은 전봇대 뒤로 숨어 자리를 비켜준다. 그리고 몸을 감춘 채 이 광경을 빼꼼히

내다본다(이 경우, 세 소녀의 후방 십 미터에는 항상 가로수나 전봇대가 서 있다). 여학생 A와 찌질군 사이에는 잠시 어색한 침묵이 흐르고, 이윽고 찌질군은 두 손을 모아 편지 봉투를 받쳐들고는 백팔십 도로 허리를 수그리며 큰 소리로 외친다.

"나랑 사귀어줘!"

이때 뒤에 숨어 있던 여학생 B와 C는 자기들끼리 마주보며 두 손을 놀란 입으로 가져가 '어머어머' 하는 자세를 취한다. 그리고 여학생 A의 입에선 두 가지의 대답이 나올 가능성이 존재한다. 거절일 경우, 답은 다음 둘 중 하나다.

"난 아직 누군가를 받아들일 준비가 되어 있지 않아" 혹은 안타깝게도 골키퍼가 있는 경우에는 "미안해, 내겐 이미 누군가가 있어".

그러나 정말 놀라운 것은 승낙의 경우다. 여학생 A는 한국말의 문장 구조로는 흔치 않은 다음과 같은 대답을 한다.

"이런 못난 나라도 좋다면……"

그러곤 고개를 폭 수그린다.

친구에게 일어난 이 놀라운 사건을 목격하며 자신의 일처럼 기뻐하는 B와 C, 그리고 고개를 수그리고 있는 수줍은 남녀 한 쌍. 그 뒤편으론 붉은 저녁놀이 진다.

무대를 한국으로 옮겨보자. 여학생 A, B, C가 교복을 입고 걸어오고 있다. 루즈삭스는 신고 있지 않다. 까르륵 웃음을 흘리며 다가오는 소녀들, 그리고 그 앞엔 찌질군이 연애편지를 손에 쥐고 하체를 달달 떨며 서 있다(줄여서 '하달탄다'고 한다).

여기까지는 일본 만화의 풍경과 매우 유사하다. 루즈삭스만 빼고는…… (내가 루즈삭스 얘기를 너무 많이 하는 것 같은데 오해 없길 바란다.)

순간, 범상치 않은 포스를 느낀 양옆의 B양과 C양, 십 미터 후방엔 그녀들이 몸을 숨길 수 있는 가로수나 전봇대가 있건만, 그녀들은 외려 A양의 앞을 막아서며 찌질군에게 외친다.

"이건 또 뭐야?"

A양은 물론 분위기를 감지했지만, 찌질군이 그녀 마음에 들든 들지 않든 B양이나 C양을 만류할 수는 없는 노릇. 체면상 하는 수 없이 그녀들을 따라 외친다.

"뭐, 뭐야?"

짜증이 난 찌질군은 하늘을 한 번 올려다본 후, B양과 C양에게 말한다.

"야, 난 A와 할말이 있으니 제삼자들은 좀 꺼져."

순간 엄청난 모욕을 받은 B양과 C양은 분개하여 외친다.

"흥, 말하고 싶은 게 있으면 지금 이 자리에서 해."

"그래, 우린 일심동체야!"

당황한 A양은 또다시 분위기에 휩쓸려 찌질군에게 묻는다.

"그, 그래. 대체 무슨 일이야?"

열받은 찌질군은 연애편지를 구겨 자신의 바지주머니 속에 넣으며 무너지는 자존심을 만회하기 위해 굉장히 삐딱한 어투로 외친다.

"야, A! 너 나랑 사귀자."

순간 B양은 어처구니없어하며 동공을 팽창시켜 눈을 부릅뜨고 C양은 땅이 꺼져라 한숨을 쉬며 별 같잖은 꼴을 다 봤다는 듯한 표정을 짓는다. 친구들의 압력에 밀린 A양은 결국 자신에게 호감을 가지고 접근해온 상대방에게 다음과 같이 외치고 만다.

"어머어머, 별꼴이야. 올라가지도 못할 나무는 쳐다보지도 말랬는데, 언감생심 뭔 개소리래? 집에 가서 엄마 말 잘 듣고 공부나 해."

물론, 사람 사이의 일이 모두 이와 같진 않겠지만 대체로 한국 여성들은 자신에게 호감을 표시하는 상대방에게 인격적으로 모진 언사를 뱉거나, 막 대하는 경우가 있는 것 같다. 또 예스나 노가 분명치 않아 상대방으로 하여금 시간과 정력을 낭비하게 만들고는 그것을 즐기는 경우도 적잖은 것 같다.

다음은 한국 여자들의 꼴불견이다.

1. 자신에게 호감을 표시하는 대상이 자신의 기준 이하일 경우, 함부로 말하고 함부로 대한다.

2. 게다가 "글쎄, 어젯밤에 말이지……" 하면서 누가 자신에게 고백을 했고 자신이 어떻게 일언지하에 거절했는지를 동네방네 떠들고 다닌다. 그러한 행동이 자신의 가치를 높인다고 생각한다.

3. 친구와 친구 애인 사이의 일을 모조리 알아야만 하며, 친구

애인은 무조건 자신에게 검증을 받고 인정을 받아야 한다고 주장하며, 그러지 않을 경우 친구를 배신자로 간주한다.

4. 화장실에 같이 간다. 거기까진 그럴 수 있다고 치는데, 문을 걸어 잠그고는 위 2항과 3항의 패턴을 반복한다. 그러곤 절대 나오지 않는다.

5. 자신에게 호감을 표시하는 대상이 자신의 기준을 만족시킬 경우, 1항과는 완전히 다른 사람처럼 행동한다.

6. 위 5항처럼 행동하도록 조장하는 사람은 주로 엄마이거나 친구들이며, 이들은 연애 기간 동안 합동참모본부를 개설하고 일거수일부족에 개입 및 감시한다.

7. 예스와 노를 매우 불분명하게 말하고 행동하며, 이로 인해 상대방이 조급해하거나 쩔쩔매면 그 상황을 매우 즐긴다.

다음은 한국 남자들의 꼴불견이다.

1. 자신에게 호감을 표시하는 대상이 자신의 기준 이하일 경우, 여자보다 더했으면 더했지, 절대로 덜하지 않을 정도로 못되게 군다.

2. 애인의 친구들보다 자신이 훨씬 더 중요하게 취급받는다는 것을 입증하기 위해 애인에게 여러모로 폐를 쓰며 애인의 친구들과 경쟁한다.

3. 애인의 외교권을 자신이 소유하고 있다고 생각하며, 자신이 옆에 있는데도 딴 남자가 자신의 애인에게 말을 걸어오면 그것을

자신에 대한 모욕이나 도전으로 간주하고 폭력을 휘두르는 것도 불사한다.

4. 애인을 자신의 엄마와 은근히 비교하며, 자신의 애인이 자신의 엄마만큼 인내하고 양보하고 충실하기를 요구한다. 그리고 그렇게 해줄 경우, 그것을 당연시한다.

5. 애인이 분명히 노라고 얘기해도, 내숭일 뿐이라 생각하며 저혼자 예스로 간주한다.

6. 하룻밤 육체관계가 성립되고 나면, 말투가 명령형으로 바뀌며 행동이 백팔십 도 달라지고 여자를 자기 소유물로 여긴다.

런던에 있을 때, 친구의 초대로 파티에 간 적이 있었더랬다. 그때 내 눈에 비친 놀라운 광경은, 옆에 남자친구가 버젓이 서 있는 여성에게 어떤 남자든 말을 거는 모습이었다. 사실 너무나 당연한 모습일 텐데, 이게 우리에겐 당연하지가 않다(그치?).

가령 영화관에 남친 여친 둘이 서 있을 때, 어떤 남자가 다가와서 여자 쪽에 말을 걸었다고 치자. 우리나라였으면 주먹 날아가기 십상이다. 하지만 나에게 컬처 쇼크로 다가온 장면은, 그 나라에선 누가 말을 걸어오건 그것을 응대하거나 거절하는 것은 당사자인 여성의 권리이지, 옆에 선 남자친구가 이래라저래라 할 권리를 쥔 것이 아니며, 오히려 많은 사람이 자신의 여자친구에게 말을 걸어올수록 남자친구는 자신의 여자친구가 인기가 있다는 사실에 뿌듯해한다는 사실이다.

물론 여성이 싫다는 의사표시를 했는데도 누군가 집적거린다면 그곳 남자들도 당연히 주먹을 휘두를 의무가 있으나, 그런 상황이 오기 전에는 자신의 여자친구가 다른 이들과 활발히 대화하는 동안 부지런히 그녀에게 음료수나 칵테일을 서빙해야 한다(심지어 나는, 어떤 여자가 지금 이 사람과 할 이야기가 있으니 넌 돌아가라며 남자친구를 그 자리에서 돌려보내고 새 남자와 데이트를 시작하는 장면도 목격했다. 영국 친구들에게 물어보니 그렇게 흔한 일은 아니라는데, 그 경우에도 남자는 여자친구에게 화를 내거나 난리를 치면 본인만 더 바보가 되기 때문에 기분이 더러워도 그냥 집에 간다고 한다).

나는 도쿄나 뉴욕, 런던에서는 길에서 낯선 여자들에게 힌팅 기는 것을 무척 즐기는데(참, 나 유부남이지…… '즐겼는데'로 바꿔달라), 이는 낯선 여성에게라도 예의를 다해 접근할 경우 상대방이 나를 무슨 짐승 취급하거나 범죄자 보듯 하지는 않을 거라는 확신이 있기 때문이다.

반면 우리는 단일민족임을 강조하면서도 낯선 타인에게 말을 걸기가 너무나도 어려운 소통 부재의 공간을 살아간다. 그리고 심지어, 자신에게 누군가가 호감을 표시하며 접근했다는 사실에 대해 감사하고 겸손하기보다는 교만과 불친절로 응답해버린다. 너무나 당연한 이야기 같지만, 다시 한번 말하고 싶다. 누군가가 나에게 호감을 표시해오는 일이 어째서 감사하고도 또 감사한 일이 아니란 말인가.

여담인데, 간단한 일화 하나를 덧붙이겠다.

런던 생활을 시작한 지 얼마 되지 않았을 무렵, 나보다 머리통 두 개쯤 키가 큰 흑인 친구 하나가 나를 스쳐지나며 나에게 손짓을 하고서는 "아이 라이크 유어 셔츠"라고 툭 말을 던졌다. 그 순간 나는 심장이 오그라들어서 '이런 제길, 좆됐다. 저 새끼는 왜 이런 싸구려 셔츠를 탐내는 것일까' 생각하고는, 이제 끌려가서 꼼짝없이 티셔츠를 뺑뜯기겠거니 했다. 당시까지만 해도 나 역시 흑인에 대한 편견을 갖고 있었기에 더더욱 그런 생각이 들었던 것 같다.

알고 보니, 그 나라에서는 모르는 사람들끼리 툭툭 대화를 주고받는 일이 매우 흔하며, '아이 라이크 유어 셔츠'는 '그러니 네 셔츠 내놔'가 아니라 같은 취향을 가진 사람을 만나서 반갑다는 뜻으로 던지는, 혹은 친밀감이 가는 상대에게 별 의미 없이 던지는 말이었던 게다. 그저 "땡큐" 해버리면 그만이요, 더 세련되게 굴려면 씩 웃으며 "삼 파운드"라거나 "네 모자가 더 죽여"라고 말하면 될 것을. 그 흑인 친구의 뒷모습이 안 보일 때까지 나는 길거리에서 오들오들 떨고 있었던 것이다.

동서양을 막론하고 진짜로 어색한 공간은 엘리베이터 안인데, 우리 한국인은 네 명이 엘리베이터를 타면 각자 동서남북을 바라보고 선다. 서양인들은 엘리베이터에서 시선이 마주치면 입가의 근육을 억지로 끌어올려서라도 미소를 짓는데, 내 경우에는 한 여성에게서 '너 쫌 큐트한데'라는 의미의 윙크를 받기도 했다(자랑……).

하지만, 우리나라 여성에게 이 정도로 세련되기를 기대하는 것은 절대 무리다. 왜냐하면 착각이 심한 한국 남자들은, (윙크는커녕) 별 의미 없는 미소 한 방에도 저 여자가 나에게 마음이 있다고 생각하고 스토커로 변신, 심하게 귀찮게 굴 공산이 크기 때문이다. 갑갑한 노릇이다.

안드로메다에 보내는

보고서 agt-209

사랑이라는 단어는 별개의 단일적 콘셉트로서 존재하지 않는 감정의 복합적 상태로, 호감 그리움 소유욕 질투 원망 정복욕 복종욕 승부욕 의존심 고마움 헌신 보호본능 등이 개인차에 따라 유동적인 구조로 심리상에 자리하며, 이를 담고 있는 각 육체의 상태 및 변화, 결합도 등에 따라 또한 복잡다단한 변화를 불러일으키는 예민한 복합물로 사료됩니다.

그러나 본 요원이 얼마 전 한 지구인 여성과 전화라는 미개한 통신기로 감정을 교류한 놀라운 경험 — 모든 부정적 감정의 발생 요인이 다분함에도 감사와 그리움을 우선한 — 을 분석해본 결과, 이 모든 복잡한 요소들의 총칭인 '사랑'이라는 단어가 추상적인 중심축을 형성하여 다른 요소들을 리드하고 통제하는 것이 가능하다는 것을 발견하였습니다.

이것이 완전히 규명될 때까지 피실험체 지구인 여성을 향한 최대한의 신변과 심리적 보호에 만전을 기하고자 하며, 이 복잡한 감정이 '행복'이라는 비교적 단순한 상태에 이를 때까지 모든 수단과 방법을 총동원하고, 심지어 무제한의 환생을 거듭하여서라도 목표에 도달할 계획임을 알려드립니다.

추신. 지구인으로서 무난히 연구를 수행할 수 있는 예술가라는 직업을 통해 성공적으로 위장하고 있습니다만, 단지 지나치게 외모를 뛰어나게 설정한 탓인지 다른 지구인 여성들의 개입이 극심한바, 안드로메다산 특세 '몬생거지는 약'의 특별 공수를 부탁드리는 바입니다.

안드로메다 사회주의혁명의 충실한 요원, 와따숑 드림

숭구리당
정책 발표 회견장에서

(막이 열리면, 정면에 마이크가 여러 개 설치되어 있는 연단이 보인다. 십수 명의 기자들과 몇 대의 카메라, 그리고 신원을 알 수 없는 약간의 사람들로 붐비는 듯 마는 듯한 장내. 왼편으로 당 대변인이 들어오며 마이크에 입을 갖다댄다.)

대변인 아~ 첵첵, 마이크 첵첵!
(일시적으로 조용해지는 장내. 하지만 이내 다시 소란스러워진다.)

대변인 아, 아, 지금으로부터 우리 숭구리당당 숭당당 수구수구 당당 숭당당의 이번 선거를 향한 정책 및 공약을 발표하는 당수님의 공식 기자회견이 있겠습니다. 당수님의 발표 후, 질문은 반드시 비서실과 대변인인 저에게 서면으로 먼저 제출해주시길 바라며, 직접 질문은 받지 않겠습니다. 자, 그럼 여러분, 전국사기꾼연합 총재이시며 범세계궤변연구회 상임고문이시고, 우리 숭구리당의 정신적 기반인 나랑할랑교의 교주이시며, 전과 2범, 대학 중퇴, 군대 불명예 제대자이신 신해철 당수님께서 나오시겠습니다.

(무대 위로 불꽃이 솟아오르며 〈라젠카 세이브 어스〉가 배경음악으로 깔린다. 연단 뒤편에는 개업식용 풍선인형이 바람에 휘날리며, 마침내 망토를 두르고 무대 우측에서 등장하는 당수.)

당수 우리 숭구리당의 정책 및 공약 발표회에 와주신 많은 내빈 여러분, 감사합니다. 우리 숭구리당에 대한 일반의 오해를 씻고 정책정당으로 거듭나기 위한 오늘의 이 지랄발광을 ……

대변인 (황급히 말을 끊으며) 몸부림으로 표기해주십시오, 몸부림.

당수 (대변인을 흘겨보며) 에…… 몸부림을 너그러운 시선으로 포용해주시기 바랍니다.

기자 A (손을 쳐들며) 숭구리당의 정책이 지나치게 급진적이며 불온하고 이론적 근거가 희박하다는 세간의 평에 대해서는 어떻게 생각하십니까?

대변인 (벌컥 분노하며) 발표가 시작되기도 전에 질문을 하시면 어떡합니까!

당수 (오른손을 천천히 들어올려 대변인을 저지하며) 그것은 우리 숭구리당을 음해하려는 악질적 세력들의 선전 선동에 불과합니다. (들었던 오른손을 단상에 강하게 내려친다.) 우리 숭구리당은 지나치게 보수적이다 못해 오히려 대단히 수구적인 정당입니다. 당명에도 '수구'라는 글자가 두 번이나 들어가 있지 않습니까? 숭구리당당 숭당당 수구수구당당 숭당당!

대변인 (머리를 절레절레 흔들며) 저질 개그……
(기자 A, 피식 웃으며 뭔가 적으려다 그만둬버린다.)

당수 우째됐던지 우리 숭구리당은 이 미친 대한민국 사회의 단면을 분석하고, 거창하고 과장되기보다는 현실적인 대안을 내놓기 위해 노력해왔습니다. 특히 우리 당이 주목한바 스트레스, 그것은 참으로 만병의 근원이며 이 국가 이 민족의 행복지수를 좌우하는 중요한 문제라 믿어 의심치 않습니다.
(기자 B, 하품한다. 노려보던 대변인, 벌린 입을 향해 뭔가를 던지려다 참는다.)

당수 그리하여 우리 당은 현대인의 스트레스의 주범인 '월요병'을 근절하기 위한 참으로 탁월한 법안을 제안하는 바입니다. (득의에 찬 표정으로) 그것은 바로! 월요일 폐지법입니다. 월요일 폐지법! 일요일이면 방바닥에 배 깔고 누웠다가, 월요일만 되면 병든 닭처럼 꾸벅꾸벅 졸며 죽지 못해 직장으로 향하는 수많은 국민들을 위한 근본적인 해결책! 뿌리를 뽑아야 합니다, 뿌리를! 어째서 우리는 바로 등잔 밑에 있는 이러한 해결책을 생각해내지 못해왔단 말입니까? (좌우를 둘러보며 언성을 높인다.)

당수 여러분! 아예 월요일을 통째로 없애버리는데, 어떻게 월요병이 존재할 수 있겠습니까? 이제부터는 월화수목금토일이 아니라 화수목금토일, 화수목금토일, 다시 화수목금토일이 끝없이 이어지는 것입니다. 그리하여 우리는 월요병이란 단어의 뿌리부터 싸그리 뽑아버리는 것이지요!

(단상 앞에 있던 세 명의 얼혈 당원, 총재님을 연호하며 눈물짓는다. 손을 머리 위로 들어올려 하트 모양을 만드는 자도 있다.)

기자 C (어처구니없다는 표정으로) 아니, 그러면 화요병이라는 것이 생기지 않겠습니까? 무슨 말도 안 되는 소릴 하는 겁니까?

당수 (오른손을 번쩍 추켜올려 집게손가락을 천천히 펴며 카리스마 넘치는 태도로 부들부들 떤다. 일순간 조용해지는 장내.) 한 번에 하나씩! 여러분, 한 번에 하나씩입니다. 아무리 갈 길이 멀고 아득해 보이며 희망이 없을지라도 우리는 좌절하지 말고 일보 일보 전진해나가야 합니다. 우리 승구리당의 원칙은 크게 두 가지입니다. 첫째, 문제의 근원을 뿌리 뽑는다. 둘째, 포기하지 않고 하나씩 해나간다.

(들었던 오른손을 아주 천천히 내리며) 그러므로! 문제의 근원

인 월요일을 통째로 폐지했을 경우 화요병이 생길 수 있다는 패배주의적, 비관적 시각에서 벗어나 우리 모두 실천의 장으로 나아갈 때, 마침내 모든 문제는 해결될 것이라 봅니다. (다시 오른손 집게손가락을 들어올리며) 한 번에! 하나씩입니다!

(기자들, 고개를 절레절레 흔드는 가운데 단상 앞의 열혈 당원 세 명, 마침내 참았던 울음을 터뜨리며 흐느낀다. 기자들, 저마다 손을 들며 화가 난 표정으로 떠든다.)

대변인 정숙! 정숙해주십시오. 김정숙, 박정숙, 이정숙…… 죄송합니다. (대변인의 저질 개그로 썰렁해진 장내, 얼어붙은 듯 조용해진다.)

당수 다음은! 대한민국의 진부하고 썩어빠진 정치사를 청산하고 창조적이며 역동적인 미래로 나아가기 위한 정치개혁 법안이며, 또한 청정한 대기를 유지하기 위한 공해방지법이고, 외교상 이슈로 떠오른 독도 문제를 단숨에 해결할 수 있는, 꿩 먹고 알 먹고 깃털은 불쏘시개로 쓰는, 그야말로 일타삼피! 싹쓸이 법안입니다!

대변인 (황급히 마이크를 잡으며) 일석삼조로 표기해주십시오.
(기자들, 아무것도 적지 않고 있다.)

당수 그것은 바로, 국회의사당 독도 이전 법안입니다!
(순간 정적에 싸인 실내. 카메라 옆에서 졸고 있던 카메라맨, 그

제야 황급히 카메라에 녹화 테이프를 넣기 시작한다.)

당수 현재 여의도에 위치하고 있는 국회의사당에서는 매일같이 박 터지는 개싸움이 벌어지고 있습니다. 듣기에도 좇나게 민망한 개쌍욕이 날아다니지를 않나, 이종격투기에서나 볼 수 있는 날아차기 몸싸움이 벌어지질 않나…… 우리 숭구리당이 자체 조사한 바에 따르면 국회의사당 일대의 오염지수는 인간 생존 조건의 백 배가 넘어 대한민국 오염의 온상이 되고 있습니다. (뭔지 알 수 없는 서류철을 들어 흔들며) 현재 국회의사당에 살고 있는, 생존이 가능한 생물은 오직 바퀴벌레와 국회의원뿐입니다.
(기자 A, 기자 B, 기자 C, 모두 입을 떡 벌리며 고개를 끄덕인다. 열혈 당원 세 명, 전신에 경련을 일으키며 부들부들 떤다.)

당수 그러므로! 이 대한민국 오염의 주범인 국회를 통째로 독도로 이전하자는 것입니다. 물론, 우리 독도가 바퀴벌레와 국회의원만 살 수 있는 처참한 환경으로 오염되는 것은 가슴 아픈 일이지만, 말씀드렸다시피 일타삼피! 일본은 국회 이전으로 인해 완전히 오염된 독도에 접근조차 할 수 없을 것이므로 독도 문제는 너무나 자연스럽게 해결이 됩니다.
(경련을 일으키던 열혈 당원들, 마침내 거품을 뿜기 시작한다.)
또한! 독도로 이전할 새 국회의사당의 디자인은 철창살로 둘러싸인 이종격투기장의 형태로, 우리는 국회의원들의 패싸움 장면을 전 세계에 중계하게 됩니다. 케이원, 프라이드 등을 능가하는 이 이종격투기 사업에서 얻어지는 돈으로 국회를 운영하는 겁니다. 당연히, 깡패 새끼들이나 다름없는 국회의원들에게 국민들이 혈세를 바쳐가며 해외여행을 시켜줄 일은 없어지는 것입니다.

(장내의 기자들, 열혈 당원들, 신원 미상의 인간들, 카메라맨들, 모두 기립하여 환호한다. 그 가운데 기자 D, 벌떡 일어난다.)

기자 D 그것은 숭구리당이 단 한 석의 원내 의석도 확보하고 있지 못하며 앞으로도 그럴 것이라는 전제하에 나온 발상이 아닙니까? (장내, 다시 조용해진다.)

당수 …… (기자 D를 노려본다. 눈에서 레이저광선이 발사될 기세다.)

대변인 절차에 의해서만 발언권을 얻으실 수 있습니다!

기자 D (무시하며) 몇 년 전 여중생 장갑차 압사 사건이 터졌을 때 '장갑차 운전병, 미군, 정부, 아무도 책임을 지지 않으니 장갑차 바퀴를 잡아들여야 하며, 교통사고시에도 자동차의 바퀴를 처벌해야 한다'는 소위 '바퀴 유죄론'을 편 것도 그렇고, 숭구리당이 내놓는 정책은 대중의 감정만을 자극할 뿐, 아무런 실현 가능성도 없는 자위행위가 아닙니까?

대변인 (격노하며) 절차에 의해서만……

당수 (기자 D를 가리키며) 저 새끼 끌어내!

(거품을 물고 경련하던 열혈 당원, 기자 D의 멱살을 잡아 회견장 밖으로 끌어낸다.)

당수 어차피 이 새끼가 잡으나 저 새끼가 잡으나 사람들 보는 앞에서 꼴값 떠는 건 똑같잖아!

대변인 어떠한 세력이 정권을 잡아도 국민들 앞에서 추태를 연출하는 것은 마찬가지가 아니냐, 로 보도해주십시오.

당수 씨팔, 그럴 바에는 아예 대가리가 뽀개질 때까지 치고받든지, 아니면 니미, 우리 숭구리당처럼 확실하게 개그나 떨든지!

대변인 국민들 앞에 옳지 못한 모습을 보일 바에야 아예 파국으로 치닫든지, 아니면 그 대안으로 우리 숭구리당의 온화한 유머 감각을 인정하여 기회를 주십사, 하는 발언으로 표기해주십시오.

당수 대변인, 너도 좆까, 씨팔놈아!

대변인 당신 역시 포경을 하게! 성행위를 할 인간아, 로 표기해주십시오.

당수 차라리 저 염병할 또라이 국회의원 새끼들 모조리 없애버리고 좆같은 국회 따위 아예 없애버리면 피 같은 세금이라도 덜 뜯길 거 아니냐고!

대변인　그러하다면 저 장티푸스에 걸릴 정신병자 국회의원 분들을 모조리 소거하고, 남근 같은 입법부를 아예 폐지하는 것이 국민의 혈세 지출을 절감하는 데 도움이 될 것이다, 로 표기해주십시오.
(기자들, 고개를 절레절레 흔들며 퇴장하기 시작한다. 방송국 피디, 카메라맨에게 다가간다.)

피디　아까 국회 독도 이전 발언, 찍었어요?

카메라맨　응, 그거 하난 건졌어.

피디　우리도 이만 가죠?
(연단 앞에서 열혈 당원들이 "숭구리당당 숭당당 수구수구당당 숭당당" 구호를 외치는 가운데, 목이 쉬도록 계속 욕을 퍼붓는 당수. 장내는 거의 모든 사람이 퇴장하고 텅 비어 있다. 대변인이 안주머니에서 담배를 꺼내 문다.)

당수　아들아, 정치만은 하지 마!

아침형 인간
좋아하시네

『아침형 인간』이라는, 나로선 도저히 인정할 수 없는 한 일본 책이 우리나라에도 출간되어 일대 선풍을 불러일으킨 적이 있다. 그리하여 너도나도 '문란한' 야간생활을 뉘우치게 되었고, 깨달음을 얻었답시고 꼬끼오 닭 우는 새벽에 원시인처럼 일어나 오래 살아보겠다고 난리들을 친 결과, 상당수가 각종 부작용과 질병, 합병증을 얻어 이 괴상한 현상의 추종을 머쓱하게 접은 사실은 이미 알려진 바다.

특히 어둠의 자식들, 야밤형 인간들 중에도 동요를 일으킨 몰지각한 배신자들이 속출한바, 하늘이 내린 스스로의 체질을 거역하고 한 아마추어 일본인에게 속아넘어가 아직도 후유증에 낑낑대는 꼴을 보면, 분노에 앞서 연민의 정이 가슴을 부여잡는 이유로, 이에 아침형 인간의 허상을 낱낱이 까발리고 야밤형 인간의 우월성을 천명하여 어둠의 자식으로서 임무를 다하고자 하노라.

혹자는 이렇게 말한다. 인간이라는 동물은 '원래' 아침에 일어나 저녁(심지어 밤도 아니고! 나 참)에 잠자리에 들게 되어 있다고. 이게 웬 오뉴월 육개장 국물에 얼어죽다 미끄러지는 소리냐.

연료가 귀하던 시절, 어두컴컴한 호롱불에 책 한 구절이라도 읽을라치면 굉장한 사치가 되던 시절엔 '아침형 인간'이 맞는 얘기였을 수도 있겠다. 해만 떨어지면 오로지 자는 것 말고는 할 일이 없던 시절, 인구 증가라는 역사적 사명을 위한 노동을 할 때 빼고는 그냥 자빠져 자는 것이 곧 절약이며, 해가 어슴푸레 뜰 무렵에 눈 비비고 일어나 하루의 노동을 준비하던 시절에는, 일찍 자고 일찍 일어나는 것이 인간에게 가장 효율적이고 경제적인 삶이었을 것이다.

그러나 인간이라는 이 특이한 잡식성 동물은 막대한 리스크를 무릅쓰고 꼿꼿이 일어나 직립하는 길을 택했고, 자연에 순응하기보다는 불을 사용하고 자연에 맞서 투쟁하는 길을 택했다.

지구의 역사에 비하면 극히 짧은 인간의 역사, 그중에서도 최후반기에 이르러서야 인류는 밤을 밝힐 수 있는 본격적인 광원인 '전기'를 손에 넣었고, 인공위성 촬영 사진을 보면 현재도 지구의 상당 부분이 밤을 밝힐 경제력과 자원을 얻지 못한 채 어두컴컴한 삶을 영위하고 있음을 알 수 있다.

다시 말해, 밤이라는 시간대에 극히 제한적인 사색과 노동만이 가능했던 기나긴 암흑기를 지나 근대에 이르자, 선택받은 행운의 인간들은 밤이 우리에게 주는 놀라운 집중력의 산물을 받아들였고, 감성적으로 지극히 예민해지는 경이로운 체험을 즐겼으며, 예술적 감수성에 엄청난 자극을 받기도 하였다.

어둠의 장막이 진실을 보는 데 불필요한 허접한 것들을 몽땅 가리고, 천박한 소음들이 잠들어버린 경이의 시간인 밤, 그 어둠, 그곳에서 인간은 자신들이 누구인지를 발견하였고, 비로소 하루의 절반인 낮의 인간이 아니라 이십사 시간을 지배하는 하루의 주인이 된 것이다. 오, 놀라운 어둠의 산물이여! 선조들의 투쟁의 결과인 빛나는 유산이여!

한데, 웬 썩을 놈들이 주장하기를, 인간은 '원래' 아침에 일어나는 동물이다 어쩌고…… 혓바닥으로 콧구멍이나 후비시라 하고, 우리는 본론으로 가자(미안히다, 지금까지 서론이었다).

인간은 스스로 자신의 삶에 가장 알맞은 형태의 시간대와 장소를 선택할 수 있다. 다시 말하지만, 그러한 선택을 인간이 할 수 있게 된 것은 지극히 최근의 일이다. 그럼에도 불구하고 야간생활자들조차 '야간생활은 몸에 나쁘다'고 인정하는 일이 많다. 그것은 어디까지나 오해로, 야간생활에도 다 노하우가 있고 가릴 것은 가려야 된다는 사실을 모르고 하는 말이다. 다음을 보시라.

야간생활자 십계명

일찍이 춘추전국시대의 위대한 사상가였던 놀자님께서는 밤에 싸돌아다니는 인간들을 위해 야간생활자 십계명을 제자들에게 전수한 바 있다.

1. 수면 환경에 투자하라(인공적인 어둠으로 스스로를 방어하라).

밤에 싸돌아다니는 인간들은 어쩔 수 없이 어슴푸레한 새벽이나 심지어는 대낮에 침대에 들어가곤 한다. 하지만 이 경우, 아침에 일어난 미천한 인간들이 내는 소음과 각종 기계음에 둘러싸이게 되고 수면의 효율이 현저히 떨어져버린다. 커튼에 투자해 인공적인 어둠을 만들어내자. 커튼이 많이 비싸다면 알루미늄 포일을 두 겹으로 하여 유리창에 붙여버리면 된다.

2. 수면 환경에 또 투자하라(인공적인 적막을 만들어내라).

유리창과 방문에 방음장치를 설치해 비록 낮시간이더라도 숙면을 취하자. 이게 또 상당히 돈이 드는 일이니, 여의찮다면 귀마개를 사라. 싸다. 정 안 되면 귀가 편안한 헤드폰을 쓰고 〈고스트스테이션〉 녹음 파일을 들으면서 자도록 하자.

3. 운동을 하라.

야간생활자들은 이런저런 이유로 운동을 등한시하는 경우가 많다. 깨어나면 헬스장도 문 닫은 시간이라 동네 공터에서 달밤에 체조하다가 신고당하는 경우도 있고, 게다가 밤돌이 밤순이들인 예술 창작자들은 원래부터 몸 움직이기를 끔찍하게 싫어하는 부류들이다. 그러나 야간생활자야말로 몸 관리가 필요한 사람들이다. 심지어 우린 깨어나보면 병원도 문을 닫아 진료받기도 쉽지가 않다. ㅜㅜ

4. 술, 담배를 조절하라.

야간생활자들 가운데에는 유흥업소 종사자들도 꽤 된다. 이들의 몸이 망가지는 건 야간생활자라서가 아니라 술을 지나치게 가까이하기 때문이다. 강남 고급 룸살롱에 나가는 언니들 집의 냉장고 안에는 대부분 보약이 가득하다. 어떻게 아는지는 묻지 말아달라. 단지 '절제'와 '노력'은 밤에 자든 낮에 자든 누구에게나 필수인 것이라고 생각하자.

5. 규칙적인 생활을 하라.

사람들의 가장 큰 오해는 이러하다. 늦게 자고 늦게 일어나는 사람들은 생활이 불규칙해 무조건 몸이 망가진다. 그러나 수십 년간 야간생활을 해온 고수들을 지켜보면, 나름대로 대단히 규칙적으로 늦게 자고 늦게 일어남을 알 수 있다(당연히 부모나 선생 말은 더럽게 안 듣고 산 사람들이지, 훗). 또 야간생활자라면 무조건 불규칙한 생활을 할 거라 오해하기 쉬운데, '야간생활'과 '규칙 생활'은 전혀 다른 이야기다.

6. 음식에 투자하라.

우리가 잠에서 깨어났을 때쯤에는 웬만한 식당은 다 문 닫은 상황이다. 그러다보니 부스스한 얼굴로 편의점에 스멀스멀 걸어가 인스턴트식품을 잔뜩 사들고 오기 십상이다. 절대로 안 될 일이다. 야간생활을 한다는 것은 게으르게 산다는 것이 절대로 아니다. 비록 늦게 자고 늦게 일어나지만 부지런하게 움직여 손수 밥도 짓고 밑반찬도 몇 가지 장만하자. 아침형 인간들도 끊임없는 인스턴트식품의 공세를 받으면 몸이 망가지기는 마찬가지다.

7. 친구를 만들라.

야간생활자들은 스스로의 생활 패턴에 고립되어 방콕족으로 전락하기 쉽다. 그러니 부엉이들만 날아다니는 시간대에도 초인종을 누르며 마실 오는 친구들을 만들고, 외출도 정기적으로 하자. 그러지 않으면 악플러가 되어 자신의 인생을 낭비하는 비참한 지경에 이를 수 있다.

아쉽게도 제8계명 이후는 실전되어 전해지지 않는다. 놀자님의 사상을 집대성한 먹사, 자자, 싸자의 증언에 따르면, 어느 야심한 밤 놀자님께서 술을 마시다 필름이 끊겨(당시에는 '죽간이 끊겨'라는 표현을 썼다고 한다. 믿거나 말거나) 십계명이 새겨진 죽간에 오줌을 싸시는 바람에 실전되었다고 한다. 그러니 제8계명 이후는 우리 각자가 알아서 할 일이다.

야밤형 인간의 우월성에 대해 알아보자.

1. 너무나 당연한 이야기지만, 밤에는 집중력이 높아지고 감성이 풍부해지며 낮에는 결코 떠올릴 수 없는 것들을 생각해낼 수 있다.

2. 야밤형 인간들은 빛과 소음에 시달리지 않는다. 현대를 살아가면서 번잡한 환경에서 벗어나 우아하게 사는 야밤형 인간들이야말로 진정한 웰빙족이다.

3. 교통 체증을 겪지 않는다. 강남에서 불광동까지 십오 분이면 쏠 수 있다. 똑같은 대한민국이라는 공간에서 야밤형 인간들은 시간대를 달리함으로 짜증나는 환경에서 탈출하는 것이다.

4. 귀찮은 인간들을 피할 수 있다. 밤에는 잡스런 인간들이 거의 눈에 띄지 않는다. 잡성인을 비롯해 빚쟁이, 싫어하는 친구, 귀찮은 가족에게서 해방되어 오붓한 자신의 공간을 가질 수 있다.

수많은 장점이 더 있지만 지면상 이 정도로 줄이겠다. 이와 같이 야밤형 인간들은 원시의 환경에서 해방된 미래의 인간들이다. 수많은 음해와 오해에도 불구하고 야간생활을 하면서도 충분히 건강을 지키고 능률적으로 살 수 있음을 알아본바, 점점 늘어나고 있는 야밤형 인간들의 평온하고 해피한 생활에 조금이라도 도움이 되었으면 하는 바람이다.

분노의 질주

─ 런 던 카 레 이 싱 사 건

　런던 외곽을 감싸고 도는 순환도로인 M40은 영국 특유의 ─ 비도 아닌 것이 안개도 아닌 것이 헷갈리는 ─ 짙은 구름형 안개비가 내릴 때면, 오렌지색 가로등의 길게 휘어진 행렬이 마치 달무리처럼 번져 몽환적인 빛의 곡선을 연출한다. 하루 일과를 마치고 해가 떠오르기 전 서둘러 잠자리에 들기 위해 이른 새벽길을 달리다가도, 문득 감상에 젖어 잠시 차를 세우고 길가에 발을 디디면, 양들이 모두 잠들어 텅 비어버린 목장의 울타리 아래 검고 축축한 흙의 감촉도 상쾌하려니와, 아직도 이름을 모르는 그 식물들이 ─ 모가지가 길어 키는 일 미터가 훌쩍 넘고, 이파리는 없으되 둥그런 솜털 공처럼 생긴 얼굴만이 공중에 동동 떠다니는 ─ 언덕께에 도열한 광경은 마치 내가 막 화성에라도 떨어진 듯한 기묘하고 아름다운 분위기로 나를 압도했더랬다.

해가 질 무렵 작업을 시작하기 위해 교외 지역인 메이든헤드에서 런던으로 차를 달리던 어느 날, 길 위에서의 일이다.

아, 이야기에 앞서 설명할 게 있다. 아시다시피 영국의 자동차 진행 방향은 우리와 반대다. 새벽녘에 길에 차가 한 대도 없을 때 무심코 우리 식으로 운전을 하다가 문득 중앙선 반대편으로 뽈뽈뽈 차를 몰고 한참을 가고 있었음을 깨닫고 식은땀을 흘린 적도 있다. 핸들도 우리와 반대로 오른편에 달려 있고, 수동 기어가 대부분이라 왼손으로 변속레버를 움직여야 한다. 젠장, 그런데 액셀러레이터와 브레이크, 클러치는 우리와 같은 순서다! 게다가 핸들은 파워핸들이 아니라 인력을 최대한 사용해야 하는 파워핸드power-hand, 기어는 오토매틱이 아닌 손토매틱son-tomatic, 선루프랍시고 있긴 한데 폼 안 나는 수동식 손루프son-loop의 삼위일체형 풀옵션.

내가 런던 도착 첫날부터 그런 자동차를 몰 수 있었던 건 순전히 전자오락의 덕으로, 왼손으로 레버를 조작하고 오른손으로 스위치를 누르는 고도의 작업을 일생에 걸쳐 해왔기 때문이다. 그래도 여전히 조심스러워할 수밖에 없었던데다가, 상대적으로 점잖게 운전을 하는 영국인들 사이에서 코리안 스타일 슈퍼 러시를 보여줄 이유도 없었기에, 그날도 나는 나답지 않은 운전을 하고 있었다―깜빡이를 켰단 말이다(우워~ 박수!).

알려진 바와 같이 '깜빡이'는 차선 변경시, ①백미러로 공간을 확인 ②깜빡이 켬 ③적절한 속도로 차선 변경 ④깜빡이 끔, 이런 순서로 조작한다는 데 동의해야만 면허 필기시험에 합격한다. 하지만 서울에서 어느 미친놈이 실제로 그렇게 운전을 했다고 치자(미친놈 여러분 죄송). ①백미러로 공간을 확인(반응: 뒤차 옆 차 모두 꿈쩍 안 함) ②깜빡이 켬(반응: 오잉, 저놈 봐라 하며 격렬히 속도를 올려 못 들어오게 막음) ③결국 차선 변경 블로킹당함(반응: 옆 차에서 씨익 웃으며 엄지손가락을 들어올려 "난 1단이야"라고 말함. 오래전 모 자동차 CF를 상기하시라) ④깜빡이 끄고 욕함. "씹쉐이……"(반응: ㅋㅋㅋ)

그렇다면 한국에서의 차선 변경은 어찌 이루어지는가? ①백미러 힐끗 보는 척하다가 엔간하면 그냥 밀고 들어간다. ②차선 변경이 이루어지는 순간 혹은 직후에 깜빡이를 켠다. ③만일 사고가 났다면 차에서 뛰어내리면서 "이 개××야! 눈깔은 어따 달고 다니냐"고 바락바락 소리지른다(목소리 큰 놈이 이긴다). ④사고까지는 안 났더라도 놀란 뒤차 운전자가 신경질적으로 클랙슨을 누르면 웃으면서 브이자를 그려 보여준다. 이게 한국 스타일 운전법이다. 모두 동의하시는지?

각설하고, 매우 우아(?)하고도 고상하게 깜빡이를 넣고 좌측 차선으로 살포시 옮겨가려는 순간(회상해보건대 내 인생에 그렇게도 점잖고도 위선적이었던 순간은 정녕 많지 않았으리라), 뒤에서 따라오던 한 영국놈 차가 하이빔을 내 차의 엉덩이에 번쩍번쩍 날리는 것이었다(①물론 그 차가 영국에 관광 온 우간다놈이나 인도놈 차였을 수도 있겠으나 그냥 확률상 영국놈 차인 것으로 해두

자. 그래야 얘기가 진행이 된다. 또 여기서 영국놈이란 스코틀랜드놈과 웨일스놈을 포함한다. 아, 친절해라. ② 운전면허가 없으신 분들을 위해 하이빔이 무엇인지 설명하자면, 헤드라이트의 각도를 들어올려 전방을 훨씬 더 밝게 보게 해주는 기능으로, 레버를 탁탁 두들겨 번쩍이게 함으로써 모종의 신호로도 사용하는데, 우리나라에서는 주로 a.꾸물대지 말고 비켜 씹새야, b.들어오지 마, 죽여버린다 등의 신호로 사용되며, 타 운전자를 돕는 용도로서는 '저 앞에 경찰 있으니 돈 뜯기지 않게 조심하라'는 뜻으로 사용되는 것이 유일하다).

한국이었으면 하이빔을 내 엉덩이에 날리거나 말거나 함 받아봐라, 도로교통법상 너 혼자 독박이다 하고 밀고 들어갔겠으나, 춥고 배고픈 유학 생활, 예술인 자격으로 유학을 왔으면 다른 건 몰라도 문화 부분에서만큼은 철저히 배우고 본받아 고국에 전하자고 혼자 감격해하며 결심한 바 있기에 '신해철 성질 다 죽었다' 하고 핸들을 돌려 이를 악물고 원래 차선으로 돌아왔다. 속으로 미어美語에서 쓰이지 않는 영국식 욕을 몇 마디 날리며 액셀러레이터를 밟아 거리를 훨씬 더 벌린 후, 다시 정녕 우아하게 깜빡이를 켜고 다시 차선을 옮기려는 순간, 허, 이, 씨, 방, 새, 가……

다시 하이빔을 내 엉덩이에 번쩍번쩍 날리는 게 아닌가!

순간 로켓이 내 차의 손루프를 뚫고 우주 궤도를 향해 불을 뿜으며 솟구치는 장면이 시야에 설핏 나타났다 사라졌다. 그것이 아마 내가 이성을 유지한 마지막 순간이었던 것 같다. '같다'라고 함은 이후의 기억이 아드레날린의 강력한 분비로 말미암아 매우 흐릿하기 때문인데, 기억의 파편을 조합해보면 상황은 다음과 같다.

1. 영국식 욕이고 나발이고 모조리 강력한 한국어 욕설로 대치되었다(예: 개 호랑말코 말죽거리 고쟁이찌꺼기 같은 영국놈들, 졸라 점잖은 척만 하지, 운전 좆같이 하는 건 우리나 네놈들이나 똑같자나!).

2. 하이빔을 때리거나 말거나 무조건 차선을 변경한 후 급브레이크를 밟아 갑자기 거리를 줄임으로써 뒤차를 식겁하게 만들어주었다(경부고속도로에서 단련한 스킬이다. 아마추어는 흉내내지 말 것).

3. 다시 한번 옆 차선으로 급히 옮겨간 후 또 급브레이크를 밟아 뒤차를 앞질러 가게 한 후 그 후미로 따라붙어 조준선 과녁 안에 집어넣었다(〈탑건〉 등에 나오는 공중전 스킬이다. 역시 아마추어는 흉내내지 말 것).

4. '앞차'가 되어버린 예의 그 '뒤차'를 향해 마구 하이빔을 날려주었다(〈스타워즈〉 속 제국군과 저항군의 스타파이터 간 공중전 장면이다).

5. 기관총을 쏘다보면 간헐적으로 결정타 미사일도 쏴줘야 하는 법, 중간중간 요란하게 클랙슨을 울려주었다('대~한민국'의 리듬이면 좋았을 것을, 그때는 월드컵 이전이라……).

6. 이 타이밍에서 하늘을 향해 호탕한 웃음과 함성을 날려주었

다. "하, 죽을려고 씨방새가…… 얀마, 내가 대, 한, 민, 국, 운, 전, 면, 허야. 유엔 가입 국가 놈들 중에 대한민국 면허한테 개기는 놈이 있네, 캬캬캬."

7. 휘청거리는 앞차를 향해 다시 액셀러레이터를 밟아 거리를 0.5센티로 유지한 후 무려 이십 분간 스트레스 받아 죽기 직전까지 몰아붙였다. 아마 걔는 운전하면서 울고 있었을 거다(요즘도 가끔 궁금하긴 한데, 그놈…… 나이지리아놈이었으면 어떡하지?).

싱싱하시는 비와 같이 전투는 대한민국 교통계가 배출한 수많은 뛰어난 파일럿 중의 하나인 신해철 선수의 일방적 승리로 막을 내렸고, 나는 〈탑건〉의 파일럿이 수많은 사람들의 환호성 속에서 항공모함 위에 착륙하는 듯한 기분으로 녹음 스튜디오에 도착하였다. 그리고 그날의 무용담을 동료들(물론 영국놈들이다. 특히 강력한 서던 잉글랜드 악센트로 인해 영국 생활을 마칠 때까지 밥 먹었냐 말고는 별다른 의사소통이 안 된 놈도 하나 포함되어 있다)에게 설명하기 시작했다.

해철 그래서 그놈이 나한테 하이빔을 두 번 탁, 탁……
그렉 그래, 그건 너를 인지했으니 안전하다, 들어와라 하는 신호잖아.
해철 ……(웨이러 미닛)…… (배경음악: 〈조스〉 테마)
크리스 그래서 어떻게 됐는데?

해철 ……(오 마이 갓 — 영국 악센트임)…… (배경음악: 계속
〈조스〉 테마)

순간 내 잔대가리는 조국의 명예를 구하기 위해 엄청나게 빠른 RPM으로 회전하기 시작했다. '침착해라, 해철아. 여기서 생각을 잘해야 한다. 말 한마디면 좆되는 수가 있다. 우리 한국인의 이미지가 영국놈들에게 어떻게 각인되느냐가 이 한마디에 달려 있다……'

(배경음악 체인지! 샤방한 효과음과 함께 눈 반짝이는 요정 두 마리, 좌우로 크로스 하며 감동적인 〈캔디〉의 주제가가 흐른다.)

해철 우웅…… 우리나라에서는 그런 경우, 오 그래, 안전하니 들어와라 하는 뜻으로 하이빔을 세 번 탁탁탁 치거든…… 그런데 너네는 두 번 탁탁 치더라고…… 그런 문화적 차이의 원인이 뭘까 궁금해서 그러지……(눈 반짝반짝)
그렉 ……
크리스 ……
필 ……
해철 ……

그날 새벽 다시 M40을 따라 집으로 돌아오는 길에, 나는 도저히 액셀러레이터를 밟을 마음이 나지를 않았다. 예의, 양들이 자

러 가서 텅 빈 목장의 울타리 옆에 차를 세워두고, 부슬비를 맞으
며 착잡한 마음으로 정말 많은 생각을 하였다.

자동차는 다 똑같은 자동차다. 영국 자동차도 자동차고 한국 자
동차도 자동차다. 핸들 방향은 다르지만, 바퀴 숫자도 헤드라이
트 위치도 그리고 하이빔이라는 기능도 모두 같다. 그런데 똑같
은 '하이빔'을 우리는 왜 남을 견제하고 내 권리를 주장하는 데 사
용하며, 왜 그들은 남을 보조하고 돕는 데 사용하는 걸까. 나는 이
대목에서 머리를 스쳐지나가는, 소름이 끼치도록 유사한 이야기
하나를 떠올렸다.

불교 설화에 나오는 이야기라고 들었다. 지옥에 가면 산해진미
가 상다리가 휘어지도록 차려져 있다고 한다. 기름 끓는 가마솥의
이미지를 떠올리는 분들에게는 '오잉?' 할 이야기일 수도 있겠는
데, 계속 들어봐라. 근데 문제는 젓가락이 전장 이 미터짜리라는
거다. 그러니 음식을 집어먹으려고 하면 입에 골인이 될 턱이 있
나(팔 길이가 이 미터가 넘는 놈은 먹을 수도 있겠다). 하여, 눈앞
에 그득한 산해진미를 쳐다보기만 할 뿐, 끝없는 굶주림에 시달리
게 된다는 얘기다. 그러면 천국은 어떠냐? 천국에 가면 역시 산해
진미가 상다리가 휘어지도록 차려져 있다고 한다. 게다가 전장 이
미터짜리 젓가락 이야기도 똑같다. 하지만 천국에서는 식탁 건너
편에 앉은 사람의 입에 서로 음식을 넣어주기 때문에 늘 배가 부
르고 서로서로 화목하다는 얘기다(감동이지?).

부슬부슬 내리는 비에 속옷이 젖어갔다. 저 바다 건너 멀리에

나랑 똑같은 머리칼의, 똑같은 피부의, 똑같은 눈동자의 내 동포들이 산다. 여름이면 동네 목욕탕이나 다름없이 인간들로 바글바글한 바닷물 구석에 발이라도 한 번 담그기 위해 주차장이나 마찬가지인 '고속도로'에 대가리를 디미는 동포들이, 미어터질 듯한 반도 땅에 수천만 명씩이나 옹기종기 모여 산다. 아침 출근길에 나설 때 가족에게 보여주던 미소를 얼굴에서 이내 거두고, 건드리면 죽여버릴 테다 하는 무시무시한 표정으로, 역시 같은 표정을 하고 있는 다른 사람들과 버스와 전철에 허겁지겁 뛰어오르는 '경쟁'으로 하루를 시작한다.

수출 백억불이 달성되면 온 국민이 부자가 되는 것처럼 뒤떠들던 1970년대에서부터 소위 '선진국'의 문턱에 다가섰다고 자부하는 지금에 이르기까지, 우리 한국인은 늘 이솝우화에 나오는 개구리처럼 잔뜩 배를 부풀려 허세를 부리고 남의 눈에 우리가 어떻게 비치는지 죽어라고 의식해왔다.

하지만 선진국이란 과연 무엇일까. OECD 가입국이라고 해서 과연 우리가 선진국일까? 빌어먹을, 오이를 인터넷에서 다운받아 시디로 구우면 그게 오이시디지, 우리네 삶과 그게 도대체 무슨 연관이 있단 말인가. 우리는 우리가 가진 경제지표의 백분의 일만큼도 실제적인 삶의 질을 누리지 못하면서도 입만 열면 경제 경제, 뒤떠든다. 손에 든 만원짜리 하나 제대로 쓰지 못하면서 내 손에 십만원만 들어오면 행복해지리라고 믿는다.

유학을 와서 박사학위를 가지고 고국에 돌아가는 사람도 있겠고, 사업을 하러 와서 실적을 가지고 돌아가는 사람도 있겠으나, 영국식 도제 교육으로 엔지니어링을 공부하는 나는 사설 녹음 학원 졸업장 하나 변변히 가지고 돌아가지 않을 터. 옳거니, 나는 이런 이야기들을 가지고 고국으로 가리라. 그래서 공항에 도착하자마자 목이 터지게 지랄하리라.

우리가 힘겹게 살아가는 것은 결코 경제지표만의 문제가 아니라고. 십만원 가진 놈만큼은 아니더라도 내 손에 쥔 만원어치만큼은 행복하게 살아야 하지 않겠느냐고. 그럴 권리가 있지 않으냐고. 하지만 손에 쥔 만원은커녕 천원어치만큼도 행복하게 살지 못하는 이유는 경제가 아니라 문화가 삐뚤어져 있기 때문이라고. 영국놈도 미국놈도 나이지리아놈도 인도놈도 일본놈도 우리처럼 인상을 쓰며 살고 있지는 않다고.

양치기가 양들을 몰고 나오는 새벽 무렵에야 나는 차에 시동을 걸고 자리를 떴다.

추신 1. 아까 지옥 이야기를 듣고 젓가락을 부러뜨려서 먹으면 되잖아라고 말씀하신 분, 혹은 젓가락 버리고 손가락으로 집어먹으면 되잖아라고 말씀하신 분은 참 똑똑한 분이다. 한 가지 궁금한 점을 여쭤봐도 될는지? "너, 친구 없지?"

추신 2. 영국 사람들이 차에 대해서는 오히려 더 검소하다. 키가 이 미터 가까이 되는 거구가 조그만 경차에 자신을 밀어넣듯 올라

타는 모습이 매우 흔하며 어색하지가 않다. 우리처럼 "티코가 고속도로에서 급정거한 이유는? 타이어에 껌이 붙어서"라는 등의 못된 농담은 하지 않는다.

아프간 피랍자 귀환에

즈음하여

두 명의 아까운 목숨이 스러졌으나 나머지 아프간 피랍 인질들은 무사히 조국의 품으로 돌아왔습니다. 일단, 대부분의 인질들이 무사히 고국땅을 밟게 된 것에 대해 국민의 한 사람으로서 안도의 한숨을 쉬며 다른 한편으로는 이번 인질 피랍 사태를 통해 나타난 문제점들을 몇 가지 생각해보고자 합니다.

일단, 한국 정부는 테러 단체와의 협상 불가라는 국제외교의 룰을 어기면서까지 인질들을 구출함으로써 크나큰 외교적 부담과 각종 후유증을 안게 되었습니다. 믿든 곱든 사람은 살리고 봐야 한다는 우리 국민의 강력한 정서적 압박이 일구어낸 결과이니만큼, 국제외교적인 문제는 정부가 슬기롭게 대처하기를 바라거니와, 피랍 인질들과 가족들은 하느님에게 감사 기도를 올리기 이전에 국민들과 정부에 감사하는 마음을 가지길 바랍니다.

이번 사태를 통해 드러난 여론의 흐름은 냉랭함 그 자체였습니

356

다. 아무리 매스미디어가 온정적 감상적 전체주의에 호소해 눈물 쇼를 만들려고 해도 국민은 고개를 저었고, 부정적 여론 중 극히 일부의 극단적인 경우만을 발췌해(탈레반에게 이메일을 보내 인질들을 살해하라고 촉구했다는 등) 기독교나 그들의 선교 활동에 부정적인 의견을 가진 사람들 전체를 비인간적인 사람들로 매도하려는 야비한 시도도 냉정한 여론의 흐름을 돌릴 수는 없었습니다.

입이 좀 거친 사람들이 기독교를 '개독교'라고 비하하는 것 등을 비롯해서 기독교에 대한 온갖 부정적인 시각은 이번 아프간 인질 피랍 사건으로 인해서만 형성된 것이 아닙니다. 이미 오래전부터 한국적 변종 기독교의 온갖 교만과 추태를 봐온 국민들의 누적된 스트레스가 이번 사건을 통해 터져나온 것일 뿐입니다. 기독교인들 가운데에는 이러한 흐름을 한국 기독교 최대의 위기로 인식하고 자성을 촉구하는 이들이 있는가 하면, 어째서 국민들이 이다지도 매몰차게 자신들을 몰아세우는지 모르겠다며 분위기를 파악하지 못하는 이들도 있습니다. 이러한 분위기가 이번 아프간 인질 피랍 사태를 통해 급작스럽게 형성된 것이 아니고 그 뿌리가 매우 깊은 것이라면 왜 어디에서부터 시작된 것인지를 한번 짚어볼 필요가 있겠습니다.

한국적 변종 기독교가 국민 혹은 비기독교인에게 인심을 잃고 더 나아가 염증과 적대감을 고취시킨 이유는 크게 두 가지입니다.

첫째, 우월감과 선민의식에 도취되어 비기독교인들을 영적으로 하등한 계몽의 대상으로 취급한 교만, 나아가 타종교인을 우상숭배자라며 비하하고 실제로 물리적인 압력과 폭력까지 행사하는 등 사회를 유지하는 법과 시스템마저도 우습게 여기는 오만방자한 태도. 둘째, 세계적으로 유례없이 세금을 면제받는 종교 천국의 환경 속에서 과시를 위한 거대한 성전을 쌓아올리며 부를 축적하고 또한 그것을 세습하며 거대 세력화해, 마침내는 종교의 영역을 벗어나 각종 이권과 정치 문제에 개입하고 세속적인 권력에 탐닉하는 패거리 문화를 만듦으로써 비기독교인들에게 심각한 위협과 불안을 던진 죄.

  첫번째 경우를 다시 한번 짚어보십시다. '비기독교인'은 '반기독교인'이 아닙니다. 기독교를 미워할 이유도 없지만, 그렇다고 기독교인들의 편협한 세계관, 특히 한국적 변종 기독교의 기괴하기까지 한 세계관을 받아들일 이유도 의사도 없는 사람들입니다. 그러나 기독교인들은 이러한 모든 사람들을 교화하고 계몽해야 할 '잠재적 기독교인'으로 칩니다. 아무리 싫다고 얘기를 해도 소용이 없고 아무리 좋은 말로 거절을 해도 그들은 포기하지 않습니다. 자기 자신들은 좋은 일을 하고 있다고 믿기 때문에 '예수천국 불신지옥'으로 대표되는 교만한 협박도, 남의 사생활과 시간을 침해하는 행위도 거칠 것이 없습니다. 게다가 자신들의 교리에 따라 최후 심판의 날에 결정될 구원을 자기들은 이미 받았다고 주장하며 비기독교인을 각성하지 못한 영적으로 하등한 자들로 칩니다. 내가 볼 땐 무당 푸닥거리와 딱히 구별이 되지 않는 한국적 변종 기독교의 망측한 샤머니즘적 행위가 오히려 지극히 원시적, 주술적으로 보이는데 말입니다. 그들은 어디에나 있습니다. 그들은 우리를 깔보고 무시하며 협박하고 잘난 체합니다. 그들은 우리 비기독교인들의 생활에 함부로 끼어들고 평온한 일상을 방해합니다. 할렐루야.

이번 사태 당사자들의 행위를 두고 선교냐 의료봉사냐 참 말이 많았습니다. 선교라는 것이 다른 문화권에 적응하고 그들을 이해한 뒤 오랜 세월에 걸쳐 이루어지는 것이라는 점을 생각한다면 단기 선교라는 가증스러운 장사 시스템의 허실은 굳이 이야기할 필요도 없겠지만, 자신들이 정말로 다른 사람들을 교화하고 있다고 믿는 사람들을 위해 예를 하나 들어 보이겠습니다. 우리나라가 전쟁이나 그 밖의 다른 이유로 심하게 망가졌다고 칩시다. 당신은 신실하게 하느님을 믿고 타락을 두려워하며 아이들과 함께 열심히 살고 있지만, 어쨌든 먹을 쌀이 없고 특히 아이들이 굶는 모습은 도저히 볼 수가 없습니다. 그런데 중동에서 이슬람 신자들이 풍부한 오일 머니로 마련한 식량과 의료품을 잔뜩 싸들고 한국에 도착합니다. 그리고 당신의 아이들에게 밥을 먹여주는 대가로 코란을 암송하게 합니다. 당신은 무엇을 얻어먹든 마음속에서 예수님을 버리지 않지만 아이들은 다릅니다. 그리고 마침내 당신의 아이는 당신을 손가락질하며, 그릇된 신을 섬기고 있는 아빠의 죄를 알라께서 심판하실 것이라고 이야기합니다. 당신들이 선교라고 부르는 것의 정체가 바로 이렇습니다. 내가 볼 땐 범죄인데 말입니다.

사탄주의

음악

때아닌(정말 때아닌) 사탄의 음악이니, 음반을 거꾸로 재생하면 악마의 소리가 들리느니 하는 얘기가 한바탕 기승을 부리고 있다. 그중에는 나와 관련된 내용도 있는 모양이어서(〈날아라 병아리〉를 거꾸로 들으면 "병아리 내가 죽였다" 하고 나온단다) 녹음 작업에 지친 나에게 (비웃음이지만) 웃을 수 있는 시간을 마련해주고 있는데, 십대들 중에는 1980년대 초반 전국을 휩쓴 '볼펜 귀신 부르기'만한 충격을 받는 이들도 있다 하고, 사탄의 '사'자만 나와도 알레르기를 일으키는 일부 기성세대 중에서는 문제의 진상을 파악하여 감수성 예민한 청소년들을 진정시키기는커녕, 마치 이것이 실제 종교적인 인정을 받고 있는 것처럼 확대, 왜곡해 선교 아닌 선교의 방법으로 이용하려는 움직임마저 있는 모양이라, 기독교와 록음악, 이 두 가지의 발상지인 서양에서보다 더 극성스런 모습을 보이고 있다. 자, 이 논의를 풀어나가는 데 특정 종교 이야기는 최소화하도록 하자. 음악이 인간을 위해 존재하는가 아니면 신을 찬양하기 위한 도구인가 하는 문제까지 끼어들면 결론이란 존재하지 않게 된다. 이미 신문지상이나 방송 등을 통해 보도된 이 백워드 마스킹 사건의 내용 이외에도 우리가 바라볼 수 있는 영역을 극대화해, 이 단순한 사건 이면에 숨은 많은 이야기들을 두서없이나마 짚고 넘어가는 게 오늘의 숙제이다.

사탄주의란 무엇인가?

말 그대로다. 사탄을 신봉하며 그 상대적 개념인 신을 증오하고 해괴한 의식(흑미사)을 행하는 자들도 있다. 유아 납치, 살해 등의 범죄까지 저지르는 극단적인 미치광이들이 있는가 하면 의외로 이론 체계를 잘 갖추고 있는 부류들도 있다. 미국의 샌프란시스코에 위치한 안톤 라베이의 사탄제일교회 등은 유명하다. 20세기 들어 서구 기독교계의 무시무시한 지옥 개념에다가 할리우드의 싸구려 괴기 영화에서 단골 소재로 등장하는 악령의 이미지까지 겹쳐 '사탄'은 시각적인 이미지를 갖추고 실제화했고, 이는 어떤 방향이건 화제성만 있으면 돈을 노리고 달려드는 자본주의와 결합, 많은 해프닝을 낳았다.

사탄주의를 신봉하는 뮤지션들이 있는가? 그렇다.

꽤 많은 록 뮤지션들이 그것을 표방했고, 의심을 받은 뮤지션도 많았다. 자, 이상은 여러분도 대개 알고 계시는 사실이다. 그러나 여기에 대해 다른 시각이 있을 수 있다. 유독 국내에서 무시되고 있는 사회적인 관점에서 본 시각을 소개하겠다. 사탄주의와 일부 록음악이 결합한 이유는 무엇인가. 역사의 진행이 정-반-합에 의해 이루어진다는 변증법의 관점에서 볼 때 이 두 가지가 모두 '반', 즉 안티에 해당하는 유사점이 있기 때문이다. 오늘날에는 록음악이 특유의 반항 정신을 상실한 대가로 오버그라운드의 중요한 상업음악으로 자리를 잡았고(심지어 스래시메탈마저) 이에 대한 반발로서 얼터너티브록이 등장했지만(이마저 강력한 상업성을 확보해버렸다), 초기의 록은 문화의 주체가 아니라 이단아였을 뿐이다. 즉, 록음악은 거의 모든 장르가 '언더그라운드에서 발생→상입직 영역 확대 › 대중과 타협→오버그라운드화'의 과정을 거쳐왔다.

그 과정에서 서구 문화와 사회의 정체성을 타파하는 데 기여함은 물론 영미를 중심으로 국보적인 자랑거리로 등장했으나 자본주의와 영합, 상업성을 획득하는 데서의 부작용도 적지 않았다. 그중 특히 하드록 계통의 음악은 그 강렬함과 파괴적인 특성에 얹을 자극적인 가사가 필요하게 되었는데 노골적인 섹스, 폭력 묘사와 더불어 반기독교적인 내용 역시 상업적 가능성을 가진 것으로 각광받았다. 여기서 우리의 사회 현실과 서구의 그것을 같은 것으로 보아서는 그들을 이해할 수 없다. 특히 월남전이 미국 사회에 끼친 영향과 당시 보수, 기성세대에 대해 격렬히 반항했던 젊은이들의 성향, 국가와 신의 이름으로 전개된 현실 세계에 대한 환멸 등을 고려하지 않고서는 그렇게 극단적인 메시지들이 나온 이유를 납득할 수가 없는 것이다. 종교는 거의 대부분 기성세대에 의해 주도되면서 보수적인 사고를 정당화하고 젊은이들의 순종을 요구한다. 록 뮤지션에게 공격의 목표가 될 수밖에 없는 구조다. 게다가 서구의 기독교인 숫자는 감소 추세에 있으며, 불교, 유교, 인도 종교 등이 이를 대치하고 있고, 특히 흑인 사회에서는 이슬람 등의 신자 수가 증가 추세다. 즉, 전쟁과 가치관의 혼란 시대에 적응하지 못한 종교의 부재 현상 속에서 살아남기 위해 무슨 짓이라도 할 각오가 되어 있던 뮤지션들에 의해 사탄주의는 매우 싸구려 형태로 록에 유입되었고(스타가 되기 위한 경쟁이 우리나라처럼 만만한 곳이 아니니까), 실제 사탄주의 자체에 심취한 뮤지션들은 극소수에 불과했다. 1960~70년대에 악의 사제니 세계를 파괴하라느니 하는 유치한 가사를 외치던 로커들은, 이제 커가는 자식들 보기가 부끄럽다며 자선단체에 기부하고 교회에 열심히 나가는 아이러니한 모습을 보여준다. 그 시절의 모습이 성공을 위한 쇼였음을 인정하고 부끄럽게 여기는 것이다.

왜 소위 사탄주의 음악을 듣는가

뭐, 정말 사탄 신봉자라느니 하는 이유에서 그런다면 그럴 수도 있다 치자. 정말 그런 이유에서 만드는 작자들도 있을 테고. 그러나 그 이면을 보자. 인간의 심리란 정말 묘한 것이어서 고통과 쾌감의 영역이 헷갈릴 때가 있다. '변태' 얘기를 하는 것은 아니고, 간단한 예로, 가려운 곳을 긁을 때의 느낌만 해도 그렇다. 공포 영화를 그다지 좋아하지 않는 나로서 정말 이해 안 되는 일은 사람들이 피가 튀고 벌레가 기어다니는 공포 영화를 돈 주고 보는 것이다. 그렇다, 바로 인간의 이런 면 때문에 사탄주의가 상업적인 가능성을 확인받고 대중음악에 유입된 것이다. 블랙 사바스의 노래에서 악마의 웃음소리를 들어본 사람이라면 왠지 모르게 사탄주의라느니 하는 것보다는 할리우드의 싸구려 괴기 영화 한 편이 생각날 것이다(메시지가 그렇다는 거지, 그 불후의 기타 리프를 깎아내릴 생각은 없다). 게다가 사람들은 정의의 주인공보다 악한을 선호할 때가 있다. 삶의 룰에 구애받지 않고 모든 것을 멋대로 해보고 싶은 인간 내부의 폭력성, 그것에 호소하는 것이 사탄주의 음악과 할리우드 폭력 괴기 영화다. 이 두 가지의 공통점은 잘 사용하면 삶의 쌓인 부분을 해소하고 대리만족할 수 있지만 청소년에게 악영향을 줄 수 있고(물론 성인에게도. 정신연령이 낮은 사람은 세계 어디에나 있다) 지나치게 자극적인 것에 매달리게 되어 잔잔한 아름다움을 향유하는 감각이 무뎌질 수도 있다는 것이다. 실례로 초보 헤비메탈 마니아는 메탈 이외의 것은 음악이 아니라고 생각하게 되고, 할리우드의 영화에 물들면 프랑스 영화는 하품이 나와서 못 보게 된다. 마치 인공조미료가 잔뜩 든 인스턴트식품을 즐기는 사람이 진짜 미식가가 될 수 없듯이. 인생을 그렇게 폭 좁게 사는 건 불행하다.

정말 심각한 종교적 문제인가

기독교 입장에서는 그럴 수도 있겠다. 그러나 사탄의 개념 자체가 그 안에서 나온 것이고 타종교에 비해 대단히 특이하다. 펄펄 끓는 불지옥에서 영원히 고통받는다는 유치한 중세의 지옥 개념도 수정되고 있는 상황에, 성경 중에서도 이단인 외경의 개념을 근거로 사탄의 개념을 구체화하고 문제시하는 것은 보수적인 종교계에서도 고운 시각으로 보지 않는다. 기독교의 핵심인 사랑이 아니라 공포로 대중을 다스려서는 안 되기 때문이다. 종교음악은 강렬한 비트를 배제하는 특성을 갖는다. 그래서 비트가 거의 없는 뉴에이지 음악이 등장하자 각 종교는 미래의 이상적인 음악이라며 이 우아한 음악을 환영했다. 그러나 뉴에이지가 요가, 명상 등의 동양적 종교에서도 득세하자 일부 기독교는 태도를 돌변, "이런 종교들은 누구나 수련하면 자신도 신이 될 수 있다는 '이단'이므로 뉴에이지 음악은 사탄의 음악이다"라고 주장했다. 그리하여 특히 우리나라에서는 음악 장르 명칭인 뉴에이지가 (메탈을 포함한) 사탄주의 음악을 총칭하는 사상적인 명칭으로 둔갑하는 일이 생겼다. 팝음악 전문가들이 한숨을 쉬는 것도 이해할 만하다. 그러니 "불교는 우상숭배, 마호메트는 사탄……" 하며 사탄이라는 이름을 전가의 보도로 휘두르는 것은 예술의 입장에서는 두려운 일이다. 신의 이름 아래 수많은 예술가가 탄압받은 중세의 일이 사탄의 이름 아래 재현되는 것이기 때문이다. 이것은 사려 깊고 현명한 대다수의 기독교인이 바라는 바가 아닌 것이다.

미국에서는 그럴 수도 있겠다. 그러나 각종 심의 제도에 의해 메시지가 제한되며, 따라서 외국 록밴드의 공연이 어려운 우리나라에서는 헌법에 보장된 표현의 자유에 관한 문제는 있을지언정 사탄주의가 심각한 문제를 일으킬 우려는 전무하다. 자, 여기서 한 가지 문제를 더 생각해보자. 미국에서는 가장 신뢰받던 TV 전도사들 중 많은 수가 한꺼번에 섹스 스캔들로 사임한 적이 있다. 근래 집단 자살 소동을 벌인 종교들(한국의 '오대양' 포함)이 모두 겉으로는 기독교 교파의 외양을 갖고 있었다. 그러면 이 일들이 모두 신의 일인가? 절대 그렇지 않다. 인간의 영역에서 벌어진 잘못인 것이다. 세계대전 당시 각국의 교회는 신의 이름으로 자국의 군대를 축복하고 전장에 나아가 신의 정의를 실천하라 했다. 그것이 신의 정의였던가? 인간의 정의였을 뿐이다. 일부 록음악이 부도덕하며 사탄을 들먹인다고 해서 그것이 사탄의 일인가? 인간의 일일 뿐이다. 그러므로 사탄주의든 무엇이든 민주주의 국가에서는 그것이 실정법을 벗어나는 행위를 저질렀을 때만 '인간의 이름으로' 제지하고 처벌할 수 있다. 그것을 신의 뜻을 빙자해 처벌한 일이 역사적으로 존재했었다. 중세의 마녀사냥이 바로 그것이다. 인간의 '집단적 광기'에 불과했음이 판명된 이 사건으로 억울한 희생자들이 속출했다. 그 이면에는 무지한 민중의 관심을 돌리기 위한 권력과 종교의 이해 일치가 있었다. 그러면 '신의 이름 아래' 심판은 언제 오는가. 그것은 신께서 하실 일이다. 인간은 알 수도 없거니와 그것을 사칭할 수도 없다. 음반의 회전 방향을 거꾸로 해 거기서 나오는 '음향'에 의미를 부여하는 백워드 마스킹은 마녀사냥의 재현이 될 가능성이 농후하다. 음악가가 고의적으로 역회전시의 음향을 계산하여 의미를 집어넣는 일이 불가능하다는 것이 과학적으로도 입증되었음에도 불구하고, 사탄의 초자연적인 힘에 의해 너희들은 그렇게 하고 있다고 하거나 심지어는 본인들도 모르는 사이에 사탄에게 이용당하고 있는 것이라고 하는 것은 논리적 모순의 극치다. 찬송가를 거꾸로 돌려도 그런 유의 음향은 수없이 발견될 텐데, 악하거나 어두운 이미지의 단어를 닥치는 대로 조합하여 코에 걸면 코걸이 귀에 걸면 귀걸이 하는 식으로 그 음악을 매도하는 것이 예외 없이 가능하다. 바흐의 위대한 명곡—아마도 수많은 사람을 기독교인으로 개종시켰을—〈할렐루야〉를 들어도 그런 현상은 일어난다. 십자가 등의 성스러운 표시를 거꾸로 하면 악마의 상징이 되는 것처럼 성스러운 음악을 거꾸로 들으면 그런 일이 일어날 수 있다고 주장하는 궁색한 변명도 있는데, 그렇다면 사탄주의 음악을 거꾸로 돌리면 성스러운 음악이 나와야 할 게 아닌가. 마찬가지로, 거꾸로 돌리면 사탄의 메시지가 나온다는 서태지의 음악은 곧 천사의 음악이란 결론이 나온다. 자, 여기서 '과학에 의한' 백워드 마스킹의 정체를 밝힌다. 괴기 영화를 보면 음악이 천편일률적으로 비슷한 코드로 진행됨을 알 수 있을 것이다. 어떤 특정한 음정의 진행이나 음향은 인간에게 공통적으로 비슷한 감정을 불러일으킨다. 음반을 역회전할 때 나는 음향(리버스 사운드)은 인간에게 공통적으로 신비감과 막연한 공포를 느끼게 한다. 이 상태에서 대부분 "이러이러한 단어가 나오니 들어봐" 하면 실제로 그렇게 들린다. 물론 우연에 의해 실제로 그런 단어가 들리는 경우도 있지만, 문장이 너무나 억지스럽다(이런 단어가 나온다 하는 '사전 암시'의 위력에 대해 예를 들겠다. 밥을 먹으면서 나 지금 이거 먹으면 틀림없이 체할 텐데 하고 열 번만 중얼거려보라. 백발백중 체한다. 이것이 인간의 신념이 지닌 마력(?)인 것이다. 잠깐…… 시험은 하지 말기 바란다. 화장실을 들락거리며 나를 원망하게 될 것이다). 그러므로 많은 분의 염려에도 불구하고 나의 대답은 '노'다. 한방의 극약인 비상은 죽이기는 사람을 살리는 데도 쓰이고 사람을 살해하는 데도 쓰인다. 모든 일은 음과 양이 있는 법이라 밝고 아름다운 것만으로 가득찬 세상은 있을 수도 없지만, 있다고 해도 좋은 것은 아니다. 악이 없다면 우리가 어떻게 선을 구별하겠는가. 자신의 주관만 확실하다면 문제될 것이 없다. 기성세대가 할 일은 젊은이들에게 해가 될 요소를 차단하는 것이 아니라 어떠한 경우에도 자신의 주관에 따라 현명한 판단을 내릴 수 있도록 훈련시키는 것이고, 따라서 스스로 판단할 기회를 박탈하는 것은 일회용 처방일 뿐이다. 매스컴이 떠들썩하게 이 사건을 보도하는 모습을 보며 그 흥미 위주의 치졸한 보도가 낳을 희생자들을 생각한다.

사실, 여기까지의 글은 예전에 한 음악잡지의 요청을 받고 기고한 것이다. 지금 다시 보니 문장도 이상하고 글재주도 형편없지만 그래도 엄연한 사실을 그저 사실대로 썼다는 생각이 든다. 요즘

들어서 대중이 아예 팝음악에 관심이 없어지면서 사탄주의니 백 워드 마스킹이니 하는 이야기들은 쑥 들어갔지만, 사이비 예수쟁 이들이 근거 없는 숫자들을 대면서 사람들을 겁주고 협박해 마음 대로 다루려는 근성은 더해졌으면 더해졌지 결코 나아지지 않았 다. 자세한 이야기는 밑의 글을 보고 이야기하자. 넥스트의 5집 음 반에 수록된 〈예수 일병 구하기Saving Private Jesus〉라는 곡의 가사다.

주 예수를 팔아 십자가에 매달아
삐까번쩍 예술적 건물을 올릴 적에
주 예수를 팔아 그를 두 번 매달아
사세 확장 번창 아주 난장이 한창
미움을 파는 게 사랑보다 쉬우니
나랑은 협박 때리고 너랑은 윽박지른다
이놈은 이단이요 (아멘) 저놈은 배반이요 (아멘)
딴 놈은 개판이요 (아멘) 그래 이 몸이 사탄이요 (아멘)
활활 타올라라 불지옥의 이미지
살살 구슬려라 너무 겁먹어도 데미지
이루어지리라 (남편 승진)
이루어지리라 (자녀 합격)
원수를 보는 눈앞에 여봐란 듯 살게 되리라
활활 타올라라 불지옥의 이미지
살살 구슬려라 너무 겁먹어도 데미지
지옥 가리라 (현금 부족)

지옥 가리라 (교칙 위반)
영원한 어둠 속에서 헤매게
되리라고 말씀하셨삽니다
그 누가 구원을 그리 확신하며
또 그리 자신하는가
이 세상의 끝
최후의 심판의 그날이 오기 전에
그 누가 구원을 그리 확신하며
함부로 약속하는가
그가 하라 한 건 단 하나 오직 히니
All we need is love……

주 예수를 팔아 십자가에 매달아
천국행 직행표 공동구매 대행
주 예수를 팔아 그를 두 번 매달아
자 영생을 팔아 한평생은 모자라
주 예수는 눈이 어두우시네
온 동네 꼭대기에 십자가를 올려야 보시네
주 예수는 무지 까다로우시네
소원은 꼭 기도원에서 해야 들어주시네
주 예수는 귀가 어두우시네
소리질러야 들으시네 지랄발광해야 보시네
(할렐루야 할렐루야 렐루랴 렐루야)

눈물이 콧물이 또 봇물처럼 터지네
무당 푸닥거리 한 따까리 애들은 저리 가리
자학의 카타르시스 집단적 madness
너네가 크리스천이면 내가 건스 앤 로지스
자백의 핫 비즈니스 이제 그만 됐스
너네가 종교라면 내가 진짜 비틀스

하늘을 향해 높이 솟은 번쩍이는 저 바벨의 탑이여
대량으로 생산되는 개나 소나 아무나 목자여
황금의 소를 따라가는 눈먼 양이여

하늘의 옥좌를 버리고 인간이 된 Private Jesus
그가 바란 건 성전도 황금도 율법도 아니라네
All we need is love……

내 가사 가운데는 빈정대는 투의 글도 꽤 있지만 〈예수 일병 구하기〉는 그중에도 참 잘 비꼰 가사라고 자평한다. 여기서 퀴즈 하나 내겠다.

지금까지 인류의 역사상 가장 많은 숫자의 사람을 협박하고 고문하고 살해한 종교는?
①사탄교 ②섹스교 ③놀교 ④기독교 ⑤이슬람교

정답은 4번이다. 기독교는 역사적인 발견이나 발명이 일어날 때마다 예외 없이 종교의 힘을 빌려 역사의 발전을 저해했고, 힘없는 민중을 협박, 납치, 갖은 수법의 고문, 잔인한 방법에 의한 처형 등으로 괴롭혔다. 특히 사회적 약자들에 대해서는 더더욱 잔인해서, 수많은 여성들이 마녀사냥이라는 이름하에 끔찍한 고문과 화형을 당했다. 이것이야말로 진정한 사탄교가 아닌가.

한 사이비 목사가 미국에서 사탄주의 종교의 제례의식으로 희생되는 사람의 숫자가 한 해 오천 명이 넘는다고 주장하는데, 이라크전에서 병사 한 명 한 명이 죽어갈 때마다 쇼크에 빠지는 나라가 일 년에 오천 명이 넘는 숫자를 납치, 살해하는 종교를 그대로 내버려둘 것 같은가(이 목사라는 자는 자신의 저서에서 읽는 이가 무안해질 만큼 무지와 무식을 드러내는데, 예를 들어 그는 사이먼 앤 가펑클의 노래에 나오는 '실버'라는 단어가 마약을 뜻한다고 주장한다. 영어 공부를 좀 하던가. 아니면 미국 사람한테 좀 물어보던가. 외국인들이 행여 이 책을 보지나 않을까 가슴이 조마조마하다).

기독교가 폭력과 공포로써 민중을 협박하고 지배한 역사는 꽤나 길고도 장구하다. 거기에 더해 우리나라 기독교는 조상에게 제사도 못 지내게 하면서 정작 자신들은 무당 수준의 푸닥거리와 주문에 빠져 기복종교화했으며, 어떤 종교든 그 나라 그 민족의 지배 세력과 결탁해야 한다는 전통에 충실히 부응해 나라 곳곳에 초대형의 호화판 교회 건물과 십자가를 쌓아올리고 수구 보수 세력과 연합하고 그들을 옹호한다.

372

내가 가장 골때리게 생각하는 것은 간증회에서 자신은 구원받았노라고 소리소리지르며 우는 자들인데, 최후의 심판이 다가오기도 전에 저들끼리 맘대로 구원하고 구원받는 교회가 과연 예수 그리스도가 보시기에 합당할지는 전혀 모르겠다.

　예수쟁이 즐.

집,

안 사? 못 사!

나는 만 스무 살에 가요계에 데뷔하여 푼돈이긴 하지만 또래 친구들보다 훨씬 빨리 돈을 벌기 시작했다. 때문에 친구들과의 술자리에서는 늘 물주 노릇을 했는데, 한 살 두 살 나이를 먹다보니 내 술 상대였던 학생, 군바리, 백수 녀석들이 취직도 하고 승진도 하고 어느새 간부급이 되거나 돈을 꽤 번 녀석도 있어, 드디어 내가 술을 얻어먹는 입장으로 역전되기 시작했다.

당연히 결혼도 녀석들이 먼저 했고, 아이도 나보다 일찍 가졌으며, 심지어 학부형 행세를 하는 놈도 있어, 이 자식들이 보기에는 내가 음악 하느라 세상물정 모르고 사는 순진한 해철이로 보이는 모양이다. 내가 경제적인 문제에 대해 얼빵한 편이라는 것은 나도 인정하는 바이나, 주말만 되면 내 얼굴만 쳐다보며 술, 술 노래를 부르던 녀석들이 이제 와서 어른인 척 나에게 훈계를 하는 상황에 처하면 솔직히 많이 티껍다.

그런데 최근에는 또 재미있는 현상을 발견했다. 술값을 다시 내가 내고 있는 것이다. 술자리가 끝나면 일행은 술값을 지불하는 A군과 지불하지 않는 B군으로 나뉘는데, A군의 구성원을 분석해보면 나(집 살 생각이 없는 놈), 이혼남(의도와는 달리 술값이 생긴 놈), 운이 좋아 무지하게 성공한 놈(집도 있으며 술값 정도는 늘 낼 수 있는 놈) 등이며, B군은 학생(아직도 공부를 하고 있는 미친놈), 백수(직장에서 짤린 놈), 가장(처자식이 있으며 집을 사야 한다는 의무감에 불타고 있는 놈) 등으로 구성된다.

B군 중에서 학생이나 백수놈들은 충분히 이해가 간다. 문제는 이 '가장'놈들인데, 취직을 하고 싱글이었을 때는 몇 번 술값도 내고 행세도 하다가, 처자식이 생기고 집을 살 때가 되면 전원이 지네로 변신한다(술집을 나갈 때 수많은 발에 일일이 신발을 신느라 너무나 시간이 오래 걸려 술값을 도저히 낼 수 없는, 그 지네).

그게 계면쩍은지 이 자식들은 걸핏하면 날 잡고 훈계를 한다. "너 그렇게 음악을 오래하고도 돈을 못 버는 이유는 네가 집을 사지 않았기 때문이며, 하루빨리 맘 독하게 먹고 집을 사는 것만이 살 길이니라."

나의 대답은 다음과 같다. "그래, 집 사라. 집 사느라고 삼십 년 동안 허리띠 졸라매고 특히 문화비 부분을 과감히 철폐하여 음악회 한 번 영화 한 번 보는 일 없이 악착같이 절약하고 허리가 휘도록 일해라. 그래서 아이들도 다 길러서 시집 장가 보내서 분가시키고 자기 집에서 떳떳한 노년을 맞이해라. 그렇게 죽어라고 길러낸 자식들은 일 년에 두 번쯤 집에 찾아와 손주 얼굴 한 번 보여준 다음 휑하니 뜰 것이고 한 철에 한 번쯤 전화를 할 것이다. 늙은 몸이 아파서 꼼짝달싹 못한 채 방구석에 누워 있으면 내가 뭘 하고 살았나 싶을 거다. 바로 그때! 너네 집 천장이 내려와서 괜찮아, 괜찮아 하고 네 어깨를 두드려줄 것이고 너네 집 문짝이 이거라도 좀 들어, 하고 죽을 끓여 내올 거다. 아마 너네 집 샹들리에는 꽤 비싼 물건이니 네가 쓸쓸해할 때 춤도 추고 노래도 해줄 거다. 넌 그렇게 살아라. 난 그렇게 안 산다."

사실 이미 십 년 전쯤 내가 살던 셋집에 놀러온 울 엄마가 나 사는 꼬라지를 보고, 너는 판이 그렇게 많이 팔린다는데 왜 집 한 칸 못 사고 이렇게 사냐고 물어본 적이 있다. 그때 나는 여유작작한 표정으로 지난번 앨범 못 들어봤냐며 영국에서 오케스트라랑 녹음하느라고 벌어놓은 돈 몽땅 써버렸다고 얘기했는데, 울 엄마의 반응이 가관이었다.

"내가 경제관념을 잘못 가르쳤어……"

아니, 이런 웃기는 엄마가 있나. 어릴 때부터 돈에 아등바등하면서 살면 못쓴다고 가르칠 땐 언제고 이제 와서 집을 사라니.

나는 경제관념에 진짜 얼빵하지만 우리 마누라는 경제관념에 빠삭하고 세계적인 금융기업에 근무한 적도 있어서, 어느 날 나에게 사람들이 왜 집을 사는지에 대해 종이에 적어가며 레슨을 해주었다. 그때 나는 정말 많이 놀랐다. 대한민국에서 집을 가진다는 것이 그렇게 엄청난 일인지 몰랐던 것이다.

우리 마누라의 설명에 따르면, 집이라도 한 칸 있는 사람은 계속해서 돈을 모으기가 쉬워지며 그렇지 않은 사람은 점점 불리한 위치에 몰리게 된다는 것, 그리하여 있는 놈은 점점 살기 쉬워지고 없는 놈은 점점 살기 어려워지는 것이 우리나라의 시스템이라는 것이다.

정신이 번쩍 나서 그제야 왜 부동산에 대한 뉴스가 신문 일면을 장식하는지, 정부의 부동산 대책이 왔다갔다할 때마다 국민들이 생난리가 나는지 이해가 갔다. 그래서 마누라한테 내가 할 수 있는 최대한의 대답을 했다.

"그런 거였군."

그걸로 끝이다. 뭐 어쩌라고.

대한민국에서 특별히 물려받을 재산이 있는 것도 아니고 엄청 고소득을 올리는 것도 아닌 사람이 집 한 칸 사기 위해서 허리띠를 졸라매고 이를 악물고 살아야 하는 시간이 얼마나 될까. 최소 십오 년? 삼십 년? 그 정도로도 장담 못할걸? 아무튼 삼십 년 만에 집을 산다고 치자. 이미 나이는 쉰을 넘어선다. 그때부터 인생을 즐기려고 해도, 또 남들이 인생 즐기라고 등 떠밀어도 절대로 그렇게 못한다. 왜냐, 아끼고 아끼는 습관이 몸에 배어 있거든. 또 인생 즐기려고 맘먹어도 몸이 안 따라준다. 삭신이 아프고 쑤시는데 놀긴 뭘 놀아. 나는 공부에도 다 때가 있다는 말은 절대 믿지 않는다. 공부는 평생 하는 거다. 때가 따로 있는 게 아니다. 하지만 노는 건 정말 때가 있다. 놀 수 있을 때 놀아줘야 한다.

내가 배고파요 술 고파요 하는 올망졸망한 후배들을 오냐오냐하고 늘 밥 사주고 술 사줄 수 있는 건 돈을 많이 벌어서가 아니다. 순전히 집 살 생각을 안 하기 때문에 생기는 조그마한 여유 덕분이다. 내가 집 살 생각을 했다면 내 지갑에서 돈이 나가는 매 순간순간마다 주택부금과…… 뭐 그런 거 있잖은가, 명칭을 정확하게 모르겠다. 하여튼 그딴 거 생각하느라고 무지하게 긴장하면서 살아야 했을 것이다. 그리고 아마 그렇게 긴장하면서 살았다면, 모르긴 몰라도 지금쯤은 내 집도 있을 것이고 돈도 꽤 모았을 것이라고 생각한다. 하지만 그 대신에 내가 좋아하는 많은 것들을 포기했을 것이고 심지어 나이 서른에 유학을 떠나겠다는 결심은 꿈에도 해보지 못했을 것이다(그때까지 번 돈 다 쓰고 돌아왔다. 시원하게).

내가 이런 글을 쓰는 이유는 지금 이 순간에도 살림살이를 위해 죽어라 일하며 집 한 칸 마련하기 위해 피땀 흘리는 서민들을 비웃기 위해서가 아니다. 또 한푼 한푼 열심히 모으는 삶을 사는 사람들에 비해 나의 경우는 왕창 벌고 와장창 써버린 경우이기 때문에 그분들을 비웃을 수 있는 위치에 있지도 않다고 생각한다. 단지 내가 말하고 싶은 것은 학교 갈 나이에 학교에 가서 취직을 할 나이에 취직을 하고 결혼을 할 나이에 결혼을 해서 아이를 낳을 나이에 아이를 낳고 집을 살 나이에 집을 사는…… 무슨 랩 같다. 운율이 좀 맞는데. 뭐 그런 삶이 우리에게 삶의 보람과 삶을 살아가는 이유를 보장해주지는 못한다는 것이다. 자신이 진정으로 원하는 삶을 상상하고 디자인해본 후, 그런 이후에도 학교 갈 나이에 학교를 가서 취직할 나이에 취직을 하고 결혼할 나이에 결혼을 해서 아이를 낳을 나이에 아이를 낳고 집을 살 나이에 집을 사는 삶이 마음에 든다면 그것은 진정으로 옳은 일이라 하겠다. 그러나 우리는 "이러이러하게 살지 않으면 너는 좆될 거야!"라는 협박에 못 이겨 학교 갈 나이에 학교를 가서 취직을 할 나이에 취직을 하고 결혼을 할 나이에 결혼을 해서 아이를 낳을 나이에 아이를 낳고 집을 살 나이에…… 집을 사면 좋겠지만 그렇지 못하면 자신의 삶을 실패로 규정짓고 낙망하거나 혹은 학교 갈 나이에 학교에 가서 취직을 할 나이에 취직을 하고 결혼을 할 나이에…… 그만하자. 하여간 시나리오가 성공을 한다고 해도 나는 무엇을 위해 살아왔던 가 하는 공허에 시달린다. 그리고 그 공허에서 빠져나오기 위해 자신이 못 이룬 꿈을 자녀에게 강요하며 들들 볶아댄다.

여러분도 이 기회에 한번 생각해보시기 바란다. 학교 갈 나이에 학교에 가서 취직을 할 나이에 취직을 하고 결혼을 할 나이에 결혼을 해서 아이를 낳을 나이에 아이를 낳고 집을 살 나이에 집을 사는 것이 과연 당신이 진짜 한 번이라도 원한 삶이었는지. 그리고 그러한 것들이 삶의 과정이 될 수는 있어도 삶의 진정한 목표이자 종착지가 될 수 있는지.

어떤 사람들은 나에게 이렇게 질문을 한다. 무섭지 않냐고. 남들이 말하는 안전한 삶의 규칙을 자꾸 위반할 때마다 겁나지 않냐고. 대답은 너무나 당연하다. 무섭다. 나도 사람인데. 그렇지만 내가 겁이 없어서가 아니라 정말로 정말로 겁이 많기 때문에 나는 내 나름의 삶의 방식을 택했다. 남들이 똑같이 걷는 길에서 낙오하는 것에 대한 무서움보다 내가 진실로 원하는 나의 삶을 살지

못하는 것에 대한 무서움이 훨씬 더 엄청나게 무서웠기 때문에 그
냥 나의 방식을 택했다. 공포로써 공포를 제압했달까.

남자는
괴로워

　어떤 TV토크쇼에 출현했을 때의 일이다. 구성작가들과 방송에서 나눌 이야기에 대해 이런저런 대화를 하다가 '남자의 예민함'이란 주제에 이야기가 미쳤다. 그 얘기들 중 하나가 털털한 외양과 말투로, 또 진솔한 내용으로 선풍을 일으켰던 성상담 전문가 구성애씨의 이야기였는데, 그분은 수많은 사람들의 고민을 해결해주었건만 막상 본인의 아들은 엄마가 TV에서 그런 이야기들을 서슴없이 하고 다닌다는 것 때문에 적잖이 마음고생도 하고 엄마한테 반항도 좀 했다는 거다. 나 역시 그분이 TV에 나와 이야기를 할 때마다 많은 부분에 긍정도 하고 동조도 하면서도, '남자답게, 털털하게, 시원하게'를 남자들과의 대화의 문을 여는 최상의 수단으로 간주하는 듯한 모습에 저건 아닌데 하는 생각을 한 적이 있더랬다.

　한국 사회는 여성들에게 단순 무식한 성 역할 몇 가지—온순하고 순종적이며 가정적이고, 그리고 의미를 알 수 없는 저 여성적인(?)—를 가혹하게 강요해온 것처럼, 남성들에게도 역시 편파적이며 비뚤어진 불과 몇 개의 성 역할에 순응하도록 강제해왔다. 유교적 가부장제를 근본으로 하나, 사실 살펴보면 이도저도 아닌 그 역할들—용감하고, 대담하며, 씩씩하고, 뒤끝 없고, 사나이다운, 또한 책임감 있고 어쩌고저쩌고—을 지키기 위해 남자는 교실에 쥐가 나와도 책상 위로 뛰어오를 수 없으며, 선생한테 한 대 맞았다고 쪼잔하게 불평을 할 수도 없고, 섬세한 부분에 대해 장기간 고민을 할 수도 없다. 물론, 남성들에게 강제된 이러한 역할이 여성들에게 강요된 천인공노할 위계유린적 역할에 비해서는 덜 좆같은 게 사실이지만, 덜 좆같은 것은 덜 좆같은 것이지 안 좆같은 게 아니다. 정도의 차이가 크긴 하지만 좆같긴 마찬가지란 얘기다. 다시 말하자면, 덜 좆같다고 해도 좆같은 건 어쨌든 좆같은 거란 얘기다(점잖은 분들에게 좆좆거려서 미안하다. 도대체, 문장 몇 개에 좆이 벌써 몇 개야…… 앞으로 좆 소리는 웬만하면 하지 않겠다).

그게 왜 좆같은 건지 생각해보자. 성인 남자들도 마찬가지지만, 특히나 사춘기의 남자애들은 여자 '못지않게' 예민하다. 사람들의 크나큰 오해는 그 예민함의 영역과 소재가 여성들과 다른 부분이 많다는 것을 고려하지 않은 데서 나오는 것이다. 학창 시절의 교실로 돌아가보자. 선생들은 남학생들을 그야말로 개 패듯 팬다. 학원 폭력의 실상 중 무시되고 있는 엄청난 부분이 바로 교사들의 폭력이다. 그들은 '사랑의 매'라는 미명하에 인격의 상징인 얼굴에 수시로 싸대기를 올려붙이며, 좀더 직성이 풀리도록 패고 싶을 경우 후환의 소지가 있는 얼굴을 피해 엉덩이나 다리에 아이스하키 스틱이나 대걸레 자루로 매를 가한다. 사랑의 매를 들고 있다는 가식은 매우 자주 뽀록이 나며, 거친 숨결을 날리며 수십 대의 매를 학생에게 가하는 장면에서는 도대체 지금 이루어지고 있는 행위의 목적이 무엇이며 원인이 무엇인지 따위는 찾을 길이 없다. 골때리는 것은 여학생들의 경우는 외적으로 보이는 장소—종아리 혹은 얼굴—에 체벌이 가해졌을 때 본인이나 학부모의 항의가 어느 정도 설득력을 갖지만, 남자들의 경우는 모조리 못난 놈으로 치부되기 십상이라는 거다. 남자라는 이유로 신체와 정신에 가해지는 모욕을 툭툭 털어낼 줄 알아야 한다고 강요하는 것은 거대한 역차별이며, 남녀평등에 정면으로 위배되는 행위이다. 하긴, 이런 문제는 '남녀'의 문제가 아니라 '인간'의 문제이지만…… 물론 "내 귀한 자식 때린 게 어떤 '놈'이냐"며 학교에 달려와 스승에게 쌍소리를 퍼부으며 삿대질을 하는 학부형들도 드물진 않은 편이니 교사들의 심정도 모르는 바는 아니나, 헬 박사가 비겁한 수를 쓴다고 해서 정의의 사자 마징가 제트가 악당에게 후춧가루 뿌리고 똥침 찌르며 싸울 순 없지 않은가. 교사란 우리 사회 최후의 마징가 제트가 아니던가.

다시 본론으로 돌아가자. 중학생 때의 일이다. 수학 선생이 나를 교단으로 불러내 싸대기를 날렸다. 머리칼 나고 처음 맞은 싸대기였다. 심지어 내게 피와 살을 준 내 부모도 건드린 적이 없는 영역이다. 너무 황당한 일이 벌어지면 실감이 나지 않는 게 사람이라 도대체 내게 무슨 일이 생긴 거지 하는 표정으로 내 자리로 돌아오는데, 급우들의 반응이 눈에 거슬렸다. 남자 학교는 선생에게 받는 신체적 체벌을 웃어넘기는 게 관례다. 싸대기 한 대 맞은 뺨을 슬슬 어루만지며 뒤로 돌아서서는 씩 쪼개거나, 심지어 브이 사인을 그리며 자리로 돌아오는 거다. 물론 그중 일부는 실제로 그러한 넉살과 여유를 가지고 있는 층이겠지만, 상당수는 견딜 수 없는 쪽팔림과 모욕을 완화하기 위한 방법으로 그러한 태도를 보인다. 외양은 같을지언정 내면에는 분명히 차이가 있는 것이다. 뭐, 그럴 수도 있지 하는 표정으로 웃음으로 대충 무마해주려는 급우들의 '배려'를 보는 순간, 눈에서 불꽃이 튀어 고개를 휙 돌리고 선생의 눈을 똑바로 쳐다보고 말았다. 내가 맞은 이유를 수긍할 수도 없었고 체벌의 방법 또한 받아들일 수 없었다. 절이 싫으면 중이 떠나는 법, 학교 때려치울 생각으로 똑바로 눈을 노려보았는데 선생이 피해버렸다. 교실은 물론 살벌하게 썰렁해져버렸다. 그러고는 월말고사에서 그 선생을 스승으로 인정하지 않겠다는 뜻으로 백지 답안지를 내버렸다. 그 사건은 매우 애매한 형태로 얼버무려졌는데, 그후에도 나는 수학책과의 인연을 끊어버렸고 대학 입시 때에도 수학 점수는 당연히 전멸이었다.

신해철이라는 성질 못된 애가 혼자 유별나게 구는 거라는 생각은 당신의 착각이다. 반응의 형태가 다를 뿐이지, 다른 남자들 역시 심각한 상처를 입는다. 학생 때는 부모 보기 미안해서 "씹새끼야, 학교 안 다녀" 소리가 입에서 나오질 못하고, 어른이 되어서는 여우 같은 마누라와 토끼 같은 새끼 보기 미안해서 부장 얼굴에

사표를 못 던진다.

성적인 면에서도 남자들에게 가해지는 스트레스는 만만치 않다. 흔히, 대한민국 남자들은 성적으로 도둑놈들이며 단물 빼먹을 상대를 찾아 헤매는 하이에나들이고, 여자들에 비해 상대적으로 성적인 방종이 용납되는 속 편한 존재들로 취급당한다. 그러나 비단 대한민국 남자들뿐만 아니라, 남성이란 자체가 성적인 능력을 입증하지 못할 경우 존재 가치 자체가 부인될지 모른다는 공포감에 시달린다. 상대방에게 성적인 만족을 주지 못할 것이 두려워 격무에 시달리는 와중에 보약도 챙겨 먹고 운동도 수시로 해야 하는 만능 노예, 그것이 현대 남성의 모습이며, 그 보약과 운동의 이면에는 잘 건사하여 졸라 즐기자는 표면적 이유 말고도 이러한 두려움이 자리한다.

대가족 가부장제의 가족 구조에서 자녀들을 교육시키고 분가시키는 것은 가장의 몫이 아니라 장남의 몫이었다. 어머니가 장남에게만 특별히 몇 가지 밑반찬을 챙겨주고 형제자매들에 대한 우월한 지위를 부여하는 건 장남이 예뻐서가 아니다. '예뻐서' 챙겨주는 것은 막내요, '불쌍해서' 챙겨주는 것이 장남이다. 어릴 적 얻어먹은 알사탕 몇 개의 대가로 평생을 허리가 휘도록 일해서 형제들을 챙기고 부모를 봉양한다. 그러고는 자기가 줄줄이 까놓은 제 새끼들은 또 그놈들 중 장남이 책임진다. 핵가족화로 이러한 면들이 급속히 사라지고 장성한 이후에도 부모와 동거하며 경제적으로 신세를 지는 경우가 눈에 띄게 늘어났다고는 하나, 가문을 책임지고 이어나갈 존재로서의 의무감과 압력은 여전히 존재한다. 이것은 여성들이 느끼는 상대적 박탈감과 소외감에 대해 대칭을 이루는 동일한 질량의 스트레스다. 우리나라에서 남자로 태어나 "뭘 하든지 너 하고 싶은 걸 하렴. 엄마 아빠는 알아서 잘살 테니……"라는 말을 들으며 성장한 사례가 과연 몇이나 되겠는가. 게다가 어서어서 자라서 너한테 들인 학비며 기타 등등 다 갚고, 특히나 좀 번듯하게 되어서 부모 '체면' 확실히 살려다오…… 하는 이야기를 노골적으로 하지는 않더라도, 분위기라는 게 은근히 그런 쪽이지 않은가.

아들로서의 위치뿐만 아니라 남편으로서 아버지로서의 위치도 숯같기는 마찬가지나. 한국 남자처럼 큰소리 뻥뻥 치는 경우는 세계적으로도 많지 않다. 그리고 그 쥐 씨알만한 허풍과 큰소리의 대가로 한국 남자는 독박을 쓴다. 좀더 상세히 표현하자면, 독박보다는 개피박에 가깝다. 한국 여성들의 가사노동이나 사회적 역할을 과소평가하는 게 아니라 남자들 스스로 자기들이 판 함정에 빠져 있다는 뜻이다. 서양 사람들이 오 분에 한 번씩 알라뷰~ 소리를 내뱉고 십 분에 한 번씩 뽀뽀를 쪽쪽 하는 이유에 대해 골때리는 분석을 한 사람들이 있다. 양놈들은 맞벌이 커플인 경우가 많고 경제적으로도 대등한 책임을 지므로, 살랑살랑 애교 떨고 밤에도 열심히 해주지 않으면 트렁크 두 개 들고 집에서 쫓겨나기 십상이다. 하여, 평소에 한국 남자처럼 경우에 어긋나는(?) 억지를 부리지 못한다는 것이다. 그러니 프러포즈할 때 내가 널 책임지겠다느니 하는 표현이 없을 수밖에…… 양놈 한 놈에게 와이프가 "내가 집에서 살림만 하고 애 기르고 요리해주고 하면 어

때?”하고 물어봤다 치자. 그놈이 뭐라고 대답할까? “미쳤냐, 씨
바야…… 왜 나 혼자 개고생해야 돼?” 하고 지랄한다. 가사노동도
자동화, 인스턴트화로 점차 부담이 줄어가고 있는 때에 자신의 배
우자가 집에 짱박혀 있기보다는 한푼이라도 벌어오기를 바란다는
거다.

한국 남자들은 삼국시대에서 고려조까지도 비교적 자유스러웠
던 여성들을 골방에 처박고는 이 짓도 하지 마, 저 짓도 하지 마,
그딴 생각 하지 마, 하고 다년간(오백 년) 꼴값을 떤바, 파트너와
동반자적 관계로서의 여성들을 잃어버렸다. 여성은 비즈니스, 정
치, 예술 등 모든 분야에서 남성과 대등한 혹은 변별적인 능력을
발휘할 수 있는 국가의 중요 자산이다. 글쎄, 그걸 모르고 여성을
골방에 처박고 넌 내가 책임져, 짱박혀 있어, 하고 외친 뒤 저 혼
자 방방 뛰다가 사십이 넘자마자 간암으로 황천으로 가는 게 한국
남자다.

분석해보자. 책임지는 게 과연 가능한지. 이 책임이라는 단어
에는 경제적으로 부양하고 가정이라는 울타리 안에 안주할 장소
를 제공한다는 의미 이외에, 자아실현이라든가 인간으로서의 존
재 확인 등의 의미는 좆도 없다. 배우자의 도움 없이 저 혼자만의
벌이로 안정된 삶을 유지할 수 있는 남자들의 숫자는 점점 줄어
들 것이며, 이미 줄어들었다. 그리하여 돈벌이 기계로 전락해 혼
자 좆뺑이를 치는 동안 여성들 역시 결코 만만하지 않은 가사노동
에 시달리며 정신적 공허감과 상실감이라는 이중적 고통에 신음
한다. 그러니 남자는 “네가 한 게 뭐가 있어”라는 싸가지없는 말을

수시로 내뱉고, 여자는 "내가 씨바 뭐 파출부에 네 정액받이니!" 하고 열을 뿜는다. 더구나 남자인 내 입장에서는 싸가지 없는 남자보다는 열받은 여자가 훨씬 눈에 잘 띈다. 그녀들은 남녀평등이라는 말에 동조는 하면서도 정신적 수준은 파출부 플러스 정액받이 수준이다(나는 파출부들을 비하하고 있는 게 아니다. 단순히 기능적 역할로 전락한 여성들을 비유하고 있을 뿐이다. 또 내가 비하하고 있는 게 없나…… 아, 정액받이. 이건 직업적으로 얘기하자면, 창녀다. 근데 어떤 땐 창녀가 낫지 싶을 때도 있다). 장래 희망을 묻는 대답에 현모양처요, 하고 대답하는 여자들을 보면, 개인의 신택에 대해 뭐라 말할 수는 없으되 국가의 미래는 캄캄하다는 생각이 든다. 하다못해 간호사요, 하고 대답하는 여자들이 낫다(다시 말하건대 나는 지금 간호사라는 직업을 비하하는 게 아니다. 여성들의 희망이 간호사, 발레리나 같은 것일 경우, 그것이 스스로의 동경에 의한 것이라면 정말 좋은 일이다. 그러나 상대적으로 장군, 정치가, 법관 등등을 남성의 영역으로 인식하고 여자들의 직업이라면 하는 전제를 단 상태에서 간호사요, 하고 대답하는 것은 그 직업에 대한 모욕이라는 것이다. 한국에서 무슨 말을 할 때는 이렇게 일일이 토를 달지 않으면…… 지랄들 한다. 참고로, 나 간호사 진짜 좋아한다. 정말이다. 섹스숍에 가서도 꼭 먼저 보는 게 간호사 유니폼…… 어푸어푸, 내가 무슨 말을 한 거야……).

거짓 신화의 붕괴를
향하여

　당근 아시겠지만 상어라는 물고기가 있다. 이놈은 인류보다도 훨씬 훠얼씬 오랜 역사를 가지고 있는 강력한 전투생물로, 진화할 필요가 없을 정도로 너무나 강력해 거의 진화를 하지 않았다고 한다. 그리하여 일이 좀 웃기게 되어버린 것이, 다른 물고기들은 부레가 있어 물속을 둥둥 떠다닐 수 있지만 이 상어란 놈은 죽어라고 계속 헤엄치지 않으면 익사한다. 바다의 왕자가 물에 빠져 죽는다니 정말 어지간한 추태가 아니다(부레 대신 내장의 사분의 일을 차지하는 간이 헤엄치는 데 도움을 주지만 그래도 근육을 계속 움직여 아가미를 작동하지 않으면, 익사한다. ㅋㅋ).

　현대 사회, 정보의 바다에서 살아가는 우리네 인간의 모습은 상어의 그것과 너무나도 흡사한 면이 많다. 금속활자가 개발되자 우리 인간들이 가진 정보는 급속도로 교환되기 시작했고, 인터넷의 시대에 이르자 인간이 가진 정보는 가히 정보의 '바다'라 할 만큼 폭발적으로 늘어나고 퍼져나갔다. 한때 낙관론자들은 인간이 인터넷을 통해 집단적 의식을 이루고 무척이나 현명해질 것으로 기대했지만 그 결과는 그렇게까지 밝은 것이 아니었다(솔직히 말하자면 좆나게 저질이 됐다고 봐야 한다).

이 정보의 바다, 지식의 바다, 인터넷의 바다에서 우리 인간은 앞서 말한 구슬픈 운명의 상어처럼 바보가 되지 않으려고 필사적으로 바둥거리며 헤엄쳐야만 한다. 그러지 않으면 한줌의 빛도 들지 않는 곳, '무지'라는 이름의 심연 속으로 가라앉아 편견과 오해, 나아가 집단적 광기라는 차갑고 끈적거리는 먹이를 먹으며 추한 모습으로 살아가게 된다(골룸! 골룸!). 이 얼마나 슬픈 스토리인가!

이제 한 인간이 얻을 수 있는 정보의 양 자체는 문제가 되지 않는 시대가 도래했다. 그렇다면 문제는 무엇인가. 정보의 취사선택에 관한 기준과 판단, 이것이 한 인간 혹은 사회 전체를 결정적으로 좌지우지할 수 있는 중요한 문제가 되어버렸다.

그럼에도 불구하고 우리는 온갖 거짓 신화와 정보 조작, 오류와 오판, 편견에 둘러싸여 살아간다. 그리하여, 놀라울 정도로 잘 속아넘어가며, 무서울 정도로 겁없이 판단하고, 마침내 나도 모르게 남에게 폭력을 휘두르게 되어 많은 희생자를 낳는다.

지금 우리가 살아가는 이 시대 이 사회를 둘러싼 수많은 거짓 신화와 정보 조작의 짙은 안개를 함께 걷어내보자.

포경수술의 신화

요즘도 완전히 사라진 것 같진 않지만, 사내아이들에 대한 포경수술은 사나이로서의 장래를 위하여 부모가 반드시 배려해야 할 대상으로 간주되어왔다. 뻗대고 버티어봤자 소용없었다. 포경 안 하고 군대 가면 마취도 안 하고 가위로 그냥 잘라버린다는 협박이 설득력 있게 통용되었으며, 수술을 하지 않을 경우 매우 불결하고 물건(?)을 관리하기 어려우며 결정적으로는 정력이 약해진다는, 더 상세히 설명하자면, 성행위시 지속 시간이 짧아지고 다양한 기술(?)을 구사하기 어렵다는 확고불변의 보편적 상식(?)이 우리 사회에 널리널리 통용되어왔다.

이 절대 진리에 도전하는 사람이 있지도 않았거니와, 도전할 이유도 찾아보기 어려웠다. 그리하여 나잇살이나 먹었는데도 포경수술을 하지 않은 남자는 무지 무식한 하층민 출신으로 간주되는 사회 현상까지도 있었던 것이다. 그! 러! 나! 두둥~ 이게 완전 뻥이라는 거 아니냐. 우리 사회에 널리 퍼져 있는 포경수술 신화에 대한 진실은 다음과 같다.

1. 포경수술은 절대로 필수적인 것이 아니며, 종교적인 이유로 할례 의식을 행해야 하는 유대인 등 극히 일부의 사람들을 제외하고는 전 세계적으로 그다지 많이 퍼져 있는 수술이 아니다(우리는 무지한 야만족들을 제외하고는 전 세계의 문명인들이 모두 이 수술을 받는 줄 알고 있었다).

2. 위생관념과 목욕 시설이 발달한 현대에는 포경수술을 하지 않는다고 해도 위생적으로 아무런 문제가 없다(우리는 이 수술 안 받으면 거시기가 썩는다고 생각했다).

3. 특히나 우리 한국인들이 포경수술을 위생적인 관점보다는 정력에 대한 관점에서 집착했던 것이 엄연한 사실인데, 이미 수술을 한 분들에게는 정말정말 억울한 이야기겠지만, 포경수술과 성적인 능력 사이에는 아무런 상관관계가 없다.

나는 수술 뒤의 통증이 유달리 심한 경우여서(국딩 4학년이었다) 커다란 바가지를 거시기 위에 씌워 보호막을 만들고 근 두 딜여를 끙끙 앓았다. 그렇게 하지 않으면 예쁜 여자가 나한테 절대로 시집오지 않는다는 거다. 진실이 밝혀진 즈음, 하늘이 노래질 노릇이건만 대체 이 억울함을 어디 가서 하소연하며 어디 가서 성질을 부린단 말인가. 오호통재라.

한때는 사내아이를 출생 직후에 포경수술 해주는 것이 현명한 부모인 것처럼 이야기되기도 했으나, 요즘은 그것이 근거 없는 가혹 행위라는 데 의견이 모이고 있다. 그러나 정녕 내게 놀라운 것은 포경수술을 한다 안 한다가 아니라 그릇된 사실이 이다지도 오랜 기간, 또 이다지도 많은 사람들에게 권위 그 이상을 획득한 진실로 받아들여졌고, 이 나라 밖으로 나가 다른 사회를 둘러보고 온 사람들이 없는 것이 아님에도 참으로 집요하게 그 거짓의 가면이 땅바닥으로 끌어내려지지 않았다는 사실이다. 까고 이야기하자면, 전 국민이 바보 된 것이 아닌가.

아랫도리에 관한 일에 대해서는 특히나 쉬쉬하는 한국인의 성향이 이 포경수술 신화의 생명력을 연장시킨 것 같다는 혐의가 있긴 하지만, 내게는 나를 포함해 수많은 사람이 오랜 세월 동안 믿고 있던 진실도 한순간에 뒤집어질 수 있으며, 믿을 수 없을 만큼 많은 사람이 오랫동안 바보가 되어 있었다는 충격이 더 저릿저릿하다.

마가린의 전설

웰빙이라는 단어가 존재하지 않았던 시절, 밥상 위에서 고기나 생선 발견하기가 쉽지 않았던 시절, 별 반찬이 없는 일요일 점심 끼니에 버터 한 숟갈을 뜨거운 밥 안쪽에 파묻고 침을 흘리며 버터가 녹아내리기를 기다리다가 간장을 척 부어 비벼 먹는 그 맛이란, 각종 외식업이 발달한 요즘의 아이들은 절실하게 느끼기 힘든 별미였던 것이다. 게다가 그 위에 계란 프라이까지 하나 얹는다면 그 맛에 견줄 수 있는 상대는 짜장면 정도를 제외하고는 거의 없는, 값싸고도 맛있는 진미 중의 진미였던 게다.

그러던 어느 날, 버터는 '동물성' 지방이라 몸에 좋지 않으므로 절대절대로 몸에 좋은 '식물성' 지방인 마가린(미국 발음으로는 마저린이란다)을 먹어야 한다는 강력한 사회적 압박이 국가 전체를 강타했다. 주부들은 너도나도 '동물성' 지방 버터를 내려놓고 '식물성' 지방 마가린을 장바구니에 쑤셔넣었다. 얼핏 그럴싸하게 들리는 '동물성'과 '식물성'의 대결에서, 당연히 '식물성'이 몸에 좋을 것 같다는 짐작에 편승한 사람들의 동조로 '식물성'이 승리했고, 이는 보편의 진리로 자리잡았다.

게다가 신문에 실리는 말은 모조리 사실이라고 믿던 순진한 시절, 매스컴 역시 일방적으로 마가린의 승리를 선언하며 그의 손을 들어주었다. 그리고 세월이 흘러 어언 21세기. 우리는 또 한번 처절한 배신의 고통을 맛보게 된다. 바로 마가린 승리의 공신이었던 매스컴이 이번엔 '동물성' '식물성'보다 더 알아듣기 어려운 '불포화지방산'이라는 무협지에 나올 것 같은 단어를 들고 나온 것이다. 여러분도 지겹게 접한 이야기일 테니 자세한 과학적 설명은 집어치우지. 결론은, '식물성'이고 지랄이고 간에 '불포화지방산'은 허벌나게 몸에 나쁜 것이며 그중에서도 상온에서 액체가 아니라 고체로 존재하는 놈들이 최고로 나쁜 놈들인데, 그게 마가린이란다.

아니, 이게 웬 이토 히로부미 관에서 몸 비틀다가 튀어나오는 소리냐. 지금까지! 수많은 날을! 졸라 마가린에 밥 비벼 먹었건만, 불포화지방산을 처먹다 처먹다 뒈질 때쯤 되니까 이제 와서 '그것은 아주 나쁜 것'이라니. 이쯤 되면 이것도 믿을 수가 없는 게, 언제 어디서 저명한 미국 할바리 대학교 국떠먹어 교수가 '마가린, 몸에 해 없어' 하는 연구를 발표했다며 씨부렁거릴지 알 수 없는 노릇. 세상에 믿을 놈 하나 없다는 건 이럴 때 하는 말이다.

지금은 또 짜장면을 만드는 쇼트닝이 대표적인 불포화지방산으로 몸에 엄청 나쁘다, 고 하는데 염병, 이젠 못 믿겠다. 언제 또 저명한 영국 옥수수퍼 대학의 낑겨바리 교수가 '짜장면, 항암 성분

가지고 있어' 하고 들고 나올지 모르는 일이다. 그저 맛있게 처먹는 건 모두가 보약이려니 할 뿐.

이건 진짜 비밀인데, 암에 안 걸릴 수 있는 방법은 잘 모르지만 확실히 암에 걸릴 수 있는 방법은 알고 있다. TV뉴스, 신문, 인터넷에 나오는 기사들, "당근에는 항암 성분이 있으며 양파에는 발암 성분이 있고 탄 음식에는 발암 성분이 있고 시금치에는 항암 성분이 있으며 소금은 암세포를 위축시키고 간장은 암세포를 키우며 김치는……" 뭐 이런 얘기를 모조리 스크랩하고 밥상머리에 앉아 찬찬히 뜯어보며 분석하고 연구하며 졸라 긴장한 상태로 매끼를 먹어라. 내가 장담하는데, 무조건 암 걸린다.

B형 간염의 신화

1970년대였던가 80년대였던가. B형 간염의 공포가 우리 사회를 강타했다. 에이즈야 저 혼자 건전히 살면 그만이라지만(이것도 사실이 아닌 것으로 밝혀졌다. 다시 말하지만, 믿을 놈 하나 없다) 한 개의 술잔을 돌리며 축배를 드는, 게다가 찌개 그릇 안에 니 숟갈 내 숟갈 담그는(그러다가 내미는 숟갈에 밥풀이 묻어 좀 미안하면 다시 입으로 쫙! 빨아서 빤짝빤짝하게 만들어 다시 담그는) 우리네 문화에서 B형 간염의 공포는 누구에게나 해당될 수 있는 것이라 그 파장은 더더욱 컸다.

지금은 슬그머니 다시 기어들어갔지만, 술잔 돌리지 않기가 사회운동처럼 번지고 한식당에서 저마다 음식을 덜어 먹는 '앞접시'

가 본격적으로 자리잡은 것도 이때다. 다시 말하지만, 신문에 난 얘기는 모두 사실이라고 믿는 순진한 국민들 위에 정부마저 대대적인 캠페인을 전개하며 B형 간염의 공포는 정점에 도달했다. 그리하여 어찌되었던가.

결론부터 이야기하자면, B형 간염은 음식물을 통해서는 전염되지 않는다. 혈액이나 성행위 수준의 체액 교환 등을 통해서만 전염되며, 키스 정도의 접촉으로는 전염되지 않는다고 보아야 한다(씨파, 내 이럴 줄 알았다).

잘못된 캠페인은 공포감을 심기 쉬운데, 그것을 바로잡기는 대단히 어렵다(이것은 대마초나 에이즈의 경우에도 마찬가지로 적용된다). 그리하여 B형 간염 보균자들은 직장에서 떨려나고 취직을 할 수가 없었으며, 각종 사회적 차별을 받아야만 했다. B형 간염이란 것이 일종의 스티그마—사회적 낙인이 된 것이다.

요즘에도 B형 간염 보균자를 꺼리거나 차별하는 사람들의 숫자는 막대하다고 볼 수 있다. 내가 무서운 장면으로 생각하는 것은, 정부가 주도한 1970년대의 대대적인 캠페인이 이 그릇된 신화의 주범이란 사실이다. 마가린—불포화지방산의 신화가 매스컴의 들쭉날쭉 보도에서 비롯된 것이라면, 수많은 B형 간염 보균자들의 인생을 파멸시키고 아직까지도 소외시키고 있는 이 거짓 신화의 주 발원지는 정부의 캠페인이다. 도대체 누구를 믿고 누구를 믿지 말아야 한단 말이냐.

에이즈

이 역시 B형 간염의 그릇된 신화와 매우 비슷하다. 그러나 대중이 품고 있는 공포의 수준은 B형 간염을 훨씬 초월하며 보균자에 대한 스티그마의 선명도 역시 훨씬 더 적나라하다. 한때 사람들은 에이즈의 철자를 풀어 '아직(A) 이렇다 할(I) 대책이 없는(D) 성병(S)'이라고 이야기했었다.

그러나 최근 에이즈는 성병이라기보다는 일종의 혈액병으로 간주되고 있다. 감염 경로 역시 성적 접촉보다는 수혈이나 기타 다른 이유가 더 많은 비중을 차지한다. 잘못된 정보로 인해 고통받은 일차적 피해자들은 어쨌든 에이즈에 감염된 사람들이다. 이들은 힘겨운 병과 투쟁해야 됨과 동시에 완전히 인생이 파탄날 정도로 사회적 적대감에 둘러싸여야만 했다. 그러나 또다른 피해자들은 동성애자들이다. 이들이 에이즈 감염의 주범이며 심지어는 에이즈 바이러스 발생의 원인이라는 잘못된 사회적 통념에 이들은 신음해야 했고, 현재도 그러하다. 그러므로 이번에는 동성애에 대해 이야기해보자.

동성애

일단 명칭부터 정리하도록 하자. 흔히 동성연애라고 부르는데, 이것은 동성애자들을 비하해서 부르는 표현이 된다. 지금 그 이유를 설명하기는 매우 귀찮으니 동성애라는 표현이 맞는 거다, 라는 정도로 정리하고 넘어가자.

예전에 한 국회의원이 동성애자들은 모두 심각한 중증의 비정상적인 인간들이므로 싸그리 잡아다가 전부 뇌수술을 시켜야 한다는 끔찍한 취지의 발언을 한 적이 있다. 국회의원들 중 무식과 무지의 수준이 끝 간 데 없는 인간들이 한둘도 아니니 뭐 새삼스러운 일은 아니지만, 인권 상황이 우리나라보다 훨씬 나은 다른 선진국에서 국민을 대표하는 입법부 의원이 그따구 발언을 했다면 아마 나라가 발칵 뒤집혔을 게다.

그 당시보다 요즘의 인식이 조금은 나아졌다고는 하지만, 국민의 인권에 대한 인식이 신장되거나 해서 그런 게 아니고, 싸고 이야기해서 이 모든 것은 하리수 덕분이다(정확하게는 그녀는 동성애자가 아니라 트랜스젠더지만). 만일 하리수가 얼굴이 좀 아니었거나 몸매가 꽝이었다면 우리나라 동성애자들의 인권 상황은 지금보다 훨씬 못했을 것이다.

동성애의 역사는 일반의 인식보다 훨씬 길다. 호머의 『일리아드』『오디세이아』에 등장하는 영웅들이 전리품인 미소년(미소녀가 아니라)을 놓고 대립하는 내용의 아동용 문고판을 보면서(어마무지한 분량이 삭제된), 어린 나는 그 '미소년'이 출판사에서 잘못 번역해서 나온 실수인 줄 알았다. 나중에 알고 보니 서양 문명의 뿌리랄 수 있는 고대 그리스에선 어디까지나 동성애가 기준이고 이성애가 별종이었다는 충격적인 사실을 접하고는 그리스인들은 꽤나 지저분한 사람들이라고 생각했다.

나 역시 어른이 될 때까지 직접 목격한 동성애자라고는 이태원 길거리에서 담배를 피우고 있는 별로 예쁘지 않은 모습의 유흥업소 종사자밖에 없었던지라 동성애자에 대한 크나큰 오해와 편견을 가지고 살았던 거다. 영국으로 유학을 가서, 동성애자들이 당당하게 그 사실을 밝히며 사회적으로 무시하거나 탄압할 수 없는 세력을 형성하고 있고 문화적으로도 막강한 영향력을 발휘하며 개인적인 친구로서도 무척 괜찮은 부류라는 사실을 깨닫고 나서는 그 인식이 많이 바뀌었다.

우리나라 사람들이 흔히 가지는 동성애에 대한 오해와 진실을 열거해보자.

동성애자는 모두 여장을 좋아하거나 여자가 되고 싶어하는 사람들이다.

게이들 가운데에서 여성스러운 외양이나 태도를 추구하는 사람들을 일컬어 퀴어라고 부른다. 그들은 동성애자 가운데에서 오히려 소수파에 속하며 대부분의 동성애자들은 깔끔하고 세련된 첨단 패션을 즐기며 지나치게 오버하지 않는 취향들을 가지고 있다. 또 게이들 중 많은 수는 여성성에 대한 동경이 아니라 남성성에 대한 찬미의 시각을 가지고 있어서 굳이 여성적인 외양이나 태도를 동경하지 않는다.

동성애자들은 성생활이 문란하고 지저분해 에이즈를 옮기는 주범이다.

동성애자들 중에도 생활이 문란한 사람은 분명 있을 것이다. 하지만 그것은 이성애자도 마찬가지다. 사람이 모이다보면 이런 사람도 있고 저런 사람도 있게 마련, 하지만 평균적으로 보면 오히려 동성애자들이 더 깔끔을 떠는 부류에 속한다. 서양 사회에서는 동성애자들이 많이 모여 사는 동네가 깨끗하다고 인식한다.

동성애자들은 직업이 없거나 무능력해 대부분 유흥업소 일이나 매춘으로 생계를 꾸려간다.

이것이야말로 우리나라 사람들의 가장 큰 편견 중 하나다. 동성애자들은 전문직종, 예술문화 분야 종사자들이 이성애자들보다 더 많고 그 특유의 문화적 색채는 항상 유행을 선도하며 지극히 세련됐다. 단지 우리나라에서는 그 집단이 커밍아웃을 통해 전면으로 부상하지 못하고 있을 뿐이다.

동성애자들은 늘 파트너에 굶주려 있으므로 상대방 쪽에서 호의를 보이면 매우 쉽게 넘어온다.

이 대목에서 한국의 동성애자들은 정말 씁쓸한 표정을 지을 수밖에 없다. 그들의 짧은 답변으로 이해하리라 믿는다. "우리에게도 눈이 있다." 그렇다. 동성애자에도 수많은 부류가 있으며 이성애자들과 마찬가지로 자기 마음에 드는 사람과 들지 않는 사람이 있다.

동성애자들은 변태다.

동성애는 자신의 성적 정체성을 이야기함이지 그것 자체로 변태다 아니다의 논란이 되는 문제가 아니다.

동성애자들은 같은 동성애자가 아닌 이상 친구 삼기가 어렵다.

인간과 인간이 만나서 친구가 되는 데 동성애자냐 이성애자냐는 문제가 되지 않는다. 동성애자들도 이성애자들과 마찬가지로 성격 좋은 놈, 아주 나쁜 놈, 사기꾼 등등이 다 존재하겠지만 일반적으로 이야기되기로는, 또 내가 겪어본 바로는 어쩔 수 없이 마음고생들을 해서 그런지 남의 마음을 잘 이해하고 배려심이 넓은 편이다.

동성애자들은 그렇게 태어난 것이 아니라 후천적으로 가정적 문제라든가 하여간 뭔가 잘못되어 그렇게 변하는 것이다.

최근의 과학적 연구로 동성애자들은 선천적으로 그 특질을 타고나며, 다만 특정 시기에 그것이 발견되고 굳어질 뿐이라는 설이 힘을 얻고 있다.

레즈비언들은 너무나 못생겨서 남자들이 관심을 가져주지 않기 때문에 생겨난다.

동성애자 중에는 선남선녀가 많다. 영국에서는 길거리에서 마주치는 잘생긴 남자의 90퍼센트는 게이라는 말이 통용될 정도다. 레즈비언들은 자신의 외모가 아니라 남성들의 불합리하고 일방주의적이며 배려가 없는 사고방식과 행동에 치를 떨 뿐이다. 이상 더 나열하자면 끝이 없겠지만, 어쨌거나 결론은 동성애자를 동성애자가 아니라 그저 똑같은 한 사람의 인간으로 대하고자 하는 마음을 먹는다면 많은 편견으로부터 벗어날 수 있을 것이며, 동성애

자가 자신의 성 정체성에 대해서 마음놓고 이야기하며 편하게 살
수 있는 사회는 이성애자에게도 훨씬 더 살기 좋은 세상일 거라는
사실이다.

3부

안녕,
마왕

추모의 글

신해철, 그 이름은 순수한 영혼과 진실된 의지로 우리를 이끌어준 진정한 음악인의 이름입니다. 그는 음악인으로서 커다란 산과 같은 존재였습니다. 수많은 후배들도 신해철이라는 산을 올려다보며 음악인의 꿈을 키웠습니다. 우리 가요계는 그의 음악에 많은 빚을 졌고, 그 빚을 갚기도 전 날아든 갑작스러운 비보에 마음이 부서지는 것 같았습니다.

언젠가 형이 그랬습니다. 생명은 태어나는 것 자체로 목적을 다한 것이기 때문에 인생이란 그저 보너스 게임일 뿐이라고요. 따라서 보너스 인생을 그냥 산책하듯이 그저 하고픈 것 마음껏 하면서 행복하라고 말했었죠.

지금 생각하면 형은 이 보너스까지도 참 멋지고 훌륭하게 그렸던 것 같습니다. 이제 더 좋은 곳에서 또다른 산책을 하면서 형이 좋아하는 음악과 삶에 관한 이야기 마음껏 하시겠죠.

끝으로 형에게 고맙고 미안하고 멋지다는 말을 하고 싶습니다. 항상 최고의 음악을 들려주어 고맙습니다. 그런 형이 너무나 크고 멋졌는데 멋지다는 말을 자주 해주지 못한 것 같습니다.

이제 우리 모두의 마음속에서 멋진 노래 계속 들려주시길 바랍니다. 많은 분들이 신해철이라는 커다란 이름을, 우리의 젊은 날에 많은 추억과 멋진 음악을 선물해준 그 아름다운 이름을 오래오래 기억해주시리라 믿습니다.

_ **서태지**(음악인)

우연한 기회에 알게 되었던 신해철은 내게는 젊은이였지만 사실상 그들 세대는 이미 우리 사회의 중견이다. 그래도 그는 내 마음속에 '자유로운 청춘'으로 각인되어 있다. 내가 어느 방송 프로그램의 출연 섭외를 받고 거절하자 그가 찾아와 '지친 애들 위로해주자'고 나를 설득했고, 나는 그 말에 끌려서 공동 MC로 수개월간 그와 함께한 적이 있다. 당시에 그가 옆에 있어 든든했고 쑥스럽기는커녕 경직된 나를 유연하게 풀어낼 수가 있었다.

그가 소풍 가듯이 떠나버린 뒤에 갑작스레 가장을 잃은 그의 아내가 유고를 들고 찾아왔는데, 대중가수로 활동하면서 언제 그 많은 분량의 글을 썼는지 그의 부지런함과 글솜씨에 내심 놀랐다. 대충 앞부분이나 읽어보려다가 빠져들듯 단숨에 읽고서 나는 확인했다. 그의 순수한 열정과 패기는 소싯적부터 형성된 세상에 대한 폭넓은 인식, 올바른 세계관에 근거한 진지한 삶의 철학에서 나온 것임을. 자유분방하면서도 일관된 정직성과 자기 재간에 대한 겸손이 이 아까운 사람의 부재를 더욱 안타깝게 만든다. 신해철은 자기 시대와 대중을 잘 알고 있었으며 이들을 진심을 다하여 사랑하려고 했던 음악인이었다.

_ **황석영**(소설가)

〈100분 토론〉에서 저는 신해철씨를 다섯 번 만났습니다. 그때마다 논란의 한가운데 섰고, 그래서 화제가 되기도 했습니다. 제가 기억하는 한 가수였지만 어떤 주제를 놓고도 자신의 주관을 뚜렷이 해서 논쟁할 수 있는 논객이기도 했습니다. 욕을 많이 먹어서 영생할 거라 농담으로 얘기하기도 했지만 예상치 못하게 일찍 세상을 떠났습니다. 아마도 그를 사랑했던 팬들의 마음속에선 영생하고 있을지도 모르겠습니다.

_ 손석희(언론인)

신해철이라는 가수는 이미 음악적인 면에서 자신의 탑을 세웠다. 그가 할 수 있는 것이 더 있었는데…… 그 점이 아쉽다. 그중 다행인 것은 많은 이들이 이렇게 함께 아파해주고 있다는 것이다. 그리고 신해철의 음악이 재조명되고 있다는 것이다. 그것이 불행 중에서도 의미 있는 일이라 생각한다.

_ 배철수(방송인)

제가 아는 신해철씨는 불합리한 것에 앞장서 당당하게 맞서는 용기를 가진, 멋진 사람이었습니다. 대선 때 유세하러 가는 곳마다 울려퍼지던 〈그대에게〉의 벅찬 음악은 제게는 평생의 고마움입니다. 부디 영면하시길 기원합니다.

_ 문재인(정치인)

지성을 갖춘 놀라운 '강심장'이었다. 지식인, 정치인의 허위를 광장에서 단 한마디로 날려보내던 신해철. 그 인격, 지성, 음악으로 스스로 시대의 예술가가 되었던 신해철. 당신은 그런 예술가였기에 우리 마음속에 영원히 살아 있습니다. 그곳에서도 유쾌하게 살길 기도합니다.

_ 문성근(배우)

마왕을
보내며

진중권 (미학자)

　"안녕하세요. 저, 해철입니다.""예?""가수 신해철이라구요."
2007년의 어느 날 그에게 느닷없이 전화가 걸려왔다. 서로 일면
식도 없는 사이였다. 당시에 나는 인터넷 위에서 회자되는 그의
신랄한 발언들에 통쾌함을 느끼던 차였고, 같은 '악동'으로서 그
역시 내게 모종의 동류의식을 느꼈던 모양이다. 그날 두 악동은
어느 일식집에서 같이 저녁을 먹은 후 그의 스튜디오로 자리를 옮
겨 새벽까지 술을 마시며 수다를 떨었다.

　그후 사적 만남이 한 번 더 있었다. 노무현 대통령 서거 이후로
기억한다. 그 자리에서 그는 그분의 죽음이 너무나 큰 충격이어서
한동안 술만 마시며 폐인처럼 지냈다고 토로했다. 그 밖에도 가끔
혼자 판단하기 어려운 일이 있을 때 전화로 내게 의견을 물었다.
대개 자기 생각을 스스로 확신하지 못할 때였다. 자기확신이 강하

여 누가 뭐라 하든 개의치 않는 그도 자신이 백 퍼센트 확신하지 못하는 사안에 대해서는 자신이 옳다고 말해줄 누군가가 필요했던 모양이다.

지난 8월 어느 팟캐스트 방송을 위해 그와 대담을 했다. 단 둘만 들어가는 녹음실에서 네 시간에 걸쳐 얘기를 나누며, 비로소 그동안 단편적으로만 알던 인간 신해철의 전체상을 그릴 수 있었다. 그런데 그게 그의 마지막 공식 인터뷰가 되고 말았다. 몇 달 후 그의 추천과 부탁으로 새로 시작하는 예능 프로그램에 합류하게 되었다. 그 프로그램의 일회분 녹화를 마친 후, 그는 돌아오지 않았다. 이 역시 그의 마지막 방송이 되어버린 셈이다. 그 두 번의 '마지막'에 공교롭게도 내가 있었다.

그래서 그의 죽음은 내게 감당하기 힘든 아픔으로 다가왔다. 가끔 우리는 죽은 이를 문득 떠올리며 그리워하곤 한다. 그런데 그의 경우는 사정이 달라, 고인이 된 그를 가끔 떠올리는 게 아니라, 문득 '그가 세상을 떠났다'는 사실을 떠올리게 된다. '아, 그러고 보니 그가 떠났구나.' 이미 고인이 되었음에도 불구하고 이상하게도 그만은 아직 여기에 우리와 함께 있다는 느낌이다. 이게 나 혼자만의 느낌일까? 그것은 우리 모두가 아직 그를 떠나보낼 마음의 준비가 되어 있지 않았다는 것을 의미한다.

우리는 훌륭한 뮤지션을 잃었다. 그것만으로도 견디기 힘든 상실이나, 우리가 잃은 것은 그뿐이 아니다. '고스트스테이션' 세대에게 신해철은 가수 이상의 존재였다. 그들은 그가 골라주는 음악들을 통해 감각을 기르고, 그가 사회를 향해 퍼붓는 발언들을 통해 가치관을 형성했다. 그들이 신해철의 죽음을 아파하는 것은, 그의 죽음과 함께 자기 정체성의 일부가 상실됐다고 느끼기 때문이리라. 어느 네티즌의 말대로, "신해철의 음악을 듣는 어른은 소년이고, 신해철의 음악을 듣는 소년은 어른이다".

왜 그런지 몰라도 내 머릿속에서 '로커'라는 말은 체제에 저항하는 전사의 이미지와 얽혀 있다. 그저 나만의 환상일지 모르지만, 이 전사로서 로커는 금지된 욕망을 대변함으로써 낡은 도덕과 관습에 억눌려 사는 대중에게 숨통을 틔워주는 환풍구 역할을 해야 한다. 신해철은 내가 생각하는 '로커'의 이미지에 정확히 들어맞는 가수였다. 숨막히도록 보수적인 이 사회에서 자유롭고 싶은 우리의 욕망을 그처럼 용감하게, 그처럼 통쾌하게 대변한 이는 일찍이 없었다. 앞으로는 있을까?

"하도 욕을 얻어먹어 영생할 것"이라 늘 장담했던 그이기에, 계속 우리 곁에 남아 오랫동안 우리를 통쾌하게 해줄 줄 알았다. 하지만 그는 "있을 때 잘해"라는 농담 같지 않은 농담을 남긴 채 너무나 빨리 우리 곁을 떠났다. 어떤 죽음이든 상실감을 남기기 마련이나, 그의 죽음이 남긴 상실감은 예외적이다. 이 남다른 상실감은 그의 빈자리가 그 밖의 다른 누구로도 채워질 수 없을 것 같다는 느낌 때문이리라.

나는 그의 존재가 고마웠다. 그가 그저 이 땅에 우리 곁에 있다는 것만으로도 너무나 고마웠다. 해철씨, 고마워. 그리고 잘 가.

영원한 인디의 영혼, 해철

허 수 경 (시 인)

1980년대가 저물어가던 무렵, 한 청년 뮤지션이 있었다. 그는 무거운 악기를 끙끙거리며 짊어지고 뜨거운 여름 언덕길을 올라갔다. 자가용이 있는 멤버들에게 기죽기 싫어 그는 차를 얻어탈 수 있는데도 마다했다. 그리고 악기를 끌고 혼자 땀을 흘리며 겨우겨우 걸어갔다. 그 청년은 신해철이다. 그 이야기를 언젠가 술자리에서 들려주면서 그는 눈길을 먼 곳으로 돌렸다. 내가 아는 그는 약한 이들에게는 공손했고 강한 이들에게는 떳떳하게 자신을 주장했다. 잘 웃고 잘 웃기고 장난스럽게 굴다가도 또 너무나 진지하기도 했다. 나는 그를 무한궤도 시절과 넥스트 시절의 중간 지점쯤에 만났다. 무한궤도로 진입한 한 청년이 무한궤도마저 떠나서 넥스트로 도약하려는 시절이었다.

그는 나를 누나라고 불렀고 나는 그를 해철아, 라고 불렀다. 나

뿐 아니라 그와 함께 일하던 스태프들 가운데 자신보다 나이가 많은 여성들에게 그는 누나라는 호칭을 썼다. 누나, 라는 말소리가 들려오면 나는 해철을 생각한다. 가난하고 짐이 많았던 한 시절, 그때 누군가, 나를 따뜻하고 낮은 음성으로 누나, 라고 불렀다. 그건 신해철의 음성이었다. 그 음성에는 이데올로기로는 흉내낼 수 없는 인간의 가장 낮은 마음이 들어 있었다. 그 음성이 그의 음악이었다고, 나는 먼 시간이 지난 후에도 생각한다. 80년대 말, 비리고도 뜨거운 영혼을 가졌던 청년들의 목소리 가운데 하나였다.

우리가 만일 나이가 더 들어 만났더라면 아마도 그런 호칭을 쓸 수 없었겠지만, 그때 우리는 젊었다. 그건 청년들의 특권이었다. 누나, 해철아, 하면서 7개월 남짓, 나는 그의 스크립터로 90년대 초 〈밤의 디스크쇼〉라는 MBC 라디오 생방송 일을 했다. 사실 그는 내가 써준 원고가 없어도 방송을 일사천리로 진행할 수 있었다. 하지만 생방송이란 그렇다. 예견할 수 없는 상황을 위하여 원고를 준비하는 것. 그것은 제도권의 발상일 것이다. 그리고 그는 이미 제도권에 속해 있었다. 하지만 그의 영혼은 언제나 제도권밖, 인디의 소용돌이 속에 있었다. 80년대 말, 한 청년 뮤지션에게 그건 쉬운 일이 아니었다. 하지만 그는 보란듯이 제도권의 인디, 자신만의 초상을 만들기 시작했다.

제도권은 우리에게 요구했다, 빨리 불안정한 청년의 얼굴을 접고 청년 후의 삶을 살기를, 청년의 목소리와 몸짓을 지우면서 제도권의 안정적인 삶을 갖기를. 많은 이들이 제도권으로 서둘러 들어갔다. 가족들을 위하여, 자신을 위하여. 현실은 냉혹하지 않은가. 그리고 결국 우리도 아이들에게 제도권에 적응하는 방법을 빨리 배우게 하고 아이들이 어정거리면 호통을 치면서 이 사회의 갑이 되라고 할 것이다. 하지만 이미 중년이 된 우리도 눈이 몹시 내리는 날, 밤골목을 혼자 걷다가 문득 우리가 청년이었던 시절을 떠올린다. 해철은 그 눈 오는 순간, 우리를 청춘의 촉수로 건드리는 이다.

모난 돌이 정을 맞는다는데도, 그때 우리는 정을 맞을까봐 두려워하면서도 서로 모난 돌이 되기를 부추겼다. 해철은 영원히 모난 돌이었다. 그래서 징을 맞았으며 그 순간을 안아 뛰어넘으며 노래했다. 해철아, 나는 우리가 나이순으로 가기를 소망했다. 나의 부고를 네가 먼 지인으로부터 듣고 한잔의 소주로 부음하면서 우리가 벗들과 함께 보낸 좋은 시간을 추억해주기를 소망했다. 그런데 내가 너를 기린다, 독일이라는 머나먼 곳에서…… 그것이 원통하고 아프다.

내가 기억하는 청년 뮤지션 신해철의 가장 큰 미덕은 '호기심'이다. 한 청년 예술가에게 호기심이라는 것은 심장의 박동이었다. 그는 그 소리를 들을 수 있었고 그 소리를 따라갔다. 그의 호기심 덕분으로 우리는 방송 일이 아닌 다른 영역에서 만날 수 있었다. 나는 당시 첫 시집을 낸 시인이었다. 그는 한국어가 랩의 가사가 될 때 어떤 가능성을 가질지 타진하고 있었다. 랩이라는 장르는 그가 해온 수많은 음악적 실험 가운데 그저 하나였지만, 그는 호락호락 남들이 하는 대로 하고 싶어하지 않았다. 그는 시와 랩 텍스트의 만남에 관해 나에게 물었다. 어느 날 생방송 시작 시간보다 일찍 방송국에 온 그와 나는 스튜디오가 있는 높은 곳의 통유리 앞, 벤치에 앉아서 토론을 했다. 영어와 한국어의 차이, 시와 대중가요 가사의 멂과 가까움, 언어의 영혼과 음악의 영혼이 발현되는 지점, 시가 지닌 멜로디, 멜로디가 지닌 시적인 순간들, 등등. 첫 시집을 내고 시인이라는 명함을 내밀긴 했지만 나는 아무것도 모르는 천둥벌거숭이였다. 그리고 그 주제는 그때부터 지금까지 해결되지 않은 나의 숙제이기도 하다. 하지만 소위 시인이라는 나에게 답답한 뮤지션은 질문을 했다. 나는 모른다고 고백할 수밖에 없었다. 우리는 토론을 하면서 답을 찾을 수 있을 거라고 생각했지만 그건 우리에게 만만한 질문이 아니었다. 땀을 뻘뻘 흘리며 잘 모르는 길을 걷는 것처럼 토론중에 우리는 쓰러지고 다시 일어나서 걷고 또 쓰러지기를 반복했다. 하지만 우리는 아무런 답을 찾을 수 없었다. 긴 대화 뒤에 우리가 내린 결론은 단 하나였다. 실행을 통해서 답을 찾을 수밖에 없다는. 작품을 생산하는 과정이 어쩌면 답일 거라는.

  구체적인 내용은 그러나 내 머릿속에서는 희미해졌고 단 하나의 이미지만이 나에게는 남아 있다. 저녁빛이 찾아드는 유리창 앞에서 신들린 듯 말을 하다가도 불현듯 생각에 잠기어 있다가 조금 시간이 지나 더듬더듬 자신의 생각을 말하던 그의 옆모습. 이 세계에는 내일이란 더이상 없으며 그저 호기심으로 묻고 또 묻는 지금만이 영원할 뿐이라는 한 청년의 순간이 나에게 남긴 이미지. 그건 영원한 인디 뮤지션의 초상이었다.

    짧은 인연을 뒤로한 채 나는 독일로 떠났고, 그는 음악을 계속했다. 그는 음악을 만들면서 얼마나 많은 질문을 그 안에 던져넣었을까. 아마도 신해철의 음악을 듣는 후배들에게 그의 음악은 답보다는 질문이 더 많은 것일는지도 모른다. 하지만 그의 호기심의 꼬리를 물고 그다음 호기심이 생겨난다면 그건 우리 음악에 얼마나 큰 축복일까. 그가 우리에게 준 선물은 음악이겠지만 그것 말고도 그가 준 선물이 있다면 호기심으로 끝없이 사신의 장르를 들여다보는, 나아가는, 쓰러지는, 다시 나아가는, 한 청년의 모습일 것이다. 해철아…… 아직 우리는 네 질문들 속에 살고 있다.

형에게
미처 하지 못한 말

허지웅 (작가)

밤이었고 나는 소파 위에 무너져 있었다. 전화가 왔다. 매니저였다. 면회를 올 수 있느냐는 이야기였다. 나는 바로 채비를 하고 병원을 향했다. 가는 내내 차 안에서 마음이 복잡했다. 면회를 오라는 건 면회를 할 수 있을 만큼 상태가 호전되었다는 의미일까, 아니면 마지막 인사를 준비하라는 걸까. 전자일 것이다. 형이 쓰러진 이후 나는 단 한 번도 그의 회복을 의심해본 일이 없었다. 그렇게 벌떡 일어나 이 모든 게 촌극으로 기억되리라 믿어 의심치 않았다.

병원에 도착했다. 매니저가 나타났다. 안 그래도 가냘픈 사람인데 눈자위가 함정처럼 패어 있었다. 그녀는 형에게 차도가 있다고 말했다. 혈압이 올라갔다는 것이다. 나는 그럴 줄 알았다고 대답했다. 중환자실의 형은 수없이 많은 튜브들에 연결된 채 힘없이 누워 있었다. 거짓말처럼 벌떡 일어나 농담이라고 말할 것 같아 몇 번을 움찔했다. 며칠 못 본 사이에 얼굴이 작아져 있었다. 형 퇴원할 때는 살 확실히 빠져 있겠다고 농을 건넸다. 매니저가 형 옆으로 다가가 앉았다. 이전 병원에서 의식 있을 때 내 이야기를 했었다며 여기 왔으니 눈 떠보라고 말을 건넸다. 형은 미동조차 하지 않았다. 베개맡에서는 계속해서 형의 노래들이 재생되고 있었다. 나는 그의 얼굴 가까이 다가갔다. 그대로 귀에 대고 몇 마디를 했다. 형이 깨어나면 두고두고 나를 놀려먹을 수 있는 이야기였다. 다음날 형은 세상에서 영영 모습을 감추었다.

형은 곧잘 철 지난 농담을 길게 늘어놓고는 했다. 나는 그런 그를 무척 구박했다. 구박하는 재미가 있는 형이었다. 구박을 하면 소녀같이 부끄러워했다. 그게 보고 싶어 더 구박한 적도 있다. 솔직히 정말 재미는 없었다. 서로 닮은 점이 많았다. 형이 말하기 전에도 내심 알고 있었다. 그래도 형이 그렇게 말할 때는 싫은 기색을 했다. 괜히 그랬다. 형의 방송 복귀작에 게스트로 다녀왔다. 나는 형에게 무조건 여기서 망가져야 사는 거라고 말했다. 녹화 내내 놀려먹었다. 재미있었다. 그렇게 놀려먹은 게 형을 마주한 마지막이었다. 그렇게 놀려먹은 게 말이다. 끝나고 나오는 길에 형이 일차 체중 감량 끝나는 날 양꼬치를 먹으러 가자고 했다. 그러다 중간에 문자를 보내왔다. 킹크랩으로 메뉴를 바꾸자고 했다. 나는 그러자고 했다. 형은 문자를 보내고 다음날 쓰러져 입원했다. 그는 약속을 지키지 않았다. 형이 쓰러진 뒤 꿈을 꾼 일이 있다. 형이 사람들 앞에서 내게 면박을 주었다. 왜 전화하고 문자하고 오버냐며 소리를 질렀다. 사람들이 막 웃었다. 나는 얼굴이 달아올라 부풀리지 말라고, 전화한 적 없고 문자만 하지 않았냐고, 그러게 왜 나이 먹고 사람 걱정시키냐고 또 구박을 했다. 아침에 일어나서 나는 형이 금방 일어나겠거니 낙관했다.

오래전 형이 결혼식 축가를 불러주었다. 〈일상으로의 초대〉였다. 형은 노래를 부르는 동안 몇 번이고 음이탈을 했다. 나는 그걸 가지고 두고두고 놀려먹었다. 부끄러웠다고 말했다. 사실이 아니었다. 나는 여태 단 한 번도 그렇게 아름다운 노래를 들어본 적이 없다. 내내 그걸 흥얼거렸다고 말해주지 못했다. 목덜미를 잡아쥐듯 굵고 낮은 저음으로 시작하던 재미없는 농담들이 자꾸 귀에 걸려 떠오른다. 나는 절대 울지 않을 거다. 나는 결코 울고 싶지 않다. 구박을 하고 싶다. 다시 한번 형을 구박하고 싶다. 그러나 이제는 더이상 그럴 수가 없다. 구박을 하고 싶어도 그럴 수가 없다니 너무 폭력적이라 막 얻어맞은 것같이 뺨이 얼얼하다. 친애하는 친구이자 놀려먹는 게 세상 최고로 재미있었던 나의 형 신해철이 세상을 떠났다. 음악을 하는 사람으로서, 남편으로서 부모로서, 그리고 무엇보다 한 사람의 시민으로서 누구보다 충실했던 우리 형 신해철이 세상을 떠났다. 그 또한 다른 사람들과 같이 모순적이었으나 그 모순과 싸워 이기려 끝내 분투하며 스스로를 소진했던 예민한 영혼의 소유자 신해철이 세상을 떠났다.

형에게 미처 말하지 못했다. 누구나 쉽게 입에 올릴 수 있는 말인데 그걸 하지 못했다. 형이라서 말하지 못했다. 나라서 말하지 못했다. 간지러워서 하지 못했다. 어리석었다. 해야 할 말을 제때 하지 않고 미루는 일이란 대체 얼마나 한심한가.

형 사랑해. 언제까지나 사랑해. 형 사랑한다.

고맙다,
신해철

임동창 (음악인)

공연 한판 끝내고 쉬는 듯한…… 잠시 쉬었다 다음 공연을 위해 다시 일어설 것만 같은 신해철.

할아버지 신숭겸 장군이 왕건을 살리기 위해 스스로 왕건의 옷을 입고 추호의 미련도 없이 목숨을 던진 것처럼 그대가 그와 같이 살았음을 아는 이가 얼마나 될까. 그대의 가슴속에 타오르는 한없는 사랑의 불꽃을, 그 여리고 섬세한 아름다운 불꽃을 본 사람은 누구일까. 총명하기까지 해서 생긴 구차한 말들은 누가 개의치 않았던가. 그대가 온몸을 던진 것처럼 그대에게 온몸을 던진 것처럼 그대에게 온몸을 던진 이는 누군가.

아! 뜨거운 놈, 신해철.

지유에게 녹아내려 얼빠진 놈처럼 흐물대며 행복해하던 그대 모습. 이제 지유는 어쩌란 말인가. 하늘이여, 탓할 일이 아닌 줄 알지만 참으로 무심합니다. 사람의 일이란 이렇게 허망할 뿐인 것을 겪고 겪고 또 겪어도 그 허망함은 늘 새로운 슬픔으로 사람의 가슴을 덮칩니다.

그대가 깨달아 설파했던 '산책실렁교'. 그대 스스로 그 교리대로 살지 못했음을 뒤늦게나마 꾸짖고 싶다. 그대의 부인, 그대의 자식들, 그대의 부모님, 그리고 지연이 윤민이 어쩌란 말이냐. 그대를 감싸고 있던 많은 사람들. 그들, 모두 이제 어쩌란 말이냐. 비록 눈물 콧물 줄줄 흐르고 정신줄이 놓아지더라도 가는 사람과 보내는 사람의 정을 정리할 수 있는 형편이라도 되었다면 하는 아쉬움도 밀려온다.

그대는 나에게 큰 유산을 남겼다. 어린이를 대하는 어린이를 바라보는 어린이를 이해하는 어린이를 사랑하는 나의 기본자세가 그저 장작더미에 불과한 태도였음을 그대가 떠난 뒤에 그대를 통해 알게 되었다. 그리고 그것을 머리로 알게 된 것이 아니라 어느 한순간 그대의 말 없는 가르침이 나의 온몸으로 들어왔다.

고맙다, 신해철.

나는 다시 한번 확인했다. 그대는 진실로 사랑이 넘치는 사람인

것을. 이제는 어찌 슬퍼만 할 수 있겠는가. 그대는 나와 함께 그리
고 모든 사람과 함께 살아 있는 것을.

한국 대중음악 사상 최초의,
그리고 최후의 르네상스인

강헌(대중음악평론가)

평범하다면 평범한 첫 만남이었다. 스타와 비평가의 인터뷰. 지금으로부터 꼭 이십 년 전인 1994년, 그때 나는 이십대 중반부터 삼십대 초반까지 이어진 독립영화 작업에서 물러나 본격적인 음악비평가로 옷을 갈아입던 중이었다.

당시만 하더라도 '한국' 대중음악을 비평적으로 접근하고자 하는 이는 거의 없었고, 게다가 긴 지면을 내어주는 매체도 없다시피 했다. 대중음악에 관한 글을 쓰는 이들도 거개가 '팝 칼럼니스트'라는 타이틀을 이름 뒤 괄호 속에 기입하던 시절이었으며, 하이틴 소녀 잡지나 여성지 정도에서 가십이나 신변잡담 유의 인터뷰를 통해 '가수'의 대중적 인기를 반복적으로 소모하던 때였다. 중앙일간지 역시 신보를 소개하는 뉴스 이상의 글을 원하지 않았다.

우리 모두가 기억하고 있다시피 1990년대는 대중문화 담론의 시대였다. 80년대를 뜨겁게 달구었던 혁명의 열기는 동유럽 사회주의의 몰락과 문민정부의 등장 이래로 급속하게 냉각되었고 그 공백은 대중문화에 대한 담론의 형성으로 채워지게 된다. 대중문화 담론의 정점은 영화였다. 많은 영화 전문지가 창간되었으며 영화를 만들던 사람들은 더이상 오락 생산자가 아니라 '시네아스트'가 되었다. 20세기 세계 대중문화의 쌍두마차 중 한 축인 영화가 세기말에 이르러 문화 불모지 대한민국에서도 하나의 유력한 예술 장르이자 미래의 산업으로, 그리고 인문사회과학적 관심의 대상으로 성장한 데 반해, 또 하나의 축인 대중음악은 서태지 신드롬을 제외하면 여전히 '오빠부대'의 아우성 속에 갇힌 저급문화의 상징으로 머물러 있었다. 나는 스타가 아닌, 그리고 '딴따라'도 아닌, 당대의 음악적 감수성을 지배하는 대중음악가로서의 가치를 부여하는 진지한 인터뷰 문화를 소망했다. 하지만 그런 기회는 좀처럼 주어지지 않았다.

솔직히 말하자면, 나는 1992년까지 신해철의 존재를 그리 심각하게 생각하지 않았다. 그 시점은 내가 독립영화에 온 시간을 투입하던 때이기도 했고, 음악 쪽 활동도 80년대의 시대정신을 계승한 '노래를 찾는 사람들' 같은 진보 진영의 음악들을 좀더 널리 알리는 데에 초점을 두고 있었다. 1993년 1월로 기억하는 추운 겨울날, 약속이 펑크나는 바람에 나는 단골이었던 신촌의 음반 가게에 들렀고, 이리저리 판을 고르다 생소한 이름의, 그리고 생소한 파스텔 톤의 커버 디자인이 눈길을 끄는 한 장의 엘피를 뽑아들었다. 'N.EX.T'라는 이름과《Home》이라는 제목만 쓰여 있는. 나는 뒷면의 정보도 확인하지 않았다. 뭔가 새로운 밴드가 나왔구나(어차피 안 될 게 빤하지만), 그래도 사줘야지. 그런 맘이었다.

들국화 이후, 그리고 봄여름가을겨울과 신촌블루스 이후 수많은 신인 밴드들이 언더그라운드의 융기를 타고 등장했지만 사실 음반의 내용은 당찬 기개와는 달리 거개가 실망스러웠다. 그러나 이 앨범은, 달랐다. 턴테이블에 바늘을 올리고 십 분도 되지 않아 나도 모르게 탄성이 흘러나왔다. 〈인형의 기사〉는 삼십대로 접어든 내가 듣기엔 다소 유치했지만 영국 밴드 퀸을 연상케 하는 아름다운 선율이 겹겹이 조직되어 있었고, "집이란 잠자는 곳, 직장이란 전쟁터"라고 담담히게 묘피히는 〈도시인〉을 지나 낮은 톤의 내레이션이 〈인형의 기사〉의 센티멘털리즘을 싹 거둬가는 〈아버지와 나〉에 이르러 이 음반은 격조 있는 클라이맥스를 형성하고 있었다.

나는 그제서야 이 앨범의 주인공이 1988년 MBC 대학가요제에서 〈그대에게〉로 그랑프리를 획득한 무한궤도의 리드싱어였음을, 그리고 그후로 간간이 식당이나 술집의 TV에서 보았던 발라드를 부르면서 혹은 어색한 허리춤을 추며 소녀들의 환성을 자아내던 귀공자풍의 아이돌 스타 신해철이라는 사실을 알았다.

밴드로 데뷔해서 솔로로 스타가 된 그에게 나는 관심이 없었다. 게다가 그는 명문대 출신이라는, 이 바닥에서 드러내놓고 보이진 않지만 유력하게 통용되는 배경까지 지니고 있지 않은가? 그런 그가 이미 기득권인 그의 이름을 지우고 밴드의 틀로 돌아와 새로운 도전을 선택한다? 내가 아는 한 그런 경로를 걸은 사람은 윤수

일뿐이다. 하지만 그가 밴드로 귀환했을 때도 밴드 이름은 '윤수일밴드'였다. 난 다음날 다시 음반 가게로 나가 무한궤도의 데뷔 앨범과 두 장의 솔로 앨범, 그리고 라이브 앨범과 변진섭과 한 면씩 짝을 이룬 스플리트 앨범까지 모두 샀다.

그리고 일 년의 시간이 더 흘렀고 그는 넥스트라는 이름으로 두번째 앨범 《The Being》을 발표한다. 많은 사람이 동의하듯이, 이 앨범은 그의 생애 최고작이다. 《Home》에서 실험했던 사운드는 더욱 깊고 광활해졌고 주제의식은 더욱 격렬하게 승화되었다. 그리고 이 앨범을 통해 그는 70년대의 신중현이 주도한 엽전들과 김창완이 이끈 산울림, 그리고 80년대의 들국화와 송골매에 이어 '대중적으로도' 성공을 거둔 위대한 록밴드의 불후한 역사를 다시 한번 재현했다. 나는 그때나 지금이나 이 앨범이야말로 90년대 한국 대중음악사를 대표하는 단 한 장의 앨범이며, 전체 음악사에서도 열 손가락 안에 꼭 들어가야 한다고 생각한다.

하지만 이 땅의 이른바 록 정통주의자들은 그가 주류의 경기장에서 TV 브라운관을 기웃거리지 않고 오로지 앨범의 완성도와 설득력, 그리고 엄청나게 심혈을 기울인 투어 콘서트만으로 이루어 낸 그의 성과를 과소평가하거나 아예 무시했다. 그것이 장르 싸움에 매몰된 서구 맹종주의에 기인한 것인지, 아니면 치졸한 시샘과 질투 때문인지, 하여튼 어느 것이었건 간에, 같은 시대의 경쟁자이자 동반자이던 서태지가 누린 '일인자' 프리미엄과는 달리 그에겐 '이인자'의 가혹한 잣대가 적용되었던 것이 사실이다. 그리고 어눌한 말투와 자신의 입장을 드러내지 않는 것을 미덕으로 생각했던 그 시대의 정서에서 그의 '지성'과 비판적인 태도는 오히려 마니아 블록에서 안티들을 계속해서 낳게 했다. 바로 이 시점에 나는 인터뷰어로서 그를 만났다.

앨범 발표 직후 스타 뮤지션과의 인터뷰는 쉽지 않다. 당시 어떤 스타 뮤지션의 매니저는 나의 인터뷰 요청에 이십 분을 주겠다고 마치 선심 쓰듯이 얘기한 적도 있다. 고작 이십 분 동안의 인터뷰에서 무슨 얘기가 오갈는지는 해보지 않아도 빤한 일이다. 나는 신해철에게 최소 내 시간이 필요하다고 버텼고, 예상과는 달리 그는 선선히 응낙했다. 그리고 인터뷰는 날을 바꾸어 무려 열 시간 가까이 진행되었다. 그는 내가 생각한 것보다 훨씬 달변이었고 열정적이었으며 모든 말에 논리적 근거가 충실하게 깔려 있었다. 그러면서도 인간적인 여백이 사이사이에 배어나왔다. 처음 만났지만 인터뷰는 어느새 수다로 바뀌어가고 있었다. 지면에 담지 못한 말 중에 아직도 기억에 남아 있는 것은, 젊은 스타들이 방송에 나와 한결같이 "여자친구 없어요"라고 말하는 것에 비애를 느낀다는 그의 말이다. 이십대의 창창한 나이에 매력적이고 인기 많은데 여자친구 하나 없다는 게 스스로를 병신으로 만드는 것 아니냐는 얘기다. 자신의 예술 행위보다도, 자신의 인간적인 진정성보다도 쇼 비즈니스의 논리가 모든 것을 지배하는 그런 풍토에 순응할 수 없다는 그의 입장은 너무나 선연했다.

그때부터 그가 세상을 떠난 이십 년 뒤까지 우리는 끊이지 않고 수다를 떨었고 의기투합해 일을 도모했다. 자신의 네임 밸류보다 한참 낮은 개런티로 내가 기획한 처음이자 마지막이 된 상업영화 〈정글 스토리〉의 음악을 맡아준 것은 정말이지 고마운 일이었다. 영화는 흥행에 참패했고 아무도 기억하지 못하는 불운의 영화로 남았지만 그의 OST 앨범은 엄청난 성공을 거두었고(한국 영화 사상 전무후무한 일일 것이다), 아마도 음반으로서도 영원히 명반으로 남을 것이다. 넥스트의 3집과 4집 사이 탄생한 이 앨범은 최악의 작업 일정이라는 한계에도 불구하고 작곡가로서 가수로서 그리고 프로듀서로서의 기합이 절정에 오른 시점에 단숨에 토해낸 보석 같은 작품이다. 음악과 시대에 대한 그의 존중이 미천한 영화 텍스트를 뛰어넘는 성과를 연금해냈다고 나는 생각한다.

90년대 후반과 2000년대 초반, 그가 넥스트를 일차 해산하고 유학을 떠났다 돌아오는 어지러운 시간의 틈바귀에서도, 그와 나는 검열의 철폐와 '공윤'의 폐지를 기념하는 페스티벌 '자유'와 들국화 트리뷰트 앨범과 공연 등의 작업을 함께했다. 함께했다고 말했지만 사실은 힘든 일정 속에서 그가 나의 생떼에 가까운 요청을 너그러이 들어준 것이나 진배없다.

《정글 스토리》OST 작업과는 반대로 흥행의 측면에서는 미미한 결과를 낳았지만 내가 영원히 잊을 수 없는 그와의 작업은 2004년, 이십 주년을 맞은 박노해 시인의 시집 『노동의 새벽』에 헌정하는 트리뷰트 앨범의 기획, 그리고 2012년 노무현 대통령의 서거 3주기를 맞아 기획한 추모 앨범《탈상: 노무현을 위한 레퀴

엠》이다.

그가 유학에서 돌아온 후 새로이 맞이한 밀레니엄의 시대에 이르러 한국 음악산업의 패러다임은 지난 시대와 이별을 고하고 '케이팝'이라는 새로운 깃발 아래 새로운 영토를 만들기 시작했다. 아크로바틱한 집단 안무를 앞세운 이 보이그룹과 걸그룹의 시대에서 자신만의 오만한 예술세계를 지닌 '아티스트'의 자리는 점점 궁지로 내몰렸고, 2002년 월드컵 거리 응원 때 잠시 반짝한 것을 제외하면 록밴드 문화는 거의 사멸의 낭떠러지로 밀려갔다.

2000년대가 그의 시대가 아닌 것은 명백하다. 그러나 그는 한 단하지도 비린을 삿시노 않았다. 그 대신 그는 그만이 지켜야 하는 자리를 지켰다. 그는 한 사람의 록음악가로서 비트겐슈타인과 넥스트의 재건, 그리고 죽기 직전에 의욕적으로 꾸린 넥스트 유나이티드까지 일관적인 스탠스로 이제는 허물어져가는 록밴드의 성채를 지키는 동시에, 2007년의 재즈 앨범과 유작이 된 2014년의 《Reboot Myself》 음반에서 보여주듯이 장르의 순례자로서의 입체적인 도전을 지치지 않고 수행했다. 그리고 거대 방송사의 프로그램이 아닌 진행자의 퍼스널리티가 주체가 되는 라디오 프로그램 〈고스트스테이션〉을 지상파와 인터넷을 아우르며 지속하면서 한편으로는 젊은 세대의 멘토로서의 역할과, 또다른 한편으로는 소외의 숙명을 안고 있는 한국 인디음악의 창구로서의 역할을 훌륭하게 담당했다. 그리고 우리 모두가 익히 알고 있듯이, 정치적 사회적 의제에 대해 진정성을 지닌 논객으로서의 면모를 유감없이 드러내었다.

《노동의 새벽》 프로젝트는 철저히, 젊은 시절 문학도였던 나의 욕심으로 오로지 시작된 일이다. 나는 80년대의 이른바 민중가요적 접근이 아닌 다양한 관점에 입각한 음악적 시도로 잊혀가는 이 시집을 조명하고자 했다. 그렇다면 프로듀서는? 당연히 그뿐이었다. 하지만 '연예인으로서' 위험천만한 대통령 선거 유세에 나서 달라는 요청도 수락했던 그가 이 작업은 고사하는 것이 아닌가? 그는 더이상 이십대도 아니었고 결혼했으며 곧 아비가 될 터이고 힘겹게 회사를 꾸려가야 했던 것이다. 나는 애가 탔지만 억지로는 안 될 일이었다. 그런저런 고민 속에서 나는 그만 쓰러졌고 생사를 기약하지 못하는 내 삶의 최대 위기에 몰리게 되었다. 반년 가까운 병원과 요양 생활 끝에 돌아오니 그는 혼신의 힘을 다해 이 방대한 작업을 거의 완성해놓고 있었다. 누가 뭐라 해도 이 음반은 내 인생의 앨범이다.

그는 진정한 음악가이다. 음악적 재능이 없다고 발버둥치면서 음악만 할 수 있다면 평생 자신의 이름으로 집을 갖지 않겠다는 혼자만의 약속을 지켰다. 그는 온갖 오해와 비난을 감당하면서도 노무현을 지원했고 그가 대통령이 되자 아무 일도 없었다는 듯이 정확하게 자신의 자리로 돌아갔다. 그리고 그가 지지했던 정치인이 스스로 목숨을 끊었을 때 그 역시 삼 년을 예술적으로 침묵했고, 그의 탈상에 즈음하여 〈Goodbye Mr. Trouble〉이라는 피와 눈물로 쓴 추모곡을 그의 영전에 헌정했다.

그 추모곡의 여운이 가시기도 전에, 예술가로서 의욕적인 제3막을 막 열어젖히려는 시점에, 그는 어이없이 떠나고 말았다. 그는 진정한 음악인이기 이전에 진정한 의미로 명제적인 삶을 산 인간이었다. 그는 자신이 지니고 있는 수많은 약점을 극복하기 위해 노력했고 그것을 인기와 명예, 부를 위해 은폐하지도 왜곡하지도 않고 있는 그대로 드러냈던 사람이다. 그는 자신이 극복될 수 있는 명제적 인간으로 남기를 바란 인물이다.

바보처럼 사람들을 사랑한 사람, 인문학 도서를 무겁게 여기지 않은 사람, 만화책을 가벼이 여기지 않은 사람, 무명 신인의 음반 일지언정 한 가지라도 미덕을 찾아내고자 했던 사람, 아무도 관심 없는 삶이라도 외면하지 않았던 사람, 사회적 약자에게 관용을 베풀지 않는 다양한 악덕에 대해 온몸으로 분노한 사람…… 그는 우리 대중음악사에 등장한 최초의, 그리고 최후의 인문주의 예술가, 르네상스인이었다.

오늘은 그를 떠나보내는 사십구재의 날이다. 눈발이 날리는 밤하늘을 올려다본다. 그가 박노해의 시에 곡을 붙이고 싸이와 넥스트와 함께 부른 노래의 후렴을 웅얼거린다. 잘 가라, 친구여. 곧 다시 만나세.

"아, 우리도 하늘이 되고 싶다/짓누르는 먹구름 하늘이 아닌/우리 모두 서로가/푸른 하늘이 되는/그런 세상이고 싶다"

철이에게

— 어 머 니 의   편 지

나지막한 앞산에 낙엽이 진다. 작은 바람에도 우수수 떨어지는 낙엽들. 가지에서 떨어져나온 것이 안타까운지 이리저리 뒹군다. 혹시 저기 저 떨어진 낙엽처럼 내 아들의 영혼이 끔찍이도 사랑하던 제 새끼들 곁으로 돌아오고파 몸부림치고 있지는 않은지. 낙엽을 떨어뜨리고 앙상하게 남은 가지를 뻗치고 서서 떨어진 낙엽을 보고 서 있는 저 나무가 더 가슴 아플까, 떨어져 뒹구는 저 낙엽이 더 가슴 아플까. 멍한 눈으로 앞산을 보고 있으니 내 눈앞엔 어느새 눈이 날리는 앞산이 펼쳐진다. "엄마! 경치 끝내주지 않아요? 여기서 눈 내리는 앞산을 보고 있으면 여기가 스위슨지 어딘지 구별이 안 간다니까요." 너스레를 떨며 아들이 슬며시 내 옆에 다가앉는다. 가슴속 깊이 꾹꾹 눌러놓은 아들 보고픈 고통을 되씹지 않으려 얼른 집안으로 들어가 일거리를 찾아 정신없이 일을 한다. "할머니!" 하는 소리에 퍼뜩 정신을 차린다. "할머니! 놀이를 하고 놀아도 재미가 없어요." 아비의 감성을 빼다박은 듯이 닮은 손주를 보는 난 어느새 억지웃음을 띠며 말한다. "무슨 일일까? 우리 동원이, 왜 심심해요? 할머니랑 같이 놀까?" 나 어릴 때 신문지로 접어 놀던 딱지 대신 손주놈은 색색깔 고무 플라스틱 딱지를 꺼내 온다.

우리 가족은 요즘 모두 숨죽이고 안 슬픈 척 아무 일 없었던 척 하느라 무진 애쓰고 있다. 며느리는 남편을 떠나보낸 후 목소리를 한 톤 높여 즐거운 소리로 아이들을 부른다. "손 씻었니? 배고프지 않아? 우리 간식 먹을까?" 우울해하던 아이들이 "네! 엄마! 손 씻고 올세요" 한다. 잠시 집안이 밝아진다. 큰놈은 학교로 작은놈은 유치원으로, 어미는 남편 잃은 슬픔도 뒤로 미룬 채 아무런 준비도 없이 하루아침에 떠나버린 철이 일 뒷수습하느라 두서가 없다. 뭔 증명서는 그리도 많이 떼어야 하는지.

덜렁 노인 둘만 남은 집엔 무거운 침묵이 무덤처럼 내려앉는다.

아이들 할아버지는 무엇에 쫓기듯이 별안간 끙끙대며 식탁에서 아들의 의자를 끌어내어 치워버린다. 아들이 앉던 빈자리를 보는 것이 힘이 드는 모양이다. 그러나 나는 곧 아들이 들어와 웃으며 앉을 것만 같은 의자를 치워버린 빈자리를 보는 것이 더욱 힘들어, "치우지 마세요, 치우지 마세요, 철이 있을 때 그대로 아무것도 바꾸지 마세요" 한다. 참아두었던 눈물이 왈칵 쏟아진다. 아무런 말 없이 눈만 껌벅이던 할아버지는 힘겹게 다시 의자를 제자리에 가져다놓고는 마당으로 나가 하늘을 올려다본다.

아무 때나 돌아가셔도 된다는 듯이 줄담배를 피우던 할아버지가 늘 담배 피우던 의자에 앉아 한 대 피울 만도 한데, 그렇게 줄기차게 피우던 담배를 끊어버렸다. 철이가 함께 있을 때보다 더 심하게 피우겠구나 싶던 담배를 독하게 끊어버리고 하늘을 쳐다보고 있는 할아버지에게선 이젠 당신이라도 오래 살아 손주들 돌보겠다는 결심이 느껴져 내 가슴이 먹먹해진다. 어찌 아들 떠난 자리가 이리도 큰가.

남들은 철이가 대단한 음악가요, 나름 세상을 열심히 살았으니 철이의 노래 〈날아라 병아리〉처럼 아픔 없는 곳 천국에 갔을 거라 위로한다.

하느님, 제가 언제 대단한 아들, 훌륭한 아들을 원했습니까?

난 단지 어린 손주들과 버릴 곳 하나 없는 알토란 같은 어미 옆에서 같이 떠들고 웃어줄 그냥 아들이 필요한 것뿐인데 그것이 그리도 큰 욕심인가요? 하느님, 이건 아닌 것 같아요. 저와 아들이 순서가 바뀌었어요. 병원 침대 위에 의식 없이 누워 있는 아들에게, 주님 앞에 가거든 우리 아가들 곁으로 돌아가게 해달라고 버티고 조르라고 절대 그냥 가지 말라고 그리도 귀에 대고 경 읽듯 했건마는.

이렇게 황당한 나의 노년 생활은 상상조차 못해본 일이다.

한 의사의 너무나도 무성의한 의료 행위가 내 인생을 송두리째 뿌리 뽑아 내동댕이쳐버린 이 기막힌 하루하루가, 내가 이제까지 힘겹게 살아온 날들의 대가란 말인가.

아빠가 병원에 누워 있는 모습을 보여주지 않으면 어린 손주들이 아빠의 죽음을 실감하지 못해 더 힘들어할지도 모른다는 의견이 모아져, 아이들 놀라지 않도록 어미가 한참을 설명하고 이해시켜서 의식 없이 누워 있는 아빠 곁으로 손잡고 데리고 왔었다. 병실을 나온 손주들이 너무 걱정스러워 가만히 끌어안았다. 지유는 "할머니, 엄마가 너무 울어서 너무 불쌍했어요" 하며 눈물을 닦는다. 동원이는 "할머니, 아빠가 너무 슬퍼 보였어요. 그래서 울고 싶었는데 꾹 참았어요. 그리고 아빠 손을 잡고 아빠 사랑해요, 하고 말해줬어요" 한다.

손주들 손을 잡고 병원 복도를 지나는데 주삿바늘을 꽂은 채 주사액 병 걸어놓은 대를 끌고 가는 환자를 가리키며, "저 아저씨는 저렇게 주사 맞고 병 고치게 해주는데 우리 아빠는 왜 안 고쳐줬어요?" 한다.

한 의사의 오만방자한 교만이 너희에게서 아빠를 빼앗아갔구나, 또다시 아픔이 뼛속까지 저려온다. 아빠를 끔찍이도 좋아했던 우리 아이들, 그리 빨리 가려고 남들 평생 줄 사랑을 그렇게도 미친 듯이 다 쏟아내며 아이들을 사랑했던 내 아들.

며느리가 "어머니! 동원이가 아빠가 집에 들어올 때마다 뽀뽀해달라고 쫓아와서 도망다녔는데 아빠가 뽀뽀해달랄 때 그냥 뽀뽀해줄걸 그랬다며 후회했어요" 한다. 그러고는 "일곱 살짜리 유치원생 꼬마도 후회스러운 게 있는데 우리는 얼마나 후회스런 일이 많겠어요, 우리 이제 그런 후회는 그만두기로 해요" 한다.

이제는 되돌릴 수 없는 과거가 되어버린 내 아들의 죽음을 어떻게든 받아들여보려고 애쓰고 있다.

성당에 가서 오십 일 매일미사를 보면서, 하느님 하시는 일 나는 아직도 납득할 수 없지만 이제는 나의 남은 인생을 내 아들이 남겨놓은 새싹들 상처 없이 잘 클 수 있도록 하는 데 바치겠다, 마음먹는다. 그래서 저세상에서 아들 만나도 떳떳한 어미가 되리라, 다짐한다.

온종일 아들이 좋아하던 〈민물장어의 꿈〉이란 노래를 들으며 민물장어가 그냥 민물에서 살지 왜 바다로 가려 하노 하니, 그애의 힘들었던 세월이 머리에 맴돈다.

잠옷 바람으로 마당에 서서 낙엽 지는 앞산을 바라보고 선 할아버지의 뒷모습이 너무 쓸쓸해 보인다.

아! 내가 신경써줘야 할 사람이 한 분 더 있었구나.

아픈 가슴을 달래며 뜨거운 커피를 내려서 마당으로 들고 나간다.

또하나의
약속

─ 아 내 의 편 지

제가 오만 장의 반성문과 십만 장의 감사장을 쓰면, 그래서 당신이 제 곁에 돌아온다면…… 기꺼이 며칠이라도 밤새워 쓰겠지만, 이 모든 것이 소용없기에 며칠째 당신을 향한 글이 쉽게 써지지 않아요.

제가 사랑했고, 저를 사랑해준 당신은 처음부터 가수 신해철이 아니었습니다. 그저 가수가 아닌 한 남자였고, 저는 그 남자의 매력에 매료되었습니다. 솔직하고, 맑고, 배려심 많은 분. 저와 떠들고 떠들다가 수도 없이 많은 밤을 새우고, 그래서 결국 저와 같이 살기로 결심해주신 분. 그런 당신의 아내로 지낸 시간들은 참으로 행복했습니다.

물질적인 풍요로움이 아니어도 매일이 행복할 수 있다는 것을

438

딸 지유와 함께 찍은 백일 사진.

알려주셔서 너무 감사하고, 수많은 제 실수에도 불구하고 우리는 한팀이고, 그 어떠한 상황에서도 완벽하게 제 편이 되어줄 것이라는 확신을 주셨습니다. 부족한 제 어휘력으로는 표현할 길이 없는 무한하고도 사려 깊은 따스함을 주셨습니다. 당신의 그 눈빛이 그립습니다.

저는 그런 한 남자의 동반자였는데…… 장례식 때 보니, 당신은 그저 한 남자인 것만은 아니시더군요. 제가 알고, 제가 함께한 건 당신의 극히 일부에 불과했고 신해철이란 사람은 훨씬 더 넓은 사람이었구나, 수많은 퍼즐 조각 중에, 나는 그 일부에 불과하구나 싶었습니다. 당신은 늘 최선을 다하셨다는 거 너무나도 잘 알고 있습니다. 그래서 더 존중하고 존경합니다. 정말 수고 많으셨습니다. 아무리 생각해봐도 당신에게 감사할 일들뿐입니다. 당신과 교감하고 공감한 수많은 고마운 분들, 그분들을 모두 품어낼 만큼 넓은 분을 제가 지켜내지 못해…… 너무 죄송하고 마음이 아픕니다. 제가 흘린 눈물들이 보석이 되도록 노력할게요.

당신이 남긴 최고의 선물, 우리 아이들 얘긴 꺼내지 않겠습니다. 제 다짐을 다 아실 테니까요. 어찌 편히 가셨겠습니까. 제가 지켜내야 할 아이들에게서 매일 위로받고, 잃어버릴 뻔한 미소를 돌려받고 있습니다. 당신의 선물들 덕분에 가슴이 미어져도 웃을 수 있는 순간을 선사받습니다. 고맙습니다. 제게 당신의 흔적들을 남겨주셔서……

우리 함께 만들었던 동영상 유언에 제가 당신에게 남긴, 잊지 말아달라는 부탁은…… 오히려 제가 지켜야 할 약속이 되었네요.
잊지 않겠습니다. 당신을, 당신의 사랑을.

사랑합니다.

사십구재

추도문 1

유혁준 (팬클럽 ' 철기군 ' 대표)

　해철님이 어느 날 갑자기 우리 기억 속의 별이 된 지 벌써 49일째가 되었습니다.

　처음 장래희망이라 생각했던 길을 포기하고 헤매던 청소년 시절, 매일 밤 라디오를 통해 웃긴 얘기를 해주던, 재밌는 아저씨로, 마왕으로 만났던 해철님. 그렇지만 항상 웃긴 얘기만 하지는 않던 해철님을 통해 제가 알던 것보다 더 넓은 세상을 보게 되었습니다. 우리 주변에서 일어나는 옳거나 옳지 못한 일들에 대해, 본인에게 이롭지 않은 상황이 발생할 수도 있는 사건에 대해서도 말을 꺼내길 주저하지 않던 해철님을 보며 참 정의롭고 멋진 사람이라 생각했었고, 또 수많은 상담 사연들에 항상 다정한, 하지만 가끔은 따끔한 조언을 해주는 해철님을 볼 때는 참 따뜻한 사람이라고 느꼈습니다.

　마왕 신해철을 알게 된 이후, 음악가 신해철을 알게 되었습니

다. 이렇게 재밌는 방송을 하는 신해철이란 사람이 도대체 누구일
까 하는 호기심에 검색해본 그 이름이, 어릴 적 좋아하던 〈해에게
서 소년에게〉의 신해철과 동일 인물이라는 것을 알게 됐을 때 많
이 놀랐던 기억이 납니다. 그 이후 찾아본 해철님의 음악들은 하
나같이 경이로움 자체였습니다. 무한궤도로 시작해 솔로, 넥스트,
테크노, 비트겐슈타인을 지나 다시 넥스트로 이어지는 그 일대기
는 어떻게 한 사람이 이렇게도 다양한 음악을 잘할 수 있을까 하
는 놀라움뿐이었습니다.

그 음악을 듣던 저는, 해철님이 어릴 적 위대한 옛 뮤지션들의
음악을 들으며 그리했듯 지린 음악을 만들고 싶다는 생각에 악기
를 배우고, 음악가가 되고 싶다는 꿈을 가지고, 〈고스트스테이션〉
을 통해 만난 동료들과 밴드도 하게 되었습니다.

어느덧 저의 십대 후반과 이십대 초반은, 신해철이란 사람과 그
의 작품과 그를 통해 맺은 인연들을 빼놓고는 아무것도 없다 할
수 있을 정도로, 해철님은 제 인생에 커다란 영향을 주었습니다.

해철님을 떠나보낸 이후, 매일같이 제 머릿속을 떠나지 않는 생
각 중의 하나는 억울하다, 라는 것이었습니다.

항상 〈고스트스테이션〉에서 인디밴드 손님들에게 '음악을 시작
한 계기가 무엇이냐'라는 질문을 '인생을 망치게 된 계기가 무엇
이냐'라고 하던 해철님에게, 제 인생을 망쳐버린 건 다름 아닌 해
철님 당신이라는 말씀을 꼭 한 번쯤 얼굴을 맞대고 드리고 싶었는
데, 열심히 하다보면 언젠가 한 번쯤은 해철님과 한 무대에 서볼
기회가 있을 거라고 생각했었는데, 이젠 제가 아무리 열심히 해

도, 아무리 성공한 뮤지션이 되고 좋은 음악을 써낸다고 해도 기특해하고 칭찬해주실 해철님이 우리 곁에 없다는 것이 너무나 억울하고 마음이 아픕니다.

언젠가부터 있을 때 잘하라는 말을 습관처럼 하시던 해철님에게 진작에 얼마나 존경하는지, 사랑하는지 말하지 못했던 것이 말로 다할 수 없을 정도로 안타깝습니다.

모두 각자 다른 추억을 가지고 있겠지만 다 같은 마음일 것입니다. 이제 다시는 무대 위의 해철님을 볼 수 없겠지만, 세월이 흘러가고 우리 앞의 생이 끝나갈 때, 그리하여 다시 해철님을 만나게 될 때, 해철님이 말하던 대로 후회 없이 살다 왔노라고, 너무나 보고 싶었노라고 말할 수 있길 바랍니다.

미리 말해주지 못해 미안합니다.

사랑합니다.

사십구재

추도문 2

전선영·전혜영·달콤마녀(팬클럽 '철기군' 대표)

우리가 왜 사느냐라는 질문에 위대한 업적을 남기기 위해서가 아니라 행복해지기 위해서라고 알려준 아주 멋진 남자가 있었습니다.

이제 우리는 그 한 남자와 준비되지 않은 이별을 하려 합니다. 여전히 그의 부재를 실감하기 어렵지만, 그를 위한 마음 하나로 우리 모두 여기에 모였습니다. 잘생긴 한 아이돌 가수로 시작한 첫 만남에서부터 음악에 대한 끊임없는 열정과 늘 새로운 모습을 위해 노력을 아끼지 않았던 위대한 음악가의 탄생까지 함께하는 행복한 여정이었습니다. 또한 오랜 기간 라디오를 통해 유머러스한 친구로, 험난한 세상을 먼저 살아온 조언자로, 좀 놀아본 친한 형이자 오빠로 우리의 곁에 다가와 항상 함께해주었습니다.

444

사회 전반적인 다양한 것들에 애정을 가진 그의 눈길엔 항상 따스함이 묻어 있었습니다.

인간으로서 어떻게 살아가야 할지를 알려주고, 아픔이 있는 곳을 다독이며 슬퍼하는 모든 이를 어루만져주던 그는, 진정한 우리의 친구였습니다. 타협 속에 길들여지지 말라며 한발 앞서 나가 먼저 손을 내밀어주던, 든든한 버팀목이자 동반자였습니다.

그런 그와 여전히 나눌 이야기와 함께하고픈 일들이 많은데 우리에게 주어진 시간이 없음에 아프고 또 아픕니다. 남겨진 우리는 그에게 받은 것들, 빚진 것들이 너무나 많은데 어떻게도 갚을 수 없다는 게 아쉽고 또 아쉽습니다. 무슨 말로도 그를 위로할 수도, 남겨진 우리를 위로할 수도 없음을 알고 있습니다. 다만, 이곳의 아픔과 무거움은 내려놓으시고, 좋았던 기억과 따스함을 가지고 가시길 바랍니다. 부디 평안하시길 기원합니다.

더이상 버틸 힘이 없고 일어설 힘이 없고 세상이 다 끝났다고 생각될 때 거울을 보면 나를 믿는 단 한 사람이 그 안에 있다고 한 그의 말을 따라, 우리는 이제 그 한 사람을 볼 때마다 우리에게 이 세상을 버틸 수 있는 용기를 준 그를 떠올리려 합니다. 그대를 지키며 그대를 믿으며 당신의 수많은 음악과 격려의 말들을 영원히 기억하겠습니다.

당신의 팬이 될 수 있었음에 감사하고 행복했습니다.
고맙습니다. 사랑합니다.

민물장어의 꿈

좁고 좁은 저 문으로 들어가는 길은
나를 깎고 잘라서 스스로 작아지는 것뿐
이젠 버릴 것조차 거의 남은 게 없는데
문득 거울을 보니 자존심 하나가 남았네.

두고 온 고향 보고픈 얼굴 따뜻한 저녁과 웃음소리
고갤 흔들어 지워버리며 소리를 듣네.
나를 부르는 쉬지 말고 가라 하는.

저 강들이 모여드는 곳 성난 파도 아래 깊이
한 번만이라도 이를 수 있다면.
나 언젠가 심장이 터질 때까지 흐느껴 울고 웃다가
긴 여행을 끝내리, 미련 없이.

익숙해가는 거친 잠자리도
또다른 안식을 빚어 그마저 두려울 뿐인데.
부끄러운 게으름 자잘한 욕심들아

얼마나 나일 먹어야 마음의 안식을 얻을까.

하루 또 하루 무거워지는 고독의 무게를 참는 것은
그보다 힘든 그보다 슬픈
의미도 없이 잊혀지긴 싫은 두려움 때문이지만.

저 강들이 모여드는 곳 성난 파도 아래 깊이
한 번만이라도 이를 수 있다면
나 언젠가 심장이 터질 때까지 흐느껴 울고 웃으며
긴 여행을 끝내리, 미련 없이.

아무도 내게 말해주지 않는
정말로 내가 누군지 알기 위해.

연보

1968년 5월 6일에 서울 중구 회현동에서 1남 1녀 중 둘째로 출생.

1975년 영훈초등학교 입학.

1981년 중동중학교 입학.

1984년 보성고등학교 입학.

1987년 서강대학교 철학과 입학. 6·10항쟁 참여.

1988년 12월 MBC 대학가요제에 밴드 무한궤도로 참가,〈그대에게〉
로 대상 수상.

1989년 6월 무한궤도 1집《우리 앞의 생이 끝나갈 때》발표. 짧은 활
동 후 무한궤도 해체. 10월 대마초 흡연 혐의로 불구속 입건.

1990년 6월 솔로 1집 앨범《슬픈 표정 하지 말아요》발표.

1991년 3월 솔로 2집《Myself》발표. 7월 컴필레이션 음반《신해철·
변진섭》발매.

1992년 3월 라이브 앨범《'91 Shin Hae Chul Myself Tour》발매. 5
월 넥스트(N.EX.T) 결성. 6월 넥스트 1집《Home》발표. 11월
방위병 소집.

1993년 프로듀싱한 영화 OST《바람부는 날이면 압구정동에 가야 한
다》1월 발매. 같은 달 대마초 흡연 혐의로 구속. 방위병 소집
해제.

1994년 5월 넥스트 2집《The Return of N.EX.T Part 1: The Being》
발표.

1995년	5월 넥스트 라이브 앨범《The Return of N.EX.T Part 1: The Being Live Concert》발매. 9월 넥스트 3집《The Return of N.EX.T Part 2: The World》발표.
1996년	2월 넥스트 라이브 앨범《N.EX.T Is Alive: The World Tour》발매. 프로듀싱한 영화 OST《정글 스토리》5월 발매. 6월 MBC 라디오〈FM 음악도시〉진행 시작. 10월 윤상과 함께 프로젝트 앨범《노댄스-골든힛트-일집》발표.
1997년	7월 넥스트 라이브 음반《The First Fan Service》발매. 10월〈FM 음악도시〉진행 종료. 11월 넥스트 4집《Lazenca: A Space Rock Opera》발표. 12월 넥스트 해체.
1998년	영국 유학. 6월 솔로 3집《Crom's Techno Works》발표.
1999년	5월 크리스 챈거라이즈와 함께 솔로 4집 겸 프로젝트 앨범《Monocrom》발표. 11월 라이브 앨범《Homemade Cookies & 99 Crom Live》발표.
2000년	프로듀싱한 영화 OST《세기말》1월 발매. 3인조 밴드 비트겐슈타인 결성 후 12월《Theatre Wittgenstein: Part 1—A Man's Life》발표.
2001년	4월 SBS 라디오에서〈고스트스테이션〉진행 시작.
2002년	7월 한일월드컵 붉은악마 공식 응원곡〈Into The Arena〉발표. 9월 베스트 음반《Struggling—孤軍奮鬪》발매. 9월 29일 부인 윤원희씨와 결혼. 제16대 대선 기간 노무현 후보 지지 활동.
2003년	이라크전 파병 반대 운동에 참가. 4월 SBS 라디오〈고스트스

테이션〉진행 종료. 프로듀싱한 게임 OST 《GUILTY GEAR XX #RELOAD: The Midnight Carnival》(한국어판) 7월 발매. 10월 MBC 라디오에서 〈고스트네이션〉진행 시작.

2004년 　4월 인터넷 카페 '체벌 금지 법제화 추진 모임' 개설. 새 라인업으로 넥스트 재결성 후 6월 5집 《The Return of N.EX.T Part 3: 개한민국》발표.

2005년 　SBSi와 공동출자로 연예매니지먼트 회사 싸이렌 설립.

2006년 　2월 넥스트 리메이크 음반인 5.5집 《Regame?: the 2nd Fan Service》발표. 9월 첫째아이 출생.

2007년 　1월 솔로 5집 《The Songs For the One》발표. 프로듀싱한 영화 OST 《쏜다》3월 발매. 9월 MBC 라디오 〈고스트네이션〉진행 종료.

2008년 　3월부터 10월까지 SBS 라디오에서 〈고스트스테이션〉진행. 7월에 둘째아이 출생, 데뷔 20주년 기념 베스트 앨범 《20th anniversary: Remembrance》발매 및 기념 콘서트. 12월 넥스트 6집 《666 Trilogy part 1》발표, MBC 〈100분 토론〉400회 특집 방송에 '최고의 비정치인 논객'으로 선정되어 출연.

2011년 　2월 tvN 〈오페라스타〉, 7월 KBS 〈TOP밴드〉, 11월부터 이듬해 4월까지 〈이야기쇼 두드림〉등 텔레비전 프로그램에 출연. 5월 MBC 라디오에서 〈고스트스테이션〉진행 시작. 프로듀싱한 게임 OST 《워렌전기》11월 발매.

2012년 　2월 담낭염으로 입원 및 수술. 신대철과 프로젝트 그룹 결성. 9월 노무현 전 대통령 추모곡 〈Goodbye Mr. Trouble〉발표.

10월 라디오 방송 〈고스트스테이션〉 진행 완전 종료.

2013년   5월 노무현 전 대통령 서거 4주기 추모문화제 참가. 8월부터
         11월까지 KBS 〈K-SORI 악동〉 공동 진행. 10월 MBC 대학가
         요제 부활을 위한 〈대학가요제 Forever〉 콘서트에 참여.

2014년   6월 신곡 〈A.DD.a〉 발표 및 새 솔로 앨범의 첫번째 EP인
         《Reboot Myself Part 1》 발표. 넥스트 새 앨범 발매 및 연말
         콘서트 준비중, 10월 27일에 향년 46세로 영면.

마왕 신해철
ⓒ2014 윤원희

초판 인쇄 2014년 12월 18일
초판 발행 2014년 12월 24일

지은이 신해철 | 펴낸이 강병선
책임편집 박영신 | 편집 황은주 임혜지 이연실 장영선 염현숙
디자인 윤종윤 강혜림 | 마케팅 정민호 이연실 정현민 지문희 김주원
온라인 마케팅 김희숙 김상만 한수진 이천희
제작 강신은 김동욱 임현식 | 제작처 영신사

펴낸곳 (주)문학동네
출판등록 1993년 10월 22일 제406-2003-000045호
주소 413-120 경기도 파주시 회동길 210
전자우편 editor@munhak.com | 대표전화 031)955-8888 | 팩스 031)955-8855
문의전화 031)955-1933(마케팅) 031)955-2697(편집)
문학동네카페 http://cafe.naver.com/mhdn | 트위터 @munhakdongne

ISBN 978-89-546-3399-4 03810

www.munhak.com